天上白玉京，十二楼五城。

他没有出生在白玉京，也没有见过那可望而不可即的出尘风采。

所以他的归宿只能是深埋在大海深处的朝暮洞天。

但，已经没有人能回去了。

惊梨
2
躺春茶
著
江苏凤凰文艺出版社
JIANGSU PHOENIX LITERATURE AND ART PUBLISHING

天上白玉京，
十二楼五城

魅丽文化

图书在版编目（CIP）数据

惊梨. 2 / 躺春茶著. -- 南京：江苏凤凰文艺出版社,2023.7（2024.6 重印）
ISBN 978-7-5594-6134-6

Ⅰ. ①惊… Ⅱ. ①躺… Ⅲ. ①长篇小说－中国－当代
Ⅳ. ① I247.5

中国版本图书馆 CIP 数据核字 (2022) 第 171842 号

# 惊梨.2

躺春茶 著

责任编辑 张 倩
出版统筹 曾英姿
选题策划 喻 戎
特约编辑 RONG
装帧设计 吴思龙 @4666 啊
出版发行 江苏凤凰文艺出版社
南京市中央路 165 号，邮编：210009
网 址 http://www.jswenyi.com
印 刷 湖南天闻新华印务有限公司
开 本 880mm × 1230mm 1/32
印 张 11
字 数 338 千字
版 次 2023 年 7 月第 1 版
印 次 2024 年 6 月第 2 次印刷
书 号 ISBN 978-7-5594-6134-6
定 价 49.80 元

# 目录
Contents

# 目录
Contents



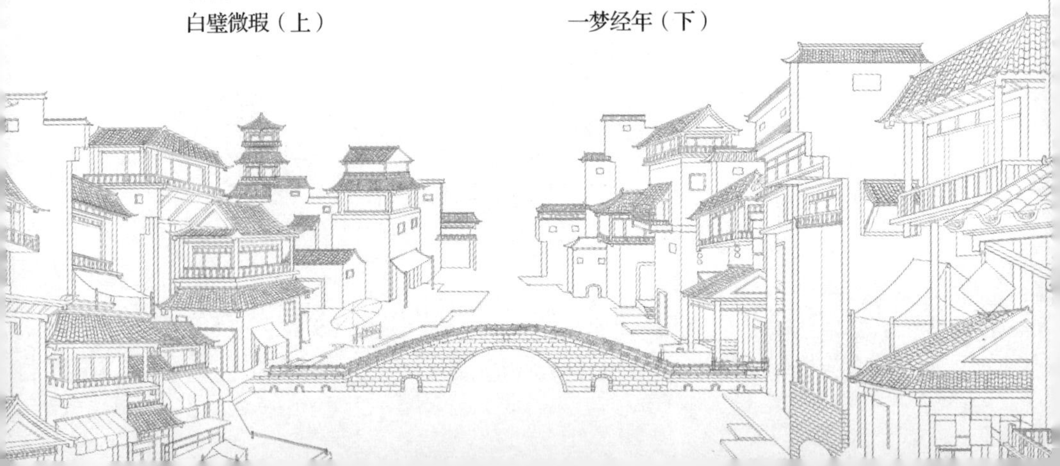

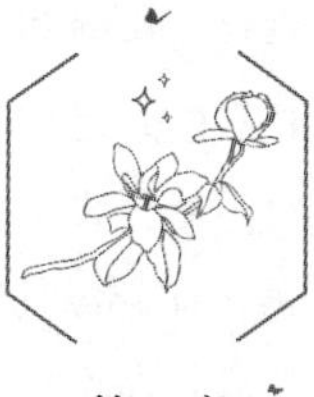

# 第1章
## 鹿门书院（一）

蒹葭渡坐落在中域中洲最北方，银白色海岸线漫长曲折，浪花拍打在黑色的礁石上，溅起一人高的珍珠白沫。作为与极北之地接壤的最后一座渡口，这里却是四季如春，甚至有南方的候鸟停歇在飞舟的桅杆上。

“白姑娘，你这样看着我已经半个时辰了，难道我脸上有什么奇怪的东西？”

从下飞舟起，白梨便寸步不离地跟着薛琼楼。她不说话，只是盯着他，好像要用目光在他后脑勺刺个洞出来。

“我们离开风陵园的时候，只有你去了其他地方，你说是为了去驿站寄家书，可为什么偏偏是那个时候，有这么巧的事情吗？”白梨压低声音，哼道，“我猜——你是为了见其他人吧？樊清和还是叶道？”

“怎么了？突然问这个。”薛琼楼漫不经心地拨弄茶盏。

“樊妙仪最后根本没有杀人的意图，她话没有说完就死了，因为这些话与阵眼有关，对不对？”

薛琼楼把玩茶盏的动作顿住，含着笑瞥来一眼，寒意闪烁，看得白梨一阵心悸。

——不对，有什么好怕的。光天化日朗朗乾坤，他还能当街灭口不成？

“你不说话就是默认了吧？”白梨强作冷静，侃侃而谈，“那我不妨再猜下去。你当时把阵眼托付给我，又留在秘殿中很久很久，这么长时间你总不会是在和樊肆叙旧吧？除非你还有事情没有做完，而这件事只能你一个人知道，所以必须把我支开。”她深吸一口气，“虽然我不太愿意相信，但有个名人说过，排除所有不可能，剩下的再难以置信也是真相！”

她一拍桌案，桌上的碗碟哗啦一声弹起半寸高。

“真相就是——这个阵眼是假的！是用来骗过姜别寒和陆空前辈的对不对？真正的阵眼被你私吞了对不对？我又在替你打工对不对？！”

薛琼楼慢条斯理地放下茶盏，比起激动的白梨，他看上去云淡风轻得好像单纯在品茗一样：“我听不懂你在说什么。”

“在说真相。”白梨往怀里摸了摸，“还有，有个东西忘了给你。”

她一巴掌拍在桌面，手掌移开后桌面出现一枚白色的琉璃子。

“既杀了寇小宛，又让我把假的阵眼带到众人面前，让他们毫不怀疑地以为阵眼被销毁，一石二鸟，真有你的。”

要说白梨一点也不生气，那是不可能的。她本以为，在那样的生死之境，他把阵眼交给自己是一种信任，没想到她又被利用了一回，亏她当时还真心诚意地想和他合作。

“这是你的东西，现在物归原主。”白梨没好气地把琉璃子扔过去。

雪白的棋子撞到对方衣袖上，弹了一下，又在桌上滚了两圈，不动了，默默反射着炫目的阳光。

薛琼楼垂下眼睫，脸上的笑容不知何时隐去了，那炫亮的光芒在他瞳孔深处形成一个白色的小点，一闪一灭，寂静无声。

就这样过了一小会儿，他又用并起的双指把棋子推了过去，道：“拿着吧，以后会有用。”

“才不要。谁知道你说的有用是不是指我会像寇小宛那样被烧得灰都不剩！”

见他又装出无辜的表情，白梨赶紧说：“她是被你的棋子烧死的！你不会——”她压低声音，“也想用同样的招数对付我吧？呵呵呵，我才不会上当。”

薛琼楼看上去无话可说。

白梨一筷子戳破碗里的汤圆，黑色的芝麻馅从又薄又白的汤圆皮中流了出来，像极了她黑色的怨念，她真佩服自己这会儿还有心思开玩笑：“看这汤圆多像你，筷子一戳，黑芝麻馅儿就流出来了。”

“既然你知道这些，”薛琼楼终于开口，“为什么不告诉姜别寒？”

因为……她得遵守规则，不能破坏剧情啊！

“因为……我没有证据。”她捏着筷子，嘴里含着汤圆，脸颊鼓鼓，像条正在受气膨胀的河豚，“你满意了吧？”

“不过呢，”她放下碗筷，深深呼吸一口，“看在你请我这顿饭的分上，我就暂且原谅你了，好了，我现在不生气了。”

薛琼楼静静看着她。她又回到了刀枪不入、软硬不吃的状态，好像任何伤害都抵达不了心底。

“久等了久等了，终于买全师父要的孤本了。”绫烟烟挥舞着一本书，从人群中挤了出来，身后跟着姜别寒和夏轩。两人怀里各抱着一摞书，把各自的脸都挡住了。

出发前绫烟烟的师父就让她不要忘记搜罗各种绝版秘籍，所以她一抵达蒹葭渡便扫荡了所有书铺。姜别寒和夏轩两人负责搬运，眼下都是一副生无可恋的表情。

“那里人太多了，我们还看到有两个山泽野修为了一本秘籍大打出手呢！”夏轩坐下来大口喝茶，心有余悸地说着，他还没留意到僵持的氛围，迫不及待地分享着一路上的见闻，“不过幸好我们出手快，赶在其他人看上这卷上古孤本之前，就把它拿到手……”

绫烟烟突然拿手肘撞了他一下，打断了他滔滔不绝的话。夏轩不明所以地闭上嘴巴，聒噪的声音一停，本就凝固的气氛更僵硬了。

“不对劲，这俩是不是吵架了？”

姜别寒压低声音：“我们回来好像是个错误的选择。”

“哎呀，我突然想起来还有古籍没买，那本可重要了，少了它我没法和师父交代。”心有灵犀，不点就通，绫烟烟以拳击掌霍然而起，“姜师兄，阿轩，我们再走一趟吧。阿梨、薛公子，麻烦你们再等一会儿。”

“我和你们一起去吧。”白梨也站了起来。

绫烟烟猫着腰准备遁走的身形僵住：“可、可是阿梨，你不是觉得又累又饿，想好好休息吗？”

这不过是想找时间好好质问薛琼楼的借口，现在他们俩的事已经解决了。白梨晃了晃脑袋，坐这么久她脖子都酸了。

“已经休息够了，现在只想和你们四处逛逛。”

这几日蒹葭渡的大街上都是外乡修士，可谓“车水马龙”——字面意义的车水马龙。车是长着四条腿的鱼拉的车，缀满明珠玉石，珠光宝气，应当是来自海产丰饶的东域；坐骑是长角的巨蟒，漆黑的鳞片覆满冰霜，所过之处，地面结了一行冰，冒着丝丝寒气，这是极北之地的角蟒。还有骑仙鹤在天上翱翔的、坐在猛虎背上招摇过市的，反倒显得几位主角分外低调普通。

姜别寒特意和薛琼楼并肩走在后面，他又开始传经了：“薛兄你知道女孩子最喜欢什么吗？”

又来了。薛琼楼不耐烦地一皱眉头，随即淡而散漫地一笑：“漂亮的东西。”

“这也太敷衍了吧。”这下子连姜别寒也看出了他的不用心，“具体一些，比如漂亮的裙子、漂亮的香囊、漂亮的发带……她有所需求，你才知道该如何去满足。”

漂亮的裙子、香囊和发带是绫烟烟喜欢的东西，夏轩想要的是衣食无忧的养猪式生活，至于姜别寒，无论是现在还是将来，他都将孜孜不倦地追求剑道。这些薛琼楼都了如指掌，但只有白梨，只有她从没有展露过自己的欲望。

她的喜怒哀乐好似都蒙着一层纱，这层纱令他无法触摸也无法穿透，阻绝了时间与空间，仿佛近在咫尺，又仿佛有千里之隔。

一个无欲无求、若即若离的人，这世界上根本不会存在。

“怎样，能想起多少？”

“我不知道。”薛琼楼有些出神地凝视着前方少女的背影，平日里信手拈来的花言巧语在此刻都化作脑海中一片烟云，说不出口。

他如实承认，低声说：“我不知道。”

“那就很简单了。”姜别寒的笑容变得轻松起来，双臂枕在脑后。

“很简单？”

“当一个女孩从没有跟你提起任何需求的时候，那她只有一个需求。”姜别寒笑着侧过脸，“是一个承诺，不背叛、不欺骗的承诺。人心似海，可以睥睨天地，但人心也很小，能够住进心里的只有寥寥几人而已。人一旦认定，便会倾尽一切，付出所有。如果遭受了背叛和欺骗，她的心会死，那里面的人，也将失去他的家。”

姜别寒仔细观察着少年神情的变化，他黑透的眼底仿佛泛起了涟漪的水面。他或许已经把这番话听进去了，或许又只是在心底一笑置之。

未及弱冠的少年正应是慕少艾的年纪，可姜别寒总觉得他心里装着许多事，又偏偏没有风月之事。

“姜师兄！出事了！师姐的芥子袋被人抢走了！”夏轩气喘吁吁地跑过来，开口便是一记晴天霹雳。

“怎么回事？”姜别寒脸上的笑意消失得一干二净。

“刚刚有人撞了我一下，等我反应过来时，芥子袋就没了。”绫烟烟懊恼地抓乱了头发。芥子袋被盗，意味着她一上午的心血白费了，而且里面还有三个人全部的盘缠，这下子真得全去睡大街了。

“就连那人的脸都没看到。”白梨无力地补充一句。琅环秘境开启在即，近日蒹葭渡人流暴增，街上行人熙熙攘攘，放眼望去都是大同小异的脸，那人的出现与消失也都十分普通，就像一滴水溅出海面又融入海水。

菜鸟抱团的坏处就是一旦发生意外根本来不及寻求支援，她敢打赌，如果那会儿走在绫烟烟身边的人是姜别寒，那人的胳膊会被扭断，更别提换作薛琼楼了。这次两人却远远跟在后面，难道是在谈心？

想到两人最后的结局是你死我活，白梨便感到一阵力不从心的无奈。

“他一定没跑远，我们赶紧去追。”姜别寒话音方落，身后突然传来夹杂着尖叫的骚动，整条街上庞大的人流都静止了，所有人齐刷刷扭头，可身后什么都没有，他们只是随大流地往后张望而已。

“怎么回事？”夏轩也跟着探头探脑。

天边的晚霞红得快要滴血，整座蒹葭渡都笼罩在这片不祥的红光之中。

确实出事了，且是血光之灾。

发觉此事的是一名卖糖葫芦的小贩。晴空万里的天气，却有冰冰凉的水滴落在脸上，他以为是下雨了，但天空仍旧艳阳高照，紧接着他发现糖葫芦琥珀色的糖浆化了，混着红色的糖衣一同流淌下来，像一根正在融化的红蜡烛。

黏稠的糖浆散发出腥甜的铁锈味，滴滴答答地在地上晕开。脸上的雨水更多了，用手抹去，手心却染上一片殷红。他这才意识到不妙，缓缓抬起头。

哪怕做好了心理准备，眼前的景象依旧让人头皮发麻。头顶的树枝上拦腰挂着一人，那人的腰部以不可思议的角度弯折，脸色青灰，双眼圆睁，死不瞑目。

更不可思议的是，那人的腹部竟开了一个大洞，甚至能透过此洞看到后面血色的天空。

因为是头朝下的姿势，血便像小溪一样，从腹部汇聚到上半身，又顺着脸汩汩流淌，化作淅沥沥的雨落在地上。

死人了，而且此人很明显死于他人之手。

纠纷？还是仇杀？

要知道这里可是蒹葭渡，拥有着号称“天下文脉规矩所在”的鹿门书院，谁吃了熊心豹子胆敢在这里造次？

被吸引来的人越来越多，议论声也越来越大。

“都让开！让开！别挡道！”

人群突然像被小舟劈开的浪花往两侧分开，一群人走了过来。来人清一色的月白色襦衫，襦衫袖口压着浅蓝色的边，发髻以银色发冠束起，腰间还文雅地陪着香囊，香囊上刺着象征君子之风的兰花。

“是鹿门书院的弟子，居然把他们也惊动了。”姜别寒不无惊讶。

“鹿门书院是天下文脉规矩所在，出了这种人命关天的事，他们出面也是理所当然。”绫烟烟解释。

“虽说死者为大，但我现在更想找到被偷走的芥子袋，不然今晚就要露宿街头了啊！”夏轩抱住了脑袋。前面堵这么多人，那盗贼一定趁机逃之夭夭了。

“没关系，不会露宿街头的，我相信这次薛公子一定也会慷慨解囊。”白梨拍拍夏轩的肩膀安慰。

薛琼楼：“……”

“等一等，你们看，那人手里还有什么东西呢！”绫烟烟提醒。

死者僵青的右手攥得死紧，指缝里漏了几根流苏出来。

绫烟烟瞧着那流苏无比眼熟，恰巧书院弟子这时候也掰开那人的手，将他手心的东西拿出来。

下一刻，绫烟烟呆在了原地。

“巧合吧……”她喃喃地说。

好巧不巧，那东西正是片刻前她丢失的芥子袋。

狸花猫藏在枝叶间，像一团黑灰相间的毛球，暗金色的瞳孔倒映出青年攀着树枝缓缓靠近的身形。

“快了快了，这下别让它再跑了。”站在树下的男孩紧张地关注着上方的动静，忍不住说出声。他身边的女孩立刻比了个噤声的手势，拿谴责的目光瞪着他，让他不要打草惊蛇。两个孩子都穿着浅青色的襦衫，头戴皂巾，像两个人小鬼大的书童。

树上的青年长臂轻舒，身体骤然前倾，趁这只调皮的狸花猫蹿上高枝之前，双手敏捷地捏住它后颈，将它拎进自己怀里。

“抓住了！”孩子们欢呼雀跃。

青年抱着狸花猫从树上跳了下来。他长着一张亲和力十足的娃娃脸，若不是身形高挑，说他是十四五岁的少年也不为过，这里的孩子们都喜欢找他玩。

“已经没事了，你们也早点回去。”青年把猫放进女孩怀里，揉了揉他们的脑袋。

“那……今天晚上也能翻墙找你玩吗？”男孩压低声音。

“不行，这几天成蹊哥哥忙到好晚才回来，我们不能再打扰他了。”女孩抱紧怀里的猫，眼瞳发亮，伸出手指，“等哥哥什么时候有空我们再来找你吧，要拉钩哦。”

青年哭笑不得地伸出两只手，与两人都拉了钩。一个成年人还和小孩子做什么“拉钩上吊一百年不许变”的游戏，听上去有点幼稚，他却很认真地钩住了两人的手指，像在许下一个郑重其事的诺言。

“发生了何事？”等两个孩子的背影消失在草木间，他才轻声说了句，并没有回头。

“师兄猜得没错。”他身后站着一名身着月白色襦衫的书院弟子，静悄悄的，不知何时出现的，“就在方才，又有人死了，和前两次一模一样的死法，被掏去金丹而亡，同样也找不到任何线索。”

“这是第三次了啊。”青年叹口气，“接连出了三条人命，我们却没有一点头绪，真不知道该怎么向其他人交代。”

“按照师兄的要求，我们在渡口找了块空阔的地方，为那人置了衣冠冢。”弟子看着青年憔悴的脸色，“不过这次的事，还有点奇怪。”

“怎么了？”青年转身问。

书院弟子挠挠脸，说：“有个自称是玉浮宫弟子的女孩，说死者生前偷了她的芥子袋，我们不敢妄自决定，只好来找师兄你了。”

“玉浮宫？这么说巨阙剑宗的姜剑主也来了吗？”青年抖了抖衣袖，将方才爬树时沾到的树叶抖干净，“我来接见他们吧，你们派人把这件事告知先生。”

“这个啊……”那弟子似乎有些难以启齿，“宋师兄已经派人去了，我来通知李师兄你，也是他的吩咐。”

青年看了他一会儿，阳光下的瞳孔呈现出暖洋洋的茶色。

“是吗。”

“这真的是我的芥子袋，不信你们看，这上面还有玉浮宫的标记！……什么？你们说标记是假的？”绫烟烟将一张上上品符箓拍在众弟子面前，明黄色符纸上赤红的丹砂鲜艳得简直晃瞎众人的眼，“不信的话看这个，如假包换！”

“听到没有！如假包换！所以快把师姐的芥子袋还给我们！”夏轩狐假虎威地一巴掌拍在案面，那张价值连城的上上品符纸被拍得飘起又吹落。

符纸上的丹砂绘作水波纹形状，的确是天下仙门之首玉浮宫的标志。众弟子面面相觑，看上去还是不敢相信大名鼎鼎的玉浮宫弟子会被人偷走芥子袋。

“你们不信符箓，那这把剑总该信了吧！”一柄寒气森森的长剑拍在案上，剑鞘卷起的气流锋利得能擦破众人的额发，所有人脖子边凉飕飕的，仿佛贴了刀片。

“长、长、长、长鲸？”识货的弟子捂着岌岌可危的头发颤声说道。剑鞘上那古朴的纹路威严得不容直视，甚至隐隐还能听到来自上古神兽的咆哮。

“没错，如假包换的长鲸。”姜别寒板着脸点点头，很满意他的反应。

白梨默默捂住脸。这样霸道的作风，到底谁是反派啊？

与三人土匪般的气质完全相反的是站在一旁偶尔打一两句圆场的薛琼楼，同为儒门出身的鹿门书院弟子似乎也更愿意同他打交道。

众弟子背过身讨论片刻，最后代表转身，义正词严地说：“对不起，还是不能放你们走。这个芥子袋或许确实是你们的东西，但它出现在死者手中，这未免也太过巧合了。所以还得劳烦你们稍等……”

“你怀疑是我们杀了那个人？”夏轩难以置信地指着自己的鼻子，平日里连杀鸡都不敢的他如今居然被怀疑杀了人，这个世界太癫狂了，“喂喂，就算不相信我们这几张天真无邪的小脸，也该相信我们的信物吧！”

可没想到那几个弟子还是摇头：“信物可以造假，况且这也并不能说明什么。”

“真不愧是号称‘天下文脉规矩所在’的鹿门书院，半点情面都不讲。今天如果是我师父在这儿，恐怕他们也不会退让半步吧。”绫烟烟悄悄嘟囔。

“正是因为这帮书呆子秉公执法、不讲私情，所以琅环秘境才由鹿门书院坐镇吧。”白梨也讲起悄悄话，“虽然听上去合情合理，但现在这种情况不太好办啊。”

“管它什么四面楚歌，咱们直接抢了芥子袋突出重围不就成了？”夏轩撸起袖子。

还没等白梨阻止，他便摸出一张障目符往人群砸去，想直接用障目术骗过这帮书呆子。这手出得猝不及防，一贯讲究先礼后兵的书院弟子显然大吃一惊，不出意外的话，他们会被困在幻境中足足半天。

可出乎夏轩意料的是，障目符压根没有近身的机会，就被一片金光反弹回来。

半空出现无数金光潺潺的大字，流水般翻涌不停，仿佛一座铜墙铁壁的牢笼，将人死死困在里面。

“从踏进鹿门书院的第一步开始，你们就踏进了这里的禁制，这种小法术是伤不了我们的。”

不知从何处吹来一阵风，浩如烟海的书卷哗啦啦翻开，缠绕着金光的蝇头小楷从书页中飘出，像一条条金色的绳索。由圣人之言组成的绳索，带着神圣庄严的审判之威。

这些绳索狡猾地在长鲸剑的剑锋下游走，剑锋一次又一次劈斩在空气上，次次劈空。

姜别寒也有些傻眼了："这些是什么东西？"

"文以载道，象征着绝对的规则，你用剑是斩不断的。"薛琼楼冷静地解释。

文以载道，儒修们驾驭的是圣人之言、君子之语。刀枪剑戟皆有生锈破碎之日，唯有文字源远流长，永远不朽。

金字组成的绳索越来越密集，犹如一只刻满文字的赤金色铜球，炽盛的光芒刺得人睁不开眼。

姜别寒无意间扭头，发现薛琼楼一手背在身后，袖口轻轻一抖，黑白二色的琉璃子沿着地砖的纹路滚向四面八方。

这是……一座法阵？

"你这是在做什么？"姜别寒悄声问。

"姜兄，介不介意用无耻一点的办法解决这件事？"

"欸？"姜别寒一愣。

清越的撞击声突然在空阔的室内回响起来，一声接着一声，像空谷中成串的雨水砸在花岗岩上，密集而空灵。

"这是什么声音？"书院弟子满脸惊疑地寻找着声音的来源，最终发现那来自成排的书架，那是棋子落在地面、布展成阵的声音。

"我数到三，如果禁制还没有撤走，这些书就会被烧成灰烬。"

且不谈这里有多少绝迹的孤本，光是支撑禁制的秘典，就是数代先贤的心血。如果这些书真被烧成灰烬，那在场所有人都将成为书院的罪人。

"他是什么时候……"为首的书院弟子抬起脚，发现地上不知何时铺开一张巨大的网，淡金色的光柱拔地而起，像一副诡秘莫测的星阵，"等等，有话好说。"

"三。"

"等一等！你不能这样做！……快去通知宋师兄！"

"一！"

"二呢？？？"

火光刺亮了每一个角落，像破开雨云的阳光普照着每个人惊慌失措的脸，所有人在这一片耀眼如银的光芒中失去了语言能力。

世界仿佛被按下了暂停键，紧接着突然炸响的爆破声裹挟着炙热的气流四处扩散，还未燃尽的纸页碎片仿佛锐利的流弹。黑红与金橙的灰烬中，长鲸出鞘的剑光宛若银色的长虹，破空横抹！

“完了，这里的书全都……”为首的书院弟子差点瘫坐在地，好不容易才按住书案重整旗鼓，“不能让他们逃了！快追！”

“可是师兄……”

“可是什么！都这样了还不快追！想被罚扫厕所吗！”

“可是师兄，你裤子掉了啊！”

话音刚落，所有人的腰带齐刷刷裂成两半。

“干得漂亮，姜师兄！”绫烟烟被姜别寒拉着冲出炽热的气流，一边奔跑一边竖起大拇指。

“是我们配合得好。”姜别寒谦虚地指了指一旁的白衣少年。

白梨：“……”你是不是被带坏了？

“所以你真的烧了所有的书？不怕被报复吗？”白梨黑着脸，费力跟上薛琼楼的步伐。他做事虽然缺德，但好歹有分寸，不会随心所欲，可刚刚那种“焚书坑儒”的暴行又是什么情况？！

“我们只是想尽快脱身，怎么会真的烧人家的书，那只是借用了障目符的假象而已。”姜别寒晃了晃方才抢来的芥子袋，急急忙忙地解释着，有种好孩子被迫做坏事的错觉。

别解释了，你果然就是被带坏了。

白梨无语地看向薛琼楼，他扑眨着眼睫，无辜地笑了一下。

“前面有人！”夏轩惊慌失措地喊了一声。

众人连忙停住脚步。

只见一道高瘦的人影堵在了大门口。汹涌的白光从他背后射出，描摹着襦衫流水般优雅的线条——那是一名长着一张娃娃脸的青年，他站在那里仿佛已经很久了。

后面提着裤子狂追的书院弟子纷纷停下来，看见来人却并没有露出欣喜的神色，反倒显得心虚又不安：“李、李师兄？”

那人也穿着鹿门书院的月白色法衣，只不过比起别人，他腰间多了一枚刻有竹叶与白鹿的青色玉简。

“没有证据便贸然扣押诸位，是师弟们失了规矩，也是书院失责，给诸位添麻烦了。”青年按着为首那名弟子的脑袋一揖到底。

原以为这人是来给小弟们撑腰的，没想到这么快就主动认错，态度出奇地端正。

“没、没关系。”姜别寒一头雾水。不过想来两边都没占到便宜，准确来说腰带开裂的他们看上去好像更凄惨一些，他也就没有深究。

“可是师兄，他们居然把禁制破坏了，这可怎么办！”

“都是假象。”伴随着一记清脆的响指声，火光陡然间消失了，飞舞的灰烬仿佛从未存在过，阳光静静地切割出明与暗的分界线。

薛琼楼淡淡地笑了：“不信看你们四周，这些书都还毫发无损。”

众人茫然四顾，他说得没错，甚至连书角都没折损。

“你……”

青年伸手在众弟子面前一拦，道：“在下李成蹊，久仰诸位大名。三日后的符令之争上，还望能与诸位一决高下。”

他这么说，就是代表这场闹剧可以就此揭过。几人没有多留，离开了这是非之地。

“他说他叫李成蹊，就是鹿门书院那个首席大弟子李成蹊吗？”回去的路上，绫烟烟还在反复探讨他的身份，“我师父一直提起他，说他懂事刻苦还能独当一面，鹿门书院的山主是将他当作继承人来培养的，可他本人好似没这个意愿。”

“首席大弟子，听上去就是将来要继承师父衣钵的存在。”白梨对剧情很感兴趣，“他不去继承，谁来继承？”

“因为他还有个师弟，虽然他师弟出身寒门，但资质也不在他之下。”绫烟烟耸耸肩，“如果他愿意把山主之位让给自己的师弟的话，说不定这事还能成为一桩美谈。”

“那他自己做什么？”

“据说他自己筹资建了一家孤儿院，再忙都会抽出时间和那里的孩子玩，比如帮他们救救爬了树下不来的猫，春天陪他们拔褉放风筝。”

听上去怎么那么像小学生作文素材……

白梨回忆起方才那青年的模样。怀里抱着书，斯斯文文的，一张娃娃脸生生给他减掉十岁，他确实是能和孩子们打闹成一片的邻家大哥哥。

一行人已经走得很远，只剩下一地狼藉。几枚金色的文字飘浮在半空，写的是圣人之言、君子之语，生来带一股浩然正气。

李成蹊把最后一本书打开，翻到对应的页数，默念着法术的咒文，金字鱼贯飘入书页，成了普通的墨字。他将书端正地摆上书架，才转身面对众人，脸色肃穆。

“这里的禁制只有先生、宋师弟还有我才能开启，你们却不分青红皂白想用禁制把人困住，已经严重违反了书院规则，回去各自领罚吧。”李成蹊一贯亲和的娃娃脸罕见地浮现几分怒色，也让他看上去少有地威严，“今日是我值班，整个书院的禁制由我掌控，这里出了问题，也是我督导不力，之后我也会自去领罚的。”

“给师兄添麻烦了……”众人低着头满脸愧疚，“我们只是觉得这几日出的人命太多了，每次都是在众目睽睽之下，却每次都找不到任何线索。三天后就是符令之争，再这样下去，我们怕造成的恐慌会越来越大，甚至影响到秘境的开启……”

“难道刚刚那群人看上去很可疑吗？”李成蹊问。

“当然……很可疑啊！”众弟子回忆了一下那几人各自掏出看家法器拍在桌上的模样，那气场简直和威胁平头百姓收取保护费的不良分子没什么区别，更别提之后还用障目术戏耍他们，还让他们裤子都掉了……想到这个众人不禁气得发抖，“是可忍孰不可忍！师兄，我们不信玉浮宫和巨阙剑宗会教出这样的弟子来！”

李成蹊皱了一下眉：“我知道了，今日有先生的课，你们先下去整理一下衣冠。”

众人这才发现自己还提着裤腰，于是满脸通红地告退。

李成蹊独自静坐了半晌，没有抬头：“宋师弟，开启禁制的法诀，是你告诉他们的吧。”

屋内静若空谷，案头的烛火微微跳动，并没有人回应他。

李成蹊抬起目光，一字一句说："敢做，却不敢承认吗？"

"师兄言重了。"门口光影一动，不知何时出现的一道人影倚在了门框上，朝李成蹊拱了拱手，"我只是看师兄这几日太过劳累，想尽自己绵薄之力替师兄分忧，谁知道这群小兔崽子竟然这么冲动，差点闹出大事。"

说话的青年年纪要小一些，但言语间遮不住棱角，盖不住傲气，像一个劲想顶出水面的荷尖，野心勃勃。

他无奈地摊开双手："不过谁叫师兄不好好在这里值班，非要替那群孩子爬树找什么猫，说你渎职，应该也不为过吧？"

"再过不久，等师父归隐山林，你就是鹿门书院的山主，鹿门书院是天下文脉规矩所在，你就是天下文脉规矩的执掌者，像今日这般为了一己之私搬弄是非，今后该如何为人表率？"李成蹊合上书，转身扔下一句话，"宋嘉树，你好自为之！"

"少拿这种说教的语气和我说话，你又不是我的先生！"宋嘉树讥讽道，"论能力，论资质，我哪一点比不上你？山主之位迟早是我囊中之物，你分明是被我堂堂正正比下去的，却对外粉饰成让贤于我，沽名钓誉、不配为人表率的人，难道不是你自己？"

李成蹊恍若未闻，头也不回地往前走。

宋嘉树却不依不饶："我出生寒门，一步一个脚印得到先生的青睐。可你呢？若不是先生对你的哥哥心怀愧疚，偏爱于你，恐怕你现在依旧泯然众人。首席大弟子这个称谓，还轮得到你吗？"

"甚至扶乩琴的琴谱，也本该传授给我。"他一字一句地说。

李成蹊握住书脊的手瞬间一紧，书页被抓出了皱痕。

月光穿透窗户，铺照在屋里的每一个角落。白梨仰面躺在床上，失眠了。她失眠的起因是这家客栈的跑堂小伙向他们这些外乡人添油加醋地描述了一番近日蒹葭渡的连环杀人案。

凶手神出鬼没，喜欢对那些无亲无故的野修下手。野修之所以叫野修，是因为他们出身山野大泽，修行不随正统，行事不受约束，他们之中难出心怀天下的正道魁首，每逢乱世却是枭雄横出。可即便如此，这其中仍是弱者居多，死了也就死了，根本没人替他们申冤。

“死法还特凄惨，被生生掏出金丹而亡，可吓人了。”

掏金丹……古代版开膛手杰克吗？白梨不合时宜地想。

“之前只有一个人从鬼门关被拉了回来，虽然金丹修复了，魂魄却受了损伤，跟傻子没什么区别了。”

“都受了这么重的伤还能被救回来吗？”

“多亏了鹿门书院的山主大人啊。山主有一件神通广大的秘宝，叫作扶乩琴，号称能安魂定魄，只要还剩一口气，无论受多重的伤，都能让他起死回生。”

扶乩琴啊……这个名字听上去有点耳熟，但白梨又记不起原著哪里提到过了。白梨闭上眼不去想它，开始想象一只芝麻汤圆下锅，两只芝麻汤圆下锅，三只芝麻汤圆……唉，隔壁就是“汤圆”的房间，他有没有睡啊？

白梨头顶着被子在墙上敲了三下，两手拢在嘴边：“薛公子、薛公子，你睡了吗？没睡回一声。”

果然没回应。没回应就代表一切都很正常，白梨安生了。她正准备吹灭床头的油灯，一条放大的人影忽地在门上晃过，看体型装扮似乎是个高瘦的男人。

对门的姜别寒？

不可能，他一到客栈便睡了，绫烟烟逛街想找人陪却怎么都喊不醒他，白梨和夏轩都做好了第二天为他默哀的准备。

薛琼楼吗？

更不可能了，他想在背地里搞事情怎么可能留下证据。

白梨蹑手蹑脚地披衣下床，小心打开一条门缝，外面却空无一人，走廊里黑漆漆的，只有走廊尽头玻璃碎片似的霜白月光。

可刚刚确实有人经过，她绝对没有看错。

她准备去敲绫烟烟的房门，背后突然有人将她拉进屋内。

“你傻站在外面做什么？”

这声音……

白梨回过头，果然看见衣冠整齐的薛琼楼一手扶住门框，站在她身后。

“深更半夜，你在这里吵什么？”

“刚刚有人在我们屋外，我亲眼看到了！他还没逃远！”白梨十万火急。

“嗯，我知道了。”薛琼楼手背在身后，不知做了什么，啪嗒一声格外清脆。

“知道了还不快去追！”他一副“别人死活关我何事”的模样，白梨只觉自己在瞎操心，心脏都要烧起来了。

薛琼楼却只是无动于衷地站着，幽暗的油灯映在他眼底，显出冷淡的暗黄色调。

白梨忽地不说话了，和他对视了几秒，迟疑道：“那个人……是来见你的吧？”

他没有说话。

白梨更加肯定心底的猜测，反手拉门，却发现门已经被锁死，刚刚那一声脆响是上锁的声音。

她背后一寒，慢慢地抬起眼。

薛琼楼含着一丝笑，静静地看着她。

白梨的心凉到冰点。

这样的笑……恐怕没什么好事。

她不想放弃，用力拉了两下，房门固若金汤。

“别白费功夫了，今晚老老实实待在这里。”他坐在椅子上，随手抽出一本书翻看起来。

白梨难以置信地指着自己的鼻子：“那我……睡哪儿？”

“房间这么大，随便找个角落凑合喽。”少年语气轻快。

“我有自己的房间，”白梨抱紧身体，一脸认真，“你不能拘禁我。”

“你放心，我没兴趣针对你。”薛琼楼合上书，缓缓说，“不过对付你，我这里倒是有上、中、下三策。”

“上策是你我二人心照不宣，你走你的阳关道，我过我的独木桥，各不相干；中策是你先前投石问路，现在知难而退，那我也不会怎么样；至于下下策，就是你非要以卵击石，插手我的计划。”

他停顿一下，微笑着说：“那今晚只好委屈你了。”

白梨抽了一下嘴角。早知道白天不招惹他了，果然又被当成了严加防范的目标。

她无精打采地抱着腿，蜷缩在角落的一张椅子里。对面的少年安安静静地翻着书，在昏黄油灯的映照下，他的脸颊像镀上了细腻的釉的白瓷。

空荡荡的屋内唯有灯花落下的“哔啵哔啵”的声音。

“唉，长夜漫漫，光坐着也没意思……嗯，薛公子，不如——我们来下棋吧！”白梨双手一合，用无比抑扬顿挫的语气提议。

薛琼楼抬起眼睫。

“我无聊嘛。”白梨用力眨着星星眼。

他讥讽一笑：“你还没输够吗？”

可恶，有本事，来比五子棋啊！

白梨腹诽着，面上笑哈哈：“我愈挫愈勇嘛，你又不是不了解我——”

薛琼楼看了她一会儿，慢条斯理地收起书，一挥衣袖，案面凭空浮现一座袖珍云海，烟云凝聚成一张棋盘的模样。案头一灯如豆，云蒸雾绕的棋盘折射着璀璨的烛光，仿佛日月照耀的金台玉案。

不得不说，这些玩意儿真是漂亮，很有收藏价值。

白梨跃跃欲试：“谁先手？”

少年一伸手，示意她先。

他要是一直有这样表里如一的风度该多好。

“那么我先来。”白梨煞有介事地在棋盘正中央放下一子。

“先提醒你，这次不许再摆奇怪的字眼。”很明显薛琼楼没有认真，只是在敷衍，他的视线都没有落在棋盘上。

“明白明白。”白梨又放了一子，絮絮叨叨地说，“为什么要叫彩云盘和琉璃子呢？真的是用彩云做棋盘，琉璃做棋子吗？那你知不知道有一句话叫‘彩云易散，琉璃易碎’？”

彩云易散，琉璃易碎。

他微微一愣，低垂的眼睫在脸上留下一片阴影，他有些失神地坐在满地寥落的光影中。

一切美好的东西都会破碎，正如一切情深意笃之人都会走向死别。月圆的尽头是月缺，盛放的尽头是毁灭。

朝生暮死，才是永生。

“结束了！我又赢啦！”

正失神间，少女脆生生的声音响起。他抬起眼，大大的“梨”字几乎占据了整片棋盘，她这回摆的居然是自己的名字。

“故技重施，很好玩吗？”有一瞬间他甚至想失笑，然而嘴角勾起的刹那，他猛然回神，面无表情地将剩下的棋子扔回棋罐。

“咱俩配合得好！”她笑嘻嘻地说。

薛琼楼的手微微一顿。棋盘上的字是正对着他的，也就是说，他刚刚下棋时，不自觉地配合着她将这个字补全了。

自小到大，世间所有棋局的走势在他脑海中走了万万遍，唯独这一局闻所未闻。初试之时难以看透，如今再见却几乎成了刻进骨子里的本能。正如，他也从来没有想过，设计好的棋局里，会混入一个局外人。

“彩云盘，琉璃子，非人间物，是天上来。既然如此干净，不染纤尘，就别让它们也沾上腥血。”她纤长的手指捏着那枚剔透的白子，像挂着雨珠的春笋，“这样，它们就不会碎了。”

薛琼楼把棋子扔回棋罐，也许是熬了大半宿心力交瘁，又或许是案头迷离扑朔的烛火使人目醉神驰，他伸手覆住棋盘，也挡住了字眼。

一定是自己方才胡思乱想没有集中注意力，才顺着她的思路走了下去。

这样绵软的、温存的棋势不是他的风格，他的进退之间当有存亡天地的枭狂，他落下一子就是掌控一个人的宿命，翻覆棋局就是改写整个天下的生死，而不是像现在这样，红烛香案为伴，沉湎于这些优柔寡断的情短情长。

薛琼楼缓缓收拢五指打乱棋盘，也没了拣棋子的耐心，悉数将它们杂乱地扔进棋罐里。

“回去吧，你没必要待在这里了。”

“啊？”就算不认同她的话，也没必要这么急着下逐客令吧。

白梨揣起袖子蜷缩在椅子里：“你这人真奇怪，想让我来就让我来，想让我走就让我走，我才不受你支配呢，今晚我待在这里了！”

“奇怪的是你。让你走你不走，不让你走你偏要乱走，你——”他脸色阴沉下来，突然又不说了。

“我什么？”白梨挺直脊梁，“现在你知道惹上麻烦却甩不掉的郁闷了吧！我才不走！只要我待在这里就没人敢找我麻烦，你为了不惹姜别寒怀疑又不会对我怎么样，这里这么安全，除非我是傻子我才走！”

薛琼楼盯着她，破冰般一笑："你是在得寸进尺吗？小心身后是悬崖。"

白梨摇摇手指："不不，那我也会拉你一起……"她的手突然伸过来，握住，轻轻一拽，"像这样！"

手上一阵暖意，顺着肌肤渗进更深处，让人忍不住一颤。

少年长长的眼睫交错着光影，突然之间，他甩开她的手，撩起衣袍走到窗边。

"你干什么去？"她在身后喊。

薛琼楼不理，只是站在寒冷的夜风中，等那令人烦躁的、沸腾的温度一点一点降下去。

谁都没有再说话，过了很久，烛光都暗了下去，忽然传来一声头磕在案上的轻响。薛琼楼在这一刻转身，见她从椅子上倒下来，趴棋盘上睡熟了。

居然还有心思在他这里睡觉，难道她觉得他也有原则和底线，不会乘人之危？

是不是他这几天太和颜悦色，给了她可以为所欲为的假象，她便开始松懈、轻视，乃至得寸进尺？

薛琼楼走过去，推了她一把，道："这不是枕头，要睡去床上。"

她没反应，安安静静地伏在案上，已经发出了绵长的呼气声。烛火碎在白嫩的脖子上，她嘴唇殷红，带着水色。

少年阴着脸色，站在原地凝视半晌，最后，慢慢地扭过了脸。

# 第2章
## 鹿门书院（二）

天方初晓，楼下三三两两坐满了人，就着热腾腾的茶气、醉醺醺的酒香谈天论地。

不起眼的角落里，白梨顶着六道目光如坐针毡，经过漫长的沉默后，她终于清了清嗓子：“有什么想问的你们就问吧。”

被对方发现了企图，绫烟烟颇为不好意思地笑了笑，凑过来低声问：“那个，我以朋友的身份多问一句，你为什么不在自己房间睡觉啊？”

“噗——”白梨一口茶喷在悄悄凑近偷听的夏轩身上，夏轩一蹦三尺高，一边大喊着“脏死了脏死了啊”，一边手忙脚乱地擦拭。

“我不小心把自己锁外面了，又不好意思打搅你们，只好在薛公子房间里凑合一晚。”白梨挠了挠头发。这个“凑合”是货真价实的“凑合”，她趴着睡了整整一晚，刚醒来的时候差点以为自己浑身被压路机碾了一遍，到现在都腰酸背痛。

绫烟烟松了口气：“我就说，薛公子那么有原则的人，怎么会乱来呢！”

少年正在不远处的柜台前结账，一袭白衣仿佛早春的雪消融在淡金色的阳光中，灰色的布景下只有这一块地方干净得耀眼。

什么原则不原则，他就是做贼心虚！白梨咬着豆沙包心想。

“只看不吃真是男人的耻辱！”夏轩愤慨地说完这句，脸色立刻变了。

绫烟烟脸色也变了，一脚踩在他鞋面，质问道：“这话哪里学来的？如实交代！”

“是姜、姜、姜……”

“江边看人钓鱼的时候学来的！”姜别寒以迅雷不及掩耳之势拿馒头塞住他的嘴。

白梨默默喝了口茶，抬头望着门外的日光。真是个神清气爽的早晨，主角们的人设在光天化日之下崩坏了。

面前光影一晃，雪白的衣袍出现在视野之中，白梨一愣。

结完账的薛琼楼手里多了只白纸折成的鸟，他面色不似众人轻松，反倒有几分凝重。他坐下来将纸鸟拆开平摊在桌面，上面空无一字，但印着鹿门书院独有的青竹与白鹿，这是专门用于传口信的飞鸟。

“方才书院传信邀请我们前去小坐，权当是对昨日那场误会的致歉。”

“欸？我们可以进鹿门书院？也就是说，可以看到琅环秘境的入口？”夏轩惊喜地囫囵咽下一枚青团，噎得他喝了好几口水。

“有这个可能，但入口的真面目只有在符令之争中获胜的那三十个人才有资格看见。”薛琼楼翻看着信纸。

“放心吧，姜师兄和薛公子一定能入围，到时候我们就在外面替你们加油助威！”

“话说得太满不好吧，低调低调。”姜别寒扶额。

薛琼楼只是笑笑不说话，盯着信纸上青竹与白鹿的图腾，眼底却没有一丝笑意。

鹿门书院多绿植，绿意葱茏，碧草映阶，青石板路的尽处是一处竹篱楼阁，名曰“芝兰小筑”。小筑内摆一张乌木书案，一架蝶几，一扇松柏梅兰屏风，洋溢着清淡如烟的松木香。微风扫过，笔架上麟管相撞，如玉石清击。纸砚下宣纸掀动，簌簌作响。

几声琴音荡漾出来，宛若佩环相鸣。

“只有其音，不得其意。”

穿浅青色襦衫的老人负手站在栏杆旁，底下是一片用玉白鹅卵石累叠起来的小水池，池中养着的几尾金鳞摇头摆尾，悠然游弋。

他一只手里拿着鱼食，往下抛洒，金鳞聚到池边，跳跃起来争抢鱼食，淡金色的鳞片划过炫亮夺目的光。

宋嘉树束着月白色的纶巾，闻言停了琴音，垂手立在一旁，道：“请先生指教。”

董其梁挥挥手：“你资质不错，不用刻意钻研，总有一日会水到渠成地理解其中要义。”

宋嘉树晶亮的眸中跃现几丝兴奋的神采。先生这样说，相当于已经承认了他继承人的身份。他不由将目光移到一旁，只见假山下垂首立着的青年一动不动，好似没听到方才的对话。

“师兄也来试试看吧。”他主动退让。

“不用，我不会弹扶乩琴。”李成蹊说的是实话，他琴棋书画样样精通，但偏偏只有这把琴，他无法正确地照着琴谱弹出来。而讽刺的是，宋嘉树在这方面却比他优秀百倍千倍。

“你先下去吧。”

宋嘉树和李成蹊两人都站着没动。好半晌，宋嘉树才犹犹豫豫地指向自己：“先生是……让我先走吗？”

董其梁点了点头：“我和成蹊单独说点话。”

宋嘉树颇为意外地扫了眼木头似的李成蹊，极不服气，一步三回头地走远。

“嘉树这孩子出身贫苦，打小便刻苦努力，想着有一天能出人头地，他天资聪颖，可惜棱角太多，锋芒太过，总有一天会吃亏。成蹊，平日里你还得多照顾他一些。”老者低声说。

“身为师兄，自然应该引导好师弟。”李成蹊抄着袖子躬身站在一旁。

“昨天又出了血光之灾。”乌木书案上摆着一把琴，明显能看出有表漆的痕迹，琴尾有一片蛛网般的冰裂纹，董其梁粗糙的手指轻轻抚过琴弦，蚕丝般纤细的琴弦在他掌下颤抖，“整整三条人命，我却只救回来一个。”

“这不能怪先生。扶乩琴虽然能安魂定魄、起死回生，但这也需要耗费弹琴者半数修为，先生能救回一人已经尽了全力，请先生莫要理会他人的闲言碎语，后面就让学生替先生查明真相，将真凶绳之以法。”李成蹊深深作揖。

董其梁的发丝花白了大半片，可就在半个月前，他看上去还没有如此衰老，仅仅弹了一曲安魂定魄，就几乎要了他几十年的寿命。

“其实还有个更好的方法，那就是你来继承这把琴。”董其梁打量着他微变的脸色，“不愿意吗？成蹊，成为鹿门书院的山主，和照顾那些孩子并不冲突。”

“学生志不在此。况且扶乩琴下一任主人已经很明确了，这是学生天赋的问题，不是学生意愿的问题。”李成蹊坚定地说。

董其梁静静地注视着他，李成蹊的目光也毫不躲避，参天绿竹在两人身后簌簌摇曳，像突然下了一场“沙沙”的大雨。

“好吧，既然你意已决，我也不好勉强你。”

“多谢先生成全。”李成蹊双手交叠，又是深深作揖，宽大的袖摆一直垂落在地。

“但是有一点，我希望你能明白。我收你为学生，并不是因为你哥哥。”董其梁说，“成言和你……都是我最得意的学生。”

李成蹊保持着作揖的动作，身体却微微一僵，许久未动分毫。

待脚步声响起，又缓缓远去，他才抬起头来。董其梁已经走远了，李成蹊望着浓绿的竹林，喃喃说：“学生知道了。”

细雨落在山野间，松涛声犹如绿色的海潮。

小屋里透出暖橘色的灯光，屋前挂着一串白麻绳，绳上挂着五颜六色的千纸鹤、纸风铃和平安符。

李成蹊推开门，见青年披着一条薄毯，躬身坐在窗前，细细的雨丝飘进窗户，落在他头发里和衣服上。

他的样貌和李成蹊十分相似，却惊人地瘦。薄毯下空荡荡的，双肩的线条犹如刀背。他没有束发，头发乱糟糟地散在身后，下巴上冒出青色的胡楂。他正笨拙地握着一根竹箫，吹出不成调的曲子。

“哥哥，这根竹箫是谁给你的？”李成蹊走上前问。

李成言放下竹箫朝他挥挥手，眼里跳跃着兴奋的光，眼神清澈得仿佛初临人世的新生儿。

“是那些孩子给你做的吗？”李成蹊在他身旁坐下，接过竹箫。竹箫是手工制作的，不怎么精致，细节处甚至有些粗糙，无怪吹不出天籁。但竹子品相很好，看样子是经过了精挑细选的。

李成言用力点了点头。

“哥哥你和他们玩得这么开心，我就放心了。”李成蹊和他并肩坐在窗前，雨丝犹如冰绸贴面，“不过很快我就能来陪你了，鹿门书院已经和我无关了，先生也同意了我的请求，那个宋嘉树……他也能如愿以偿吧。”

听到“先生”二字时，李成言眼瞳暗了暗，他泄气地蜷缩起身体，发出长长的哀叹。

“哥哥，怎么了？”

“先生……对不起……对不起……”他重复着“对不起”。

“哥哥，这不是你的错！”李成蹊突然拔高声音，用力握住李成言双肩，“这不是你的错！先生……已经原谅你了！他今天亲口和我说，你是他最得意的学生！该说对不起的根本就不是你！你不用再……活在愧疚里了……”

李成蹊的声音越来越低，因为他发现李成言似乎根本没有听到自己在说什么。他的眼神又恢复了死灰般的颜色，犹如深冬将要下大雪前的天空。

“先生……高风亮节……是我毁了他……”李成言喃喃地说，只有在提到先生的时候，他的意识才会清醒一些。

“高风……亮节？”李成蹊也喃喃重复。

或许吧，他用扶乩琴救回了一条人命，要知道，他不知有多久没有祭出这件法器了，因为每次弹奏都需要消耗修为与寿命。

“成蹊，你要站着活下去，不要像我这样……我……”李成言抱住脑袋蜷缩起来，肩膀颤抖，过了一会儿，他抬起了头，目光一片清明。

李成蹊怔在原地。他已经太久没有看到这样的眼神了，仿佛从前那个坚毅又清醒的长兄又回来了。

小屋外风声呼啸，不住摇晃的树林犹如鬼影乱舞，恍惚间两人又回到了相依为命的日子。李成蹊从哥哥眼中看到火焰升腾而起，犹如烛火将要熄灭时迸发出的最后一点余热，带着必须赴死的觉悟。

“风尘俱骚屑，浮云挂空名。”夏轩终于艰难地辨认出这行诗句，“什么意思啊？”

诗句题刻在鹿门书院两侧华表上，华表雕刻着仙气飘飘的白鹿祥云，正中一扇威严赫赫的棂星门顶天立地。青墙白瓦层叠累砌，绣闼雕甍连绵万里，犹如一幅肆意舒展的书香墨卷。

“据闻是书院第一任山长题写的字，为了提点后辈子孙，莫要被虚名牵扰，为利欲熏心。”来访之前做足功课的绫烟烟解释。

鹿门书院不愧是中域中洲最有名气的学宫，光是站在大门口就能感觉到沉甸甸的历史。更新奇的是，进入棂星门后展现在眼前的居然是一幅巨大的画卷。画卷一直延伸向路的尽头，由透明轻薄的丝绸制成，宽度约有三层楼阁高，它在微风中招展，泛起水波般的褶痕，像神女的裙摆。

画卷上是一片广阔无垠的天地，铅灰色的天、红褐色的荒地、黑蓝色的海面。大地布满纵横交错的裂痕，宛若史前蜘蛛织成的网。铁云堆积在波涛汹涌的海面，形成一个凝固的铅灰色旋涡，旋涡中心一道透明的光柱直射而下，漏出赤黄色的阳光，黑色的浪头顶端泛着辉煌的金色，一条彩色的虹贯穿远方的海平线，悬挂在天边，犹如通往天国的阶梯。

再往前，画面一变，从洪荒变成了文明时代，出现了炊烟袅袅的山林和楼宇相连的都城。人物如同米粒大小，在画卷上缓缓移动，仿佛一卷被放大无数倍的《清明上河图》。上面的草木山河栩栩如生，河中激起的水花是由于鱼跳出了水面，飘落的树叶意味着鸟儿飞离枝头。更绝妙的是，小人手中正在交易的钱币的磨损度都被一丝不苟地画了出来。

一个世界是否真实，取决于它的细节是否真实，而这幅画卷的可怕之处在于它仿佛把一个真实存在的世界封印在了里面。

“这就是琅环秘境的入口溯世绘卷，看上去和普通的画没什么区别，只有符令才能开启秘境，那里面是个三千小世界，与我们现在所处的世界没有任何区别。”绫烟烟突然弯下腰指着画卷中一个不起眼的角落，那是几行蝇头大小的上古文字，“这些字我从来没见过，写的是什么？”

“申饬蛟龙檄。”回答的是薛琼楼。

“没错没错，确实有一篇檄文题在绘卷上。”绫烟烟被他一提醒也想起来了，继续口若悬河地给众人讲解，“据闻数百年前蛟龙作恶，中域中洲民不聊生，各家仙门齐力征讨。不过俗话说名不正言不顺，言不顺事不成，自古两军开战都必须下战书，这篇檄文便是为了昭告天下人。而且檄文最初由鹿门书院打头起草，再由各家宗门签字画押，所以战事结束后也就作为胜利的勋章眷写在溯世绘卷上。”

“你们知道得好多。”夏轩听不明白，只知道很厉害。

绫烟烟谦虚地接受了吹捧，白梨转过脸，却见薛琼楼一反常态地在走神。他今天有点反常，好似接下来有什么值得认真对待的事情。

再往前是几堵废弃的青墙白瓦，墙面涂满了充斥着抽象主义意味的字画，很明显是某些捣蛋鬼的大作。最上面倒是规规矩矩地写着几行字，在满墙群魔乱舞中鹤立鸡群，只是不知为何被墨笔涂去了。

“奇怪，这几个字从轮廓看就不丑，为什么要涂掉？”姜别寒奇怪地端详。

没等来回答，熟悉的嗓门远远传来：“我要受不了了！明天必须上书山主，让所有人都辟谷禁食，鹿门书院如此干净的文脉圣地怎么能存在那般肮脏的地方！”

只见一群襦衫翩翩的学子从墙后走了出来，他们没有抱着书卷，而是拎着扫帚拖把和鸡毛掸子，头上还裹着五颜六色的头巾，头巾在鼻子底下扎了个结，让他们看上去活像一群偷鸡贼。

众目相对，大家明显都愣住了。

“真的被罚去扫厕所了啊。”

不知谁偷笑一声，这群学子面容扭曲一瞬，闪电般捂住了腰带，质问道：“你们为什么在这里！”

“上回的茶没喝完，所以你们山主先生亲自相邀再请我们喝一回哦，不过一想到上次的误会，除了深觉抱歉就……”夏轩贱兮兮地捂住眼，“有辱斯文！简直有辱斯文！”

“想干架吗！”散发着不明气味的扫帚齐刷刷地对准了他。

“干就干啊！”不仅是夏轩，竟然连姜别寒和绫烟烟也撸起了袖子。

白梨不忍直视地捂住脸，偷偷往旁边一瞥，发现薛琼楼正似笑非笑地抱着手，阳光透过头顶苍翠的树叶在他白皙的侧脸投下闪亮游弋的光斑。

这笑又与往常不同，好像没什么坏水，只是单纯地被逗笑了……真是奇怪了。别告诉她，这家伙也有乖乖看戏不搞破坏的一天。

“玩得开心吗？”一道沧桑的声音自身后传来，扫帚们突然往后瑟缩一下，而后齐刷刷垂下。

这种和蔼中蕴藏深长意味的话，通常来自抓到自家孩子偷偷打游戏的爸妈……白梨背后布满冷汗，回过头，果然看见身后站着一位须发斑白的老人。黑白相间的头发以木冠、木簪束起，短髯，脸形方正，身体也十分硬朗，这着实是个年事已高但矍铄不减的老人。

“先生。”书院弟子们立刻深深作揖。

“所谓君子与将领，泰山崩于前而色不变，麋鹿兴于左而目不瞬。只是一点小小的挑衅就让你们自乱方寸，你们今后该如何独当一面？”老人大大方方地指责他们方才的冲动，也不避讳挑明夏轩的挑拨之举。

书院弟子羞愧地低下头。

“你们先回去吧。”

“是。”拿着扫帚、拖把和鸡毛掸子的弟子们犹如沙场上的败军，垂头丧气地离开了。

这下开始轮到姜别寒紧张。早就听闻鹿门书院的山主是位年过半百的威严老者，再加上方才那些人对他的称呼，看来这就是那位德高望重的山主了。其实姜别寒跟随师父游历天南海北的时候来访过鹿门书院，也见过董其梁，隐约记得还被竖起大拇指夸奖了一番，现在十几年的良好印象一夕之间全部坍塌。

“你们可能不认识我，但你们的师父或是父亲应当都与我有过几面之缘。”董其梁开口第一句居然不是评价刚才的事情，而是拉起了家常。

“小时候师父也带我来过，前辈您应该见过我。”姜别寒放松下来，“前辈还说我不是块读书的料，但是剑使得不错。”

董其梁大笑，半点严厉的模样都不剩。

“一踏进书院我就想起来了，这里和记忆里的一模一样，半点也没变。”姜别寒确实记起来了，记起自己背着剑在书院里四处翻墙爬树的场景，那自由自在的身影惹得那些埋头读书的学子艳羡不已，“不过这里在当时还没被废弃吧？这面墙上的字也还好好保留着，为什么现在全部被涂黑了？”

董其梁嘴角的笑微不可见地一僵，他渐渐收起笑容仰头看去，叹道：“这么多年过去了，小师弟留下的字迹还没消失。”

“小师弟？”

“他是鹿门书院上一任山主，你们应该听过他的名字。”董其梁说，“琴书君温啸仙。”

“是温先生啊。”绫烟烟也想起来了。上回在白鹭洲遇到的那个画铺摊主一脸憧憬与唾弃交杂的矛盾神情，说他“逼疯了自己的学生，却把自己标榜成君子，分明连人都不是，算什么不拘一格真名士”。

“你们叫他先生吗？小师弟当上山主的时候，年纪和我现在的大徒弟差不多，可以说惊才绝艳，鹿门书院在他手里会比在我手里更好。只可惜造化弄人，道心一旦产生动摇，有了偏差，就会在歧途上越走越远，所有人都阻止不了，哪怕是我们的老师也阻止不了他。他太年轻了，如果让他再多磋磨几年，也就不会有这样的结果。”董其梁凝视着狼藉的墙面，眼中透着灰色的光，“他读书的时候喜欢独处，有什么想法就写下来，墙角、树叶都有他的痕迹。这面墙上的字是他唯一能留下的东西了，如果连这个也消失不见，那才是他真正的死亡，所以我不想毁去这面墙。”

“所以……坊间流传的那些事情，都是真的吗？”绫烟烟还是不愿相信这样一个光风霁月的人物会自甘堕落。

董其梁点了点头。

陆机前辈是为了爱情堕入红尘，这个人又是为了什么堕落呢？权力吗？

白梨收回目光，却发现薛琼楼一个人站在那里久久凝视，众人已经走远，他也没有跟上来。从早上起他便心不在焉。

“我失陪一会儿。”话音落下，少年的身影已经淡去。董其梁侧身瞥了一眼，暗灰的眼中闪烁着冷光。

站在藏书阁二楼可以将整座书院尽览眼底。山峦叠翠，烟波浩渺，朱瓦雕栏的雅筑亭台掩映在伞盖般的树荫间，万绿丛中点点殷红。

“方才你一声不响地站在最后面，我差点都没注意到你，没想到你还记得这个地方。”董其梁负手站在窗前，俯瞰着绿潮般的树林，“你父亲没有如约前来，我只好让你捎话给他了，薛小友。”

薛琼楼抬手接住一枚淡青色的玉简，玉简上刻着鹿门书院的鎏金图腾。仙人骑白鹿，君子执青竹，白鹿与青竹，象征着执掌天下文脉的儒门风节。

玉简空无一字。薛琼楼掌心金光隐现，想揭开玉简上的禁制。

“薛暮桥这些年的筹备，以及他对鹿门书院的亏欠，我都一清二楚。”董其梁望着窗外，“这枚玉简上是我与你父亲之间的约定，你无须知道，作为长辈我提醒你一句，你最好置身事外，不要插手。”

薛琼楼几乎立时放弃了对玉简的窥探，神色从容地将玉简收回袖中。

“不可能做到的事情就要立刻放弃，明白自己的极限才能活得游刃有余，在取舍的抉择上，你和他还真是一模一样。”董其梁须发被风微微吹起，“薛暮桥是个野心家，即将走向败落的薛氏在他手里重振了往日光辉，即便他是个私生子，在东域也应该没人对他不服吧？”

“嗯，那些人都死了。”

董其梁一愣，低声说：“我忘了，他是一定会这样干的。”

“所以你呢薛小友？你这次亲自来的目的是什么？”他转身，襦袍在风中散开，不怒自威。

“凑一下符令之争的热闹，仅此而已。”薛琼楼淡淡地说。

“仅此而已？”董其梁的目光在他腰间的白玉牌上流连，意有所指道，“仅仅只为了这些，薛暮桥会把象征着家主身份的玉牌给你？”

“晚辈在中域中洲行走，没有这块玉牌，许多事情会变得十分棘手。”薛琼楼迎着扫荡而来的风，被吹起的衣角宛若白鸥滑翔时铺展的翅膀，“伯父不相信我吗？”

“相信你们的人都死了。”董其梁冷冷地说，“坦然告诉你，我活了大半辈子，已经是半身入土的人了，就算有再充沛的精力，也没那个胆量去和你们赌命。告诉你父亲，以前的约定都在这根玉简里了，让他以后不必来找我。”

薛琼楼轻轻一笑，眼底毫无波澜：“一根玉简能装得了多少秘密，有些事情还是当面解决为好。”

松涛声混杂着沙沙雨声，像失去信号的老旧电视机发出的声音。

和其他人走散之后，白梨误打误撞到了这个地方。

大片盎然的绿意乍入眼帘，恍然间有种“悠然见南山”的豁然之感。林深处传出断断续续的箫声，空灵而悠远，天地一下子变得开阔起来。

她撩开挡在眼前的树枝，半掩着门的小屋展露在眼前。微风吹过，遮天蔽日的树影像高空翻涌的流云，风铃、千纸鹤和护身符发出清越的碰撞声。

瓦片上的雨水汇聚成一股清澈的长绳，大雨倾盆，白梨把袖子遮在头顶飞奔到屋檐下。她半边肩膀都湿了，眼睫上也都是雨水，再不找地方避雨她会被淋成落汤鸡。

抬头一看，陌生的人影闯入眼帘。

雨打松针，万籁寂灭。光滑的红木走廊上坐着一名青年，许久没打理过的长发遮住了半张脸。他整个人蜷缩在藏蓝色的薄毯里，一根翠绿的竹箫从薄毯里伸出来，箫声的源头便在这里。

是这里的主人吗？白梨猜测。

箫声突然停了，他僵硬地扭动脖子转过脸，头发遮住了眉眼，只剩下一个留有青色胡楂的下巴，脸色苍白得有些病态。

“我打扰你了吗？”白梨指着自己，“那个，你不用管我，我只是来避雨的。”

他两只手从毯子里伸出来，撩开了挡在脸前的刘海，白梨这才发现他的模样并不糟蹋。他有着一双死水般沉寂的眼睛，光看他的眼，会让人误认为他是个阅尽风霜的沧桑老者，而不是个二十出头的年轻人。

“先生？”他看着白梨，没头没脑地冒出两个字。

什么先生？难道她背后还有别人？白梨回头，身后空无一人。

“我不是你先生啊，你性别都搞错了。”白梨开始怀疑这个宅男是不是高度近视。

“先生，你教我的琴谱，我终于能吹出来了。”死水般的眼睛突然一亮，他将竹箫挨到唇边，自顾自地吹奏起来。

白梨不懂音乐，但也知道他吹得根本不成曲调，错落无序的音阶犹如断崖上倾泻的山泉。但神奇的是，这样杂乱无章的曲调似乎有种安抚心湖的力量，沙沙的雨声从耳边淡去了，四周安静得像开满幽兰的山谷，甚至有海风又长又远的低鸣。

静下来仔细听还挺有余韵的，白梨心里想着，下一瞬曲调陡然变得尖利起来。

“好难听。”白梨不得不捂住耳朵，无形的音浪仿佛化作螺旋状的钉子一个劲往耳朵里钻。

疯了吧？这个人。

“这个疯子又在吹箫了啊，吹得这么难听，先生才会把他赶到这里自生自灭。”远远传来刺耳的嘲笑声，还有鞋底踢着石头的声音。

几把伞破开雨幕，走在最中间的人抱着双手，由旁人给他撑伞。

白梨认出那几个打伞的小弟就是昨天和他们起过摩擦的书院弟子，但最中间那个被众星捧月般簇拥着的人很面生，他腰间佩戴着刻有青竹和白鹿的玉简，同李成蹊的一模一样。

“宋师兄，我们好像走错路了。”有人小心翼翼地说，“这地方不能随便进来，先生和大师兄都告诫过我们。”

“不能随便踏入的禁地，才让人有窥探的欲望嘛。”宋嘉树抚摸着腰间象征嫡传弟子身份的玉简，这枚玉简意味着他能与李成蹊平起平坐，甚至取而代之。

“还以为藏着什么天大的秘密，原来只是藏着人吗？按辈分这个人才是我们的大师兄。”宋嘉树撇嘴，并不介意有白梨这个外人在旁。

这个人……是被藏起来的？而且还是李成蹊的兄弟？白梨暗自推测。

身旁的青年无知无觉地继续吹奏，曲调声尖利，眼中那潭死水却是寂灭无波。

下一瞬，曲声戛然而止，青年慌张地“啊”了一声，目光追逐而去——只见那把翠绿的竹箫突然间脱手而出，倒旋着飞进宋嘉树手里。

宋嘉树随意地把玩着竹箫，嘴一撇：“大师兄收养那么多的孤儿，原来不是同情心泛滥，而是为了让他们陪他哥哥玩。”

李成言像被夺走玩具的孩童，从单纯的愉悦中猛然转醒，用力瞪着宋嘉树。

“你这种傻子，也只配和小孩子玩吧，不过放心，过不了多久大师兄会来陪你……”

话没说完，一道人影窜进雨幕，像飞扑而出的猎犬。

正在说话的宋嘉树被扑倒在地，给他撑伞的人也被撞开了，大雨劈头盖脸落下，视线一片模糊。

他艰难地迎雨睁开眼，面前双目赤红的青年正一手掐住他脖子，一手去掰开他手指，抢夺竹箫。而宋嘉树的手攥得死紧，五指出血也绝不松开。

“掐吧，掐死我最好。”他挤出沙哑的嗓音，“这样你弟弟就与山主之位彻底无缘了。”

李成言似乎听懂了这句话，松开青筋毕露的两手，怒目而视，像被项圈拴住了脖子的疯犬，只能龇出獠牙来吓唬他。

雨下得越来越大了，两人僵持着，谁都没有动，像雨中的两具石雕。

宋嘉树的表情忽地凝滞，眼睛难以置信地睁大，脸颊慢慢涨得通红。而李成言额角青筋突显，他双手骤然用力，掐紧对方，甚至想直接……杀了他！

之前的那段沉默仿佛只是他权衡的过程，他嗓子眼里发出挣扎的低吼：“不准……伤害我先生！”

“糟了！他又发病了！”和宋嘉树一起来的几人看呆了，不知谁扔了伞，“快把他们拉开！把宋师兄救出来！”

乌木书案上摆着一张琴，琴身干透，纹理匀称，龙池凤沼微微隆起，琴尾有年代久远的梅花断纹。

“它还没找到下一任主人。”董其梁抚摸着琴弦，“你应该清楚它的脾性，只有找到真正的主人，它才能解开自己身上的封印，否则它就只会是一把普通的琴。”

“我能试试看吗？”少年修长的五指已经按在琴弦上。

“当然可以，不过你要注意，若弹琴者心术不正，这把琴就会变成锋利的刀。”董其梁提醒。

已经晚了。

“锵”一声凄厉的铮鸣，薛琼楼的手心出现了血红的裂口，像高高咧起的猩红嘴角，嘲笑着他的不自量力。

“你看上去不怎么惊讶啊。”董其梁打量着他的脸色，“我记得很久之前薛暮桥也试着碰过这把琴，他的手掌几乎被琴弦切开，残留的余威差点砍开他的脖子。他还笑着跟我说，看来这把琴和他无缘，所以就让给我了。这些你应该都知道。”

“如果把你的袖子撩起来，你手臂上的伤痕也不见得会少到哪里去。”少年反唇相讥。

董其梁面色沉了下来，道：“想当面解决的事情就是这把琴吧？刚才你也试过了，它根本不会承认你，我们这几人它谁都不会认，你要它有什么用？你又能拿它怎么办？”

他没有注意到，说到“它根本不会承认你”的时候，少年的目光仿佛布满阴云的天，瞬间阴郁了几分。

就在此刻，一声尖利的箫声打破死寂，两人同时望向窗外。外面不知何时竟下起了雨，雨幕中庞大的树影如同连绵在天际的山岳。

“又是他。”董其梁皱起眉，“那个疯子，你知道他是怎么疯的吗？”

薛琼楼恍若未闻，只是凝视着那片浓云般的树荫失神。

下一刻，他面色微变，招呼也没打，化作一条雪白的流光掠出了窗户。

冰冷的雨丝从大开的窗户里飘了进来。董其梁也不介意少年毫无征兆的失礼，只是慢悠悠转过脸，道：“就是和你一样碰了这把琴。”

李成言看着瘦削，力气却大得出奇，众人费了九牛二虎之力才将他从宋嘉树身上扯开。现在就算是宋嘉树也不得不对他多几分忌惮，毕竟他疯起来好像真的会杀人。

平静下来的李成言却爬到白梨身后，抓着她的裙角瑟瑟发抖，像那些受到欺负便下意识寻求大人庇护的小孩。

屋檐下的纸风铃无风自动，众人周身的雨幕被透明的气幕撑了起来，天不知何时晴了，穿透云层的阳光像悬在头顶的一把利剑。

“这好像是大师兄设下的禁制，大师兄要回来了！”有弟子战战兢兢地说，“宋师兄，我们赶紧回去吧！”

“我又不惧他！我为什么要躲他！”宋嘉树捂住脖子，那上面被掐出了血，再差一点他就会命丧黄泉。

他一跃而起，去抓李成言，说：“躲什么！”

“站住！”毕竟李成言躲在自己身后，白梨无法坐视不管，连忙挡在两人中间，“书院有明文规定，不能踏入禁地半步，如果董先生知道今天发生的一切，你们都会被罚的吧？还想再扫一遍厕所吗？”

人群中有过经验的面色都变了，丧着脸去拉宋嘉树的袖子，道：“趁大师兄还没来，我们赶紧走吧，我可不想再去那种地方做体力活了。”

“我也是……”

“加我一个。”

人群中稀稀拉拉地响起赞同的声音。

宋嘉树来到书院的时间远比李成蹊晚得多，不论他如今地位如何扶摇直上，如何受到先生器重和栽培，都比不过“规矩”这两个传统的字。

“等着吧，下次，我绝不轻饶你。”宋嘉树放了一句狠话，才带着众人铩羽而归。

白梨长长地松了口气。终于离开了，再僵持下去的话，她也不知道该怎么办了。

这个叫宋嘉树的人似乎一开始只是想激怒李成言，让他打伤自己，然后把这口黑锅安到李成蹊头上。可他没想到，看似重病缠身的李成言竟然爆发力惊人，而且动了真格，做好了以自己性命为代价与他玉石俱焚的准备。

这三人到底何仇何怨啊？

“已经没事了，我们回去避雨吧。”白梨把竹箫捡起来放进青年手里。

李成言一动不动，只是怔怔望着她身后。

白梨也回头望去，只见身后多出一把碧青的竹伞，伞面抬起，露出一张和李成言有八九分相似的脸。

——是李成蹊。

雨水从屋脊滑下，犹如激射向地面的箭头，漫开一蓬白茫茫的水汽。

已经冷静下来的李成言裹着薄毯呜呜咽咽地吹着竹箫，纸伞倚在檐柱上，雨水沿着伞面的褶皱滴落，木板地面成了深色。

“让姑娘受惊了，没想到那群人居然能找到这个地方来。”李成蹊目视前方，拢着双袖，“只是师兄弟之间的一些小矛盾，还望姑娘不要多想。”

“那是自然。”白梨摆摆手，她还没无聊到要插手别家的事，刚刚光是挡住对方就已经鼓起十万分勇气了。

“哥哥受了些刺激，精神状态一直不好，不过他大多数时候还是很安静的，你也不用怕他。”

“受了些刺激？”白梨对这个有些好奇。

“其实哥哥才应该是先生的学生，我和他比起来差得太远了，走到今天对我来讲完全是走运而已。”李成蹊说，“扶乩琴下一任的主人原本也是哥哥，那些难懂的琴谱他早就烂熟于心，所有的要义他都能领略透彻，甚至能和先生比肩。当时所有人都觉得，他一定能从先生手中继承这把扶乩琴。可就是这样天赋卓绝的哥哥，却在弹奏扶乩时不慎被琴声震伤魂魄，成了现在这副模样。”

“可是扶乩琴不是能安魂定魄吗，为什么还会伤人？”

李成蹊牙关紧了紧，沉默片刻后摇了摇头：“我也不清楚，我只知道不被扶乩琴承认的人，永远也碰不了它，轻者受伤，重者丧命。先生因为这件事，对哥哥十分愧疚，把对他的期望全部寄托在我身上。”

白梨现在终于明白宋嘉树为何非要来激怒李成言、陷害李成蹊了，站在客观角度看，李成蹊好像确实是走了后门，他能成为首席大弟子，不是因为能力出众，只是因为他拥有一个曾经是首席大弟子的哥哥。

“可是我根本比不上哥哥，根本成不了扶乩琴的主人。宋嘉树比我聪明，他或许能试一试。”李成蹊望着地上乱跳的白色水珠，“所以与其在这里尸位素餐，还不如早早抽身，把机会让给别人，我只要陪着哥哥就好了。”

箫声出现一丝颤抖，躬身坐在不远处的李成言放下竹箫，揣着袖子望着远天。

他是真的疯了吗？为什么总感觉他能够敏锐地捕捉到别人情绪的变化？现在如此，方才为了弟弟想掐死宋嘉树的时候也是如此。白梨狐疑地心想。

“对了，在下想问姑娘一件事。”李成蹊挺直脊背，面色严肃起来。

“你说吧。”白梨回过神。

“那位东域的少主是和姑娘同行的吧？冒昧问一句，你们应该是朋友吧？”

一听到和他相关的事，白梨就紧张起来了，她也不自觉坐直，问：“怎么了？”

“倒没什么，只是很久没有听到东域薛氏的名号了。在我的印象里，薛氏的现任家主是个很了不得的人。”李成蹊沉声说，“东域其实是个与世隔绝的地方，像蒹葭渡更北方的极北之地一样，地广而人稀，灵脉贫瘠，灵气枯竭，在那里生存的人或是世家，大多犯下了不容饶恕的罪孽，经过三家审判被迫流放，他们的后代也不可能再回到中域中洲了。”

远在西域的大光明殿从不参与类似的审判，所以他口中的“三家”指的是玉浮宫、巨阙剑宗和鹿门书院。一开始的笼州闻氏就是因为炉鼎交易被“三家”处决，罪孽深重者处死，其余助纣为虐的族人被流放到极北之地，永远不得归乡。

“可是东域不一样，那里是茫茫无际的大海，还会有海妖在月圆夜用歌声蛊惑渔民。”李成蹊娓娓道来，像在讲述一个久远的神话，“薛氏的祖地原先在中域中洲，是能与我们鹿门书院分庭抗礼的强大存在。不过在百年前，这个家族遭遇了一场巨变，老家主暴毙，家族旁支群龙无首，为了争夺家主之位不惜掀起萧墙之乱，最后从中浴血而出的却是个名不见经传的私生子。他一上位便以雷霆手段处决了那些率先站出来反对他继位的旁系家主，经历这次血洗，整个家族万马齐喑，再没人敢发出任何反对的声音。”

“然后呢？既然已经平息内乱，为什么又从中域退往东域？”白梨听得入神。

“因为那时候不仅有内乱，还有外忧。”雨声渐渐小了，李成蹊讲述的声音变得清晰，“经历这场浩荡的薛氏，就像一株百年巨树，表面看巍峨参天，实则早已被腐蠹得不成样子，只剩下一具空壳了。若是继续在中域待下去，迟早会成为众矢之的，所以他当机立断，主动退避东域，选择以退为守。这也是为什么当时家族中有那么多人反对他，这样做实在有些屈辱。”

“可是谁都没想到，短短几年之内，薛氏又东山再起，原本是荒芜死地的东域楼宇连天，殿阁屹立，锋芒直逼中域。他还建立起玉龙台，玉龙台的正中央是玉龙，其次是凤凰、狮子、麒麟、天马、海马、狻猊、押鱼、獬、豸、斗牛和行什。只有登上玉龙台，才能被承认是薛氏子弟，否则便会被赶出家门，永不得回。”李成蹊喟叹，“谁也不知道他是怎么做到的，据闻他如今在闭关，整片东域都是他设下的禁制，任何人不得窥探。”

原来薛琼楼家还有这么一段往事，可是从来没听他提起过，如果不是刻意去了解，或许连姜别寒也不知道。白梨默默心想。

“所以看到薛氏的少主和你们在一起的时候，我还有点惊讶。他看上去并没有传闻中那么神秘，”李成蹊话锋一转，笑着说，“是个很好相处的人啊！”

我劝你还是别招惹他。白梨满头雾水，委婉地劝阻：“是这样吗？我第一次听到这些事情呢。他对我们这些同伴也从不提起类似的往事。”

“你不知道吗？我以为你们是朋友，朋友之间应该无话不谈才对吧。”李成蹊惊讶。

“朋友？”白梨“哈”了一声，“只不过一起搭个伙上路罢了，旅程中互相扶持，互相帮助，旅程结束后分道扬镳，江湖不见。我们家乡有个名词叫‘驴友’，就是专门形容这种萍水相逢般的关系。”

李成蹊听得愣住，好半晌才说：“受教了，在下第一次听说这个词。”

“好巧，我也是第一次听说。”

冷不防头顶传来一记冷哼，白梨和李成蹊一愣，双双抬头望去。

对面屋顶上的白衣少年不知在这里站了多久，正冷眼俯视下方交谈的两人。说完这一句，他才轻点足尖，如同振翅飞掠的雪鹤，翩然落地，恰好落在白梨面前。

白梨不由往后退一步。

他看上去心情不虞，冷着一张脸，嘴角却勾起一丝讥笑：“白姑娘，还没过河就开始拆桥可不是个明智的选择。”

“你……你什么时候来的？”白梨都结巴了。

“在你刚刚忙着和我撇清关系的时候。”薛琼楼转头看向呆立在旁满脸茫然的李成蹊，“李公子，有什么话可以当面问我，无须这般旁敲侧击。”

“家兄遇人为难，是白姑娘帮他脱身，所以我方才在向白姑娘道谢，一时兴起，就多说了一些。”李成蹊心中凛然。他对少年的出现全然无知，这里庞大的禁制法阵形同虚设，足见对方的修为不可小觑。

“是吗？”薛琼楼的眼中有一闪而过的刀光，带着透骨的彻寒，下一刻这股彻寒就被彬彬有礼的微笑融化了。

紧接着他侧脸看向白梨，弯眸一笑：“天色不早，我们该回去了。”

这自然而不造作的语气听得白梨一身鸡皮疙瘩，她真想大声控诉：少来这一套，我跟你关系没那么好。

不觉间暮色已经降临，阴雨绵绵的天色渲染着浓郁的树影，使得黑夜来临得更加迅速，远天响起了夜枭的啼鸣。

“天色是不早了，在下便不强留两位。”李成蹊抖了抖雨伞上的水，递过去，“外面还在下雨，这把伞给你吧。”

“谢谢。”白梨正想接住，旁边伸来一只手轻巧巧地夺过了。

她一愣，犹疑地看过去，见身旁的少年一语不发地垂着眼，整理着竹伞的褶皱。

“不用谢。”李成蹊空出来的那只手无处安放地摸了摸鼻子，“对了，明晚尺素江边有花灯会，很漂亮。”

“花灯？！”白梨的眼睛一下就亮了。

她正想多问两句，身旁人浇来一盆凉水：“尺素江宽不及十丈，秘境盛会在即，蒹葭渡人潮如海，若人人都来放花灯，届时万千盏花灯竞相逐流，免不了拥挤堵塞，恐怕最后都会翻倒在水中，一腔心意也会浸染成一张废纸吧。”

白梨怨愤地盯着薛琼楼，然而对方双目瞬也不瞬，侧脸静如平湖，毫无扫人兴致的心虚状。

李成蹊哈哈一笑：“薛公子考量得真是周到，确实会发生这种事。不过只要来早一点，尺素江没那么多人，第一批花灯总是能成功放出去的。”

“我们会早一点去的！”白梨点头如捣蒜，挥了挥手，“谢谢你啊李公子，我们先走了，来日再见。”

“来日再见。”

屋檐下青年的身影渐次融化在了墨绿的竹影中。

雨后的地面松软潮湿，踩在上面有轻轻的沙沙声，仿佛枯枝败叶的叹息。雨小了许多，被伞盖般的松树挡住了，但不时有豆大的雨滴混着松针砸下来。

“不和姜别寒他们在一起，却跑来这里帮助别人，白姑娘，你操心的事情还真不少。”薛琼楼像往常一样凉凉地嘲讽。

“他们想四处逛逛，而我想留下来等你，结果你去了那么久都没回来，天又开始下雨，我只好找个地方先避雨，就误打误撞到了这里，又误打误撞遇上了李公子和他兄长。”白梨义正词严地指责，“所以，归根结底还是因为你！该道歉的人也是你！”

她已经做好唇枪舌剑的准备了，没想到迎来的却是一阵沉默。

“你一直……在等我？”

他好半晌就冒出这么一句，白梨无语地看过去，见少年眉头轻轻蹙起，若有所思地凝视着她。

目光陡然间撞上，他率先移开了视线，道：“有多久？”

“也没有等很久，不一会儿就下雨了。”白梨不甚在意地挥挥手，冷不防灵光一闪，摸着下巴严厉地审视他，“你这么问——不会以为我会冒雨等你吧？你想得美。”

每到这种时候，薛琼楼便回应以无言。

雨后降温，一阵寒意袭来，白梨接连打了三个喷嚏。正抱着手臂瑟瑟发抖，肩头突然盖上一阵温暖，她身体一僵。

少年眼帘微垂，干燥温软的外袍被他拿在手里，披到了少女肩头。

他的动作很快，行云流水，好像只是随手给流浪狗扔了一根鸡腿，扔完便扭过脸，留下一个若无其事的侧颜。

白梨拢紧衣服，感动于这家伙的良心发现，认真地说：“谢谢你。”

“你若是生病了，那些同情心泛滥的人定然不顾后天的符令之争也要分心照顾你。”他冷冷地撂下一句，“很碍事。”

白梨：我收回刚才的道谢。

“还有，”薛琼楼的发尾被雨淋湿了，柔软的发丝间闪烁着水晶般的雨珠，熠熠生辉，他的眉眼也流光闪耀，“以后少多管闲事。鹿门书院，和之前的那些不一样……”

“哪里不一样？”白梨就是心直口快的性子，问完她就后悔了。

几乎她话音方落，薛琼楼便递来警告的一瞥，但他什么也没说，只是一把夺过她手里的伞。

“我要被淋湿了……欸？”

白梨哑口无言了。因为两人的头顶不知何时有透明的气幕如影随形，开拓出一片干燥遮雨的空间。这时下的正好是云头雨，云层中漏出的夕阳光芒折射在上面，挂出了一条绚丽的彩虹。

“真漂亮欸。”白梨发自内心地赞叹着，心情也变得晴朗起来，“是你特意为了挡雨使的法术吗？”

“我懒得撑伞而已。”

白梨默默闭嘴，心想果然不该对他抱太大的期望。

薛琼楼脸上没什么表情，只背起手，将纸伞藏在了身后。

尺素江流经鹿门书院的青瓦白墙，江流如同一条长蛇缘墙蜿蜒。江岸由一片小石垒铺而成，圆润的石头像玛瑙和玉髓。等夜幕垂落，河水中便亮起一片流光溢彩，喧宾夺主地逼退了漫天星斗光辉。

那些好武善战的江湖虬髯客则遇了个地方比试，倒也有不少人兴致勃勃地围观，时不时传出起哄声。新一轮的切磋又开始了，这回先走出来的是个身形颀长、容貌俊秀的儒修，他出手前还朝围观群众作揖。他的对手是个强壮如小山丘般的体修，没太多花里胡哨的噱头，直接拉开拳架，如同盘踞在岩石上的猛虎。

“这个拳架一看就是练家子，比我小时候练的那些动作还要标准。师父说这世上真正的武者拳风如罡，能一击开山，所以这回我赌体修赢，不然罚酒三杯！”姜别寒自信满满地下了赌注。

“那我就押那个儒修，柔以克刚。”

切磋开始了，读书人宽大衣袖如鸟翅，几番兔起鹘落，轻飘飘落在屋顶，真是风流写意。相比之下那个肌肉虬结的体修便显得无比笨拙，仿佛蒲扇大的手掌拍一只蝴蝶，因强大的落差而有一种令人啼笑皆非的怪异滑稽感。那个老实汉子被逗弄许久，最后怒不可遏而又无可奈何地走了。

“我已经连输三回了啊。”姜别寒失望地重叹，认命地拿起酒杯一饮而尽，“是不是意味着我明天运气也不会好？”

“我看姜师兄你还是别和薛公子赌了吧，再赌下去我和师姐今晚得把你背回去。”夏轩在旁边嗑着瓜子。

薛琼楼也端起酒杯。就在这时突然起了风，四周气机暗变，电光石火之间他手腕一震，酒杯飞了出去，银光暴溅，只听哐当一声，一柄巴掌长短的飞剑被打歪在案头——是姜别寒试探的飞剑。

“我说你们两个，”被溅了一脸酒水和瓜子壳的夏轩抹了把脸，“能不能别突然动手，我还在旁边呢！”

“热个身而已，我怕明天遇上薛兄，手生。”姜别寒一本正经地说。

“彼此，你的剑术也精进了。”薛琼楼回敬。

“我不知道明天会和谁做对手，但我知道我绝对不希望遇到你们。”夏轩生无可恋地长叹一声。

“话说回来，师妹她们放花灯，去了这么久还没回来吗？”

“师兄这你就不懂了，女孩干事情都会婆婆妈妈的，她们让你等一个时辰，实际上你得做好等两个时辰的准备……”夏轩振振有词地分析着，下一刻他后脑勺被敲了一记。

“说谁婆婆妈妈？”

“我是说师姐和白姐姐以外所有的女孩子，你们两个是例外的……哎呀，我态度这么端正为什么师姐你还要捏我耳朵？！”

“小小年纪就油嘴滑舌，向谁学的？”

“姜、姜、姜……”

“江边看人钓鱼的时候学来的！”

“这话为什么这么耳熟？”

“咳咳，你们花灯放完了？”姜别寒转移话题。

“还没呢，等着你们写完愿望一起放出去。”绫烟烟指指怀里的花灯，

“你们看，河面都被花灯挤满了，再晚一点我们连挤都挤不进去了。”

“这个很灵验吗？看上去就是普通的花灯。”

“和普通的花灯不一样，因为放花灯的河大有来头。”绫烟烟指着江水中隐隐约约的残墨，“尺素江原本只是条普通小江流，但书院弟子时常在江中洗墨，天长日久，江水沾染灵气，开了灵智，也孕育了神灵，只要用墨笔将心愿写下来，水神吃了墨，就会帮你实现心愿。”

虽然心里知道这些都是不切实际的传闻，但姜别寒为了讨她开心还是欣然接过笔毫。他写的时候绫烟烟一直在偷看，绫烟烟有些无奈：“师兄你写的真实在……果然是明天的比试啊。”

“师妹你写的是什么？”姜别寒心头一闪，今天晚上他一直在挂心明天的符令之争，忘了花灯上应该多写点儿女情长。

绫烟烟大大方方地打开自己的彩笺纸，果然同他心有灵犀。

“当然也是希望师兄旗开得胜！”

姜别寒一愣，笑了起来。

“薛公子，你写的是什么？”白梨凑过去想看。

“什么都没写。”薛琼楼将纸花藏进手心。

喧嚣声包围着他，他自己的世界里却死寂一片。了无牵挂，自然也心无所愿。

白梨坐在他身旁，沉默片刻，突然站起身兴致昂扬地提议：“那你陪我去放花灯吧！”

“你自己去。”薛琼楼不假思索地回绝。在河边放花灯的人，要么是三两结群的女伴，要么是来花前月下的情侣，他当然不可能无聊到加入进去。

“一个人也太凄惨了吧，你就陪我去吧！”不论白梨如何死缠烂打，薛琼楼始终岿然不动。

“你不去，是因为你的花灯里空空如也，连河神也不会理睬你吧？”她忽地凑近，直视着他，眼瞳晶亮得像天上的星辰。

“幼稚。”在那样直率而明亮的目光下，薛琼楼扭过头。

“什么都没写又不意味着什么心愿都没有，说不定是你心愿太多不知道该写哪一个，索性给河神去猜，又说不定是你不知道自己真正想要什么，所以想让别人来告诉你。又或者说，”白梨话语一顿，留下片刻安静的空白，“你有千言万语，但找不到人倾诉。”

隔着酒案，薛琼楼斜来目光，他黑透的眼底仿佛有一片古老而寒冷的长夜。青葱少年的眼神应当像水一样柔软，他却不然，暮气沉沉的，仿佛杀光了心气。

白梨凝视他片刻，拍拍裙子站起身，说：“那好吧，我走了，你一个人在这儿傻坐着吧。”

她迈着轻巧巧的脚步，去找别人了。

薛琼楼独自安安静静地坐着，声与光的洪潮压下来，他像洪潮中不变的礁石，来于亘古，归于永寂。

他垂下眼睫，黑黑的眸子盯着手中被揉皱的花灯。那里面确实什么都没有写，他纵有千言万语，也无人倾听。

他把花灯收起来，拿起酒杯，就在这时背后忽然有人推了他一把，这一推把他手中酒杯里的酒液都洒了出去。

“我骗你的！我又回来了！”她在背后大声说，又凑近他耳畔，“是不是被吓到了？”

滚烫的暖流在耳尖汇聚成灼灼一点，她离得那么近，像温暖的影子一直默默地陪在身后。

他不动声色地放下酒杯，理了理自己整齐的衣襟，道：“走了。”

怎么突然间就答应了？白梨惊喜又惊奇，抓了抓头发，想不出所以然。

整条尺素江都被花灯挤满了，江面像一条流光溢彩的彩带。花灯随着水流打旋儿，花瓣层层绽放，花蕊中央有黑金色的莹光回旋而起，像泼出萤火虫的布袋，开口处浓金一片，夜色中漂浮着微末金粉。

薛琼楼凝视着湖面。这样绚丽的江面上居然还有月光的一席之地，它比彩灯更加耀眼，像仙人醉酒后抱着月亮坠入了湖中。

“哗啦啦”，水流拍打石头的声音。不远处白梨将自己的花灯小心放入水中，看着它顺流而下消失在月光里，双掌一击，开心道：“这样就完美了！”

“行了吗？”薛琼楼抱着手倚在树下，“行了就赶紧回去，这里吵得我头疼。”

“别那么扫兴嘛！总是板着脸，小心未老先衰！”白梨叉起腰站在水中礁石上朝他遥遥高喊。

花灯已经飘到了河心，薛琼楼远远看着，湖面上泛滥的银色月光刺得他微微眯起眼。他袖口微动，一条白影飞掠出来，灵活地扎入水中，一个鱼跃将花灯咬进水里。

“有鱼吃我的花灯？”白梨被水珠溅花了眼。

拖着水流的白影再度从眼前闪过，划过一道弯弧停在薛琼楼手心，那居然是许久未曾见过面的胖鱼。好不容易从玉牌里释放出来，白鱼活蹦乱跳得像在春天田埂上撒野的柴犬。

“错了，这叫鱼传尺素。”薛琼楼拿出衔在白鱼口中的花灯，慢条斯理地展开。

“传什么尺素啊！这样会不灵验的！”白梨三步并作两步跑过去，踮脚伸臂，“快点放回去！”

薛琼楼侧身举高手臂，浸染浅色花液的彩笺薄得几乎透明，他一眼就看透了。上面没有字，只有一幅画，画上颜色各异的五个人亲密地挨在一起。

“这是之前在白鹭洲请人画的画，你没忘记吧？我问摊主多要了几份，留作纪念。”她神色中带着点被撞破秘密后的羞恼，却还故作淡然地说，“我和你一样也没什么好写的，就把这幅画折起来放进去了。”

两张紧贴在一起的纸之间却还有空隙，浅淡的墨迹透过画纸露出马脚，那上面还写着字。还没等薛琼楼看清那里面写着何种秘密，白梨突然扑上去握住他的手，道：“不能看！”

薛琼楼感觉到她手心的温暖，下意识抽回手。这恰好也给了白梨可乘之机，趁他短暂走神，她飞快地夺回花灯捂在胸前，并往衣襟里塞了塞，唇边带着一丝得逞的笑意：“这样你就拿不到了。”

薛琼楼：“……”

白梨提着裙角重新踩着鹅卵石走到河中，准备将花灯放在水面，附近人群突然骚动起来，不知谁的尖叫划破夜色。

“那是什么东西……人吗？”

“有人跳江了！”

“快把他捞上来！”

黑森森的血迹推开金粉色的花灯，宛若乌云从望不见尽头的上游推下来，浓稠的血液包裹着若隐若现的死白色人影，打破充斥欢声笑语的夜色，带来了象征着不祥与灾厄的凶兆。

人影飘过来的时候白梨正站在水中央，她吓了一跳，差点歪进水里。

“拉、拉、拉我一下！”她伸长手朝岸上的薛琼楼求助。

“你身上湿了，我不想弄脏自己的衣服。”他慢条斯理地摇头，无动于衷地站着。

这小肚鸡肠的家伙怎么这么能记仇！白梨大怒：“没指望你！我喊的是夏轩和绫烟烟……”

不等她说完，薛琼楼伸臂，轻轻松松将她拽上岸，讥诮地冷笑：“可惜这里只有我。”

# 第3章
## 鹿门书院·符令之争（一）

将最后一卷书端端正正地摆上书架，再挂上青色象牙质地的牙牌，李成蹊才敲了敲因长时间高高举起而酸胀不已的手臂。

“这是我最后一次踏进这里了，以后再来就是个外人了吧。”他回头凝视着。这是一间学塾，书案摆得整整齐齐，笔墨纸砚一应俱全，书案后摆着蒲团，已经被坐得很旧了。最靠前的一张书案是他的座位，砚台里的墨干涸见底，毛笔也变得又秃又糙，他的目光缓缓自上面滑过，昔日求学的场景依旧历历在目。

“大师兄，真的要走吗？”年轻的师弟们坚持不懈地挽留，“就算不是为了我们，为了先生，也请你再考虑一下吧！”

“我现在只想好好陪哥哥，我亏欠他太多了。”李成蹊朝他们深深作揖，“恕我以后无法再同诸位走下去了。”

众人没想到他会行这样郑重的礼节，都退后一步。

“宋师兄，你也说点什么吧。”有人见宋嘉树一声不吭地站在最后，特意喊了他一声。

宋嘉树充耳不闻，甚至无聊得打了个哈欠。直到众人的目光都聚焦在他身上，等着他讲话，他才不情不愿地说：“明天符令之争，你会来现场看的吧？”

“当然会。”李成蹊点了点头，“哥哥也会来，毕竟他也曾是这里的学生。”

“他还是关在笼子里比较好，放出去说不定会咬死人。”宋嘉树有意无意地摸了摸脖子上被掐出的瘀痕。

“宋师兄，这样说太过分了！”

李成蹊抬起手示意那名弟子不要动怒，道：“若非有人心怀不轨，哥哥也不会被逼得动手。”

“心怀不轨的人是我吗？恐怕是你自己藏不住狐狸尾巴了！”宋嘉树冷笑着说。

李成蹊的神色陡然变得冷峻起来。

“你只是在利用先生对李成言的愧疚感，先生虽然没有明说，但他对你越来越失望了，你没有察觉到吗？”宋嘉树咬着牙说，“你知道自己再待下去也不过是庸庸碌碌过一辈子，与其做个丢人现眼的庸才，还不如早日退出，还能捡个兄友弟恭的美名，不是吗？”

“宋师兄，你不要再说了！”

李成蹊的神色却缓缓放松下来。这些话都没说进他心底，他也没必要在意。

屋内烛火一晃，外面刮起了夜风，窗户被吹开了。也许是明日有大事发生，这个普通的夜晚也变得格外不同寻常。他没有搭理众人的吵闹，径自走到窗边去关窗，却看到不远处江面隐隐泛出血光。

他额角一跳，转身低喝：“所有人跟我来！”

“怎么了师兄？”正在争论的众人疑惑地抬起头。

“恐怕……又出事了。”李成蹊望着窗外沉声说。

血液被水稀释了，夜色下漆黑的一摊，残月躲进乌云里，只剩下河中花灯的光，照得岸边人的脸明明灭灭。

“这是第几个了？”

“我是五日前来蒹葭渡的，这一天天的，少说也得有四五个了。”

围在江边凑热闹的路人指指点点：“真可怕，蒹葭渡不是号称文脉圣地吗，怎么接连出了这么多命案，而且鹿门书院连一点头绪都没有？明日就是符令之争，保不准还会出事。”

“我看那人就是冲着符令去的。死者都是无名无姓、无亲无友的山泽野修，死了也没人替他们申冤，所以凶手才这么猖狂。而且你看，这些人的金丹都被夺走了，估计那下杀手的人是想在极短的时间内提升修为，好赢得符令进入秘境。”

李成蹊半蹲在地，选择性地忽略耳边的嘈杂谈论声，打量着面前被打捞上来的尸体。一袭襦衫被血染得通红，已经看不清原本的颜色。腹部一个血肉模糊的洞，金丹不出意料已经不见了。

“知道这个人的身份吗？”李成蹊在他身上找不到任何证明身份的东西，只好转向最初发现此人的书院弟子，得到的却也只是否定的答案。

“这人……好像是那个赢得了比试害我被罚三杯的儒修。”熟悉的声音从人群里传来。

李成蹊循声望去，果然看见五张眼熟的脸。如果他没记错，刚刚说话的人叫作姜别寒吧。

“你们又认识他？”每次出命案总有他们的身影，这下连李成蹊也不得不怀疑其中的巧合性了。

“不止我认识，估计在场很多人都认识。”姜别寒解释，“他之前与人切磋，赢得很漂亮，所以我印象很深刻，虽然看不清他的脸，这身衣服我却记得很清楚。”

“对对对，我也看了那场比试。”立刻也有其他人接话，“这位公子和彪形大汉比试，还轻轻松松地赢了呢，没想到转眼就成了这样子，真是可怜！”

“赢了那大汉后，他一个人低调地走了，这倒没什么奇怪的地方。不过那大汉离开的时候却骂骂咧咧极不服气，还放狠话说等明天上了擂台最好祈祷着别遇上他，否则要将这人打个半死！我看这人很可疑！”

得亏今晚江边人多，这人丧命后还有人替他讲话，否则他就会像前面几个无名之辈，死得不明不白，还无处诉冤，只能沉淀成一桩陈年冤案。

线索差不多都有了，李成蹊沉吟着问：“和他比试的那人在哪儿？”

“都过了这么久，早就走远了吧。”

确实，那人估计早已混入人群中悄然离开，说不准得知消息后连夜离开蒹葭渡，按着散修们浪迹天涯的脚力，再晚一步恐怕他们追到天涯海角都追不上。李成蹊不敢久留，匆匆带上人去追。

“那这个人怎么办？”不知谁开口问了句。

李成蹊一愣，扭过脸说：“金丹没了，魂魄受损，恐怕……命不久矣。”

“不是说山主有一张扶乩琴能够修补魂魄吗？你们读圣贤书的理应心怀天下，怎么到现在都不见他出手救人？”那人不依不饶。

“因为这是以先生的修为和寿命为代价的。”李成蹊脸色微沉，欠了欠身，“诸位放心，鹿门书院一定会将这件事查清楚，否则将再无颜面立足于中域中洲！”

说到最后一句的时候，他的声音变得像顽石一样坚硬。

月光从窗户透进来，铺在石砖地面，是冷冷的生青色，老人褶皱横生的脸也泛着铁青色。

“是吗？我救了第一个人，自己也付出了代价，如今力不能及，无法继续救人，倒成了我的过错。”董其梁哂笑着摇头，“升米恩斗米仇！”

“学生已经派人去查了。”李成蹊说，“据闻那人被害死之前与人有过比试，输掉的那人怀恨在心，恐怕是心有不甘才痛下如此杀手。”

“光是调查还不够，应该放出消息，说凶手已经被我们抓住了。”宋嘉树一如既往地跟他唱反调，“尽早放出消息也能尽早安稳人心，你不希望明天五洲四海都在观望的符令之争出什么岔子吧？”

“没有证据怎么抓人？”

“要什么证据！不管凶手是谁，只要能安稳人心就够了！”

董其梁紧绷的脸色缓和些许，李成蹊看着他神情里微妙的变化，心底略有失落。他呆板、循规蹈矩，宋嘉树却懂得灵活变通，每回都能说到先生心坎里去，这大概就是两人最大的差距。

“那就按照宋师弟所说，暂时先这样办，但之后若调查出那人是无辜的话，一定要还他一个公道。”

向来将原则贯彻到底绝不动摇的李成蹊居然在自己面前让步了，他果然还是在意着先生的目光啊，就知道他没那么容易让位给自己。宋嘉树心底冷笑，主动请缨：“先生，抓人的事就让学生来，大师兄今晚累了，让他先休息吧。”

“也好。”董其梁颔首，“这事就交给你，千万不要有任何差错。”

“学生明白。”宋嘉树往旁边看了一眼，李成蹊表情无波无澜，仿佛毫不介意。宋嘉树行完礼，头也不回地离去。

“这件事，有点蹊跷。”过了许久，董其梁才低声说。月亮忽地躲进云层，他整张脸淹没在阴影里，唯有一双眼里闪着永不衰老的光芒。

“先生是觉得真正的凶手另有其人？”

“就像方才嘉树所说，我们现在的调查不过是安稳人心而已，想找真凶，远远没那么容易。”董其梁眯起眼。

“难道……先生知道背后作梗者是谁？”

“我不仅知道，我还知道得很清楚。”董其梁背着手走回案旁，那上面摆着他的扶乩琴，他手指缓缓在琴弦上抚过，琴弦在黑暗中泛着幽绿色的冷光，不起眼的角落里留有一丝干涸的血迹，董其梁盯着血迹，眼里闪过一道利光，“老狐狸，小狐狸，每回不请自来，都是一场腥风血雨。”

李成蹊不明白先生在说什么，见他气色糟糕，也不敢多问，只是不解地看着他。

“你今晚确实也累了，先回去吧，好好陪陪成言。”董其梁语气缓和，“他现在怎么样了？”

“和以前一样，沉浸在自己的世界里，怎么都喊不醒他，只有提到先生您的时候，他才有些反应。”李成蹊嗓音有些干涩，“哥哥一直在后悔当年的事，他很后悔自己碰了扶乩琴……”

“已经过去了。”董其梁打断他的话，闭上眼睛，“过去的事情不用再提了。”

李成蹊呆呆地看着那把琴，比刀刃还锋利的琴弦泛着冷冷的光。他退后行了一礼，转身出门。

待身影消失之后，老人望着空空的门口，牙关的肌肉紧了紧。

子夜的大街空无一人，月影游走在枝叶之间，人影横斜在斑驳的墙头，漫天星斗流转，藏青色的天幕犹如凝滞的河流。

突如其来的变故让众人没有丁点兴致继续游玩下去了，五道人影很是沉默，就连夏轩也一改往日的喧闹，安安静静地埋头走着。

“怎么闷闷不乐的样子？振作点，明天还有比试呢，你这样子怎么和人打？”绫烟烟拍拍他的肩膀。

“就是觉得刚刚那人死得可疑……又可怜，明明不久前还看到他意气风发的模样……是吧？姜师兄，他之前……明明还活得好好的。”夏轩抱起胳膊。眼睁睁看着一条无辜而鲜活的生命消失在眼前，这一时超越了他接受的极限。

“活着的时候四海为家，临死却无葬身之地，这就是山泽野修。没人知道他们的名字，自然没人关心他们的生死。”薛琼楼的声音一如既往地平稳，像秋夜寂静的风，“李公子已经替刚刚那人立了衣冠冢，也算魂归异乡，不用太难过。”

“我就是有点想回家，也可能是明天的比试让我有点紧张……”夏轩挠挠脖子，“对啊，有薛公子和姜师兄在，我们一定会没事的。”

每回风雨欲来，只要他们之中的一人在，总能让人感到无比安心。

“不过也没人会记得他们，他们只是白活一场。”

夏轩自然没有听到这话，离得最近的白梨却听到了。她不解地望向薛琼楼，他却扭过了头，留下淡漠的侧脸，好似深冬无法消融的冰雪。

无名无姓、无亲无友，活着的时候没有他安身立命之处，死到临头也没有葬身之所，他会背负着野心和谜一样的往事孤独地死去，像消失在阳光中的泡影。

白梨突然踮起脚拍了拍他的肩膀。

“我肩上有东西？”薛琼楼看了眼自己的肩。

“明天要比试，说这种话太晦气了，所以我帮你拍掉晦气。”她煞有介事地说，“明明是在安慰别人，你别把自己整抑郁了。”

薛琼楼凝视着她的眼，那里面好似有天上的星河在流转，目光仿佛要把人看透。有时候他觉得这种目光很碍事，有时候又觉得那是在怜悯自己。他一时不觉恍惚。

骤然间一片青瓦在地上砸得粉碎，不远处一条黑影如敏捷的夜猫蹿入树林。

“什么人在这里！”姜别寒迅速警觉，但回应他的只有簌簌晃动的树影。

“会不会是鹿门书院要抓的那个人被逼得逃到这里来了？”

风中的树影犹如狰狞的鬼爪，空气慢慢凝固了。薛琼楼望着黑影消失的方向，眼底终于一扫阴郁的乌云，浮现一丝笑意。如果白梨没看错的话，那是看好戏般玩味的笑意。

夜色中浮出两点猩红，像怪物的眼睛。姜别寒反手按住背后的剑匣严阵以待，那两点红色靠近，却是两只灯笼。暗红色的光照亮了来人的脸，两拨人见到对方都有些吃惊。

“又是你们啊，真巧。”宋嘉树点点头，“我是带人来巡夜的。”

“所以说刚刚那道黑影不是你？”姜别寒刚从剑鞘上放下的手又握了回去，脸色陡变，“糟了！那人已经逃远了！”

墙上垂下一双腿，袍角被沾湿还蹭了泥，双腿的主人却如夜猫般轻巧落地。

身上的衣袍明显过于肥大，又或许是因为本人太瘦，他像挂着破布的竹竿在风中摇摇晃晃地走着。他怀里抱着东西，沿途留下蜿蜒的水痕，带着河边藻荇湿泥的刺鼻腥味和铁锈般的血腥气。

人影跑得很快，几乎可以说是在飞奔，惶惶若丧家之犬，粗重凌乱的呼吸在夜色中起伏着，他好几次差点绊到宽大的衣角。

他往前大幅度地踉跄，忽地扑倒在地，怀里的东西也脱了手。那是件沾了血的外袍，大片血迹将衣服原本的颜色掩盖了，看上去像从他怀里倾洒出大量血液。他面色瞬间如死灰，慌张地抱起衣服想跑。

可一只雪白的鞠靴踩住了他的衣摆，像踩住一只在滚水中挣扎的蝼蚁，带来压顶的毁灭。

“逃啊。”

他僵着脖子回头，流银般的月光下，白衣的少年背着双手站在他身后，居高临下地微笑，纯黑的眼瞳比夜色还要冰冷。

“果真是兄弟情深。”

灯笼映照着墙壁，打出一片橘黄色的光，墙上多了几道人影。

姜别寒率先放下了一直按在剑鞘上的手，眼前的人太弱小了，压根无需他出剑。宋嘉树则皱着眉头，将灯笼提高了些，照亮那人的脸，仔仔细细地打量他。

因为极度恐慌，青年的瞳孔和脸色变得死灰，蜷缩在墙角努力抬高手臂，遮挡着映照在脸上的灯光。

“李成言？为什么是他？”宋嘉树又是失望又是狐疑，看着这个疯子的脸，他的脖子便隐隐作痛。

“我追过来的时候，看见的就只有他一个。”薛琼楼站在一旁解释。

“估计又是偷偷跑出来找李成蹊的。”宋嘉树冷笑，“那就不用管他了。”

“不用管他？他看上去不太清醒，难道就要扔他在这里过一整夜吗？”姜别寒皱眉。他还不知道三人之间的瓜葛。

“他会间歇性地发疯，发起疯来谁都拦不住，除非大师兄在他身边。所以为了他也好，为了我们自己也好，别轻易惹他。”宋嘉树故意加重了语气。他有要务在身，可不想碰这块烫手山芋。

“宋公子忙你的事，我们来送他回去吧。”姜别寒看出他的不情愿，也不废话。

他朝李成言伸出手，问：“来，还能站起来吗？”

李成言往后瑟缩着，仿佛要把整个人塞进墙缝里。月光在他脸上落下嶙峋的阴影，他两颊凹陷得更严重了。

“暂时先别刺激他了。”薛琼楼伸手拦住姜别寒，“我们最好把李成蹊找过来。”

杂乱的脚步声踩破了静谧，姜别寒循声望去。那人怀里抱着的书全都掉在了地上，踉跄着脚步跑向这边。

“哥哥，你怎么出来了！”李成蹊半跪在兄长身前，握紧他的双手。

李成言看到他的刹那，眼里划过一丝清明的光，甚至打了个哆嗦，竟下意识想抽出自己的手，这是他从未在弟弟面前做出过的举动。

李成蹊一惊，继而仿佛明白了什么，目光扫过众人，最终锁定在宋嘉树身上，他质问道：“宋嘉树，你又干了什么！”

“这回我什么都没做！不信你问他们！”宋嘉树恼怒地喊了出来。

姜别寒隐隐察觉到李成蹊今夜过于冲动了，他点了点头：“宋公子说得没错，我们发现令兄的时候，他就已经是这副模样。而且他好像……很抗拒我们的接近。”

“那是因为我哥哥他……”李成蹊愣了一下，甩了甩头，扶着李成言站起身，“没什么，是我失礼了，我先带哥哥回去，恕我失陪。”

“李公子。”突然有人喊住他。

李成蹊回过头。喊住自己的是个衣白如雪的少年，他侧身站着，月光下的眸子仿佛平湖秋月，有着肃杀过后的平静。

“今夜无雨，你哥哥的衣服为什么湿了？”

李成蹊哑然，目光猛地下移，果然看到兄长的衣摆湿了一片，还沾了湿泥。他深吸一口气，语气依旧平稳：“家兄的衣食住行都由我来照顾，想必昨日下雨湿了衣，他还没换干净的衣服，是我疏忽了。”

“那我多疑了。”

李成言的目光埋在阴影里斜觑，见白衣少年微笑着站在原地，甚至还朝他挥手作别，他打了个寒噤，抱住胳膊，头也不回地走了。

夜风中舞动的树影像尾随在两人身后的游魂，李成蹊感觉到兄长在发抖，嘴唇泛出黑紫色，他停下脚步，将自己的衣袍脱下来给兄长披上。

他给李成言系上衣带，问：“哥哥，你很冷吗？”

“我不冷。”李成言一把抓住他的手，“河边的水……冷。”

李成蹊瞳孔骤然紧缩，他鞋底刚好踩到尖锐的碎石，像刀刃割破脚底，钻心的痛楚直达心底。他强撑起一个笑：“昨日下了雨，哥哥的衣服还没干，确实有点冷了。回去给你生个暖炉，烘干就不冷了。”

“不是这个！”李成言抱住脑袋蹲下身，声音从喉咙里低吼出来，“不是在说这个！”

“怎么了？”李成蹊吃了一惊，陪着他一起蹲下来，扶着他的脊背。

他在惨淡的月光下发现，小时候看来永远不会老去的兄长头上居然冒出了星星点点的白发，如根根银针刺痛眼睛。

李成蹊闻到一阵血腥味，是从兄长身上散发出来的血腥味。他怀里露出一片衣角，带着刺目的血迹。

李成言当着他的面将血衣抽了出来，一把甩在地上，然后用力在身上擦着手，直到双手通红发烫，似乎这样做能擦掉这恶心的血腥味。

李成蹊惨白着脸，一言不发地看着兄长疯癫的举止，刮骨刀般的夜风贴着两人的面吹过。不知过了多久，血腥味变淡了，兄长也慢慢停了下来，李成蹊才小心翼翼地扶起他继续走下去，两人的影子都有些蹒跚。

客栈快要打烊了，廊下两只红灯笼被夜风吹得摇晃不止，飞蛾在光晕里盘旋飞舞。

客栈的跑堂伙计流着口水趴在柜台上睡着了，面前摊着本还没算完的账册。

“上酒！”

柜台冷不防被重重拍了一下，搁在案头的墨笔高高一跳。跑堂伙计打着激灵清醒，见面前站着一名身着墨衣的剑客。他眉关紧锁，目光如剑，身上带着暮秋时节更深露重的寒气。

和他一同进门的四人找了酒桌坐下，整座客栈只剩他们还没歇息，四周空空荡荡的桌椅让夜色更显寂寥。

“真是没想到，这么快就要说分别了。总感觉掩月坊的夜晚还没过去，就看到了蒹葭渡的月亮。”绫烟烟率先开口打破沉默，烛火在她面上轻晃，“大家明天要小心哪，虽说还达不到以命相搏的地步，但总有人为了输赢不在乎别人的生死。”

“不知道为什么，我有不太好的预感。”绫烟烟掐紧了自己的手指。她从今夜的变故中嗅到了近在咫尺的死亡气息，它离得如此之近，甚至就潜伏在他们之中，像毒蛇窥伺着咬人的时机。

众人被她的情绪感染，面上的笑容消失了，就算是最会插科打诨的夏轩也变得安静下来。

“瞧我，怎么尽说丧气的话，这些都是我想多了，想多了！”绫烟烟察觉到压抑的气氛，连忙换上轻松欢快的语气。

“还不是师姐你动不动就多愁善感，我已经很害怕了，现在被你说得更害怕了。”夏轩忍不住抱起了手臂，“要是明天遇到比我凶、比我强的对手，我能撑到最后吗？”

“放心吧，你连第一轮都撑不过的。”旁边凉飕飕来了句。

“白姐姐，你也不说好话啊！”夏轩遭到打击。

“别把自己想得太厉害啦，大佬才配有危机意识，我们都不配遇到危机，所以还是安心当条咸鱼吧。”白梨气定神闲地喝着茶。

绫烟烟笑了笑，知道白梨又在用她那特立独行的方法来安慰别人了。

“阿梨说得对，不用想那么多，只要心无杂念、全力以赴，就已经够了。我们以后还会再次相见，这不是终点。”

每段旅途都有终点，终点意味着分别，分别还能再见，可如果是诀别，那就是再也不见了。

不论现在如何温情脉脉，最后的结局注定是誓不两立。

酸楚的感觉不自觉从心底冒上来，白梨别过脸，却恰好与薛琼楼对上视线。他映满烛光的眼底一片灼灼的乌金色，像跳跃在刀刃上的火，带着灼目的锋利感。

白梨感觉他们几个仿佛身处刀山剑林却不自知，正在谈笑风生地赴死。她背后惊出冷汗，一把握住薛琼楼的手。

“怎么了？”薛琼楼问，他眼底倒映出了柔柔的烛火，晕着模糊的光圈，仿佛方才那一刹的冰冷只是错觉而已。

“我……”白梨语塞，她手心都是冷汗，手指像被寒冬腊月的风吹成了乌青色。

“你想说什么？”

“我、我想说——”

椅子在地面发出尖利的摩擦声，薛琼楼目光一闪，似是惊于她突然起身的动作。

“我想说——烟烟说得对，这不是终点！今晚也不是告别之夜！我们明天会顺顺利利地进入秘境，然后顺顺利利地出来，再顺顺利利地回去！”她高高举起酒樽，“为了顺利，干杯！”

众人愣了一下，还没适应她突如其来的激动。片刻后姜别寒率先起身和她碰杯，道：“好！干杯！”

“为了顺利，干杯！”五只酒樽撞在一起，谁都没发现她说的是“顺利”而不是“胜利”，仿佛明天要经历的不是关乎荣誉的输赢，而是性命攸关的生死。

白梨拿余光瞄着薛琼楼，他脸上没什么表情，不知道在想什么，估计在嫌弃这种依依惜别的行为愚蠢又多余。

背后的寒意又回来了，可是再怎么惧怕最后的结局，明天依然会来临。

“阿梨，你怎么在发抖？太冷了吗？”绫烟烟关切地问。

“不是冷，而是害怕分别吧。”薛琼楼替她回答，调侃地说，“白姑娘，怎么感觉你才是我们之中最害怕分别的人？”

“我……才没有！”白梨闭着眼喝完了杯中酒，果不其然惊天动地地咳嗽起来，“好难喝啊！”

腕上一热——是薛琼楼伸手握住了她的手腕。白梨用力抽了抽……没抽出来。

薛琼楼稳稳地扣住她的手腕，轻柔地从她手中抽出酒杯。他做这一切的时候，既无强硬，也不冒犯，春风细雨一般，让人恍神间便着了道。

“天下无不散的筵席。”他意味深长地说道，“白姑娘，别太伤感了。”

天下无不散的筵席……

众人心头蓦地一凉。

窗外冷风呼啸，声声凄厉，如神哭鬼泣，难免使人悚然。

“你看起来有些不舒服，我送你回去吧。”薛琼楼又道。

白梨身体一僵，就在他刚刚握住她手腕的时候，她的脉门也被封住了。

“走吧。”薛琼楼拉她站了起来，她像一只提线木偶，纵然不甘，也只能乖乖跟随。

哪怕她用目光向绫烟烟求救，绫烟烟也只会当作是她喝醉了在取闹，还捂着嘴无奈地笑：“阿梨你就跟着薛公子去休息吧。”

客房就在二楼，薛琼楼拉着她推门而入。他方才在其他人面前装得很好，语气带着诱哄的温柔，可出手一点不客气，白梨的手腕被攥出红痕，几乎是被拽到了这个房间。

薛琼楼松开她的手，与她背对而立。屋内没有点灯，他身上压着厚重的阴影。

“这好像不是我的房间，所以你又想像昨晚一样把我关起来？”白梨认命地伸出双手，“好吧，那我主动给你绑。”

薛琼楼转过身，看见她手腕上的红印，眼神微微变了，道：“你安分一点，我也不会这样对你。”

“我哪里不安分了？不想让好朋友死于非命就是不安分吗？”白梨高高抬起下巴，不卑不亢地跟他对视。

“别人的生死和你无关。”他冷冷地说。

“我重申一遍，是‘朋友’不是‘别人’！别用你扭曲的三观误导我！你自己没体验过友情就别轻易作践别人的友情！怪不得你……”白梨忽然不说了。

“怪不得我什么？”

白梨想说：怪不得你自始至终只有一个人，哪怕与人合作也只是貌合神离，现在、将来都不会有人相信你，你自己一个人挣扎去吧！

少年静静地看着她，眼睫轻轻一动，像黑色的蝴蝶振动翅膀。白梨看着他雪白如纸的脸色，低声改口：“怪不得你就是个笨蛋。”

这句话似是出乎意料，薛琼楼的表情有一瞬间的困惑，微微蹙着眉，好像在沉思。

白梨心里一乐，偶尔当个谜语人让他摸不着头脑，也算解恨。

四周安静下来了，静得发闷。薛琼楼扶住门框的手指忽地一动，推开了门。

“你可以走了。”

嗯？这就不计较了？

白梨目光一垂，发现地板上多了一滴血。

“你的手怎么了？”白梨注意到这滴血是从他手心滴下来的，而现在他莫名其妙地把手背在了身后。

“不关你的事。”

薛琼楼走到案边点起油灯，昏黄的灯光照得他的面容如透明的泡影，他缓缓坐进椅子，闭目养神。

“可是你看上去不太舒服，你又惹了什么麻烦？”没等白梨迈开脚步，一道刺眼的金光贴着她鼻尖劈下。

“再往前走一步，明天姜别寒他们就会得知，你因为醉酒无法参加比试，只能在客栈等着他们凯旋的消息。”他闭着眼睛说。

这个人！好心当成驴肝肺！白梨气得胸闷。

“你的秘密谁稀罕知道，我走了！”房门砰一声被关上了，窗户为之一震。她还真没一点犹豫、没有一点关心地就走了。

屋内只剩薛琼楼一人，他睁开眼，将手掌从袖中露出来。手心一道数寸长的血口，像是被鞭子狠狠抽了，翻开的血肉呈现新鲜的嫩红。第二道、第三道血痕凭空出现，掌心很快变得血肉模糊。鲜艳的血滴渗出来，沿着袖口滚落，他只是平静地看着血痕不断增多，好像在旁观陌生人受刑。

房门被狠狠关上的声音仍在回响，他垂下滴血的手，合上眼，心底分裂出了另一个自己。那个人在凝望着紧闭的门缝，好似那后面的黑暗里会突然冒出人来。然而等了很久，并没有等到，那另一个自己像个孤傲的败兵拖着残影走回阵营。

薛琼楼忽又睁眼，发现案上不知何时多出一条三指宽的止血带，另一端垂在地面，像是被人随手扔过来的。

傍晚的天下着雨，天空被铅灰色的云挤满了。附近有一处乱葬岗，尸横遍野，空气里尽是被雨水泡发后的腐烂气味。

少年站在泥水里，被雨水沾湿的黑发贴在白净的脸上，他仰头看着面前四个混混似的年轻人。

为首的那个手里把玩着一把小臂长的弯刀，肌肉虬结的手臂上大片黑青色的刺青格外醒目。和墙角纤瘦的少年相比，他简直魁梧得像座小山，走起路来地动山摇。

“就是这小子拒绝孝敬老大您！还扬言让我们滚蛋，以后都不准来烦他！”瘦得像个猴子的小弟在旁边点头哈腰。

少年转动乌黑的眼珠看了他一眼，随即整个人被拽着衣领拎了起来。

“就是他吗？长得这么秀气，就连身上也是香的，该不会是个女孩子吧？”为首的混混捏着少年的脸，不怀好意地凑近。

他脸上没有表情，也没有皱一下眉头，逆来顺受得像只没有感情的木偶娃娃。

“看上去有点钱的样子。我改主意了，暂时别动他，联系他家里人要赎金，等拿到了赎金怎么处理他都成！”为首的混混兴奋地晃着手臂，手里的少年也像木偶似的跟着晃起来。

“可是老大，我们调查过了，和他一起的只有那个背着琴的男人，看上去也不是富家老爷！”

猴脸小弟在那人头上猛挥一拳，骂道：“笨蛋！没看到那把琴很值钱吗！我们只要把那它骗到手就能卖出大价钱！而且那个人眼睛也瞎了，一个瞎子还想弹琴？哈哈哈，是街头卖艺的吗？不知道他积攒的钱够不够塞牙缝！”

“说不定他是家道没落流亡到这里的，对付这种人我最得心应手了。到时候把他绑起来仔细拷问一番，说不定能问出什么传家之宝！”

哄笑声在暴雨中如同模糊的雷鸣，谁都没发现少年眼睫动了动，眼神变得像刀锋般凌厉。

“白日梦做完了吗？”

轻轻一句盖过了哄笑，天地间除了嘈杂的雨声只剩一片寂静。

骤然间一道庞大的黑影如同出膛的炮弹划破浊白的雾气，在雨幕中留下笔直的轨道。对面的墙壁轰然坍塌，那个为首的混混跌坐在残砖碎瓦中，鲜血淹没他脸颊。

“早就说过了，跟这群人讲道理根本没用。”少年平稳落地，整了整被抓得皱巴巴的衣襟，好像在跟一个不存在的人凭空对话，“而且讲道理好麻烦，还是动手最有效。”

其他人惊惧地对了下眼神。

眼前这只被抽空灵魂的木偶娃娃仿佛活了过来，他的衣服重新变得纤尘不染、滴水不沾，所有沾染了肮脏气味的雨滴在靠近他之前主动退避，因而在他周身形成一片透明的高危领域，触之即伤，靠近即死。

“这是什么眼神？刚刚不是很神气吗？”他歪着头笑。

扑打在面上的每一滴雨都成了冰冷刺骨的杀机，混混们再也待不下去了，争先恐后地想逃离这里。

轰的一声，金红的火光席卷天地，到处是被火光包裹的人影，他们扭曲着、哀号着奔逃，仿佛地狱中煎熬的亡魂。

火很快停了，那些人也很快成了一堆灰烬，灰烬中躺着许多黑白二色的琉璃子，兀自闪着暗金色的光，灼眼得像夜空中闪亮的星星。

数十人的群体转眼间只剩下两人——混混头领和那个猴脸小弟。少年微笑着挥挥手，空气中金光一闪，凝聚成形后拉长，形成一把匕首的模样。

“你们两个，只能活一个哦。”少年又一挥手，匕首在空中划出一道刺眼的冷光后，飞至那两人面前。

他手向前一伸，彬彬有礼道：“请吧。”

两人似乎吓傻了，愣在原地一动不动。

“再不动手，那就一个都别想活了。”笑容还未褪去，但他眼中分明一寒，杀机顿起。

两人身体猛地一震，终于回神。求生的本能驱使着他们互相推搡着对方，争先恐后去抢半空的那把匕首。

“滚开！是我的！”

“明明是我的！”

啪的一声脆响，匕首被打落在地，落在猴脸小弟脚边。他猛地扑上去将匕首压在身下，却也暴露了背后的空门，让对方抓到机会骑在自己身上、抓着自己的脑袋去撞击地面。

地上很快漫开一摊血，猩红的，反射着天光。

不远处，白衣少年单膝跪下来，双手托起脸颊，眼睛一眨不眨地观赏这出戏，眸光忽闪忽闪的。

那天真纯然的模样，仿佛在看两只猫在春日的青草地里嬉戏。

终于，猴脸小弟抓住机会，反手将匕首送入对方体内。然而这个时候，满脸血肉模糊的他也奄奄一息、命不久矣。

浓烈的腥血气味迅速占据了每一寸角落，少年掸了掸衣袖上不存在的灰尘，无聊地打了个哈欠。

瞧啊，这群人，总是这般轻易地就被挑拨、被解决。

忽地，他仿佛察觉到什么，微微侧过脸，冷声说：“别在这时候扫我的兴。”

背着长琴的男人无声站在他身后，蒙住双眼的白纱被打湿了，隔着一层纱的目光仿佛显得更加明烈，像要看透一个人。

少年面色一变，身体晃了晃，左膝弯曲下去，跪进了泥水里。他皱紧眉，想靠着右腿的支撑站起来，但事与愿违，在硬骨的哀鸣中，右膝也砸在地上。

“暴虐。”男人沉着脸，这回他真的生气了。

“我真的想过和他们好好讲道理，可是他们不识抬举，还想打你那把琴的主意。”见反抗无效，少年乖乖地跪在了地上，双手也乖乖地放在了膝前，是个谦逊认真聆听教诲的姿势。

他抬手接住雨水，手指尖上猩红的血丝在雨中消散了，像一朵妖冶的花在慢慢凋零。这个略带孩子气的动作淡化了屠戮后的血戾，剩下白色的天真。

“那是我看上的东西，等你死后就归我。”他翘起嘴角笑。

男人静静“看”着他，白纱后的眼睫似乎轻轻动了动。

一声琴音乍响，少年的笑容蓦然僵住。

手心传来撕心裂肺的剧痛，那里裂开了一道狰狞的血口，横亘整只手掌，紧接着第二道血口出现，交叉成十字形，像刻在罪人身上的烙痕，那是直抵灵魂深处的鞭笞。

“认错吗？”

“不认！”他死死攥紧手心，脸上布满肃杀之气，像个受了委屈的孩子，“他们想盗你的琴！我杀了他们，有什么错？！”

“那不是你屠戮的理由。”

男人一直背在身后、藏在天青色琴囊中的琴，不知何时悬停在身前，琴弦震颤的声音如同蜂鸣。

“你说得没错，终有一天我会身死道消。但在那之前，只要是我能管得到的地方，你休想心怀不轨地踏入那里一步。”

少年捂着手怔在原地，琴声抽出的伤痛和先前的遭受相比，不过是春风细雨，却仿佛刻进了灵魂。

薛琼楼仰面坐在椅子里，黑眸里倒映着暗沉的月。他受伤的那只手藏在袖中，已经用纱布扎了起来。血痕还在密密麻麻地增加，每多一道，手臂便微不可觉地颤抖一下，仿佛打在灵魂上。

琴声仿佛先生的戒尺，抽打不听话的学生。

另一只手握着酒樽，他在钻心的痛楚中仰头灌酒，酒液沿着衣襟泼洒，像荷叶上的水珠簌簌滚落。

打吧，再怎么打他，他都不会俯首听话。

你就好好在地底看着，你最重视的地方是怎么在我手里一步步走向毁灭的。

他打开手掌看着那些伤痕，眼神却渐渐变了，像多年以前跪在雨中的孩子的眼神。

# 第4章
# 鹿门书院·符令之争（二）

鹿门书院大门两侧的华表之间多出一面巨大的镜子，在阳光下泛着鱼鳞般的波涛。这面镜子没有轮廓，镜中也有一个世界，只不过镜外人山人海，而镜中空无一人。

“这其实不是镜子，而是设了禁制的三千小世界，也是待会儿比试的擂台。这样的话无论里面打成什么样，外面都不会被波及。”绫烟烟解释。

书院弟子则站在专门的瞭望台上守着禁制，几乎将整片场地都围了起来，远看仿佛月白色的波涛。

李成蹊和李成言也在其中，李成言好似对这种人很多的场面很是不适应，不安地扭头看来看去，李成蹊则紧紧拉着他的手，始终和他站在一起。

“是要开始抽签了吗？”

姜别寒仰起头，见空中盘旋着两只纸雀，纸雀的嘴里各衔一根绿莹莹的灵签。灵签落入谁手中，那么这两人便是第一场比试的对手。

夏轩抱紧脑袋，像只鸵鸟将自己埋进人群，念叨着“不是我不是我”。绫烟烟淡定地盯着绿色的灵签，发白的指节却暴露出她的紧张。只有姜别寒目光明亮如镜，踌躇满志。

白梨倒是不怎么担心，她就是个跑龙套的，这么重要的戏份肯定轮不到她。薛琼楼也是满脸无所谓的模样，他抱着手臂，受伤的那只手上缠着纱布，轻轻握成拳。

“师兄真的要放弃这场比试吗？放弃比试意味着就放弃了鹿门书院弟子的身份，你现在反悔还来得及。”宋嘉树气定神闲地问。

“这句话你已经问第三遍了。”李成蹊笑着说，“放心吧，我决定好了的事绝不会反悔，你不用担心我会当着先生和诸位师弟的面出尔反尔。”

宋嘉树冷笑一声。这时候远天传来宏瀚的钟声，意味着第一场比试即将开始。他收回目光，神色渐渐严肃起来，和众人一起仰头，屏息凝神地望着半空。

左边的纸雀率先张嘴，第一根灵签在千百道胶着的目光中飞旋着坠入月白色的海洋，它居然选择了鹿门书院的弟子！哗然声四起，众人四处张望着，想看看哪个幸运儿中了此等“大奖”。

“是谁是谁？到底是哪个身先士卒的勇士？”大家兴奋地询问着身旁人。

“好像是……宋师兄。”

捏着灵签的宋嘉树一下子成了千百道目光的中心。既是符令之争的东道主，又是鹿门书院的嫡传弟子，他的首战非得告捷不可。

“宋师弟。”有人喊了他一声。

宋嘉树回过头，李成蹊正朝他点头微笑：“一定要赢。”

“废话。”宋嘉树和一名年轻弟子对了下眼神，后者朝他比了个“一切顺利”的手势。在制作灵签的时候他偷偷改变了顺序，确保自己第一个出战，对手还是个三招之内即败的半桶水，如此一来，他定能一鸣惊人。

李成蹊笑了笑，什么也没说。

惊呼声再次响起，第二根灵签掉进了人海。宋嘉树胸有成竹地看过去，脸上的笑僵住了。

那从人海中站出来的人仿佛一柄利剑，他将灵签举到太阳底下打量，似乎不敢相信灵签选中的人是自己。过了好一会儿，他才摸摸后脑勺，露出一个自信又傻气的笑容，还和同伴们打趣了几句，仿佛接下来不是要上擂台，而是去接受嘉奖。

那一袭劲装以及黑色的剑匣无一不在告诉宋嘉树，他接下来的对手是巨阙剑宗的嫡传大弟子、长鲸剑剑主姜别寒！

“这……”宋嘉树一下子站了起来，双手攥紧栏杆。

这和他预想中的不一样！姜别寒？三招内即败？开什么玩笑！他自己能不能在长鲸剑下坚持三个回合还是未知数！他难以置信地喃喃：“这不

可能！”

“宋师弟，不用太紧张。长鲸剑虽然鼎鼎大名，但姜剑主也不过是个初出茅庐的年轻人，和你我没什么区别。不论是输是赢，我敢保证，接下来一定是场精彩至极的比试。”李成蹊拍拍他的肩膀，“冷静一点。”

“不用你假惺惺！”宋嘉树甩开他的手臂，意料之外的变故带来的紧张感让他口干舌燥。他灌下一杯冷茶才站起身，几滴茶水泼到了书案上，李成蹊看了几眼，默默拿手帕擦干。

“第一场比试的这两个，分量也太重了吧，总感觉很有看头啊！”众人议论纷纷。

薛琼楼毫无预兆地转身离开，白色的背影很快淹没在人群中。

白梨正努力踮起脚尖想看得更清楚些，转头一看，身旁却空空如也。

第二声洪钟响起，正式拉开比试的序幕。

第一场比试的两人站在了“镜子”里面，镜里世界的地面并未铺着名贵的石砖，而是望不见尽头的沙土，风吹过便是飞沙走石，像荒蛮而寂寥的大漠，天地空阔高远。这环境最适合酣畅淋漓的切磋。

“承让。”简短地行了一礼，姜别寒手腕贴着长鲸的剑柄翻转，长剑转进他手中，翩飞的剑光好似银色的蝴蝶。

“承让。”宋嘉树心不在焉地作揖，手心端着一只青花瓷茶盏，他将方才的茶杯带了进来。

他偏头看了眼不远处的李成蹊，平复心境，将手中茶杯微微往前倾斜。一股裹挟着碧绿茶叶的清澈水流从杯中倾泻出来，源头像手指般细小，随着水流蜿蜒而前，便化作蟒腹般粗壮。缠绕着水流的茶叶犹如片片锋利的柳叶刀，将水流切得呲呲往外迸溅水珠。

“上善若水，厚德载物。”

圣人口含天宪，言出法随，还没得到扶乩琴作为法器的宋嘉树学的是单纯以文字驾驭的儒门法术。

姜别寒手中的长鲸凭空消失，宛若一尾灵巧的游鱼，扎进水中，水流分叉成了两股，像两条袖珍的江河。

水被切开了，剑光乘胜追击，一路乘风破浪，发出锐利的金石之声，连“镜子”外的人都捂住耳朵不敢细听。

宋嘉树摸了摸脸，后知后觉地发现脸上被切开一道细长的血口，他抬起眼，见那把飞剑停在他眉心处，再往前一寸，他的脑袋就会被贯穿。

与剑修厮杀，生死一瞬。只需要一瞬，就可以分出胜负了。

“还是姜师兄厉害！要这么多绣花枕头的套路干什么！中看不中用！”夏轩得意地跳起来。

另一边，坐在高位的董其梁缓缓起身，将手背在了身后，他苍老而矍铄的眼中闪着生青色的光。

“嘉树还是太紧张了。”

“不，还有机会。”李成蹊站在一旁，嘴唇抿成一条冷硬的线。

飞剑靠近的一刹那宋嘉树往后疾退。先生和李成蹊还在看着他，他怎么也得撑过三招才行！

他的袖底清风徐来，襦衫广袖被缓缓撑开，丝丝缕缕不易察觉的风围绕着两人飞旋。

“一点浩然气，千里快哉风。”

满地黄沙为宋嘉树提供了绝佳的利用机会，卷裹着黄沙的狂风平地而起，像土黄色的狂浪从天际平推过来，整个三千小世界瞬间滑入了黑暗。姜别寒被风沙迷了眼，失去准头的飞剑也被扯进风暴中。

“还能这样玩的吗？”姜别寒在此刻不忘自嘲一句，他劈开双腿扎进黄沙，让自己站得更稳，他不但没觉得棘手，反倒有种势均力敌的欣慰感，“可惜我的剑是会自己回来的！”

像是混沌之初开天辟地的一斩，苍茫的黄色中劈出一道银色的虹光，漫天飞沙被斩成两半，金色的阳光从缝隙中汹涌而出！

宋嘉树愣愣地抬起头，面上被照得灿烂一片。这就是长鲸剑剑主的实力吗？简直是千万倍地……凌驾于自己之上。他忽地转头看向李成蹊的方向，如果站在这里的是李成蹊，他能走过几招？

想象的画面戛然而止，胸口骤然一痛，宋嘉树弯腰喷出一大口鲜血。

“你怎么了？！”姜别寒大吃一惊，想要走过去查看情况。

“别靠近我！”宋嘉树大吼，眼中、鼻中、耳中相继有鲜血涌出，血花在风中被扯碎了，他整个人被包裹在一大蓬血雾中。

怎么回事？姜别寒刚才那一剑，明明没有伤到自己……为什么会受这样的重伤？为什么？

宋嘉树低下头，看到手中的茶盏，像是想通了什么，目眦欲裂地朝那个熟悉的方向望过去，可惜风沙迷眼，他再也望不到了。

镜中世界被一片风沙遮挡，黄色中带着一点血色，那惊世骇俗的一剑后便再没了动静。镜外的众人不安地观望着，风沙逐渐散去了，两个人影只剩下一个还站着，另一个倒在地上，身下的血液染红了地面，已经没了气息。

人群一片哗然。

山主最欣赏的嫡传弟子，就这样……死在了擂台上？

“谁！”老人雄狮般的怒喝震颤整片天幕，“谁杀我徒儿！”

白梨撩开挡路的藤萝枝叶，茫然地环顾四周。

人果不其然跟丢了。

或者说他从一开始就发现了她的存在，把她遛到这个地方便心安理得地消失了。

白梨郁闷地停住脚步，四下打量。这地方似乎是学塾，重重花影铺陈在书案和蒲团上，舞动于风中，好似满屋杂乱的人。

正这样想象着，竟然真有两人出现在视线里。

白梨在看到他们的瞬间矮身藏了起来，偷偷探出视线。那是两个正在巡逻的弟子，脚步匆匆似有急事要办。

“我昨晚就有不好的预感，今天一定得出事，但没想到出事的居然是宋师兄！先是他的灵签被换，对手变成了姜别寒，现在他还直接死在了擂台上，简直像在做梦。”左边的弟子语速极快，“是不是有人知道了他的计划？”

“换灵签的事只有我们几个知道，就算有叛徒，这样做对他又有何益？大师兄离开书院，首席之位让给宋师兄是板上钉钉的事，今日符令之争是输是赢都不会改变这个事实，若是被宋师兄发现，他以后还怎么在书院立足？”

“所以还是姜剑主失手杀了他吗？”

两人的话里透露出两个关键信息：第一，灵签的顺序是可以被暗箱操作的；第二，宋嘉树死了，而且杀他的人是姜别寒。

白梨听出了一身冷汗。开什么国际大玩笑！长鲸剑虽然吹毛断发，但她可是亲眼见到姜别寒拿它来切菜的！连如此细微的操作他都能控制，他怎么可能会误杀活生生的人！

外面突然没声了，紧接着肉体倒地的声音响了两次，白梨瞄了一眼，背后发寒。

方才还谈论得热火朝天的两人已经身首异处。

她做错了什么，又来锻炼她心脏！白梨连滚带爬，冷不防撞到一人，她双手交叉在面前大声威胁：“你敢动我我就喊救命！我有朋友在附近，他会把你千刀万剐！！！”

“你真觉得我会特意来救你？”

又是熟悉的戏谑又从容的腔调。

白梨缓缓睁开眼。少年雪白的衣服被阳光镀上一层淡淡的金，他背着双手微微俯身，带着揶揄的笑，漆黑的瞳孔映出手足无措的她。

“你跟踪我。”他笑意骤敛，忽地面无表情。

白梨也渐渐收起惊惶的神色，平静地凝视着他，道：“你陷害姜别寒。”

“猜对了。”他露出满意的笑，像河面冰层融化，“连蚂蚁都舍不得踩死的姜别寒，有朝一日居然背负无辜人命，你觉得他现在会是什么表情？”

“不想知道。告辞。”白梨麻利地站起来转身就走。

“站住。”薛琼楼在身后冷冷地说，“趁我改变主意把你绑在这里之前，你最好乖乖待在我身边，哪里都不准去。”

“谁杀我徒儿！”

老人雄狮般的怒喝震颤天幕，因暴怒而释放出的铺天盖地的威压笼罩在所有人头顶，众人无不感觉身体被压上万钧力道，修为低微一些的已经口吐鲜血，连站都站不稳。

宋嘉树死了，那个拥有万里鹏程却还未开始崭露头角的年轻人，就这样不明不白地暴毙于擂台上。

“姜别寒！你如何交代！”董其梁怒发冲冠，灌满厉风的襦衫骤然振开。

没人看清宋嘉树是怎么死的，镜里刮起了漫天黄沙，等这阵风暴散去后，宋嘉树便已经七窍流血地倒在地上。

无形的罡风咆哮着朝姜别寒横扫而来，空气被激起汹涌的波涛，半空中的“镜子”被震得四分五裂，仿佛巨人一记重拳砸碎天穹，只留下一片扭曲的空白。

姜别寒横剑抵挡，手腕被震得发麻，他用尽力气大声解释：“山主冷静！我与宋公子无冤无仇，何必下此杀手！”

“秘境内只有你们两个人！不是你杀的又是谁！”董其梁已经听不进任何解释，咄咄逼人、步步紧逼。

他眼里泛出赤金的光，顶天立地的金字出现在背后，以古老的篆体写就，带着洪荒时代的森然古意。那是儒门最权威的法术，也是只有历代山主才能使用的法术，象征着绝对的审判与正义。

姜别寒望着那流闪着金光的威严大字，忽地收起长鲸剑，赤手空拳地直面来势汹汹的攻击，董其梁吃了一惊。

“我没有杀宋公子，也不想与伯父为敌。”姜别寒站在原地，厉风卷起他墨黑的衣角，“若我有罪，天宪之言自会惩戒于我。”

“有胆量！”董其梁脸色铁青，“你知道什么是天宪吗？”

“圣人口含天宪，出言成谶。它说出的话就是整个天下的规矩，不分善恶、只论对错！”

金字如巍峨山岳朝他倾倒过来，姜别寒岿然不动，坦然而磊落地目视前方。不论他是否真的杀了人，就这般光明坦荡的气势就已经让人打消大半的疑虑。而且他如果真有害人之念，何必在众目睽睽下动手。如果是一时失手那就更说不过去了，能让长鲸剑乖乖认主的人世上有几个？！

董其梁脸颊肌肉紧了紧，哪怕有种种理由洗清姜别寒的嫌疑，他依旧不愿意饶恕。

“等一等！宋公子还有救！”一声大喊分散了两人的注意力。

“他还有救！”绫烟烟三步并两步跑到他身边，探着他的气息，抬头大声说，“山主，请你冷静！宋公子还有救！当务之急是把他救回来！”

躺在血泊内的宋嘉树伸长手臂，想抓住董其梁的衣角，他脸上都是喷溅的血液，已经说不出话来，但眼里尽是求生的渴望。他颤抖着张口，嘴型说着："先生，救我……"

董其梁猛地收手，生青色的眼睛盯住这个自己倾力培养的学生。他确实没有死透，甚至还留着口气，偏偏就是这口气，让他抓到了生存的稻草。但是这口气又无比微弱，像凛冬的残雪即将被扯散在寒风中。

现在有一万种法子也救不了他了，除非——

"扶乩琴！"

"先生，宋师兄还有救！请先生祭出扶乩琴！"书院弟子全都跪了下来。

自己的学生性命垂危，做老师的没有理由不出手相救。可他若祭出扶乩琴，便会牺牲自己的修为和性命。董其梁本就没有几年可活了。

四周一片死寂，千万双眼睛盯着他，在等他做决定，他一句话便能决定一个人在这世上的去留。董其梁沉默片刻，闭了闭眼睛："去取我的琴来。"

"多谢先生！"为首请愿的弟子热泪盈眶，袖子在脸上狠狠一擦，扭头飞奔。

"有人来了。"白梨关上了窗户，扭头说道。

坐在书案后的薛琼楼依旧无动于衷。一幅山水画卷铺展在他面前，画卷十分普通，街头花十枚青蚨币就能买到的便宜货，他却盯了这幅画卷足足半个时辰。

这古色古香的地方约莫是座藏书楼，看守藏书楼的弟子已经被他放倒了。书房的主人品位极其典雅，放眼望去，古宝珍玩星罗棋布，错落有致地摆列在屋内，这间屋子像一间私人收藏室。

若非自己是非法闯入者，白梨一定会对这里产生浓厚的兴趣，现在她只感觉自己像是强闯民宅的盗贼。

两人进入藏书楼前，曾有看守弟子喝问来者何人，还没说几句就在少年轻描淡写的挥袖中被振飞出去，倒在地上爬不起来。等两人抵达藏书楼大门口时，身后的空地上已经堆起一座壮观的"人山"。

大门口面目狰狞的神兽貔貅像怒目如铜铃，瞪着这两个用暴力手段不请自来的客人。白梨被瞪得心虚，想问它会不会活过来制裁他们两个，就见薛琼楼袖中飞出半月状的金色弧光，一记干脆的横切削掉了貔貅半颗脑袋。它颈下古铜色的铜铃应声而碎，禁制解除。

“现在不吓人了。”宏瀚的震音中，藏书楼的大门向薛琼楼洞开，他强行解除了这里的所有禁制，扭头朝踟蹰不前的白梨笑，“想清楚自己的选择，跟在我身边就不会死，否则……”

“知道了知道了！我跟你走！”面对被绑在树上和被绑在他身边两个选择，白梨窝囊地选择了后者，现在他们两个是一条绳子上的蚂蚱了。

“有人来了，我们不躲一下吗？”白梨说这句话的时候莫名有种被迫同流合污的悲哀。

脚步声如暴雨砸在楼梯上，来人破门而入的前一刻，薛琼楼终于站起身，拉着白梨躲进书架间。

透过半指宽的缝隙，白梨得以看清外面的情形。

步履匆匆的书院弟子在门口放慢脚步，他们对先生的书房充满敬畏，不敢惊扰这里的禁制。几人站在书案前对视一眼，为首的弟子点了点头，将手放在那幅画卷上，默念法诀。画卷上光芒一闪，那弟子将手伸了进去，半条手臂犹如淹入水中消失了！

“话说回来，怎么不见看守藏书楼的师弟们？他们去哪儿了？”

“估计是偷懒看热闹去了吧。别说废话了，宋师兄还在等我们。”有人忍不住催促。

“我知道。”那个把手臂伸进去的弟子皱眉说，“先生方才把解开禁制的法诀告诉了我，但想解开还得花点功夫，但愿宋师兄能撑住。”

他们是在找什么东西，白梨迅速反应过来。

满室淡青色光芒一闪，那弟子慢慢抽回手臂，从画卷中拿出了一张古意森然的长琴。

这就是扶乩？

白梨用力眨眼好让自己看得更清楚。这张传闻中能从鬼神手中夺回亡灵的仙琴却是古朴沧桑的模样，唯有琴弦泛着金属色的锐光。

难不成薛琼楼来这里就是为了这张琴？白梨抬起眼，见身旁的少年面无波澜，黑眸里沉淀着两抹弯如钩月的冷光。

如果他真的是为了这把琴，那外面这些人岂不是就要被……

白梨转身想走，薛琼楼早有所料般抬手扶住书架。书架与书架之间刚好只能容纳两个人并排站立，这样一来她的路就被拦住了。

“现在出去，你会后悔的。”

话音刚落，烛火一灭，屋内陷入昏暗。随即只听一声近在耳畔的蜂鸣，像呼啸的刀风，携来杀机。

这些弟子还没搞清状况，身上便炸开了血花。

滚烫的血浇在书架上，白梨闭上眼睛不忍再看下去。

薛琼楼走了出去，他没有看躺在地上的扶乩琴，而是直接展开了画卷。手心的纱布上重新漫出了血，伤口又添了几道。

“你不是来找扶乩琴的吗？”白梨虚软着腿从书架后走出来。

“几年前我对它感兴趣。”薛琼楼随意挥袖，一缕清风将琴送出窗外，“现在没有了。”

“不感兴趣也不用扔掉啊！”白梨跑到窗边。

扶乩琴恐怕已经摔成一堆碎木头了。

这个人没有半点敬畏之心，他现在站得有多高，以后摔得便有多痛！

白梨默然无语地看着满地灰烬。死亡只是一瞬间的事，习惯了死亡就不会抗拒死亡。可这样不对，照这样下去她迟早会对生死麻木的。

“这些人妨碍不了你，把他们绑起来、关起来、打晕过去都可以啊，何必要赶尽杀绝！”白梨怒道，“你就不能留条退路吗？！”

“给别人留退路，就是给自己留后患。”他嗤笑，“跟我说这种话，你天不天真……”

“你傻啊！我是让你给自己留退路啊！”衣襟忽然被扯住，他整个人转过去，对上少女明亮又湿润的目光。

白梨抓着他的衣襟，用尽力气说：“我知道你不会听我的话，我也不求你当个烂好人！但你这样做不行的啊！你不给自己留退路以后就是死路一条，而且还是死无全尸的那种！那时候怎么办？我帮你拼凑完整，给你收个全尸吗？！”

薛琼楼耳畔嗡嗡然，被她喊得有些愣怔，她这种时候嗓门总是很大。

“我跟你说过的吧，有些人注定会失败，然后孤零零地赴死。”白梨指着地上的灰烬，“但你至少给别人一个愿意追随你的理由，这样赶尽杀绝谁想和你做朋友！”

追随……这两个字像针细细地刺了他一下，没有伤口但有血珠冒出。

追随？每每回望，除了影子还有谁心甘情愿地追随自己？

他指尖一颤，触到了她的手，也感受到了她手上的温度。仅仅停留一秒，他便将她的手甩开了。

“多管闲事。”

喂！有这样的吗！我费了多大勇气才说出这样的话！我再也不会理你了！白梨羞恼地在心里呐喊。

“不过，你以后别妨碍我，我也不会让你随便送死。”好半晌，少年的声音传来。

白梨愣愣地看着他，他微微垂着头，眼睫弯出一抹柔软的弧度。

肺腔里的空气快要被抽干了，宋嘉树的意识已经开始模糊起来。

人墙裂开，董其梁大步走来，俯身看着地上流血不止的学生，轻轻拍了拍他肩膀，道：“坚持住，为师会救你的。”

宋嘉树艰难地扯出比哭还难看的笑。先生没有放弃他。

可是下一刻，他的脖子被什么东西掐紧了！

宋嘉树看着老人俯视而来的冰冷眼神，难以置信地瞪大眼。

不对……他没有救自己的打算……他不仅不会救自己，还要趁着取琴拖延时间，将他直接掐死在这里！

他怎么可能会为了别人放弃自己的修为和寿命？李成蹊走了他便培养宋嘉树，宋嘉树没了还有其他人，这就是他的“桃李满天下”！

董其梁垂头看着他，在外人看来，他像在为自己英年早逝的学生黯然哀恸，而不是暗中痛下杀手。

再打磨几年，磨掉急功近利的心性，宋嘉树会成为十分优秀的继承人，可惜他已经等不到那一天了，他现在必须死。

有时候死亡就是来得如此突然，能让你起死回生的人同样也能让你命丧黄泉。上一刻宋嘉树还是他最得意的学生，现在已经变得非死不可，只是因为宋嘉树挡了他的去路而已。

“听说先生要找扶乩琴，学生给您带来了。”

天地间忽地一片死寂，只有一个人的脚步声在回响。

董其梁一惊之下松了手，宋嘉树死里逃生般剧烈咳嗽。

李成蹊捧着琴缓步走上前，他突然的出现打乱了董其梁的计划，让宋嘉树逃过一劫。宋嘉树望着这个昔日的死对头，杂陈之色溢于言表。

“我的琴……为什么在你手里？”董其梁胡须在颤动。

“宋师弟性命垂危，先生当务之急是先去救他。”

“我问，我的琴，为什么在你手里！”董其梁沉声低喝，打断他的话。

“先生刚刚不是急着叫人去拿吗？我斗胆替先生取了，先生看上去……怎么好像不大乐意的样子？”李成蹊将琴举过头顶，语气谦顺依旧，但所有人都看出他和往常相比好像换了个人，就像一只绵羊突然长出了利爪，那冷不防的阴狠叫人措手不及，“是觉得师弟的性命和那些散修一样，都是微不足道的蝼蚁，还是说——”

他扬手掀去琴囊，琴声锵然铮鸣。

“还是说，你根本不会弹我哥哥的琴，所以你不敢碰！”

暮秋的下午，太阳满腔仇怨地投下热辣的光芒。

李成蹊右手拿着一只半人高的风筝，从树上一跃而下。手工制作的风筝粗糙简陋，拼凑出猫非猫、狗非狗的轮廓。

“你们真是……怎么把风筝放到树上去的！”

“是这里的树太高了啦，成蹊哥哥什么时候把树砍掉一些？”男孩从他手里接过风筝。

“砍树的话……恐怕不行，但以后你们可以带着哥哥去外面玩，那里地方大，不怕有树木遮挡。”李成蹊摸摸他的脑袋。

李成言呆呆地望着被树枝切割出的狭窄天空，阳光刺得他眯起眼。他抱着属于自己的风筝，好似没听懂两人在谈什么。

刮过林梢的风如絮语喧嚣，李成蹊拍拍衣服上的树叶，抱起地上的书，说：“好了，我要去书院了，你们带着哥哥回去歇息。”

“成蹊。”李成言轻轻说了句，仰着头并没有看他。

李成蹊一愣，继而喜出望外。哥哥虽然疯了，但有时候能找回自己的神志，重新变成以前那个老持沉稳的长兄。李成蹊一直觉得哥哥有两副灵魂，疯掉的那个在逃避，当他下定决心直面过去的时候，曾经的那个他便又回来了。

“别做后悔的事，否则你一辈子都会活在悔恨中。”

李成蹊吃了一惊：“哥哥这话……是什么意思？”

李成言暗灰色的眼瞳看着他，脊背微微佝偻着，两手缩在肥大的袖中，像林中诡秘的游魂。

“哥哥怎么了？”李成蹊低头问那些孩子，“之前有谁和哥哥接触过？”

“是个衣服和成蹊哥哥一样的大哥哥，他说是成蹊哥哥你让他来的，我们就让他进来了。他带了些吃的穿的还有很多书，也说了很多话，”女孩一五一十地说，“他说，你往后不会在书院待下去了，会有人顶替你的位置……”

“宋嘉树！又是他那群狐朋狗友！”李成蹊恼怒地低声说了句，对李成言道，“哥哥你放心，是我自己主动提出离开书院的，首席之位也是我自己让出来，他们是在挑拨离间。任何情况下，我都不会冲动。”

李成言对他的话全无反应，缩着肩膀离开了。夕阳渐渐倾斜，光影也渐渐拉长，瑰丽的晚霞铺在天际，他脚步走得深深浅浅，像踏在寒冬的大雪中。

李成蹊在去往书院的路上回想着哥哥的背影，他佝偻的脊背上仿佛压着一座山，名为过去，折磨着当下，斩断了未来。

一辈子……活在悔恨中？到底是什么样的悔恨摧垮了他？李成蹊始终想不明白。

他心不在焉地来到书铺。他是这里的老顾客了，但他其实并不喜欢读那些刻板的“之乎者也”，他很多时候会偷偷看一些稗闻野史，回家讲给哥哥听。

“十枚青蚨币。”老板头也不抬地拨弄算盘。

李成蹊摸了摸钱袋，面色一变。糟糕了，刚刚爬树拿风筝，钱袋不小心掉树上了。

“我替他付了吧。”他正窘迫不安的时候，有人热心地给他垫了账。

李成蹊转过头。站在他身边的白衣少年正将一袋子金币递给老板，少年自己买的是一整套的笔砚。笔砚是少见的金丝石墨材质，取自冰封万里的极北之地，是绝对的珍藏版，少年可谓挥金如土。

“谢谢，我改天再还你……”见惯了两袖清风读书人的李成蹊有些发愣。

“不用了，你是鹿门书院的弟子吧？”少年看到他腰间刻着白鹿和青竹的玉牌，反应很迅速地认出他的身份。

“你是……想拜访我们先生？”李成蹊将包好的书抱进怀里。

每时每刻都会有不计其数的拜帖像雪花一样飞到董其梁的书案上，但几乎都被他一一婉拒。李成蹊心想这估计又是个投递拜帖没有回音所以想另辟蹊径的意气少年吧，但他估计不能如愿了。李成蹊委婉地说：“先生喜欢清静，他已经很久没见客了，你实在想见他的话……”

“不，我想见的人是你们大师兄。”

欸？想见自己？李成蹊愣了愣，问：“为什么要见……见他？”

他没有立刻承认自己就是对方想见的人。

少年仰起头思索道：“因为听说他兄长手中有把能起死回生的琴叫作扶乩，我想亲眼看看它到底有多厉害。”

李成蹊一头雾水，并且略显错愕。比起声名显赫的长鲸剑，扶乩琴显得过分低调了，知道它的人屈指可数，眼前这个少年却仿佛对它仰慕已久，又仿佛一知半解，因为他连最基本的事实都搞错了。

“有一点你搞错了。”李成蹊纠正，“扶乩琴的主人是我的先生，鹿门书院的山主。”

少年浑不在意地笑了笑：“是吗？这和我听说的可不一样。”

“你听说的？”李成蹊鬼使神差地问，“你听说的是什么？”

字又写歪了，李成蹊将纸揉成团扔掉，纸篓里已经堆成了小山丘。他蘸了墨重新提笔，下笔的手腕却在抖。根本无法把自己的思想集中起来，他叹出一口气，将笔放下，跌坐在椅子上。

“怎么了？心神如此紊乱，是你兄长又出了什么事？”董其梁不知何时站在他身后，温暖的手掌放在他肩上。

在李成蹊的印象里，是先生给哥哥提供了与世隔绝的庇护所，让哥哥免于外人的嘲笑与奚落。他又将自己收为学生，读书做人的道理都是他言传身教。自从兄长疯了之后，他便是堪比父亲一样的存在。

除了哥哥，李成蹊最尊敬的人就是他。

“哥哥没事。”李成蹊低下头，手心里满是被指甲掐出的痕迹，他鼓足勇气抬起头，直视着先生的眼睛，“先生，我想看一看您的扶乩琴。”

“你愿意再去试一试了？”董其梁脸上的皱纹舒展开，他笑了起来，“这有何麻烦，跟我来吧。”

时隔多年，李成蹊再一次用手触摸上了这把琴。它仿佛是从时光的洪流中打捞出来的，琴身被打磨光滑，琴尾的断裂纹如同薄薄的蝉翼上蜿蜒着的纹路。它被磨得只剩下一层脆弱的躯壳，琴弦却绷得根根笔直，泛着金属的色泽，如同刀刃一样锋利，显得它既腐朽又新锐。

多年以前李成蹊曾被鼓励着碰了一根琴弦，但还没等他弹出一声，一条狰狞的伤口从他的手腕直切到胳膊，血液如同溪流。先生一面帮他止血一面安抚他，说这是因为他还没学有所成，所以被琴拒绝了，等他具备了资格，他就能成为扶乩真正的主人。

自此之后李成蹊心里始终蒙了一块阴影，被琴拒绝意味着他不配做先生的学生。特别是当大放异彩的宋嘉树逐渐走入先生的视野，即将取缔他的时候，这层伴随着危机感的阴影像乌云肆意扩散。

“我……我还是不敢，先生，它或许永远也不会承认我了。”李成蹊缩回手，“一万倍的努力也比不上一分的天赋，我或许就是没有天赋，我已经尽力了，我想……放弃了。”

“这是什么话？什么努力，什么天赋，你能不能被它承认，跟这些东西都无关。”董其梁点点他胸口，“你应该问问自己的心，心向往之，才能如愿以偿。”

是的，自从第一次的失败之后，他又经历了大大小小无数次的失败，无法得到扶乩的认可，这简直成了他一辈子的阴影。而先生鼓励他的话语也总是千篇一律，一旦牵扯上扶乩琴，先生便会变得无比严苛，像换了个人。

“先生总是这么说，但我总是不明白！”他紧紧盯着董其梁的双眼，“先生当初怎么做的，才能被琴认可？”

董其梁盯了他很久，缓缓拍了拍他的肩膀，说：“我跟你说了，要问自己的心，你问我是没用的。”

他手腕满是干枯褶皱的皮肤上有一道狰狞的刀疤，一直蔓延到袖口里，李成蹊小时候好奇地问过这道伤疤的由来，他说这是在战争中留下的伤，差点让他失去整条手臂。提及这种痛苦的回忆是对老师的不敬，那之后李成蹊再也没有问起这件事。

他看着这条疤痕，和自己手腕上的如此相似，他偶尔猜测，这道伤疤是不是意味着先生也曾被扶乩拒绝过，但这个想法还未成型就被他坚定否决，慈祥的、公义的先生是扶乩琴万里挑一的主人，先生如果被拒绝了，那世上还有谁拥有资格？

“扶乩琴不是用来杀人的，它是用来救人的。从最初被修炼出来开始，它便是一件救死扶伤的法器。”那日下午的书铺里，两人倚着柜台闲扯，“它只会对那些德不配位还妄图将它占为己有的人发起攻击，只要心存一丝歹念，它在那人手里就是一件致命的杀器，只不过杀的是自己。”

德不配位、居心不正还妄图将它占为己有，一开始的自己不就是这样吗？他想得到扶乩琴，只是为了达到先生对自己的期许，压根不是为了救死扶伤。

“我听别人说，这把琴原先的主人是李成蹊的兄长，他之所以变疯，也大有蹊跷……怎么了？你这一脸世界被颠覆的表情？”白衣少年看了他一眼，“你还真的什么都不知道，我都要怀疑你到底是不是鹿门书院的弟子。”

哥哥不是无缘无故变疯的……是了，他也是被扶乩琴拒绝后变疯的。久远的记忆从角落里浮现出来，李成蹊记起来，在自己的手臂被琴弦割伤的当晚，哥哥的眼里满是失望。李成蹊在他的目光下羞愧得抬不起头，好像自己做了个十分错误的决定，足以令自己后悔一辈子。

“先生，你手臂上的伤……是怎么来的呢？”李成蹊喉咙干涩。

“是战中留下的伤痕。”董其梁转身走到窗边，只留下背影，“你很小的时候问过我，现在旧话重提，怎么了？”

“因为我也想变得和先生一样，有朝一日能担起重任，可现在连扶乩琴都不承认我，我不知道今后该怎么办？我……”

“别这样说。你的路还很长，总有一日你会有足够的实力得到它的认可，在此之前不要轻易妄自菲薄。记住欲速则不达，人和琴相处，就像人与人相处，总得要有磨合的过程。”站在窗边的老人朝他笑了笑，“好了，打起精神来吧。”

类似的话李成蹊已经听过了无数遍，无数的失败浇灭了当初的热血与斗志，现在听来只有麻木与自我怀疑。他点了点头，又垂下脑袋。

董其梁离开了，屋内只剩李成蹊一人，他抬起脑袋，打开掌心，手心里的黑色琉璃子早已被汗水打湿。他颤抖地将黑子放在书案中央，无数道纵横交错的金线在光洁的案面铺展。这竟是一个棋阵，打通了两个不同的时空，白色的棋子在方才便悄然无声地融进了先生的衣袍。

李成蹊背后冷汗淋漓。李成蹊真的不想监视最尊敬的先生，也不想窥探他的行踪，但他方才给出的理由——从前自己深信不疑的理由，现在听来却有些苍白无力。

李成蹊的衣衫已经被冷汗打湿，案上的黑子犹如黑色的眼睛冷冷注视着他，他突然后悔了，颤抖的手指想把棋子抠出来，棋盘表面涟漪一散，居然聚成竹林与小屋的模样。

竹风萧萧，竹叶如翠绿的柳叶刀在风中翻转。董其梁推门而入，屋内的人正披着薄毯坐在窗前，十年如一日地望着檐下琳琅满目的纸鹤与风铃。

他隔三岔五会去看望李成言，而这个时间点李成蹊正在书院抽不开身，哪怕李成蹊知道，也不会有所怀疑。

“今天成蹊又问起了我手腕上的伤，还提出想试一试扶乩琴，当然他又失败了。”董其梁站在青年身后，“你是不是又和他提起了什么？”

李成言裹着薄毯，目光呆滞，仿佛没听到。

“差点忘了，你已经是个废人了，从废人口中问不出东西，他们说的话也只是痴言疯语，不会有人相信。”董其梁说，“但有些东西是能刻进骨髓的，比如说——琴谱，弹奏扶乩琴是你的本能，没有人会忘记自己的本能。”

李成言浑身抖如筛糠，他紧紧抱住手臂，怀里是一根翠绿的竹箫。

“没有琴，所以只能吹箫聊以解闷吗？”董其梁俯视着他，“但你不适合吹箫，你该弹琴。”

“先生……”李成言蜷缩着呜咽。

起风了，竹叶潇潇簌簌，纷乱的影子映满董其梁月白色的襦衫，他像披了尸衣的恶鬼。

“你的先生已经死了，很早以前就死了，现在我是你的先生，你的弟弟也是我的学生。”董其梁站在风中冷冷地说，“把琴谱告诉我，你们两个都能解脱。”

李成蹊猛地打散了棋盘，他已经看不下去了。这样虚伪阴险、两面三刀的先生，说的每一句话都是刀子，在割着他的灵魂，摧毁他的信仰，带来彻骨的寒和彻骨的痛。

乌金色的黑子划过一道弧线落入掌中，倚坐在窗台上的白衣少年微笑着说：“看到了什么，能和我说说吗？”

李成蹊大吃一惊：“你是怎么进来的？”

“当然是从大门进的。”白衣少年举起双指，指间夹着一张烫金的拜帖。

李成蹊沉默了许久，脸颊的肌肉绷成了坚硬的一块，他终于下定决心，问：“我该怎么做？”

“嗯？”

李成蹊猛地抬起头，说：“我该怎么做，才能把哥哥救出来？！”

少年长久地凝视着他，泼金般的阳光将他墨黑的瞳孔照成了深褐色，仿佛燃烧的薪炭。他在阳光下眯起眼，轻轻笑起来：“杀过人吗？”

“杀……杀人？”李成蹊神情僵硬，“我、我哥哥不会愿意看到我杀人的。”

“那你就永远别指望把他从牢笼里救出来了，他会成为一辈子的囚徒，而你就是一辈子的人质。”少年翻身就要从窗台跳下去。

“等等！为什么非杀人不可？！”李成蹊手忙脚乱地喊住他，“我们、我们可以造声势啊！先生向来低调，他这把琴从不轻易示人，我们只要等琅环秘境开启的那一天把真相说给世人听不就行了吗？他们会帮我做证的！”

“想得真简单啊，李成蹊李公子，真到了那一天，你觉得他们更愿意相信德高望重的书院之主，还是初出茅庐的弟子？别指望方才你看到的那些能作为证据，若论混淆是非、粉饰太平的功力，千千万世人都比不上你家那位神通广大的先生，他会有无数种办法逃避你的指责，而你反而会背上不容饶恕的罪名，比如——”少年语气一沉，“欺师灭祖。身为儒门弟子的你，应当知道这四个字的严重性，这是在逆反。”

李成蹊背后一寒，他们这些青涩的晚辈怎么可能胜过狡猾的老狐狸？真像他说的那么做，恐怕他和哥哥反而会成为忘恩负义的叛徒，为天下唾骂吧。

“所以……”

“所以，你才得另辟蹊径。最简单的方法就是杀人。”少年的语气又变得轻松起来。

“杀人……最简单？”李成蹊无法对他的思维表示理解和赞同。

“当然不是让你杀世家宗门的弟子，他们身份太显赫，到时候闹得满城风雨，反而会打草惊蛇，让你家先生起疑心。你就杀那些山泽野修呗。他们无名无姓，无亲无友，死一个没人管，死两个挑不起风雨，死三个四个却会让人惶惶不安。不会有人替无名之辈申冤，他却能让人知道，你们德高望重的山主先生有一把能起死人、肉白骨的扶乩，而且不会轻易拿出来救人。这时你再虚张声势，夺走他们的金丹，让人误以为你杀这么多人只是为了在短时间内促涨修为，好赢得符令之争。至于董其梁，他可能想得更远一点，估计会以为这背后是故意有人挑事，败坏他的声望，乃至于对整座书院不利。”

“可是……”

李成蹊的话再次被他打断。

“别可是了。杀第一个人的时候你就可以趁机试探你家先生，他要是不肯出手救人，那就说明他心里有鬼，你可以毫无负担地继续实施计划。这一切的源头是你家先生，身为受害者的你别无选择，只有玉石俱焚这一条路，除了死亡没人有资格制裁你。”少年冷冷地笑了，“既然下得了杀手，你也不会怕死吧？”

李成蹊不寒而栗。这个少年看上去顶多只有十几岁的年纪，在处理这种事情上却有一种游走于稳重与狂妄之间的熟练。李成蹊跌坐在椅子里，喃喃道：“可是……先生不大喜欢我，恐怕他会怀疑到我身上来。”

“原来是为了这种小事。”少年皱了皱眉，指指自己，“这你不用担心，比起你，他更愿意怀疑我。那个色厉内荏的老家伙，想杀我不是一天两天了。”

“为什么？”李成蹊忍不住问。

“原因不重要，重要的是，这样一来他会觉得一切都是我在搞鬼，至于你这个憨傻老实的徒弟，绝无可能有这种兴风作浪的手段。”少年背着手走到他身前，微微笑着，“当然了，若有机会，你可以找一两只替罪羊。替罪羊的用处不是安抚你家先生，而是安抚其他人的心神，顺便洗清一下你在其他人眼里的嫌疑。”

李成蹊艰难地挤出声音：“接下来，我只需在争夺符令的当日，当着这几千人的面，将真相抖搂出来就可以了？”

“还缺一个人。”

“还缺谁？”

“你那个聪明伶俐的小师弟，山主最器重的关门弟子。”他拨弄着案上的空茶盏，“你们读书人，高风亮节，洁身自好，觉得那些野修是法外之徒，法外之徒便有害人之念、杀人之心，不值得你们出手相救。君子有所救，有所不救，世人不仅不会谴责，还会觉得这是你们的风骨。可如果死的是他的学生呢？”

“那先生肯定会毫不犹豫……”

“错了。”少年面无表情地覆住茶盖，“你的先生，不仅不会救下他，说不定还会想方设法拖延时间，等他死得不能再死，才故作匆忙地祭出琴来。届时他再挤几滴眼泪，避重就轻抓住真凶，为他的学生报仇，此事便尘埃落定，对他来讲不痛不痒。”

李成蹊在这一瞬间寒毛直竖，冷汗淋漓。少年面不改色地讲出这些话，仿佛他本人就会这样想、这样做。李成蹊霍然站起：“我、我还不至于要杀宋嘉树……”

“说名字的时候，杀气收一收，别人才不会起疑。”少年黑眸明亮，揶揄地看着他。

李成蹊颓然坐下，道：“你……这样做的目的是什么？”

他看上去不是好人，不会做无本的买卖。

“符令，”少年波澜不惊地说，“我要你告诉我，打开秘境的符令在哪里。”

“你要符令做什么？琅环秘境不是那么容易就能进去的，到时候那么多人，你……”

“废话再这么多，我就把你要杀人的事告诉你家先生了。”

李成蹊充分领略到了他的喜怒无常，沉默半晌，道：“先生把那枚符令放在了藏书楼，设了禁制，除了他自己，谁都不能碰。”

“藏书楼是吗？我知道了。”

少年转身就要离开，李成蹊抬头喊住对方：“等一等，你会一直留在蒹葭渡吗？”

“现在的蒹葭渡没意思，我会先去笼州。”他身影消失在窗外，只剩下一句话飘荡在空中，“来日再见。”

“好，来日再见。”

笼州，没记错的话，那是南方的城市。

李成蹊呆呆地望着窗外，心里浮起一种奇怪的感觉，仿佛自己是一枚冷冰冰的棋子，该在何时何地出现，便在何时何地出现。

## 第 5 章
## 琅环秘境（一）

琴声犹如寒枪铮鸣，挑着一抹如血的残阳。李成蹊平静地站在风中，衣袍猎猎作响。

“你霸占了哥哥的琴，让他变得疯癫痴傻。你在竹林中建小屋，不是给他提供庇护，而是将他永远困在那里。你收我做学生，不是对他心怀愧疚，而是让我成为你的人质。你做的这一切都是为了从他口中得到真正的琴谱，对不对？”

“一派胡言！”董其梁脸色铁青。

“就算我说的这一切都是空口无凭，那你先前对那些濒死之人见死不救，该怎么解释？！”李成蹊步步逼近，“你根本没有出手相救！一个人都没有！你说用自己的修为与寿命救了第一个遇难者，那是你的谎言！如此一来你就有不救的借口！救死扶伤根本不需要牺牲，真正的扶乩琴也不需要你付出代价！”

“胡说八道！你从哪里听来的这些话！我从前教你的你都忘了吗？！若沉湎于旁门左道、逐末忘本，迟早有一天你会守不住自己的道心！”

“先生的话，还是这么冠冕堂皇，果然单论口舌我是说不过先生的。”李成蹊不慌不忙地笑了，“既如此，还请先生大发慈悲救下宋师弟，他如果能逃过死劫，我今天说的话全不作数。我欺师灭祖，对先生不敬，我会自尽谢罪。”

董其梁目光躲闪了一下，但琴已经递到他面前，满场鸦雀无声，都在注视着他的举止。最麻烦的地方就在这里，他想证明自己是扶乩真正的主人，就必须救下宋嘉树，况且他没有理由对自己的学生见死不救。

他捏紧手指，手背上干枯的青筋全都暴了出来。他心底浮现出一种诡异的感觉，仿佛这是一出戏，戏台搭好，帷幕拉开，演员们粉墨登场，锣鼓跌宕中有双眼睛在千里之外冷冷旁观。

“怎么了先生，你不敢吗？”李成蹊紧紧盯着他。

“李成蹊！你别污蔑先生！”弟子们还是愿意为老师说话的。

“先生，不要听他胡言，先救宋师兄要紧！”

“对啊先生，先救宋师兄！”

“伯父，恩怨暂且放下，救宋公子才是当务之急。”姜别寒也在一旁说。

额角在隐隐作痛，已经没有借口也没有退路了。董其梁颤抖着手伸向扶乩琴，然而还未触及，琴弦上淬出的青色锋芒暴涨，拉出一线寒冷的光，他手腕上的旧伤崩裂，整把琴都染上他泼出的鲜血，眨眼间他的胳膊已经废了。

满场鸦雀无声，学生们脸上写满惊疑，就连姜别寒也震惊了，只有李成蹊冷笑了一声：“果然如此，你根本没办法靠近它。”

扶乩琴被淡青色光芒笼罩，像不容亵渎的圣物，任何肮脏的蝇虫都会在它的光芒里湮灭。

“我能够触碰琴弦，是因为我当时的念头虽然肤浅但罪不至死，而你，你都不敢靠近它三步以内吧。”李成蹊拉开自己的袖子，又长又浅的疤痕爬满整条手臂，“它当时攻击的不是我，而是你，对不对？”

董其梁沧桑的面颊抖动着，闭上眼什么都没说。

“你又是用什么手段逼疯了我哥哥？”李成蹊摇摇头，“算了，现在问这个也没意义了，扶乩真正的主人是我哥哥，你身为先生却从自己学生手中抢走他毕生的心血……”

“真正的主人？你哥哥？”仿佛已经放弃辩解的董其梁突然打断他的话，语气怪异，“你可要想清楚你在说什么。”

“事到如今你还想否认，已经晚了。”

李成蹊一步步走向人海，神志不清的李成言便站在那里，像一尊古老的雕像，怔怔凝望着。不知为何，他的神色忽然间有了正常人的波动。

李成蹊将琴放下，张开手臂仿佛要拥抱他，说：“哥哥，我替你……”

洗清沉冤了。

面前黑影一闪，继而脸上火辣辣地疼，李成蹊脑中空白了一下。那是一记耳光，用尽了全力，他的脸已经被打偏过去。李成蹊难以置信地摸着自己的脸，缓缓转过头，道：“哥哥？”

“就为了这么一个荒唐的理由，你都……干了些什么？！”李成言的眼神仿佛烧熔的岩浆，灼痛的悲伤满溢而出，“你都干了些什么！”

李成蹊平静下来，他已经预知到了哥哥的反应。

“无论何时都不能背弃信义，有所为，有所不为”——小时候哥哥总是把这句话挂在嘴边，李成蹊始终谨记在心，在此之前他的人生中没有半点污迹。

“明知不可而为之。有些事情，总得有人去做，不论代价。”李成蹊跪在他面前，“人是我杀的，我会自尽谢罪！”

“真是好一出大戏。”董其梁幽幽瞥来一眼，“装疯卖傻这一点我早就猜到了，我没猜到的是最后来找我要债的居然是你那个一无所知的弟弟。他恐怕还不知道你我不过一丘之貉，我们都不配做扶乩琴的主人。对不对，李成言？”

“住口！不许再污蔑哥哥！”

“成蹊！”一声大喝打断他，李成言抱住脑袋跪在地上，打了一个冷战，“他说得没错，我和他没有区别，我也不配做扶乩的主人……”

他神经质般喃喃自语，似乎要强迫自己接受这样的现实。

“什……么？什么‘没有区别’……什么‘都不配’？哥哥你在说什么？”

李成蹊心乱如麻，用力握住兄长冰冷的双手。他隐隐生出一股预感，有什么更为残酷的真相掩藏在水落石出的表象之下。

“哥哥，他是在胡说吧？他是在污蔑你！”

李成言沉默不语。

“说话啊哥哥！他是在污蔑你吧！”李成蹊摇晃着他的肩膀，“你才是扶乩的主人！你是被他害疯的！现在我替你洗清了冤屈，你再也不要住在那个鬼地方了！天下之大，我们想去哪儿就去哪儿！中洲也好，东域也好，极北也好……哪里都可以去！”

“我跟你说过，不要做令自己后悔一辈子的事情。”李成言拂开他的手，声音如死水，“可是哥哥我就做了后悔一辈子的事。背信弃义的人是我，不配活下去的人也是我……是我背弃了先生……”

这十几年他一直活在暗无天日的悔恨之中，只能装疯卖傻掩盖自己偶尔流露出的反常情绪。

“你的先生，难道不是……”难道不是董其梁？李成蹊愣在原地。

“还记得我跟你提起过的，你小时候被冻死在雪地里，后来被仙人救活的事吗？”李成言说，“听上去像个神话，但我说的是事实。”

他脑海中又浮现出与先生最初相遇的场景。

大雪封了山，天上地下都是令人眩晕的白色，棉絮似的雪花往衣领里灌。十二岁的李成言背着已经冻僵的弟弟在雪地里跋涉，呼吸里充斥着湿冷的血。他沿途敲开的大门多得数不清了，几乎所有人都将他拒之门外，没人愿意在新年里收留一个冻死的小孩。

没错，弟弟已经冻死了。

一年前爹爹在海难中丧命，忍受不了孤苦日子的娘也扔下他们跑到温暖的南方开启新的生活，留下他和没满周岁的弟弟。破败的小茅屋根本抵挡不了刮骨刀似的寒风，即便生了一整晚的火，还未足月的婴儿仍是在次日的早晨悄悄没了呼吸。

谁来……帮帮他……他快不行了……

两条腿像灌了铅，再走下去就要折断了。

背上的孩子轻得像羽毛，硬得像石头，他拖着沉重的步伐一寸寸地往前挪。天色渐渐昏暗下来，冷风凄厉，山林里响起夜枭的呼号，草丛里亮着点点火红的光。

不对……那不是光，那是豺狼饿红的眼。

伴随着兽类的低吼，黑影从草丛里慢慢钻了出来。十二岁的孩子跌坐在雪地里，迎接他的将是足以将他整个人撕裂的獠牙。

突然间这匹狼发出一声呜咽，好似凶狠的狗看见了主人，心虚地钻回草丛，甚至都没看身后这块肥肉一眼。

“还能站起来吗？”

身边的风雪慢慢停了，天上的星河与雪原相接。站在雪地里的男人穿着一袭皎洁的月白色长衣，微微俯身看着他。他背后背着什么东西，天青色的流苏垂在他肩膀。

李成言呆呆地抬起头。这人身边的飞雪也慢了下来，像仙人揉碎的白云。他自黑夜中现身，身上仿佛披着一层圣光——神明降世、救赎世人的圣光。

这一刻，李成言毕生难忘。

“你背后的孩子，能给我看看吗？”

孩子……对了，弟弟已经……

李成言回过神来，抱过弟弟，跪在雪地里呜咽：“他已经没救了……已经被冻死了……”

蓦地，一声琴音乍起，仿佛一线冰泉从九天垂落，清亮又冷冽。怀里传来平静的呼吸声，他连忙低下头，看到冻僵的孩子如同春天的鲜花地，露出红润的肤色，重新活了过来。

“人会死亡，是因为有鬼差将他们拉往地狱。”男人按住琴弦，琴音缓缓停下，“但在扶乩面前，鬼神也要退避。”

多年以后，面对已经失去主人的扶乩琴，李成言还是会想起这个飞雪漫天的深夜。但他一直很抗拒这段回忆，正是因为它太过美好，才显得后来的诀别如此幻灭。

那几乎是个一模一样的飞雪夜，雪花在邻家爷爷奶奶们的鲜血里融化，火把在地上燃烧，弟弟在撕心裂肺地哭喊。他回到家中，迎接他的是沾满亲人鲜血的长刀。

寒冷的冬天正是山贼猖獗的季节。其中一个山贼踩住他脑袋，另一个在他腹部猛踹，嘴里嚷嚷着：“人可不是我们杀的！要怪就怪你结识了那个人！如果你们兄弟还想活命的话，后天的三家会审上什么话都别说，点头就是了！”

三家会审……是什么？他痛得无暇思考，恍惚间听到了那个人的名字，先生的名字。

他们是有预谋的，普通的山贼怎么可能会知道什么“三家会审”，他们想利用他对先生不利！

他骤然明白了这些人的用意。整个渔村已成一片血海，能够做证的只有自己一人，他们想用杀戮和痛苦逼自己屈服。

“你们休想！打死我也不会承认的！”他语无伦次地大喊着，“先生会把你们赶出去！我不会、我不会背叛他……”

“这个孩子意外地倔强，死活不肯承认，真是令人头疼。”穿着月白襦衫的中年人从阴影中走了出来，“薛家主，接下来该怎么办？”

弟弟的哭声突然停了，一双如玉的手抱起了襁褓。那是个白衣胜雪的男人，像圣洁又险恶的白色罂粟花，整个夜空的飞雪在他身后失色。

“你要……干什么……”嘶哑的叫喊声停住了，他拖着血躯往前爬，“不要……伤害弟弟……”

“我们不会伤害他，前提是，你得听话。”

白衣男人在轻描淡写间便掌控了兄弟二人的生死，容不得抵抗。

那一刻他感到了自己的弱小，他和婴儿没有区别，坚守的信义在饮血的刀剑面前不值一提，他趴在地上痛哭流涕，牙齿间尽是鲜血。

“所以真的是他屠杀了你们的村庄？”

错杂的人影在面前晃动，大堂里背着婴儿的男孩显得无比孱弱，人影像大山压在头顶，满地月光被踩得支离破碎。

他顶着千钧的目光麻木地点头，脑海里尽是破碎的画面：先生在冰封的海边教他弹琴，背后竹篓里的弟弟睡得香甜；初次做客他家的先生手足无措地被邻居们包围，像个不小心摔进人间烟火里的天上人……那是美好的春天，但这片来之不易的春天顷刻间被酷寒的冬雪覆盖了。

人群愤怒起来：“他果然是被迷惑了！我早就说过，不要与那海妖有太多接触，那种东西会抽走人的灵魂！”

“那该怎么办？老山主怎么说？”

“还能怎么办？当然是把他看押起来！难不成要让他去人间肆意屠杀吗？”

“他那把扶乩琴也快变成妖琴了！”

不！根本不是这样的！人是那伙山贼杀的！跟先生没有半点关系！你们怎能仅凭一个人的话就妄下定论！

李成言张了张嘴，却什么都说不出来。暴雨般的指责抽打在他身上，他感觉自己的五脏六腑都被抽疼了。

或许他们根本不需要真相，他们只需要一个理由，对与错只是借口，是与非才是目的。

李成言抬起头，看到先生的身影在人群中一闪而过。两人对上目光的刹那，他突然找回了勇气。他想开口解释，却见先生冲他微微笑了笑，竖起食指示意他不要说话。

先生知道他的进退两难，知道他要保护弟弟所以选择作伪，知道今晚的一切早有预谋，区区一个孩子无法扭转大局。

所以，不要说话。不要说话，就够了。

撕心裂肺的悔恨中，他想到很久之前先生教他读书认字的场景。

其中有一句话，他记了很久。

——桃李不言，下自成蹊。

他很喜欢这句话，因此，他和弟弟拥有了体面的大名。

他顿时有种号啕大哭的冲动。

“我能叫你先生吗？我想学你的琴，这样我和弟弟以后就再也不怕严冬了！”

真是卑劣。背信弃义者有什么资格继续做他的学生？

“先生你是第一次来这里吧？我们这里有只会迷惑人心的海妖，不过我见过好几次都没受伤，我可以保护你。”

真是怯懦。临阵退缩的逃兵连自己都无法保全，何谈保全别人？

“先生原来是鹿门书院的学生，我也想去那里读书。”

真是苟且。现在的他只会侮辱鹿门书院，而没有先生的书院只是一具空壳。从今往后他只能背负着悔恨与屈辱苟活。

眨眼之间，十几载时光流逝。

琅环秘境开启前夕，尺素江飘满花灯。

江水裹挟着尸体冲上岸来，一同被发现的还有一件血衣，他在刺鼻的血腥味里找到了一缕熟悉的气息——那是弟弟的气息。

他脑中乱成一团麻，不敢相信这一切都是弟弟所为。他仓皇间带着血衣逃跑，他要把这件衣服处理掉。

一定是有人想陷害弟弟！他的性命是先生赋予的啊！他身上重叠了先生的影子，背负了先生的志向，他应当像先生一样普度众生，先生的双手只会去救人，怎么会去杀人！一定是有人想陷害他！

惊慌间他狼狈地摔倒在地，身后有人！

他骇然回头，黑冷的夜空里悬着一轮凄冷的下弦月，月色下的少年转身，像一柄嗜血的剑缓缓转过锋芒。

那片雪白的襟袍刹那间唤醒他十几年前的噩梦。

“跑啊。”少年眯眼笑起来，“再怎么藏，也藏不掉你弟弟身上背负的人命。”

人是弟弟杀的，是弟弟杀的，真的是弟弟杀的！如山的铁证在他手里，否认不了！

“不可能！你胡说！他以后要成为先生那样的人！他怎么能杀人！他……”

骤然间喉咙一紧，他说不出话来。

“成为他那样的人？”少年掐着他的脖子将他摁在墙上，黑眸里一片肃杀，“别让我再听到这样的话，你连做他的学生都不配。”

“那把琴，不属于董其梁，更不属于我，而是……温先生的……”

隐秘往事上的厚重灰尘终于被吹开，露出沧桑的伤疤。书院弟子们全都跪了下来，他们没想到前任山主是这般黯然退入幕后，在生命的最后岁月，鹿门书院将他驱逐并遗忘。跪着听这种悲伤的往事才是对逝者的尊敬。

李成蹊浑身都在哆嗦，他看着自己的双手，手心仿佛有红得刺眼的血溢出来。

“可是、可是哥哥，你为什么……不早说？”

“你还不明白吗？成蹊，我们谁都逃不了！除非那个人死！只要他死了我们都能解脱！”李成言声音嘶哑，“杀人的事情我来做就好了啊，这么多年我给他透露的琴谱都是假的，他迟早会有反噬而亡的那天，到那天才是我们真正解脱的时候！”

“我隐忍这么多年是为了谁？先生含冤而死又是为了谁？是你啊！但是你为什么要以这种方式被牵扯进来？！”他身体弓缩起来，仿佛有什么东西压垮了他的灵魂，“只有你，我最不想看到的只有你……”

他一个人下地狱就够了，他唯一的亲人只要什么都不知道地、快快乐乐地活在这世上就够了。

多年以后，他想起自己的兄长，想起这个懦弱了一辈子、直到死之前才鼓起勇气报仇的男人，或许会痛恨、会失望，但好歹，他们兄弟曾并肩坐在挂满纸鹤的林中小屋看雨，一个在缅怀自己的先生，一个在缅怀自己的兄长，如此安详。

“对不起，哥哥，我……”李成蹊在他怀里痛哭，“我也只是想替你做点什么……”

保护了一辈子的弟弟，承载了一切美好期望的弟弟，终于，还是被卷入了是是非非，背负了人命之孽。

李成言心如死灰，他将手放在弟弟的肩上，仿佛放下了一切，又仿佛被这一切彻底压垮：“没关系，成蹊，从今往后，我陪你一起恕罪……”

“哥哥，我……”李成蹊惨然一笑，突然僵住了身体。他喉间涌出了血花，喷溅在李成言脸上。

李成言猝不及防，急道：“怎么了成蹊？！”

血管在剧烈跳动，仿佛有什么东西要从体内爆破。李成蹊的笑凝固在脸上，更多的鲜血喷涌出来，像风在耳畔温柔地吹拂。

他做了一个噩梦，梦里自己杀了很多人，鲜血喷涌而出的声音像春天林间簌簌刮过的风，他和最爱的兄长在风中静坐，谁都不曾说话，谁都能听见彼此的心声。

现在他又听到了风声，从自己喉间的伤口。

“成蹊？！怎么了成蹊？！”哥哥在摇晃着他的身体，他脸上都是血。

腹部也开了一个洞，冷风从里面灌进去，冽冽地疼，李成蹊用沾满鲜血的手抱住他哥哥，挣扎地说：“我……我不想死，至少不是现在，我……”

他僵硬地转动眼珠，看到一枚白色的琉璃子坠落在地，反射着酷寒的光。

“最后再提醒你一句，一旦踏上这条路，你就再也不能回头了。你要背负的，是双份的罪恶。”狰狞的树影落在少年的白衣上，像污泥中一抹高洁的白，他微微笑着，“有必要的时候，我会亲自出手帮你的。”

李成蹊浑身都是伤口，血液已经流干了，身体变得苍白而干瘪。

地上那粒白子好似藏着窥探者的目光，嘲讽这出拙劣的戏，它在风中无声地碎裂。

他背负了双份的恶，但是什么也没有得到。

犹记得当时，少年望着窗外，似乎想起什么好玩的事情，轻轻笑了两声。

“你在笑什么？”李成蹊严肃地问。

少年摇摇头，说：“没什么。只是觉得，接下来会很有趣。”

“薛……琼楼，你这……”藏在体内的棋子接连炸开，身上开满血花，李成蹊眼珠灰了下去，再也不动了。

李成言席地而坐，像一根正在枯朽的木头。

他抱紧弟弟的尸体，目光呆滞，眼中生气全无。就像很久以前的那个雪夜，他背着已经冰冷僵硬的弟弟四处求人。可惜这一次，不会再有仙人出现，不会再有神迹降临，弟弟死在了呼啸的风雪中。

“就这样……死去了？”姜别寒摇着头后退，作为旁观者的他也无法接受这样的结局。

“他说过要以死谢罪，现在他做到了。”董其梁捂着断臂瘫坐在一旁冷笑，“有什么值得悲伤的呢？他实现了自己的夙愿。”

“这算哪门子实现？！”姜别寒一剑砍在地面，“分明是被人玩弄在股掌之中，等他们明白过来已经来不及挽回了！”

被人玩弄在股掌之中吗？董其梁心中的念头一闪而过。

从方才起，一股诡异的感觉便在心头盘桓不去。

光凭李成蹊一个人做不到如此缜密的布局，一定有人在他背后指引。

董其梁的目光在人群里扫视。

藏书阁那边有他自己设下的禁制，宋嘉树死得太令人猝不及防，他必须得装模作样地把琴取来，所以将解开禁制的法诀告诉了取琴弟子。

结果原本派去拿琴的弟子并没有回来，反倒是李成蹊突然出现，巧之又巧地在他对宋嘉树下杀手之前赶到这里。

一盘完整的棋局，有开局、中盘、收官。以宋嘉树暴毙为开局，扶乩之争为中盘，水落石出为收官。

但李家兄弟不过是两只蝼蚁，两人在收官之时是生不如死地痛苦，还是一雪前仇地畅快，于布局者而言，其实无关痛痒。

他不会做劳而无功的事，同样也不会任着性子无事生非。在他眼里，每一步都必须是有意义的，否则就是节外生枝，这是大忌。

棂星门尚在风起云涌，定输赢的最后一步棋，或许……早就悄然落在远处的藏书阁。

“是符令！他真正要的是符令！”董其梁猛然捶地，用力推着身旁的学生，“去藏书阁！快！”

“终有一天我会身死道消。但在那之前，只要是我能管得到的地方，你休想心怀不轨地踏入那里一步。”

手心痛楚一阵比一阵强烈，薛琼楼却满不在乎，双指间捏着一枚乌金色的龙纹符令。这样的高度恰能俯瞰整座鹿门书院，呼吸天地，翻掌生死。

“现在才发现吗？”他笑了笑，手指用力，符令砰然碎裂，“晚了啊。”

一道炽白的闪电割裂天穹，犹如代表杀戮的神剑从天而降。

锋利的光芒充斥着天地，像白色的火焰熊熊燃烧，所经之处一切都灰飞烟灭。

巨大的阴影笼罩在所有人的头顶，溯世绘卷中发出了天崩地裂的咆哮，那里面黑红色的海、铅灰色的云如同接天的狂浪汹涌而出，转眼间席卷整座鹿门书院。

“这到底是怎么回事！”

“符令被毁了！琅环秘境的入口被强行开启了！他一开始就是冲着这个来的！”董其梁乱舞的须发如狂风中的蓬草，他明白现在已经是无力回天的局面了，哪怕侥幸活下来他也会遭受万夫所指。

溯世绘卷轰然倒塌，天地间的万事万物都扭曲起来，形成一个黑洞般的旋涡。狂烈的飓风如同惊涛骇浪冲散了人群，但这些人脸上的喜色大于恐惧。

——绘卷倒塌，意味着琅环秘境开启了。

他们不远千里来到蒹葭渡，为的就是取得进入秘境的资格。但符令由鹿门书院保管，琅环秘境也由鹿门书院坐镇，书院就像秘境的守护神，他们立下严苛的规矩阻挡各洲的拜访者，最后只能由角逐胜出的三十人进入秘境。

而现在，他们不费吹灰之力就进入了秘境，简直捡了天大的便宜，每个人的脸上都写满亢奋和期待。

“愚蠢！你们以为这很值得庆幸吗？”董其梁怒喝，“还不快逃！有多远逃多远！否则你们都会死！”

“你的话已经没有任何说服力了！”有人大声说，“我们既然进来就不会再出去，你吓不到我们的！”

“对啊！你这道貌岸然的伪君子！你是想独吞秘境里的宝物！”

“在鹿门书院，杀人需要偿命，但在琅环秘境这块法外之地，你们可以随心所欲地杀戮，没有规则能束缚你们。世上这么多的洞天福地，为什么只有琅环秘境如此特殊，你们就不好奇吗？”董其梁冷笑。

“是……是你们鹿门书院故弄玄虚，想独吞琅环秘境吧？”有人被他诡秘莫测的语气吓到，气势弱了几分。

“这项规矩是老山主——也就是我的先生定下的，你们可以指责我道貌岸然，但你们没有资格指责我的先生！”董其梁抬起头，“你们好好看看天空。”

所有人的目光都随之望去，只见头顶瓦蓝瓦蓝的天消失了，灰白色的云层与莽莽平原相接，像一只凸起的布满血丝的眼球。

琅环秘境确实被开启了，但这片天空仿佛酝酿着一场恐怖的风暴，诡异得令人不寒而栗——这不是他们希望看到的秘境开启的景象。

“这是什么？”终于有人颤抖着问了出来。

没人回答这个问题，只有雪亮的天雷劈落人间，电光飞溅。

死神以最突兀、最残暴的方式降临，所有人都像被掐住了喉咙，天地间除了震耳欲聋的惊雷别无异响，千万张死灰色的脸在电光中明灭，过了很久才有人爆发出第一声惨叫，凄厉的呼救声很快汇成海洋。

“现在知道厉害了吧，蠢货们。”董其梁疯疯癫癫地笑了，“这是天劫啊，你们知道什么叫天劫吗？”

没人顾得上搭理他，闪电中奔逃的人仿佛一条条扭曲的鬼影。

“这场天劫，目的是肃清！肃清你们这群不速之客！肃清没有资格进入秘境的人！肃清那些胆敢窥探秘密的狂妄之徒！

“没错，符令之争只有三十个获胜名额，可你们知道‘三十’这个数字的真正含义吗？那是创造了琅环秘境的三十个人，将战役中遗留下来的骸骨与灵脉封印在秘境中的三十个人。

“所以你们都错了，‘三十’不是意味着只有三十个人可以进入秘境，而是意味着只有三十个人可以出去！剩下的都得死！”说到最后他竟然无比亢奋。

像在印证他的话，地上的死尸都在白光中凭空蒸发，天劫肃清了他们，将他们完完全全地抹除了。大地已经成了血海，苍穹也开始崩溃。

“这个疯子，薛家的人都是疯子……”董其梁喃喃说完，腰腹被闪电劈中，溯世绘卷吞没了人间。

天空被铅灰色的云层挤满了，形成一个暴风眼般凝固的旋涡，旋涡的四周是波涛般的铅云，而旋涡的中心竟是前所未有的黑日。日轮的边缘涌现出金红色的光，天地成了血色汪洋。

狂风卷走了地面所有的亭台楼阁，脚下只有嶙峋的石地、沙土和一些生命力顽强的蕨类植物。

仿佛时间的洪流倒退了几万年，混沌的天地宛如史前巨蛋，等待着开天辟地的一斩。

“这是……哪里？”白梨脑中一片空白。

谁来告诉她，为什么她上一刻还好好地站在藏书楼，下一秒眼前一黑，直接切换到了荒野求生模式？看上去还是洪荒时代的荒野。

“有没有觉得这里很眼熟？”薛琼楼捡起地上一粒带血的石头，指尖一捻，石头化为一蓬鲜红的粉末散于风中。

白梨仰头望去。波涛般汹涌的云层像铅灰色的海浪一波一波地从天际平推过来，簇拥在云层中间的黑红色太阳像火山中的熔岩洞。而在最遥远的天际，一条彩色的虹犹如天国的阶梯，贯穿厚重的云层。淡金色的阳光泼洒下来，那一小块隆起的山丘顶端泛着辉煌的金色。

“这是溯世绘卷上的那幅画，我们……”白梨突然冒出一个天马行空的猜想，“我们不会在绘卷里面吧？”

“猜对了。”

白梨捂住脑袋冷静了很久。她先是进到了书里，现在进了书里的一幅画，这算什么？套娃吗？能更荒唐一点吗？

白梨又抬头看了他一眼。他衣冠半分不乱，正泰然自若地站着……废话，始作俑者不冷静谁能冷静，要不是他捏碎了符令，她现在应该还在鹿门书院晒太阳。

“我现在要是问你为什么要做到这地步，你是不是不会回答我？”

“明知故问。”薛琼楼言简意赅地点点头。

“我们也算是多次死里逃生的难友了，患难之交不该坦诚相待吗？”白梨比出两根手指，“你告诉我你的动机，我就把我喜欢的男孩类型告诉你——我先说，我喜欢高一点的、爱干净的、温柔体贴的、不会骗我的、遇到危险第一个来救我的……”

白梨掐着手指挨个数优点。

薛琼楼眼底的清光荡漾了一下，等听到后面他皱紧了眉，道：“阿梨。”

“怎么了？”白梨的幻想被打断。

“别吵了。”他低头揉了揉太阳穴，“我没法集中注意力。”

明明是很小声的碎碎念，你耳朵里是装扩音器了吗？

白梨讪讪地闭上嘴。

天际突然传来连环爆破的雷鸣，炽白的闪电割裂天空，暴起的白光创世般耀眼。白梨被震得脑袋嗡鸣，忍不住捂住耳朵：“这是什么情况？！”

“第二次天劫。”薛琼楼挡在她身前。天地之间白光大作，山川失色，他整个人也融入这片耀目的雪白中。

“第二次？”

“是啊。”他饶有兴味地说，“能活下来的，可都不是等闲之辈。”

闪电如同一只只巨大的白球，拖着长尾被从云端扔下，又像一场夸张的暴雨，倾泻在山峰，则山峰溃塌，倾泻在江面，则江流堵截。

如果不是不远处恰好有座道观可以提供庇护，绫烟烟觉得自己今天就要被天劫劈得焦黑，等姜师兄找到她的时候，她应该已经成一条黑炭了。

“师姐，我觉得这座道观……好像要支撑不住了……”夏轩惨白着脸看着头顶。

屋顶色彩斑斓的藻井已经严重变形，仿佛被一把重锤猛敲，这是它承受了万钧雷霆的结果。

这座道观又破又小，连个神官都没有，满屋褴褛的布条与其说是黄幡不如说是裹尸布。但在这种天地初辟的荒野找到一间茅房都足以让他们热泪盈眶了。

“它真的要坚持不住了……”

横梁发出一声刺耳的哀鸣，破道观像个遭受鞭笞的暮年老人，吱呀吱呀地哀号着。

“你不要乌鸦嘴！”

话音方落，屋顶真的塌了，与此同时绫烟烟感觉身下一空，地板居然也开裂了，两人直接掉了下去。

“跟你说了不要乌鸦嘴！”绫烟烟一手捂住摔疼的屁股，一手挥掉呛人的烟尘。

“这能怪我吗？是这座屋子建得一点都不牢固——我看看这又是哪儿。”夏轩揉着摔疼的屁股起身往前走了几步，脚底咔嚓一声，好像踩到了什么东西，他低头一看，顿时吓得魂飞魄散，“救、救、救、救命啊！什么东西！！”

“别大惊小怪的，冷静点。”绫烟烟点燃符箓，明黄色的火光照亮了道观的地下室。

她突然没声音了。

“师姐，你是不是太冷静了？吱个声让我安心一点。”夏轩捂着脸不敢睁眼。

“我……不知道怎么跟你描述……”绫烟烟呆呆地举着符箓，神色木然，“你自己看吧。”

夏轩眯眼用余光打量她，他从未在无所不知的师姐脸上看到过这种神色——敬畏多于恐惧，迷惘多于惊悸，仿佛看到超脱她认知的事物、凌驾于万物之上的神迹。

他忘了惊恐，顺着她的目光呆滞地扭头。只看一眼他便打了个激灵，从头皮一直麻到脚底。

展现在面前的，与其说是地下室，不如说是地下宫殿。

九曲回廊中悬浮着的夜明珠齐齐亮了起来，原本黑暗的空间霎时亮如白昼。荧光折射出异彩，回廊两侧开满玉树琼花，檐下垂着玉色的风铃，在空中无风自动，演奏着无声的乐章。更远处鱼鳞般的白玉瓦连绵无际，像一片玉白色的波浪。

这里的一切都是由白玉砌造，但也许是存在了成百上千年的缘故，明珠消磨，白玉蒙尘，如同上了层粗糙的釉，但依稀还能窥见这座殿宇昔日的荣光。它好似被封印在了这里，成了一段被遗忘的记忆。

这座古意森然的宫殿曾经的主人又是谁呢？

绫烟烟举起燃烧的符箓照亮明珠，惊讶地发现，明珠里居然蜷缩着纤细的生物——小小的，细细的，全身玉白，像衔尾的白蛇。这些小生命其实都只剩下了躯壳，但看上去仍然鲜活而灵动。

“这里面是蛇？会发光的蛇？”夏轩戳了戳明珠。

“恐怕不是，你看它们头上。”

蜷缩在玉珠里的“小蛇”通体玉白，白得如此剔透，仿佛纯粹由一滴雪水凝成。夏轩凑近细看，发现它们头上探出两根细细短短的东西，看上去软软的，像蜗牛的触角，白里透着青。

“真可爱啊。”他感叹着。

绫烟烟却一点也没有想赞美造物主的冲动，她想起以前在古籍上看到的描述。

——日安不至，兰膏停室。

天地尚在沉睡，万籁寂灭，衔烛而照、给世间带来光明的是……

“是龙吗？”绫烟烟喃喃出声。

她举起符箓沿着回廊往前走，明珠无风自动，发出清越的撞击声，里面的“小白蛇”也仿佛游动起来。它们像栖息在水晶球中的精灵，在秋霜冬雪中长眠，但终有一日会苏醒，到那时这座漆黑的“坟墓”会成为长明不灭的九天宫阙。

“我在古籍上看过，这些不灭的光叫结璘灯，生于逆鳞之下，所以叫作结璘。”绫烟烟一面张望一面说，“但这些结璘灯的光太弱了，恐怕过不了多久就会熄灭。”

“为什么会熄灭？”夏轩问。

“因为它们其实都已经死了，我们看到的这些应该都只是上千年前留下的魂灵，而且它们都还只是幼龙，很有可能自出生起便死了。”这里的灵气太稀薄了，绫烟烟已经换了第三张符箓，她摇晃着手中的符纸，“你不觉得很奇怪吗？为什么溯世绘卷里会有这种东西？”

“师姐你问我我也不知道的啦。”夏轩放弃了思考。

“我只是想找个人说说话，如果这时候薛公子在就好了，他肯定知道得比我多。”

绫烟烟停下脚步，她看到了一堵影壁。

只有权贵世家才会用影壁装饰门面，这里的主人身份定然不同寻常，或者说，封印了这座宫殿的至少也是问鼎各大世家的有头有脸的人物。

影壁的底座是须弥坛，这真是她见过的最气派的须弥坛，凤、狮子、天马、海马、狻猊、押鱼、獬豸、斗牛、行什这九大神兽在四周拱卫，而影壁的中间是两条衔尾的龙。

“好吧，我现在至少可以确定，这里确实是上古遗迹，镇压着夭亡的幼龙。”绫烟烟双眼映着结璘灯的光彩，这些光虽然微弱，但汇聚在一起也足以称得上蔚为壮观，整座宫殿仿佛飘荡在灯海之上。

“可是镇压它们的是谁呢？”

绫烟烟抿着嘴唇沉默片刻，道：“我们得赶紧离开这里。”

“欸？这么突然？”夏轩一直觉得他师姐好奇心十分旺盛，有时候为了查一份古卷甚至忘了吃饭，现在她不应该对这里兴趣大发以至于把姜别寒都忘了吗？怎么突然说要走？

“因为我有不祥的预感。”绫烟烟加快脚步，“和姜师兄有关。”

姜别寒站在悬崖往下俯瞰。

这座山犹如一把黑锈的刀捅穿云海，缠绕着雪亮的电光将天雷引向人间。地面黑石嶙峋，寸草不生。极目远眺，可以看见远处的海面，黑蓝色的海浪仿佛十万八千丈的高山，顶天立地。

这片风起云涌的天地，巨大的黑日，远处的那条虹……没有错，是溯世绘卷，他现在正在溯世绘卷中。

天地寂灭的一刹那，他清清楚楚地看到画卷倒了下来，像野兽张口吞下了大地，再醒来时，他便身处这座野蛮荒凉的山峰。

“绫师妹？夏师弟？薛兄？白姑娘？”

只有群峰间的回声在回应他。

看来人也走散了，他们被随机洒向了天涯海角，彼此间都失去了联系。

“现在好了，只有你能陪我了，这才真的算是仗剑天涯对不对？”姜别寒拍了拍腰间的长鲸剑，长鲸剑很给面子地发出一声清啸回应主人。

旷远的寂静之中，他听到一声清亮悠长的鸣笛。

极目远眺，只见厚重的云层掩盖着一个庞大的轮廓。它像一艘来自浩瀚远古的飞艇，悬停在天际，破碎的桅杆和船舵是身经百战的证明，写满了沉甸甸的沧桑。

它还拥有着森白的骨架和窟窿般的眼睛，像一条……

姜别寒心底暗暗震惊，用力揉了揉眼睛。

——没错，像一条鲸。

开什么玩笑，这里怎么会有巨鲸？

他当然没有忘记巨鲸恐怖的摧毁能力，而这条巨鲸远比先前在飞舟上见过的那条庞大千百万倍。

死白色的肚子填满了半边天空，它像飞艇一样静静悬浮着。怪不得那半片天风平浪静，怪不得那里有条彩虹贯穿云层，原来那样绚烂祥和的蜃景是鲸歌织造的幻象。

如果它活过来，只要动一动尾巴，滔天巨浪能淹灭万物。

姜别寒白着脸怔怔凝望，以至于根本没有发现，身后一条黑影如野猫轻巧落下，手中的匕首划出喋血的冷光。

“什么声音……”白梨捂住耳朵，脑袋像要炸开。

轰鸣的雷声停了下来，天地间回荡着宏瀚的低吟，那声音并不刺耳，也不高昂，却实打实地拍在五脏六腑上，激荡着浑身的血液。

“是鲸歌。”

她想起来了，之前在白鹭洲的飞舟上听到过这种能把魂魄都震荡出去的超低音。

白梨下意识望向远天，果然看到了那个庞大的影子。

令人毛骨悚然的是，这是条只剩下骸骨的巨鲸。白骨嶙峋，硕大如山，它宛如远古遗留下来的守护神兽，亘古不变地停歇在秘境上空。

“它都死了怎么还能唱歌？”白梨困惑不已。

“有人把它的声音留在了这里。听出来了吗？每一声都一模一样。”

白梨侧耳倾听，果然如此，幽灵一般的声音机械而空灵地回荡着。

正凝神间，旁边伸来一只手，碰了碰她的脸颊，一触即离。

“你脸色很白，撑不下去了吗？”

白梨身体一抖，捂住脸抬眸。少年已经移开视线，神情淡淡，仿佛方才碰她的不是他的手，而是被风扫来的枝叶。

“我还能撑。”白梨觉得他在小瞧自己，或许是好胜心在作祟，一想到表现出柔弱无力的模样会引来嘲笑，她就赶紧装作毫无影响的样子，还拉了拉两只耳朵，“捂住耳朵就没问题了啊！”

“那我们走吧。”薛琼楼转身在前方开路。

这片密林里显然卧虎藏龙，铺天盖地的藤蔓仿佛饿了几百年的野兽，嗅到人类的气息便蠢蠢欲动起来。要不是有薛琼楼走在前面，白梨觉得自己瞬间就能被它们生吞活剥，骨渣都不剩。

方才那阵鲸歌差点让她走不了路，他却滴血不损，难道上回在飞舟上的大失血是意外？白梨满腹狐疑。

面前绿影一闪，小臂粗的树藤紧紧缠住白梨的手腕，她正在胡思乱想，压根来不及做出反应。

在她的手腕被绞断之前，薛琼楼头也不回地挥袖将它斩断，道：“走路的时候专心一点，我不会时时刻刻留意后面。”

“那我走在你身边吧！”白梨小跑着上前，十分熟稔地挨了上去，同他并肩而行，“你可要走慢一点啊。”

“走得像你一样慢，然后被藤蔓吃掉吗？”

“连我都保护不了，你也太没用了！”白梨重重地哼了一声，而后便有些稀奇地发现，她好像能轻易追上对方的脚步了。

这家伙哪有这么好心，一定是被鲸歌影响了吧！她心安理得地猜测着。

突然间，薛琼楼停下了脚步，浑身上下宛若一张弓慢慢绷紧。

“怎、怎么了？”能让他高度警备的事态不多见，事情可能比白梨想象中的更棘手，她顿时有股不祥的预感。

“你在这儿等着，不要乱走。”

“啊？”也许是经历过被他抛弃的孤独无助，白梨心里敲响了警钟，“你要去哪里？”

“我去前面看看情况，这里暂时安全，你别乱跑。”

多少次发现他甜言蜜语的背后是无情的抛弃，又有多少次她踩进死亡的坟墓才惊觉这是他的陷阱。最初的相见不就是如此吗？说着什么“等我回来一起走”，结果他就一去不回了，甚至压根忘了她这号人。

吃一堑长一智，白梨立刻举手道：“我也一起去。”

“我说过了，我不会时时刻刻留意后面，你保证不会给我惹麻烦吗？”薛琼楼凝视着她不安的眼，轻轻一笑，“差点忘了，你给我惹的麻烦已经够多了。”

对哦，她这样轻重不分地跟上去，好像偶像剧里那些嘴上说着不放心男主角结果一上去就送人头、还成为男主角累赘的无脑女主角。

要不还是不去了。

“那我……最后信你一回。”白梨伸出一根小拇指，弯了弯，“拉钩吧。”

薛琼楼用眼神无声地表示“真无聊”。

“快拉钩！说你不会骗我，不会丢下我。”

——当一个女孩从没有跟你提起任何需求的时候，那她只有一个需求。

——是一个承诺，一个不背叛、不欺骗的承诺。

——如果遭受了背叛和欺骗，她的心会死，那里面的人，也将失去他的家。

当时觉得很无聊的话语不合时宜地浮现在脑海里。

当薛琼楼回过神时，他发现自己已经伸出手，认真地拉上了她的小指。紧贴的皮肤传递着对方身上的温度，如此温暖，他竟舍不得抽离。

“这样我就放心了。”她高高兴兴地说，松开了他的手指，那片温暖也消失了。

密林深处死一般寂静。

薛琼楼测算着自己走出的距离，在这块相对开阔的空地停了下来——这是个很适合下阴招的地方。

耳边有微末的风声，大地像震颤的鼓面，将地上的小石头震得微微弹跳起来，无数看不见的虚影在林间流窜。

蓦地，薛琼楼抬手架住一支激射而来的羽箭。

“出来。”

冷风簌簌，丛林一片死寂，对方似是在权衡此时露面的胜算。

过了半晌功夫，潜藏在角落里的人影才露出庐山真面目。有人带头，剩下的也接二连三站起。他们的衣物和武器都不属于同宗，大约是临时搭建的团伙，不多不少正好三十人。

“如果不是我的团队已经满员了，和你合作也不是不可能。”人群里走出一名领袖模样的年轻男子。

“满员？”

“你应该还不知道，不，应该说这里很多人都不知道。我们这上千号人中，最后能活着出去的只有三十个。所以现在这里的游戏规则变了，活到最后的三十个才有生的希望，多出来的那些都得死。”

男人滔滔不绝地说着，却发现少年听得心不在焉，脚踩着剑刃的碎片在地上划出了一条线。

“你在做什么？”

“给你们标明界线。”凝聚着杀意的棋子滑出衣袖，在少年掌心发出两声冷冽的清击，“胆敢踏过这里一步，只有死路一条。”

他像是圈地为王的孤狼在捍卫自己的领地，于无声中酝酿着极寒的杀机。为首的男人不由自主地抬起刀尖严阵以待。

远天猝然传来洪钟般的巨响，云层被震散，天穹四分五裂，巨鲸遗留在秘境内的声音再度回荡在天地间。

鲸歌响起的那一刻，少年面上的血色也褪得一干二净。他已经是强弩之末了。

“原来你才是伤得最重的那个。”男人拉开刀架，胜券在握地笑了。

薛琼楼目不斜视地摸了摸自己嘴角，满掌鲜血淋漓。

白梨坐在树下发呆。

等待的时间变得无比漫长而难熬，仿佛过去了一个世纪，她感觉自己身上都长满了蘑菇。

怎么这么久还没回来？是不是又背地里布局去了？他简直忙成了一只陀螺，既要以好人的面目应付主角，又要确保自己布下的棋子们不会倒戈反水。他看着高枕无忧，实则睡觉的时候枕头底下都藏着刀剑吧。

天亮了起来，堆积成山的铅灰色云层不知何时消散了，高远的天穹贴满乌金色的鱼鳞云，仿佛打碎的描金黑瓷。飞鸟在如血的霞光中侧翼，消失在巨鲸陈腐的骨骸中。

明亮的天光并未带来安全感，五光十色的远天给人一种光怪陆离的诡异感。

正昏昏欲睡的白梨猛然惊醒。

他过了这么久还没回来，她不会……又被耍了吧？

白梨待不下去了，起身摸索着往前走。

就这样走走停停，不知过了多久，空气中飘来一阵血腥味。她裹紧衣服，声线颤抖起来："薛、薛琼楼？"

没人回应她。那些凶残的藤蔓也不见了，整片树林像庞大的坟墓，冒着森森鬼气。

"我、我数到三吧，再不出来，我就先走了。"白梨慢吞吞地迈开步子，"一、二……"

林间只有她一个人的声音，鞋底踩在枯枝上发出细微的噼啪声。

快要数到三了，可人还是没出来，白梨背后的冷汗一滴一滴流了下来，既成事实的绝望笼罩了她。

"三……"脚下忽地踩到什么，冷硬得像铁，白梨狼狈地摔了一跤，双手蹭到地面。

触感湿冷，铁锈味更浓了。她僵硬地回过头，发现绊倒她的不是石头，而是一截粗壮虬结的东西，草地上喷溅的鲜血呈现出锋利的断面。

白梨汗毛倒竖，这东西……是人的手臂吗？这可真是糟糕透了。这里显然刚刚经历过一场屠杀，而她误打误撞闯了进来，如果还有人活着的话，她正好能拿来祭刀。

要立刻离开这里，否则更多的危险会接连从黑暗里冒出来，她一个人应付不了。

白梨爬起来想继续往前跑，结果这回真的踩到石头，结结实实被绊倒。

脚踝一冷，有东西缠了上去，白梨的心慢慢降到冰点。她不敢回头，用力抽着小腿，那东西却越缠越紧。

尖锐的刺痛让她打了个寒战，白梨这才发现自己好像还崴到了脚。

她要被自己蠢哭了。为什么他让自己乖乖等着，她就真的毫无怨言地等到天荒地老？为什么被坑了一次不算还三番四次掉进陷阱？为什么她就不能长点记性呢？

“跟我拉了钩还撒谎，薛琼楼你就是小狗啊！”她恨恨地捶地。

就在她愤愤然的时候，林中突然闪出一道月弧状的金光，贴着地面平平一斩，脚踝立刻一松。

白梨如蒙大赦，没空感慨是哪位义士路见不平，迅速站起身，却忘记自己崴了脚。就在她即将迎来今天第三次平地摔时，一双手稳稳地扶住她。

柔软光滑的衣料与干燥冰冽的幽香瞬间包围上来，白梨抬头，望进一双黑闪闪的眸中，眸底残留着血洗后刀剑的清光。

“不是说了别乱跑吗？”薛琼楼的身上有一股淡淡的血腥气，但没有任何血的痕迹。

像是雨过天晴那般，阴霾褪去了，白梨有史以来第一次觉得这家伙竟如此顺眼。

“我以为你又把我扔了！”身体先一步做出反应，她一头扎进少年怀里，“你还知道回来！”

少女突如其来的热情让薛琼楼僵了一下，他慢慢抬起手，似是勉为其难地拍了拍她肩膀，说：“嗯，说了不会骗你。”

白梨既感动又悲哀。

遵守诺言是为人处世的基本道德，是她对他的期望太低了吗？为什么他难得说到做到一次，她就觉得是正道的光洒向了人间？

“刚刚有只手抓住了我的脚。”白梨抱着他没松手，脚踝上还残留着冷冰冰的触感。

“你看错了，那是截枯木。”

枯木？

白梨心有余悸地转过头。那截干枯黑硬的东西躺在草丛中，冷静下来仔细再看才发现那根本只是木头，缠住她的是枯死的荆棘，而所谓喷溅的血迹也不过是一些枫红的枯叶。

是她太过慌乱自己吓到了自己……吗？

若有似无的血腥味萦绕在鼻端，挥之不去。这不会是错觉，这里一定经历过厮杀。

白梨搂住他后背的手摸到一股温热的液体，她慢慢将手举到眼前，赤红的，是血。

“你受伤了？”

缥缈如烟的鲸歌——不对，现在应当是高亢刺耳的长啸，如洪大的钟鼓之声回响在天穹。

鲸歌猝然响起，薛琼楼的面色一瞬褪得雪白。

白梨也不好受，耳畔嗡鸣，那场海难的记忆又不可避免地涌入脑海，包括许多她曾经忽视的细节。

当时他出现在船舷上，也是这般面色如纸，甚至浑身浴血。原以为他的伤是装出来的，现在看来好像并非如此。

他自始至终在隐瞒着秘密，从头到尾不肯透露半分。这声音对普通人来说如靡丽的罂粟花，对他来讲却如一把在心头搅动的刀。

他早就受伤了。

声音越发刺耳，目之所及皆是一片光怪陆离的扭曲之景，薛琼楼强撑着意识半跪在地上。方才强忍着鲸歌带来的痛楚解决掉那帮人，消耗他太多体力，他有些站不住了。

“捂住耳朵，别听那个声音……”话没说完，两片温暖盖住了耳朵，一切的尖啸都沉默在对方手心。

怀里的少女伸长手臂，一本正经地帮他捂耳朵。

薛琼楼有些错愕：“我不是说帮我……”

“我知道你的秘密了。”白梨凝视着他漆黑的眸，“你别强撑了。”

“这个声音对你来说很难熬吧？不，应该说是很危险。”白梨打量着他白纸般的脸色，他眼角发红，浓密的睫毛微微颤抖着。

“跟你说过了，这是旧伤……”薛琼楼扣住她的手腕，连说话都在喘息，他的体力已经透支了。

“什么样的旧伤会时时崩裂呢？而且偏偏是在鲸歌响起的时候崩裂。我给你用的都是上等的药物，按理说应当很快就能痊愈，除非有两种特殊情况，一是我的药没用，二是我的药只对你没用，我更愿意相信第二种猜测。”白梨凝视着他的眼睛，笃定地说，“所以，你别瞒我了。”

薛琼楼没有说话。

“上次在飞舟上也是这样对不对？你在交手之前就受伤了。”白梨在他背上不轻不重地一按，“痛不痛？”

被这样的力道按一下其实根本不痛。薛琼楼轻轻皱眉，道：“多管闲事。”

“我不管你谁管你呢？”白梨忽地笑起来，“你现在还听得到声音吗？”

轻风乖顺地停歇在少女手心，又传递到他耳畔，令人煎熬的歌声从耳畔消失了，她手心温度灼人。

“你看。”白梨放下手，慢慢张开，手心里是两沓卷着角的符箓，她刚刚就是攥紧这些符纸捂在他耳畔，彻底隔绝了那危险又迷人的声音，“幸好烟烟给我的符箓我还没扔，还真有派上用场的时候。”

薛琼楼毫无征兆地抽走那两沓符箓，碎纸如黄色的蝴蝶在他指间挣扎，他五指收拢，像是要将符纸碾碎。

“喂喂你干什么！”白梨手忙脚乱地按住他的手，苦口婆心地劝，“江湖上没有永恒的朋友，只有永恒的利益，看事物不能只看表面的关系，要看关系背后的利益！”

薛琼楼沉默地看着她。

“好吧我讲人话。”白梨讪讪地说，“我的意思是，你以后觉得那声音听着难受，可以拿这些符箓挡一下，毕竟还算有点用处对不对？而且大家都是朋友嘛……”

“朋友？”他冷笑着说，“我没有朋友！”

白梨一噎。

差点忘了，他与主角团势不两立，“朋友”这两个字与讽刺无异。

薛琼楼眼里只有两类人，有利用价值和没利用价值的。姜别寒很值得利用，所以为了达到目的，薛琼楼可以伪装成正义的伙伴。但哪怕一路上众人吵吵闹闹同舟共济，这段携手与共的友谊于他而言不过是虚与委蛇的谎言，众人视如珍宝的记忆，他也可以毫不犹豫地割舍背弃。

白梨有些想叹气。她没有记错的话，姜别寒就是在琅环秘境里被捅了一刀，金丹崩碎，又被告知师父师弟死于非命，为人宽厚如姜别寒，彼时也恨不得将对方千刀万剐，昔日好友彻底反目成仇。

到现在为止，他给人留下的印象是最君子端方的一面，直到杀意毕露的那一刀让男女主角差点阴阳两隔，他一夜之间拉满仇恨值。

“你说你没有朋友，”白梨犹豫了一下，指着自己的鼻尖，“那我呢？

我算什么？”

他的眸光轻轻一闪，而后，眼帘垂了下去。

“你——”

“我有机会成为你的朋友吗？”

话没说完，手就被她握住了。真奇怪，她的手总是暖暖的，好像体内燃烧着一轮小太阳，无时无刻不在散发热度。

薛琼楼觉得这温度太烫了，想抽出手来，她却握得更紧。

“我脚崴了！”

“什么？”

“你、你帮我想想办法，我没法走路了。”天知道白梨说出这句话要鼓起多大的勇气！

这种无理取闹又突如其来的要求似乎让薛琼楼也怔了一怔，黑亮的眼睛罕见地睁大了些许，凝视着她有些红的脸和有些紧张的神情。

或许过了很漫长的时间，又或许只是一瞬间，薛琼楼蓦地抽出手，扭过脸，道：“这和我有什么关系？”

“关系大了去了！我是为了找你才崴了脚，你要负连带责任的！”白梨退而求其次地拽住他的衣角，理直气壮地摇了摇，“无所不能的薛少主，想想办法呗，你可不能扔下我不管。”

而后她就沉默了，因为薛琼楼随手折了一根树枝递过来。

“我不要树枝。”白梨鼓了鼓脸颊，坚持不懈地伸长手臂，“我要你拉我起来。”

鬼使神差地，薛琼楼拉住了她的手，另一只手钩起她的双腿，将她整个人打起横抱。

四目相对，她的眼睛瞪得溜圆，清澈的瞳孔倒映出少年板成冷冷一块的脸。

“现在能安静了吗？”

白梨开心地笑起来，小鸡啄米地点头。

“别抱得这么紧。”

“我是怕你把我扔出去。”白梨观察着他神色的细微变化，“别这么看我，以你的人品你肯定会这样做的，你该反思一下为什么我知道得这么清楚。”

薛琼楼沉默地走着，行走间她的裙带和自己的衣摆纠缠在一起，像在浪花间翩飞的蝴蝶。

“你要带我去哪儿？”白梨总有种会被他卖了的错觉。

他依旧以沉默作答。但白梨很清楚，剧情会在琅环秘境反转，这里就是他彻底和姜别寒决裂的地方，他现在应该在琢磨着接下来如何应对姜别寒，所以才懒得理她。

现在的平静是风雨欲来的平静，终将会有一场厮杀爆发。

白梨受不了这种压抑的氛围，毁气氛什么的她可是最拿手了。

“我给你讲个故事吧，有一只猴子被压在五指山下……”

“你讲过《西游记》了。”出乎意料地，薛琼楼打断了她。

“哦，那换一个，有三个兄弟在桃园结义……”

“你讲过《三国演义》了。”

“嗐，原来我一路上讲了那么多你都听进去了啊！每次都只是姜别寒他们在认真听，你要么就是找借口离开，要么就是站得很远佯装望风，我还以为你一点都不感兴趣呢！”白梨眉飞色舞，好似发现了什么不得了的事情。

接着她的话题便拓展到了一路上的打闹上。

有一回大家经过一片福地，里面有个洞穴长满奇花异草，可惜生人勿近，只有把外面那片泥潭里的黑泥抹在身上才能掩盖陌生的气息，从而骗过洞穴。当时薛琼楼离得远远的，表示拒绝参与，白梨偷偷沾了一手泥，从背后捂住他的脸，正在和姜别寒分析进入洞穴和不进入洞穴各自利弊的薛琼楼愣在了当场。白梨出手之后，夏轩胆子也大了起来，在他脸上加了第二道。姜别寒看得目瞪口呆，片刻后他也幸灾乐祸地加入进来。最后除了在一旁矜持看戏的绫烟烟，他们几个抱着团摔进了泥潭，率先爬出来的薛琼楼脸都被气白了，始作俑者白梨美其名曰帮他治好了洁癖。

她叨叨不休着，恨不得要追溯到他们几个祖宗十八代的友谊，好像靠着“回忆杀”就能感化他，让他悬崖勒马。

可这又有什么用？少年终将会走向命运的终点。他既然做好了拼杀的准备，便不会轻易放下手中的刀剑，她所做的一切都是徒劳。

怀里的少女突然没声了。薛琼楼低下头，见她脸上晕出两片薄红，眼中蒙着一层水盈盈的光，目光空洞地看着他，像被抽走了灵魂。

“你刚刚有给自己留符箓吗？”

她的状态显然不对劲。

她刚才把符箓留给他，那她自己的呢？

“没了，就那么几张，还是很久之前绫烟烟给我的呢。我继续跟你讲讲话吧，这样我就有精神了。”白梨绞尽脑汁搜刮着有意义的回忆。

鲸歌的威力太猛了，她的上下眼皮在打架，整个身体都快麻痹了。她空出一只手狠狠掐自己一把，什么感觉都没有，她立时心慌意乱：“我怎么连腿都感觉不到了？！”

“你掐的是我。”

“噢，对不起。”

白梨找到自己的大腿又掐了一把，让自己保持清醒。本想死缠烂打跟他一起去找主角团，现在她想纠缠也没力气了，只能劝他浪子回头。他那颗锈迹斑斑的良心，能擦干净一点是一点。

她深吸一口气：“薛、薛琼楼？”

“嗯？”

“你接下来做什么，我都没法管了，但你一定要给自己留一条退路！”白梨抓着他的衣襟让他俯身，眼神相触的刹那像在交战，“不是给我，也不是给他们，是给你自己留退路。你盘算这么多，错一步就是满盘皆输，狡兔三窟听过没有？别一路走到黑，你心都黑成炭了，还是个逃不了失败命运的恶役，简直又黑又倒霉，所以一定要给自己留退路！一定一定！只要活着就有无限可能！”

不要赶尽杀绝，不要下手那么狠，不要半点余地都不留，就是给自己留退路。

她每说一个字，就仿佛豆大的雨珠坠入平湖，砸出硕大的水花。薛琼楼眼底那片浓荫变得恍惚起来。

“你听到没有啊！给个准话！”

“好。”他说。

可是有些誓言在说出口的那一刻便意味着背弃，挽回信任需要拿更大的谎言弥补，迟早有一天他会积重难返，自食恶果。

“好什么好啊！我感觉你一点也没有认真！”白梨恨铁不成钢。别听他语气装得无奈又真诚，指不定就是信手拈来的谎言，让人分不清真假，辨不清虚实。

白梨扯住他的衣襟，和他四目相对，问：“你是不是又在骗我？”

是又怎样？以前骗她，是为他自己；现在骗她，是让她安心。他已经让了一大步，不能再退后了，后面是他的底线，他自己也触不得。

路是不归途，何来回头之岸。哪怕面前是刀山火海，身后是万丈深渊，他也能置之死地而后生。

薛琼楼轻笑：“没有。”

单单这两字太敷衍，他盯着她的眼睛又说：“我是认真的。”

他眼里亘古不变地藏着一片星空，使他的谎言天生就带着让人无条件信服的诱惑。

“那就好。”白梨像个立完遗嘱的大户老爷，交代完后事便泄了气，豪迈地一挥手，“那我最后再信你一次，再骗我的话，我以后就再也不理你了。”

“我说到做到的。”

地面好像突然成了刀山火海，每走一步都痛彻心扉。

接下来的这一路，她没再喋喋不休地讲故事，安静得让人不适应。她蜷缩在他怀里浅眠，时而沉重得让他双臂如灌铅砂，时而轻细得像个抓不住的影子。

密林尽处是一座洞府，它孤零零地坐落在憧憧树影之外。薛琼楼身后拖着一大片绿浪，跨过界线的一刹那，一路尾随至此的藤蔓枯萎脱落，他的双腿皆是斑斑血痕。

他将人轻轻放下，俯身时一张彩笺纸从她衣襟内掉出来。纸上是熟悉的五人画像，边角微微打着卷儿，有水渍干涸的褶皱，纸页毛毛糙糙地撕开半寸，欲拒还迎地等着他彻底拆开。

“是不是有什么东西掉出来了？”白梨被这点细微的动静吵醒，昏昏沉沉地睁开眼。

“没什么。”薛琼楼语气波澜不惊，将彩笺纸缓缓撕开。

那上面其实没有字，只是将他们两个用心形圈了起来，看上去像亲密地挨在一起，只有他们两个，仿佛无言的独白。

“不对的，确实有东西不见了。”

“阿梨，你不相信我吗？”薛琼楼将画纸放进自己衣襟。

“你之前离开，是去杀人了吧？”她平静得像在呓语。

他瞳孔骤缩，藏在角落里的阴暗像被一束强光打中，暴露在她眼底。

“你不用这样做的，你只要陪着我就好了。”白梨的神志就要完全丧失了，但模糊的人影还在眼前，他应该还没走，这是她最后的坦白机会。

“在此之前，我一直在忌惮你，也一直不相信你，但是刚刚……我觉得你还没那么无可救药，真的。”神志已经撑不住了，白梨语无伦次地说着。她说得这么混乱，他一定听不懂吧，真是难为他还没一走了之。

“所以，我可以试着相信你的。”白梨还想再跟他拉钩，但她已经没力气了，只好用力握住他的手，“总有一天，我会把全部的信任都交付给你，就像你会把后背留给我一样。”

薛琼楼眼底寒冰般的黑色忽然间崩溃了。上天有时候真不公平，撒谎成性的坏蛋得到了世界上最真挚的誓言。

她的声音低了下去，到最后再也听不见了，只是她的手还紧抓着薛琼楼的衣服，抓得指节泛白，仿佛是本能的举动。

薛琼楼脱下外袍盖在她身上，又将玉牌放在她怀里。走出几步，他又折返回来，在她身边不起眼的角落里放了枚白子。

# 第6章
## 琅环秘境（二）

纤细的黑影从天而降，拖着银色的利光斩向姜别寒的后背。

姜别寒背后像长了眼睛，他反手拽住那人衣领往前甩去，人影狠狠撞碎了巨石，滚了几圈蜷缩成团，发出小动物般的悲鸣。

匕首哐当一声掉在地上。

匕首只有手掌长短，只能防身，拿来偷袭一个成名的剑修实在是低估了对方的敏锐度。

那团小小的人影狼狈地爬起来想跑，却被姜别寒拽起衣领。看清对方的脸，他吃了一惊："小女孩？"

那是个不足十岁的小孩，身上还穿着精致的裙子，白皙的脸上尽是血污，可见是某个权贵世家的小姐，大概和仆人走丢了。

他迅速回忆了一下最近有没有招惹过谁家的大人，竟惹得他们的孩子不辞万里来刺杀自己，结果自然是没有。

"我和你父母有仇吗？"匕首在姜别寒手心转了一圈，"这种东西不是一个孩子可以玩的，没收。"

小女孩泪水涟涟地看着他，连挣扎都不敢，像兔子一样耷拉在他手里。

"小小年纪就知道杀人？应该是有人教你的吧，为什么要这样做？"姜别寒板起脸。

女孩被吓得一哆嗦，说："因为他们说……如果不杀人的话，被杀的就是自己。"

这是什么歪理？姜别寒皱起眉，问："谁说的？"

“很、很多人。他、他们告诉我，符令之争有三十个获胜名额，意思不是说只有这三十个人可以进入秘境，而是说我们进来这么多人，最后只能出去三十个！刚刚那场天劫，就是秘境给我们的警告！”女孩的声音越说越高，在他手里挣扎起来，“我必须活下去，不然有人会很伤心的！”

姜别寒高高举起手臂，和她拉开距离。这位小小姐虽然养尊处优，脾气却意外地刚烈，没人保护她，她便想靠自己杀出血路。

但更让姜别寒在意的是她说的话，这让他有种不寒而栗的感觉。只有三十人能够活着出去，这分明在逼他们自相残杀！为了活命，肝胆之交也会变成死敌，到时候整座秘境就是人间地狱！到底是哪个浑蛋毁了符令？！

“你走吧。”姜别寒将女孩放了下来。他现在只想找到那个躲在幕后的浑蛋，然后亲手制裁他！

“你、你不杀我吗？”女孩战战兢兢地问。

“我还不至于跟一个小孩子计较，但你也别想跟着我，我身边更危险。”姜别寒头也不回地走了。

女孩盯着他，原本楚楚可怜的眼神渐渐变了，袖中滑出另一柄短剑。但还没靠近姜别寒，她手腕一折，短剑哐当一声被打飞出去。

撞开短剑的是一枚莹白的琉璃子，出手的是千钧一发之际赶来的薛琼楼。

他下手真是一点也不怜香惜玉，女孩像一片枯萎的落叶撞在石头上，又在地上滚了两圈，满身是土。

“现在她该怎么处置？”薛琼楼看了女孩一眼，她眼眶红得像要滴血。

姜别寒一惊。现在的小孩子已经懂得背后偷袭、两面三刀了吗？！他在这个年纪根本不敢冒出杀人的念头，若不是薛琼楼赶到得及时，他现在背后已经中了一刀——虽然不会致命。

手腕翻转，森寒的剑气出现在掌心，他转身朝女孩逼近，大步流星。

女孩不服气地瞪着他，好似要引颈就戮，可终究抵挡不过恐惧死亡的本能，缩起了肩膀。

姜别寒逼至她面前，寒光在手心一闪，女孩闭上眼睛。

“拿着！”

女孩颤颤巍巍地睁眼，惊疑地看着姜别寒，发现一道剑气正乖顺地悬停在她面前。

“这缕剑气，是让你自保，不是杀人。”

女孩呆愣愣地看着他，不敢相信。

“还不快走！”姜别寒冷着脸低喝。

女孩用力擦干泪，踉踉跄跄跑远。

薛琼楼远远看着，问：“你把剑气给了她，你自己呢？”

“她罪不至死。”姜别寒说。

在这种你死我活的绝境中，谁都想拼了命活下去，人不为己天诛地灭。而这些卑微的、随波逐流的蝼蚁，当有一线生机。

人心应如磐石，不管世道怎么变，都该坚定不移地守着那一汪最澄澈的心湖。

“对了，你怎么会在这里？没遇上阿梨吗？”姜别寒注意到他又是只身一人。真是奇怪，每回发生意外，需要保护的人四散各地，能够自保的倒是碰了面。

他突然想起这两人之前好似也消失了一段时间。

如果白梨和薛琼楼在一起，那这会儿便没有理由不出现在他身旁，难道两人那会儿就已经分开了？

“你不也是没找到绫姑娘吗？”薛琼楼难得开了句玩笑。

姜别寒一愣，苦中作乐地笑了笑：“当务之急，得先找到她们，不然她们会被吓哭的吧。”

秃鹰叫声疾厉，崎岖的山路弯弯扭扭地淹没在半山腰的云海中，山崖下的树木有不大自然的断裂痕迹。

薛琼楼率先停下脚步，抬手一拦，道：“前面。”

“我知道。”姜别寒和他心有灵犀，按剑走上前，将那些尖利的树枝拨开。薄薄的血液在地上凝固了，树枝下露出苍白凌乱的头发，和血块凝结成一团。

“董其梁？”姜别寒一惊。老人大半个身体都被压在树下，树枝将他的胸腹刺得血肉模糊，他已经没有气息了。

唯一知道秘境真相的人，已经死透了。

姜别寒少年时跟着师父游历四洲，其实与老人打过交道，彼时董其梁还一脸慈祥地给他糖果、送他墨宝、教他吟诗作画，是个和蔼可亲的老儒生。如今年少的记忆面目全非，他垂首默立在原地，心里五味杂陈。

“这样做对他有什么好处？”

“站在自己的立场是永远找不到答案的，姜剑主。”刻着青竹与白鹿的玉牌滑入薛琼楼手心，他盯着老人血肉狰狞的尸体，指尖用力，玉牌碎为齑粉。

死人之间已经不需要什么约定了，死亡足以抵消彼此的亏欠。

“你是不是在想，该怎么做才能让这些人都走出秘境，谁都不用死？”

姜别寒一愣。

薛琼楼不疾不徐地继续说下去：“换句话说，是怎么让这座秘境直接彻底地消失？”

方才姜别寒脑海中确实有这个大胆的念头一闪而过。三天之内，除却厮杀出去的三十个人，其余人都得死。这看似无解，但有个最直截了当的法子——直接把整座秘境毁掉。

“你觉得这样可行吗？”

薛琼楼先是摇头，而后笑了笑：“听上去像天方夜谭，但也不是不行。法阵有阵眼，摧毁阵眼，整个法阵也就溃不成军。又譬如鹤烟福地，全靠玉犀石和玉璧石滋养，若两块玉石都被人夺走，那整座福地就与荒野无异，必定无人问津。秘境就是无数个大大小小的洞天福地，洞天福地尚能被犁庭扫闾，秘境又何尝不可？”

“这么说也不是不可以？那我们该怎么做？”姜别寒心里一喜。

薛琼楼这回沉默的时间有些长，他犹疑道：“书上没有记载，成功的可能性……很小。”

连他也不确定吗？姜别寒面色凝重起来：“这座秘境山川千里，若真要摧毁，恐怕也没那么容易。”

“不，有办法的！”草木簌簌一动，两颗脑袋钻了出来。

绫烟烟拽掉头上挂着的藤萝，艰难地挤出树丛，道：“有办法的，姜师兄！”

“绫师妹？！”姜别寒看到两人，眼睛都亮了起来，“还有夏师弟，你们都没事！”

“我们在一座道观底下找到了宫殿，所以才没被天劫伤到。本来想在那儿再避一下风头，但师姐非要来找你，我们就出来了。”夏轩拍着衣服上的枯叶。

“宫殿？”薛琼楼侧眸。

“对。”绫烟烟重重点头，“虽然我不知道那是什么地方，又为何而存在，但我可以确定，那地方一定和溯世绘卷有关！”

“怎么说？”姜别寒正色问。

“薛公子刚刚也说了，既然洞天福地可以摧毁，秘境一定也可以，前提是我们能找到秘境的‘阵眼’。”绫烟烟指着天际那头巨鲸的骨骸，“这家伙死了百年之久，歌声和遗骨却还飘荡在头顶，一定是为了镇压什么，我猜这一定也与‘阵眼’有关。”

“那我们该怎么找？”

绫烟烟笑了笑：“跟我来。”

长廊里一片漆黑，像阴森森的墓穴。墙壁上火光一晃，体态曼妙的人鱼灯依次亮起。她们以供奉的姿态高捧长生烛，像在迎接凯旋的主人。

“现在我能够确认的是，琅环秘境下封印着一座地下宫殿，这座宫殿就是薛公子先前所说的摧毁秘境的关键。”绫烟烟摘下长生烛，火光在四个人的面上跳跃，“我们可以把这里看作一座坟墓，脚下的路便是它的墓道。墓道很多，四通八达，所以我和夏师弟从道观摔下去后，还能从这座山爬出来。”

长明不灭的人鱼灯消失在墓道深处，森冷的利光如流星在黑暗中瞬息明灭，再往前没有路了，它通往的是未知的死地。

“我和师弟就走到了这里，没有继续往前。”绫烟烟停下脚步。

黑暗中吐出丝丝冷意，像无数片薄如蝉翼的刀锋割在身上，冷铁的嗡鸣声从地底深处传来，姜别寒背后的长鲸剑仿佛感应到同伴的呼唤，不安分地震颤起来。

“接下来就交给我们，里面会很危险。”

“我也是男人！我也要进去！”夏轩不甘示弱地举手。

“对对，你是男人，所以你陪着绫师妹，好好保护你师姐。”姜别寒将他推了回去。

“我保护他还差不多吧。”绫烟烟说。

“师姐你这样说就太令人伤心了，你就该让姜师兄来保护的嘛。”夏轩遭受打击般喃喃说，很快他又挺起胸膛，“但是我可以保护白姐姐。”

“我说你——”姜别寒看了眼容色冷淡的薛琼楼，勒过夏轩的脖子，“不要抢别人的话好不好？”

“话说回来，我们现在还不知道阿梨在哪儿。”绫烟烟有些担忧。

稍稍转为活跃的气氛又压抑下来。姜别寒把搭在夏轩肩上的胳膊放下，再度看了眼薛琼楼。

他垂着眼睫，正在留意四周的蛛丝马迹，听到这句话，他的目光微微一闪。

“我和夏师弟去找她吧。”绫烟烟坚定地抬起眼，“我们不能把她一个人扔外面，要走一起走！”

薛琼楼眼睫微微颤动着，自始至终没有抬起头来。

“薛兄你没事吧？”姜别寒试探着问，“你脸色有点差。”

“没事，我们走。”他率先走在前面。

流星般的利光在黑暗中穿梭，不仅仅是长生烛的烛光，姜别寒手里的符箓也灭了。这里是更接近坟墓的地方，冷冰冰没有一丝生气，明明没有一缕风，他却觉得寒风如刀割着皮肤，步履艰难。

长鲸剑在剑鞘内横冲直撞，像一头关在笼中的幼虎见到了成年虎群，对同类的渴望促使它想强行挣脱囹圄。姜别寒按住剑，长鲸剑无缘无故的暴动也影响了他的心性。

两人像走在冰天雪地里，刺骨的寒从四面八方侵袭而来。也不知走了多久，前方一片淡蓝色的冷光照亮了姜别寒的眼，一座高大的影壁矗立在视线里。绫烟烟说过，她在地下宫殿中也看到了一座影壁，影壁下的须弥坛上拱卫着上古的九大神兽，威风八面。

但这座影壁和她描述的截然不同，石壁表面鲜血淋漓，日久天长，血液已凝固，仿佛用黏稠的朱砂粉刷了一遍。姜别寒满眼都是血色，犹如置身地狱。

“这上面居然还写着字。”姜别寒抬头细看。从斑驳的血迹间隐约可以辨认出三个大字，都是看不懂的古篆。

“白玉京。”薛琼楼随口说道。

“白玉京？”姜别寒眉峰一挑。

相传白玉京是上古蛟龙的天上宫阙，先前的掩月坊闻氏穷尽财力，也只仿制了一座登月摘星的白玉楼，根本不能与真正的白玉京相提并论。但谁能想到，曾经高不可攀的月下瑶台，现在只剩下一座血淋淋的影壁，诉说着往昔气凌霄汉的风采。

空气越来越寒冷，长鲸剑也越来越躁动了，姜别寒不得不将剑握在手里，以免它自行脱鞘而出。

绕过影壁，眼前所见之景却叫他倒抽一口冷气。

他终于知道长鲸剑为何如此躁动不安了。影壁后的地面深深凹陷下去，仿佛倒扣的巨山，数以千计的寒剑犹如月光下密密麻麻的雨丝，发出冰蓝色的幽光，酷寒的剑气汇聚在一起，冰封千里。长鲸剑到了这里，便仿佛幼虎归山，自然难掩兴奋。

怪不得绫烟烟和夏轩走到这里便走不下去了，如果是普通人冒冒失失地靠近，瞬间会被磅礴的剑气涮得血肉模糊。即便是身为剑修的姜别寒，双眼也被剑气灼痛，他不由自主地喃喃出声：“这里是……”

“剑冢。”薛琼楼说，“不觉得很熟悉吗？”

姜别寒一惊：“怎么说？”

“你的长鲸剑，是断岳真人一剑劈出的小天地内孕育而出，现在这里也埋藏着一座剑冢，很难说两者间毫无联系。”

“否则……方才长鲸剑的反应也就不会这么大了。”姜别寒接着说。

剑冢最中央旋起一道冰蓝色的光柱，那也是一柄长剑，剑刃上刻着古奥森严的符文，流转着冽冽雪光。长鲸剑的反应更加剧烈了，姜别寒不得不用力按住。

“这柄剑好像刺穿了什么……”

是一幅画卷，长剑刺穿的是一幅铺展在地的画卷。轻薄如烟的卷轴犹如水中娓娓荡漾的裙摆，看上去有种虚幻的错觉。

“这是……溯世绘卷。”电光石火间姜别寒反应过来，“这里就是‘阵眼’？或者说，是封印溯世绘卷的地方？”

薛琼楼没有回答，他侧眸瞥了姜别寒一眼，眼里看不出情绪。

“没错了，只要毁了溯世绘卷，这座秘境也会被摧毁，到时候所有人都可以出去。”姜别寒缓缓握紧剑。

一声咆哮响彻耳畔，仿佛某种上古神兽被侵犯领地后震怒的警告。

两人同时抬头。

剑冢上空淹没在一片虚无的漆黑中，浩浩荡荡的水流自高空倾泻，那是足以淹没整个天下的九天之水，剑冢像一座巨大的铜钟回响着金戈玉石之声。

“不对，这里怎么会有水？”剑修的本能令姜别寒瞬间警觉到了危机的逼近，他后背寒毛直竖，“这是剑气的声音！”

彻骨的杀机扑面而来，剑冢内所有剑发出震耳欲聋的尖啸，似欢叫似悲鸣。冰蓝色的光柱像锋利的火焰拔地而起，黑暗的空间被光芒占据，天地如初创般耀眼。

这里每一柄剑都足以夷平山岳、倾倒江海，像现在这样数以千计的剑气……他们两个连尸体都不会剩下。

动荡间最中央那把刺穿了溯世绘卷的长剑却岿然不动，画卷在暴风中招展，犹如汹涌翻滚的波涛，但始终被牢牢钉在地面。

“姜别寒！毁了那柄剑！”

仿佛一道惊雷在耳畔劈落，姜别寒下意识抬头望去。千万股剑气汇聚成了黑色的汪洋，犹如交织着电闪雷鸣的云雨，少年白色的身影穿过烈光，像飞鸟消失在雷云中。

薛琼楼在用自己的身体硬抗剑气，从而为他争取毁掉溯世绘卷封印的时间。

姜别寒觉得自己已经很乱来了，没想到还有人比他更乱来。要是薛琼楼交待在这儿了，阿梨怎么办？绫师妹会把自己大卸八块的吧！

“你一个人没问题吗？”

“相信我！快去！”

长鲸出鞘时带出一道冷青色的锋芒，姜别寒旋身挥剑，长剑横扫出巨大的扇面，整座剑冢为之一震！

那就没什么好犹豫的了，必须有人做出牺牲。既然要毁了那柄剑才能解开绘卷的封印，那他就毁了那柄剑！既然是生死与共的同伴，那就把后背交给他！

绵延千里的剑光破空横抹，空气被撕裂，发出刺耳的蜂鸣。

剑气迎面暴泻，薛琼楼身上被割出无数血口。地动山摇中，巨鲸魅惑的歌声不知何时飘了进来，他喉间霎时涌起腥甜，眼前蒙着一帘血光，意识开始模糊起来。他移开手臂，让一缕剑气刺穿腕骨以保持清醒，留意着身后的情况。

姜别寒在赌，赌他可以撑住。他何尝不是在赌，赌姜别寒会不会照着他的话去做。眼下看来，这位天真的理想主义者没有对他产生一丝怀疑。

“你给自己留一条退路吧。”

少女的声音在脑海内回荡，一遍遍涤荡着心气，让他在绞痛与晕眩中扯回一丝神智。

都到这一步了，他怎么甘心前功尽弃！

“嗤”的一声，水幕从天而降，薛琼楼一挥袖子，整条剑气瀑布如从急弯奔腾而过的惊涛，在墙上拍得粉碎！

与此同时，姜别寒一剑展开封印，破碎的剑光中，绘卷如翻卷的裙摆腾空而起，不断缩小，最后化为正常卷轴的长度落进他手心。

“我拿到……”

他刚想宣告自己的成功，却突然一脸恍惚痛苦。他茫然低下头，见腹部一截金光凝成的剑刃穿透而出，血液聚成一线从刀锋上滑落。

薛琼楼与他并肩背对而立，时间仿佛静止了。他袖口轻轻一振，那幅费尽千辛万苦所得的绘卷驭进他手中。

他气若游丝地冷笑：“多谢。”

姜别寒站在飞舟船舷上发呆。

十五岁的少年正处在长个子的年纪，哪怕背着一把巨剑，也不掩肩宽腿长，他看上去已经有点大人的模样了。

姜别寒自然垂在身侧的右手突然绷紧，反手抽出背后的长剑，剑锋与剑锋剧烈撞击，在半空开出银白色的火花，那声铿锵的余音甚至使脚下的飞舟都震荡了一下。

“很好，反应很敏捷。”背后“偷袭”的男人外表看上去四十岁上下，劲衣的袖子挽到手肘，露出结实的小臂。比起条理分明的肌肉，更引人注目的是小臂上一排血肉虬结的伤疤，据闻这是男人在之前的斩龙之役中被那条最凶猛、最残暴的黑龙一口咬住手臂后留下的伤口。他布满岁月沧桑的眼依旧如磐石般坚毅，让人想到正在巡逻自己地盘的虎，可惜的是他走起路来却一瘸一拐。

姜别寒知道师父的腿伤越来越严重了，否则这回去东域应当御剑而不是乘坐飞舟。他也知道并非自己的反应变敏捷了，而是因为师父腿伤加重后劈来的那一剑不像之前那般势如风雷，带了一丝力不从心的迟钝。

“长鲸剑用得还顺手吗？”断岳真人拍拍他的肩膀。

“嗯。”姜别寒重重点了点头，说到长鲸剑他眼睛都亮了起来，“它已经开始听我的话了，不会像以前那样——我踩着它飞，它在半空把我甩下去，还追在我屁股后面打我……”

说到这些糗事，他也有些不好意思地挠了挠头。

断岳真人笑了：“人和剑要有磨合的过程。知道我这次为什么要带你来东域吗？”

姜别寒摇了摇头。他成为长鲸剑的主人已经有一年了，驯服这把血性十足的上古名剑并不容易。好几回他差点丧命于自己剑下，因而他也被其他剑修耻笑，说断岳真人不仅伤了腿还伤了脑子，一个乳臭未干的小孩怎配成为长鲸剑剑主。这些带着恶意的风言风语让他对自己也产生了怀疑。

“你看下面。”

姜别寒低下头。茫茫云海中，一条青黑色的山脉像蜿蜒在地面的巨蛇，耸峙的山峰宛若大海中的礁石。他甚至听到山脉中响起沉闷的雷声，仿佛巨人在鸣金敲鼓。下方天际墨黑，倒悬的乌云与青黑色的山脉相接，汪洋般的日光刺穿云层，这半边天犹如斑驳的描金黑瓷。

“这就是将整座天下一斩为二，分成中域中洲和东域白浪海的崔嵬山啊。”断岳真人说。

第一次亲眼看见传说中的崔嵬山，而不是书上那些干巴巴的画，姜别寒不由得有些激动。

从万丈高空俯视，这条巍峨壮阔的山脉像条小细蛇，但上百年来，鲜有人敢翻越这条山脉。并非山势险峻的缘故，据闻这一整条山脉都是上古巨龙的骸骨，山势起伏变幻莫测，如同地蛟翻身，上一刻人还站在峰顶，没准下一刻突然便被压在山底。因为山势多变，太过凶险，这附近的仙家宗门寥寥无几，离得最近的只有蒹葭渡的鹿门书院，其次就是金鳞古城。

“我带你来这里的原因有两个。第一，你要记住这山脉下埋葬的尸骨，不仅仅是罪人的尸骨，更是成千上万无辜者的生命，这是先祖们做出的牺牲。”断岳真人语气平淡，似乎又想起了在那场战役中死去的妻子。

“是。”姜别寒像牢记使命一样记下了这番话。

“第二，”断岳真人面色柔和了一些，看他的目光不再是严师看学生，而是父亲看儿子，他指着这条气象万千的山脉，“从来没有人翻越过崔嵬山，哪怕能御剑飞行的剑修也没有翻越过。但是拥有长鲸剑的你不一样，等你翻越崔嵬山的那一日，师父我会给你让道，让你接管剑宗。”

“我、我怎么能和师父比……”突如其来的委任让姜别寒不知所措，印象里他从未打败过师父，甚至就在不久前，他也只能靠近师父一步距离范围内而已。至于刚刚那一剑，他十分清楚，如果那是双腿健全且正值盛年的断岳真人出手，别说接下那一剑，他连反应都来不及。

“师父怎么出剑你就怎么出剑，师父说什么你就听什么，可哪一天师父不在你身边，所有事情都需要你自己做决断，你又该怎么选择呢？”断岳真人笑了，“傻小子，徒弟总是要超越师父的啊。”

姜别寒看着断岳真人细纹暗生的侧脸，心底却有些不愿意见到那日的到来。

“那边两位，是断岳师徒吗？”声音遥遥传来。

姜别寒侧脸望过去，只见身旁不知何时也出现一条飞舟。飞舟船首有金色鳞纹烫金，在风浪中平稳地行驶。方才喊话的人站在船首，高冠博带，朝他们遥遥行了一礼，道：“在下代家主向两位问好。”

家主？

“原来是薛家的飞舟。”断岳真人大笑，“怎么不请我去喝一杯？”

“断岳真人见谅，家主……正闭关修行，恐不能相见。不过二长老正代理族中事务，在下愿为真人引见。”

飞舟抵达东域了，白浪海在夕阳下仿佛碎金的汪洋。

出来迎接的是一名须发斑白的老头，他讲着一些老掉牙的客套话，姜别寒兴致缺缺，背着剑偷偷爬上墙头，想找点其他乐子。

“去哪儿呢！在别人家做客还不老实点！”断岳真人在身后喝道。

姜别寒已经窜远了。

“还是个贪玩的孩子啊。”断岳真人无奈地摇头。

墙后是一座已经荒废的园子，墙头长满狗尾巴草，墙面布满爬山虎，参天古树投下孤寂的绿荫，池塘里枯荷光秃秃地立在水面，流云飒飒地从头顶呼啸而过。他记得现在是蝉声鸣噪的盛夏，这里的秋季却提前降临了，荒凉又萧瑟。

“有人吗？”

金鳞城居然也有这种坟冢般的地方，姜别寒边走边张望。他在池塘中央的小凉亭里见到了一名白衣少年，枯黄的湖面映得少年的衣服也变成了枯黄色，少年正在和自己对弈。

很难想象这里居然还有人，难不成是来放空自我的吗？

“姜别寒？”少年仿佛背后长了眼睛。

“你知道我？”姜别寒感到十分新奇。

“你身后这把长鲸剑，天下谁人不知，又谁人不晓？”少年站起身朝他微笑。

“这样吗？”姜别寒摸摸后脑勺，被夸得有点飘飘然了，“你是……”

“要和我手谈一局吗？”少年没有透露自己的身份，直截了当地发出邀请。

这时候的姜别寒没什么心眼，他信奉“英雄不问出处”，对方不愿说，那他也没问。而且比起这个，他对少年正在下的棋更感兴趣。

“这是什么下法？”

“快棋。”少年解释，“三个弹指之内必须落子，否则就算输。”

姜别寒不练剑的时候就陪着师父下棋，他下起棋来总喜欢深思熟虑，因而也常被师父批评，因为很多事情需要在刹那间做出抉择，容不得他瞻前顾后思考那么多。

姜别寒却觉得，这样迅速的抉择意味着摒弃很多东西，而他希望找到两相兼顾的方法，他在漫长的思考中等待着找到答案的那一刻。

"开始了哦。"少年的第一枚棋子下在天元。

姜别寒紧随其后。两人落子如飞，栖停在湖面的海鸟也被清越的撞击声惊飞。少年的棋势像一把凌厉的刀咄咄逼人，刀锋所指摧枯拉朽，抱着玩玩心态和他对弈的姜别寒不由得认真起来。

"姜剑主，你是剑修吧，"一子落下后，少年轻声说，"那你的剑可以斩断一切吗？"

"什么？"姜别寒猝然一惊。

"我赢了。"他以手覆盖住棋盘，笑着说，"作为输棋的一方，你可以拿长鲸剑作为赌注。"

"赌注？"姜别寒一愣。

"我是在和你赌棋啊，既然是赌，当然得有赌注，姜剑主难道是输不起的人吗？"少年歪头看着他。

"等等！我没答应有赌注啊！而且我的长鲸剑不能随便送人！"姜别寒感觉自己上了对方的当。更让他不敢相信的是，这么个谦谦如玉的少年居然如此无赖！这就是江湖险恶吗？他以后可不能以貌取人了。

"你误会了，姜剑主，我只是想看一看你的长鲸剑，没有霸占它的想法。"

姜别寒大窘："你不早说！原来你找我下棋就是想看我的长鲸剑。没事的嘛，你想看我都可以给你看！"

"这样就没意思了，一寸一寸赢回来的，才真正属于自己。"

姜别寒心底一惊，很快他又笑起来，把长鲸剑递过去，道："师父说太看重输赢不好。"

少年静静看着他，片刻后淡淡一笑："承让。"

长鲸剑剑锋上的锐光几乎要滴下来，它仿佛一头被惊扰了的沉睡凶兽，暴烈地震颤起来，姜别寒手腕都震麻了。自从降服长鲸以来，它从没表现出如此充满敌意的抗拒，甚至连他自己都控制不了。

"等一等，别碰！"少年的手触上长鲸剑之前，姜别寒大喊。

少年已经听到了，但压根没有理会，迎着剑锋握上去。

血弧喷涌，长剑贯穿他的手臂。

姜别寒惊呆了。但少年的反应远比他平淡得多，少年只是捂着鲜血淋漓的手臂，笑了：“这把剑……真不好对付。”

剑冢内开始漏水。大约是因为溯世绘卷的封印被解开了，不远处某条江流决堤，铺天盖地的洪水灌注进来，像在下滔天暴雨。姜别寒捂住腹部的血洞，血液汩汩流出，浑身的温度也一点点流走。

鲜血遮掩了视线，他抬起眼睛，看到少年剔骨般冷冽的眼神，和那时一模一样。

他想起来了，想起了两人的第一次见面——不是在掩月坊，而是在东域。

冥冥之中有些事情早已注定，不论过去多少年，不论发生过多少事，终将会走向既定的结局。

“最尖锐的东西一定埋藏在最深处，一旦露出便是决一死战之际。”曾经有人警告过他要小心，可他被表面的和谐给麻痹了。

面前模糊的人影转过身，准备离开了。

拿走了能拯救上千号人性命的绘卷，就这样准备离开了？！

为了一己私欲坑杀上千人，而且还根本没有为此负责的准备，多么阴险而卑劣的人才能干出这样的事？！

愤怒将姜别寒的血液点燃，他以剑鞘支撑起身体，拔剑而起：“薛琼楼……你给我站住！”

长鲸出鞘的剑光宛若血色长虹，将瀑布般的水幕一斩为二，水珠飞溅中，剑锋朝薛琼楼迎面逼近，宛若一堵高墙势不可当地平推过来。

那一刀从腹部贯穿到后背，若换作普通人此刻早已失血而亡。但姜别寒不仅保持着相对清醒的意识，还能追攻上来，这让薛琼楼有些吃惊。

剑冢内地动山摇起来，千万把长剑回应着暴怒的长鲸，发出的铮鸣如同虎啸龙吟。剑冢顶部开始坍塌，坠落的巨石犹如飞射的流星。

薛琼楼被震得后退，带着血影的剑光如影随形，攻势犹如暴雨倾泻。

这很正常，当一个人心中充斥着愤怒与杀意的时候，哪怕只剩最后一口气，也足以支撑着他浴血而战。

面前的人突然消失了，姜别寒失去目标，茫然四顾。就在这时，宏瀚的回声从地底深处传来，像是沉睡的巨人从长眠中苏醒。

这是……他背后一寒，刹那间反应过来，薛琼楼是想摧毁这座剑冢，而他是陪葬品。

剑冢内产生了强烈的震波，他的耳朵有瞬间的失聪。失去溯世绘卷又失去所有古剑的剑冢终于到达崩溃的临界点，须弥座在轰鸣中四分五裂，拱卫着影壁的九大神兽像被拍得粉碎，水雾和寒气从四面八方的裂隙中喷涌而出，像决堤的洪水冲溃了整座剑冢。

千钧一发之际，姜别寒踩着须弥座的残骸纵身一跃，御剑飞出了剑池。

轰鸣声一下子消失得一干二净，四周呈现一片飓风过后狼藉的平静。

一滴血珠沿着雪亮的剑刃滑落，姜别寒所站的地面积聚起一个小小的血泊。人鱼灯静静燃烧着，无数明珠在风中奏起无声的乐章。

烛光一晃，映亮了少年的身影，他衣冠丝毫未乱，长衣皎皎如雪，从容而立。

他浑身上下皆是破绽，但姜别寒没有轻举妄动，而是低头扫视四周。往日的相处也让他多少摸清了对方的招数，就像上回在书院那样，他稍不注意就会踏进对方以棋子织就的猎网。

“别看了，同一招我不会用第二次。”薛琼楼手臂自然下垂，凝聚着冷意的金光在指尖闪烁。

这是进入了暂时的休战，姜别寒也垂下长剑，问：“你瞒了我们多少？”

“你想问什么？”

“应该不止夺取绘卷这一件事，你还瞒了多少？”姜别寒颤声逼问，“或者说，你用这伪善的面目作了多少恶？！”

薛琼楼看他良久，抬起手腕擦去束袖上溅到的血。

“符令也是你盗的！不然我何来机会进入琅环秘境？！”姜别寒的声音颤抖得更厉害了，越是猜下去，他越是感觉一阵毛骨悚然。

“你说得没错。”薛琼楼坦然承认，“符令是我盗的，也是被我摧毁的。这些被强行拉进秘境的人，都只是为了逼迫你祭出长鲸剑的人质。溯世绘卷的封印除了你没人能解开，所以你可以认为，我是在利用你，一路上都是。”

姜别寒被他的坦诚惊呆了。按理说这样伪装了一路的人应当极尽虚伪狡诈，面对质问应该要编点迫不得已的苦衷来博取同情，他却这样坦坦荡荡地承认了，仿佛这一切的牺牲不值得他编造任何借口。

少年如此怀瑾握瑜，衣冠端正不苟，喜怒不形于色，立如积石之玉，行如静谷之风，行事持稳，虑周藻密，一路上皆是他慷慨解囊、施援解围。论心性，姜别寒自愧不如。

这样光风霁月的人却是个玩弄人心的伪君子。所谓喜怒不形只是他锋芒藏敛，温其如玉的笑掩盖的是麻木凉薄，施援解围不过是他收买人心的卑劣手段。

“理由呢？你这样做总得有一个理由！”姜别寒心底还残存着幻想。

“你想救的这些人与我无关，这就是理由。”

姜别寒难以置信，事到如今他还是不愿相信这会是从薛琼楼口中说出的话，他努力拼凑的友谊被对方弃如敝屣。

“既然如此，那就没什么好说的了。就算我死在这里，也要把你一起带下地狱！”

生平第一次，他点燃了血液里的杀意。剑光一闪，人鱼灯全部熄灭，明珠砰然相撞，擦出银白色的电光。交错的剑光填满夜色，回廊两侧的玉树琼花在剑光中粉碎，枝叶纷飞。每一剑都带着十足的杀意，剑尖所指是昔日无话不谈的同伴。

姜别寒的伤口撕裂，但他已经感受不到疼痛了，脑海里唯一的念头唯有出剑！出剑！出剑！原来充满杀意的剑意才是最纯粹的剑意。

曾经的友谊只是骗局，见面伊始他们就站定了各自的立场。并肩而行的旅途终有诀别之际，那便是向彼此拔刀之时。昔日的少年们终将会走向宿命的终点，那里只有生与死两种选择。

剑光越来越密集，空气因撕裂而发出啸声。剑刃朝着薛琼楼照面劈砍，他抬手接住。

姜别寒用尽全力往下压，不知是谁的骨骼发出了暴响。人鱼灯倒了下来，烛油倾洒在地面，火势很快蔓延开来，明亮的火光将两人的面容都照亮了。

“这些事情，还有多少人知道？”姜别寒手腕一振，剑刃上血珠飞洒，“不对！应该说知道的人都已经死了，对不对？！”

剑光填满了黑暗的空间，空气被撕裂的声音仿佛惊涛骇浪，剑锋上飞溅出冰蓝色的火星。姜别寒每砍一次便逼近一步，两人的距离在不断压缩，剧烈的震波让长廊开始崩溃，木梁燃烧着坠落。

“这些事情阿梨知道吗？！”

火光在薛琼楼的眼底剧烈一跳，不知为何他在这刹那出现片刻的走神，长鲸剑得以刺进他的胸口。

姜别寒微微一惊，趁此机会拧转手腕加重力道。姜别寒记起来了，自己曾经用长鲸重创过薛琼楼，这柄剑对他来说凶险异常，只有这柄剑才能杀他！

薛琼楼盯着他，眼瞳深处燃烧着金橙色的火光。他握住没入胸口的剑，忽地轻轻笑了：“你在想，长鲸剑能不能杀我？”

“难道不是吗？”姜别寒沉声说，“我想起来了，很久以前你碰过这把剑，那次你的胳膊差点被长鲸废掉！”

“是吗？”他无所谓地说，握住剑刃的手正在慢慢往外推。剑尖一抹血色，雪亮的剑刃轻而易举地被他捏在指间，本应像主人一样震怒的长鲸剑却沉默下来。

姜别寒一惊，怎么回事？明明已经刺进了对方的胸膛，为什么他的剑没有半点杀意？

“还记得你亲手斩杀的那条巨鲸吗？这把剑的裂痕补好了吗？”

长鲸无往不利、无坚不摧，他步步算无遗策，怎会放任这样一个随时随地都会置他于死地的隐患在身边不管？所以才会有那条险些葬身于鲸腹的飞舟。

摧毁剑心，摧毁长剑，二择其一。对他来讲，后者才是举足轻重的一步。他们迟早会走到这一步的，在这之前他要做的，就是断尽对方的獠牙！

姜别寒浑身血液都凉了，怔怔道：“你是从什么时候开始……”

“很久以前，从我见到这柄剑的第一面开始，我就想着——”薛琼楼翻转手腕，猛然挥袖，“怎么毁掉它了！”

长剑挥出一道凄厉的弧光，火星溅开成圆，在半空粉碎！

长剑连着剑主的心，姜别寒心痛如刀绞，一口血吐出来。他犹如沙场上的败兵，眼睁睁看着自己被抽走最后一把利器，只能在尸山血海中洗颈就戮。

“没有剑你什么都不是，姜剑主，你现在拿什么和我对抗？”薛琼楼朝他逼近，地上亮起了棋阵，他又占据上风了。

“你骗我可以，骗绫师妹可以，骗夏师弟也可以，”视线模糊起来，姜别寒用尽最后力气一字一顿问，“可是你连阿梨都骗，你对她……到底是不是真心的？！”

凝聚成团的乌云好似倒翻的墨台，电闪雷鸣如万马奔腾，剑冢内成千上万把长剑在一瞬间砰然碎裂。肆意外泄的剑气如同开闸洪水一泻千里，将地面冲出一道深不可测的沟壑。

绫烟烟莫名感觉心口被扎了一刀，撕心裂肺的痛苦从脊椎猛然上蹿，她突然停下脚步转身往洞府内走。

“师姐你去哪儿？不是要去找白姐姐吗？”夏轩小跑着跟在她后面，“而且这里面全都是剑气，你会被灼伤的！”

“我……”绫烟烟心乱如麻，“我有点担心姜师兄，怎么这么久还没出来。”

“师姐你就放心吧，有薛公子在，他们两个一定不会出事的。”夏轩言之凿凿，“我们就算进去，也无济于事啊。”

绫烟烟抬头望着乌云翻涌的天穹。电光将整片天幕撕扯开来，闪电如硕大的白球，以摧山撼岳之势落入人间，白光漫天，山峰瞬间被夷为平地。

不对劲。这是天劫，提前降落的天劫……里面一定出问题了！

绫烟烟一头扎进剑气瀑布中，倾盆暴雨般的剑气将她团团包围，她每走一步都仿佛踩在剑刃上。她望着黑魆魆望不见底的山洞，迎着锋利的剑气而上，加快脚步，浓墨般的黑暗将她一点点吞没。

“师姐！”夏轩拦不住她，咬咬牙，也跟上去。

天空开始下雨，豆大的雨点从洞府上空的缺口砸下来，噼里啪啦地砸在身上，浑身闷疼。绫烟烟却对周身痛苦毫无所觉，忐忑不安的心神催促她越走越快。地面有洪水冲刷的痕迹，墙壁布满剑痕，剑气残留仍有余威震荡。

一截碎裂的剑锋惨淡地躺在角落里，像被风霜侵残了几千年，锈迹斑驳——这是普通的剑吧，长鲸怎么会碎呢？不会的，长鲸剑永远都是无坚不摧的，正如师兄永远不会失败。

绫烟烟安慰着自己，但剑柄上古朴的纹路又提醒她这不是她的错觉。

血迹蔓延到脚下，熟悉的人影躺在血泊中，绫烟烟脚底仿佛踩着刀刃，一步步走上前，每一步都带着透骨的剧痛。目光触及人影的一瞬，她忽然捂住嘴，瞳孔不住颤抖着。

姜别寒双目无神地躺在血泊中，捂着腹部汩汩流血的伤口。他还睁着眼，但眼中光芒暗淡，直愣愣地盯着上空浓稠的黑暗。

“姜师兄！”绫烟烟飞奔过去扑倒在他身上，双手捂住他的伤口，指节攥得惨白。

“师妹……”姜别寒费力地抬起手，摸着绫烟烟血泪满面的脸，“你怎么……进来了？这里危险……”

“是谁！”绫烟烟瞪大了眼睛，泪珠还是不争气地从眼眶里滚落，“是谁把师兄伤成这个样子？！”

姜别寒闭了闭眼，咬紧牙关说：“先去找阿梨……”

他在逃避这个问题！绫烟烟目光扫了一圈，问：“薛公子呢？他怎么不在这儿？你们不是一起进来的吗？他是不是去追伤你的人了？”

内心忽地冒出一个毛骨悚然的猜想，她看向姜别寒，迫切地想从他眼中得到否定的答案，但姜别寒毫无反应，大量的失血已经开始夺走他的神志。

“还是说，伤你的那个人就是——”

绫烟烟跌坐在地上，她感觉自己失去了思考的能力，又或许这件事的前因后果根本就不是能用逻辑思考清楚的。开什么玩笑？开什么玩笑？那可是金鳞薛氏的少主，那样光风霁月的世族子弟，怎么可能会是两面三刀、背叛同伴的伪君子？一路的陪伴是欺骗吗？刻意的帮助包藏着祸心吗？为什么？他这样做又是为了什么？！绫烟烟想不明白。

“我……不知道该怎么和你解释，但你不能去找他，那样是送死……”姜别寒用最后的神志说，“找到阿梨，带她一起走……一定要……一起走！”

夜雨苍凉，映着火把的光，一丝丝，一缕缕，闪闪灭灭。

雨中的少年乌发如墨，脸色苍白如雪。

整个村子的人都在这里，黑漆漆的人影像雨中沉默的碑林。

两个孩子躺在血泊中央，大量的血在身下炸开，像两朵盛放的花。他们在昏迷中还攥紧了沾满同伴血液的匕首，身上大大小小的伤口触目惊心，好几处是致命伤。

“没有性命之忧了，你们暂且放心。”男人的手从狰狞的伤口处移开，淡青色琴光一闪，两个孩子身上的伤口便神奇地缓慢愈合了。

跟着他这么多日，从未见过他用这把琴伤人，似乎只能用来救人。少年心底不屑，这真是他见过的最无用的法器。难道与人厮杀的时候，他要用这把琴来自救吗？

“多谢仙长出手相救……”两家父母抱紧了自己的孩子，弯腰道谢的时候却忍不住悄悄后退。明明是眼前这个神仙般的男人救了他们的孩子，他们脸上的畏惧之色却远远多于感激。

雨丝沾湿了男人眼上的白纱，他道：“今天发生的事情将会从他们记忆中抹除，他们不会记得是自己用刀捅伤了好友……”

“仙长！”沉甸甸的圆木拐杖重重敲击地面，打断了他的话，人墙裂开，须发斑白的老人走上前，深深鞠躬，“仙长，请你们离开吧。”

男人的表情没有起伏，似乎对此早有预料。他还是半跪在地面，目光透过白纱盯着地面干涸后又被雨水冲开的血迹，若有所思。站在他身旁的少年则冷冷笑了笑，目光里满是讥诮之意。

“虽然这些天以来，一直是仙长在保护我们，贸然提出这样的要求，实在是我们忘恩负义，但是……”

“我们迟早都会离开，只是有点可惜，还没好好熟悉这里。”站在男人身边的白衣少年背着手微笑。他身上沉淀着一股远超同龄人的早熟，言行举止优雅得体，没人会讨厌这样一个彬彬有礼的孩子。

但是过了今天，大概也没人再会抱有这样天真的想法了。

“你……”老村长剧烈地咳嗽起来。在此之前，他真心实意地把两人当作天上神仙那样尊重，就算他们不是仙人，那也应该是某座学宫的师生，行走人间是为了布施救苦。可只过了短短几日，他大半辈子的善恶观就被毁了。村里称霸一方的混混死在了某天的暴雨中，这本该是一件令人拍手称快的事情，可看到他们的尸体后所有人都沉默了。不久之后又有两个小孩失去了踪影，等找到他们时两人躺在血泊中奄奄一息，小脸上凝固着恐惧，那大概是成年人活了一辈子也未曾见过的恐惧。

原来道貌岸然的并非那些脑满肠肥、绫罗遍身的官家老爷，看上去比神仙还美好的人才是世间最大的恶鬼。再让他待下去，这里迟早会毁灭。

“小小年纪就如此歹毒，以后岂不是要为祸四方？！这种人不能让他继续活下去！”

“滚！滚出这里！现在就滚！”

少年歪了歪脑袋，似乎要把这些污言秽语从耳朵里都倒出来。

他背在身后的双手把玩着两枚精致的琉璃子，那两个孩子曾满脸艳羡地跟他讨要过。

旁边突然伸来一只手，按上他的肩膀，手心的温度透过衣料传递过来。

男人站在他身旁，什么也没说，只是这样按着他的肩膀，像在提防他出手伤人，又像在……安抚什么。

“现在可以和我说说理由了吗？为什么要这样做？”等所有人都离开，男人才肃着脸发问。

“这还用问吗？”他语气懒洋洋的，“你忘了前几天谁弄坏了你的琴？”

“就为了这件小事，你把那两个凡人孩子锁在茅屋里，装神弄鬼不说，还告诉他们只能活着出来一个，让他们自相残杀？”男人忽地沉下脸，白纱后的目光严厉起来。

手心又传来剔骨般的剧痛，一道又一道，仿佛鞭打在灵魂深处，血液从指缝间汩汩渗出。他无所谓地说：“你不当一回事，那我来替你收拾他们。”

“替我收拾他们？”男人被气笑，“难不成我还得谢谢你？”

“恩情可以换钱，换钱就可以抵债。”

“与其说是卖我恩情，不如说你是想给我惹是生非，逼得我受不了放你走。”男人抬手按住他的头，“牙齿还没长全的小狗，就开始咬人了吗，真想知道是谁教你的。”

掌心的温度从头顶流向四肢百骸，他脑海里空白了一瞬间，猛然挥开男人的手，说：“你说我什么？！”

一弯清光在少年眼底晃来晃去。男人看着他漆黑的眸子，笑了：“现在这样才对。”

“什么？”

“现在这样的失态，才是你该有的反应。板着脸端着架子的事，就该让大人去做。”

头顶的雨停了，掌心的鞭笞也停了。每次犯错的时候，手心便好像有一把戒尺在抽打，执掌戒尺的是老师，而他是死不悔改的学生。其实他并不知道戒尺抽打在手心是什么感觉，作为亲生父亲的那个人从不会用这种过家家似的手段教训他。

失态？他怎么会为了这种幼稚的理由失态。牙齿没长齐的小狗，终有一日会有足够尖利的爪牙撕碎困囿他的牢笼。

“虽然你做事情的方式我很不认同，但我还是得谢谢你。”

“别自作多情了。我说过，等你死后这把琴就归我，所以从现在开始没人能够染指它。”

“可你还不会弹琴。”男人笑了笑，“忘记了吗？每次靠近它五步之内，你就会受伤，上回你还差点丧命。”

他沉默着埋头走路，发梢滴着水。雨势渐渐小了，湖光山影在雨雾后显露出来，夜色中充斥着湿冷的土腥味，冷月如钩。

“扶乩琴本就不是为了杀戮而生，它的使命是守护。”

那又关他何事？他想要这把琴又不是为了守护谁。或许自己只想证明给男人看，他眼里的小打小闹，终有一日会成为重伤他的利器。

夜风忽地变得疾厉起来，草木被风雨狰狞地撕扯着，雨滴坠在身上激起一阵刺寒。

“这里有人。”他黑漆漆的眸子瞬间凝起了寒冰。

话音刚落，一道雪亮的闪电从天而降，劈出草丛后数条阴森森的人影——有埋伏！

“这些人不是我带来的。”他下意识看向男人如覆寒霜的侧脸，有一瞬间竟怕男人误会。

“我知道。我认识他们，从那么远的地方一路追到这里，年复一年日复一日，也真是难为他们了。”男人说着，解开背后的长琴，雨珠扑上琴弦，像四分五裂的星光，琴声化作寒刃长啸。

“你到底有多少仇人？”

“反正……比我的朋友多吧。”

少年微微一愣，继而嘲讽地笑了：“我还以为你至少混得比我好一点。”

“可以理解成是我们同病相怜吗？”他在这个时候居然还有心思开玩笑。

雨滴在琴弦上聚成一线，琴光清澈如水，比刀锋还要锋利，男人把琴横在身前，道：“看来今晚是不能和平度过了。”

“不就是区区几个杂碎，我一个人就能对付。”少年振袖挥落雨水，飞溅的水珠犹如银色的雨蝶。

他和男人并肩而立，不自觉地往前多站了一步。也许那会儿他觉得，这个人迟早要死在自己手里，在此之前不能被别人捷足先登，好比那把琴迟早会成为他的囊中之物，在此之前谁敢碰它，他就把谁的手砍下来。

“这一回不一样，你看清楚。”

天际响起战鼓般的雷声，犹如从长眠中醒来的神明念诵古老的咒文。天空裂成了两半，一半挂着一轮凄冷的下弦月，另一半是惶然不可直视的漫天金红，像是神明降下的天谴。

“这是天宪，言出法随的天宪。他们想审判你的时候，你是逃不掉的。”男人仿佛对这些规矩烂熟于心，“雨太大了，我怕待会儿出手的时候会误伤你。所以听着，你先找地方避雨，等雨停了我会找你会合。”

避雨？换句话说就是让他逃。他眼底沉了下来，倔强地站在原地，道：“我不。”

耳畔响起箭镞破空的呼啸，他抬起手臂想抵挡，却被男人轻而易举摁住。在两人的身后，黑影紧贴着草地以超乎常人的速度奔袭而来，在草地上留下扭曲而锋利的削痕。男人随手一挥，极细极锋利的光芒一闪而过，一人高的腥血从黑影的体内溅起，像飘散在半空的黑墨。

“你干什么？放开！”少年沉着声音，手臂被紧紧按住了。

“我说过了，有些事情该让大人去做。你还是孩子，孩子的义务就是逃跑。”男人转身面对磨牙吮血的黑影，发间的纱带白得刺眼，“这一点还需要我教你吗？”

少年愣了一下。这世上总有超越他极限的存在，但没人教过他如何逃跑，他只知道，哪怕有刀锋逼至眼前，也要迫使自己直视刀尖，一次又一次，直到成为刻进骨血的本能。

已经很长时间了，很长时间都是无休止的追逐与无休止的暗境，在这漫长的黑暗中从未有人替他喊停，这是第一次，居然有人……让他逃跑。

熊熊燃烧的烈云从天际推来，映着火光的雨滴在半空点燃，仿佛无数扑火而死的飞蛾。

男人周身张开了透明的气幕，他将禁制的范围开到了最大。

“不只是鹿门书院，还有其他家族的加入吗？这些失去意识的行尸走肉，恐怕是笼州闻氏的杰作，对不对？”男人说。

没人回应，但杀机突然间变得强烈起来。既然被认出身份，接下来只有你死我活这一条路！

草丛中的黑影全部跃起，它们的身体因高速移动而扭曲变形，像咬杀飞鸟的毒蛇。

“后面！”

不用他提醒，男人头也不回地挥袖。黑影在琴光中爆裂，接天闪电犹如游走的银蛇，雨水冲刷着鲜血，地面成了汪洋血海。

一轮攻击停下，短暂的空隙间，男人抬起手，再次放在他头顶，这回他没有挥开。

“有些事情你现在能应对，有些事情得等你长大才能应对。”

“我说了我不是孩子！”这话一出口，他就意识到自己又输了。果不其然，男人像是已经猜到他的反应，不论他装得有多世故，他在男人眼里始终都是一张白纸。

“你才这么小啊……”男人摸了摸他的头发，“我妻儿若活着，孩子应该和你一样大了。”

“这种时候了，你在说什么？”他不自觉地打破了冷静的假面。

男人没有回答，只是低下头。这一眼是最后一眼，然后男人将他用力一推。

琴光在他身后闪现，温柔而有力地笼住他。男人是想让他退出战场，独自面对千军万马。

流星般的黑影在他四周流窜，分不清是谁的血花溅出来，抹红了夜色。

“我们之间的交易解除了，你回家去吧……你还找得到回家的路吗？”

身体跃空的一刹那，心脏似乎也停止跳动。

找不到了啊……

没有家，何来回家的路？

猎猎腥风中的身影越来越小，男人在漫天血光中回头，眼上的白纱飘散在风中。白纱下的眼睛如此熟悉，熟悉得几乎淡去了所有记忆的刻痕，仿佛自他初降之时便融化在骨血中，所以无须累赘的记忆，相遇的刹那便是宿命的降临。

漫天黑影吞没了男人。

他用力睁大眼睛，好像要将这最后的背影烙刻在眼底。

不要……

好不容易才找到这样一个人，这样一个能接受他所有罪孽的人……

他脑海一片空白，忽然意识到已经没有再见了，这一刻就是诀别。

心底有什么东西裂开，痛彻心扉。

原来他对扶乩琴念念不忘，不是想毁掉男人的心爱之物，也不是想以此激怒男人，他只是觉得，如果能被这把琴承认，他就能拥有与男人并肩而战的资格。

琴还在，可是又有什么用呢？最重要的东西已经不在了。譬如放在他头顶的手，譬如掌心的温度，譬如那些虽然很疼但并不凶狠的鞭笞，譬如先生与学生、挽留与永别……这一切的一切，永远以沉默的姿态埋葬在终点。

突如其来的暴风雨席卷了这座海边小村落，壮观的火烧云轰轰烈烈地照亮半边天穹。所有人都被惊醒，害怕又新奇地挤在窗边，观赏着这百年一遇的奇景。好在这场天灾只是雷声大雨点小，除了损失几只牛羊，整个村庄没有任何人丧命，大概是神仙保佑吧。说到神仙，村民们又想起那对性格迥异的师生，不知道他们能不能躲过这场天灾，仔细想想他们真的帮了不少忙，就这样让他们离开，所有人心里都很难受。

暴风雨过后村民组建了一支巡逻小队，在山林间寻找遇难的外乡人。在这种灾难级别的风暴面前大约没有人能活下来，他们却意外地发现了一名少年。找到少年的时候，他正躺在溪水中，冰冷的山泉从他身上流过，整个人单薄得像一张白纸。

这样的他看上去没之前那么可憎了，村民们心软下来，问：“和你一起的那个人呢？他怎么不见了？”

少年眼神空洞地望着天空，眼中一直亮着的东西熄灭了，他仿佛躺在无穷无尽的永夜中。希望的得而复失是更大的绝望，那么光明的得而复失是更漫长的黑暗。

“山崖上也没找到人，真奇怪啊，昨晚是下雨了吧，那边怎么好像被人放了把火，草皮全烧了。哦对了，我还找到了这东西。”村民的手中躺着一枚枯黄的珠子，搜救的人聚在一起猜测着它的来历。

“是珍珠吗？可是哪来这种颜色的珍珠？”

“是舍利子吧？昨晚那场暴雨是天劫，这是天劫留下的圣物。”

“我看就是普通的珠子，根本不值什么钱，还是扔了吧，沾着血呢，晦气！”

那村民话没说完，手里的珠子突然被人劈手夺过。少年不知何时从水中站起，湿漉漉的，散发着戾气。村民刚想指责他为什么要抢东西，却忽地闭上了嘴。

少年缓缓跪倒在地上，瘦弱的身体内涌出惊涛骇浪般的悲伤。

他五指狠狠嵌进地面，开始大口吐血。

他一只手握着锋利的石片刺进自己胸口，并且还在不断往深处刺，刺穿心脏也不罢休。这样暴力的自残行为所有人闻所未闻，村民们以为他疯了，根本不敢靠近他，留在原地的人越来越少，最后只剩下他一个。

那个男人在最后留下的是金丹，在死亡的最后一刻还记着这场可笑的交易。他该如何偿还？以淋漓的鲜血。

他拖着血迹斑驳的身躯走到岸边，摔进水中，生命随着温度一点点流失。

他找了一夜也没找到男人的尸体。

苍灰色的天开始下起小雨，任由胸口的血汩汩流淌，过不了多久他也会死了。

太好了，他也能死了。

他用手臂盖住脸，惨然地笑起来。

既然死亡是痛苦的结束，为何还要用生命煎熬？

可是胸口的伤被一片温暖覆盖，残存的琴光栖息在伤口。随着伤口愈合，琴光不断减弱，直至消散在夜风中。

那个男人说，扶乩琴不是为了杀戮而生，它的使命是守护。有朝一日它的主人死去了，它的使命也不会终结。

他这种人，也值得付出性命相救吗？

少年的表情变得一片空白，溪水被他的血染得通红，水中映着的血月破碎又盈圆。

月在水中，月逐水流，望而不得，触之即碎。

他踉踉跄跄地站起来，拖着苍白的身躯往前走下去。他只能继续走下去，像一条离了狼群的小狼。

关山难越，谁悲失路之人。

萍水相逢，尽是他乡之客。

# 第7章
## 琅环秘境（三）

一段陌生记忆随着琴声浮现在脑海，白梨猝然惊醒。

暴雨裹挟着碎石如山洪倾泻，白梨所在的洞府开始塌陷。

白梨披着衣服走到洞口。墨黑的天穹漫出血色，两人来时经过的那片密林发出尖利的啸声，飞禽走兽从梦中惊醒，仓皇奔逃，拧成滚滚黑烟拔地而起，犹如条条川河汇入大海，倒流进墨云之中。

天劫再次降临，这回来势更加凶猛，不论是秘境外的闯入者，还是秘境内的飞禽走兽，无一例外悉数打杀。

一股山穷水尽般的糟糕预感顺着冷汗从她背后淌下来。

光凭她几句话根本劝不住人，他走的每一步路，犹如一枚枚犬牙交错的棋子，紧咬着追逐着彼此。他没有回头路，现实也不允许他稍作停留。

原著里姜别寒被捅了一刀，又被挖去金丹，满身修为点滴不剩。失去他这个战斗主力，秘境内又尽是杀戮四起的亡命之徒，绫烟烟和夏轩费尽千辛万苦才伤痕累累地逃出秘境。

现在至少得找到他们，可秘境这么大，她上哪儿找人去？

汩汩水流中，一缕淡青色的光芒渗了进来，若有若无的琴声回荡在耳畔，通往不知处的远方。

等一等，琴声？这是扶乩琴的光？是在为她指引方向吗？

白梨眺望着远方，琴光淹没在茫茫水雾中，看不清尽头。如果循着琴光去找姜别寒他们的话，她就必须离开这里了。

但是他所有的东西都在自己身边，她要是离开了，他就找不到自己了。

白梨左右为难，最终咬牙下定了决心。她将手里的衣物叠整齐，放在地上，玉牌压在衣襟处。他现在一无所有，不能少了这些东西。

她又用手在地上写了几个字，可刚刚写完，这些字又被泥流冲刷得面目全非，她根本无从下手。她索性将那枚梨花华胜摘下来，和玉牌放在一起，而后一头扎进暴雨中。

在她踏出洞府的一刹那，角落泥泞里的一枚白子砰然碎裂。

闪电如白蛇游走在漆黑天幕，劈出憧憧阴林鬼影。到处都是哭喊呼救声，雨幕中氤氲着浓烈的血腥味，秘境已经成了人间地狱。

绫烟烟两条腿灌了铅似的沉重不堪，发丝凌乱地黏在脸侧。她背着姜别寒，艰难地劈开重重风浪，在风雨中摇摇欲坠。

姜别寒的血都快流干了，薛琼楼那家伙下手可真重，完全是冲着杀死他的目的而来。在共同经历了这么多事情之后，他居然还能面不改色地将刀子送进同伴的身体，完全没有一点犹豫，这家伙是冷血动物吗？

"放我下来……"他在一阵忽冷忽热中交替着昏醒，"你背不动我的，这样下去我们都走不了……"

"不，我力气很大的。"绫烟烟咬着牙埋头往前。

"嗯，我知道。"姜别寒在她背后轻声说，他的神志开始淹入黑暗，为了不让自己昏死过去，他只好不断说话，"你之前捶我胸口的时候，我胸闷得眼前差点黑过去。我第一次知道师妹你力气那么大……"

"居然被师兄发现了，我还以为能瞒一辈子……"绫烟烟笑了笑，却比哭还难看，"不过，我才不要比师兄力气还大。"

"为什么？"

"因为我遇到麻烦的时候，就可以名正言顺地找师兄寻求庇护了。如果这个麻烦连师兄也不能解决，那就由我来挡在你面前……还记得小时候那场群架吗？"她肺部火辣辣地疼，体力快要透支了，"我在想，总有一日我不会成为你的累赘，至少在危险面前我不会扔下你逃跑。"

"怎么会呢？阿梨她每次就是跑得最快的那个。"像是想起什么好笑的事情，姜别寒微微扯了扯嘴角，嘴里却涌出更多鲜血。

如果现在长鲸剑还在的话，他生还的可能性或许会更大一些，但无坚不摧的长鲸剑已经被毁了，毁在少年手里。他折断剑刃的瞬间，姜别寒心底一阵绞痛，他很清楚，他陪伴至今的朋友，这一次再也不会回来了。

“师兄？”背后突然没声了，绫烟烟有些慌张。

“我还……醒着呢。”姜别寒用最后一点力气说。

绫烟烟感觉背上的人越来越轻，气息也越来越弱，她轻轻喊了声：“师兄……”

已经没有回应了。

不能慌，这个时候不能慌，她在心底不断告诉自己。只要能走出这座秘境他们就得救了，她身上有师门的刻印，不出一日师父就会得到他们的消息。剑修能日行千里，巨阙剑宗的师兄们能在半日内赶到这里，到时候他们一定能得救！

她读过很多书，天文地理无所不晓，她能背出天下各洲的地图和历史，她熟悉蒹葭渡的每一处角落，她知道如何在最短的时间内联系上师门……

可是，现在她知道这些又有什么用？

她连这座秘境都走不出去，知道得再多也只是徒劳！

到最后她还是什么都帮不上，永远只能做那个躲在师兄背后看着他厮杀、看着他受伤、看着他倒下的废物！

绫烟烟腿一软，瘫坐在地，哭声压抑在喉咙里。她用力擦掉脸上的雨水和泪水，不敢回头看，只是艰难地撑起姜别寒，一步步往前走。

山体被暴雨冲刷得滑坡，脚下的地面突然塌陷了下去，绫烟烟在千钧一发之际抓住了姜别寒，另一只手在地面划出深深的血痕。两个人的体重超过了她的极限，她在不断地往下掉。

真不甘心啊，就要死在这里了吗……

他们本应捧着荣光凯旋，而不是不明不白地死在这座地狱。他们还有未了的夙愿，还有未解开的谜团，还有……还没有找到阿梨……

“阿梨……”

眼前模糊起来，她快要撑不下去了。

她拉住师兄的那条手臂已经脱臼了，又在狂风暴雨中冻僵，所以仍然紧紧抓着他不放。两人在慢慢往下掉，下方的万丈深渊里有滔天狂浪的轰鸣，飓风中心的旋涡会将肉体扯为碎片。

要死在这里了吗……她艰难地移动脱臼的手臂，幸好还能感觉到握在手中的温度，即便那已经僵硬如寒冰。

就在这时，淡青色的光笼罩了她。

“师姐！我找到白姐姐了！”

“烟烟，抓住我的手！”有人稳稳地拉住了她的手臂，“不要睡过去！睁开眼睛看着我！”

“阿梨吗？你还活着，真是太好了。”她艰难地睁开眼睛，模糊的人影在眼前晃动。

她明白这是错觉，就算夏轩找到了白梨，两人也不会如此迅速地赶来，更何况这里是剑冢，残留的剑气也会让他们受伤的。

“真的是我！是扶乩琴的琴光指引我找到你们的！”少女的声音清晰地响彻耳畔，“睁开眼睛！你们已经被救上来了！”

这个声音是真的，不是错觉！

泪水一下子淹没了眼眶，绫烟烟张开手臂抱住她，道：“你没事真的太好了！”

“我们都不会有事的！”白梨也紧紧抱住她，她身上冷得像冰。

赶上了，她赶在他们掉下悬崖之前将他们救了上来。

白梨暂且松了口气，但她知道劫难还远远没有结束。如果不毁掉琅环秘境的话，所有人都会丧命于此，能毁掉秘境的只有长鲸剑，但是……白梨看了眼浑身浴血的姜别寒，头疼欲裂。

唯一的救命稻草……已经没了啊！那家伙次次都做得那么绝！从不给人留活路！

“白姐姐，你看天上。”夏轩愣愣地望着天穹，眼瞳中漫着奇异的光彩。

一道裂缝贯穿了天穹中央的旋涡，仿佛横亘了眼球的疤痕。裂缝后露出一片湛蓝色的天，那是秘境外的天空，风平浪静的现实世界。而裂隙的中间亮着十字形的光芒，响彻天地间的琴声便是从光芒中传递出来的。

白梨恍然大悟，那是扶乩琴！撑开了这条裂隙的是扶乩琴！

琴音发出不正常的钝音，它的琴弦在断裂。裂隙每撑开一寸，琴弦就会断裂一根……一根、两根、三根，裂隙越来越大，琴身却已经布满蛛网般的裂痕。

“裂隙太小了！再加把劲啊！我们这么多人能不能得救就全靠你

了！”

存活下来的人们都聚在了一起，他们将全部的希望都寄存在一把琴上。

曾指引过白梨的琴光在她身侧徘徊，她突然打了一个哆嗦，仿佛听到了扶乩琴支撑不住的悲鸣。

不要再逼它了，不能再逼它了，再逼下去，它会——

断掉的。

砰砰砰砰砰——琴弦发出连续崩裂的哀鸣，扶乩琴在惨淡的天光中四分五裂。它像灰烬中最后一点星火，直至油尽灯枯的那一刻依旧在燃烧。

结束了——它最后的使命。

从此以后，世间再无扶乩琴。

蓦地，一团光芒如九天吹落的一片羽毛，飘进了白梨的掌心。

这是……最后的一道琴光？为什么选择了她？

“不好了！裂隙正在合拢！”有人大喊。失去琴光的支撑，裂隙开始缓慢闭合。

“如果长鲸剑在就好了，长鲸剑……长鲸剑可以劈开这道裂隙的……”绫烟烟脸色惨白地喃喃，“可是剑已经碎了……”

不仅如此，连姜师兄也无法继续作战了。

“这个可以吗？”一道细弱的、发抖的声音颤颤巍巍地响起来。

人群中走出一个瘦弱的小女孩，她手心捧着一道赤金剑气，带着些许畏惧与感激的目光落在姜别寒身上，剑气在她手中光芒更盛。

“是这位哥哥给我的，我……一路平安走到这里，它还没有消散。”

绫烟烟眼睛一亮，这是剑气！

熟读剑谱的她当然知道剑气对剑修有多重要，更何况还是如此纯正的剑气！姜别寒当时一定是把最重要的一缕留给了这个小女孩！现在这缕残存的剑气成了他们的救命稻草。

她捧着剑气，却突然无所适从起来。姜别寒依旧在昏迷，长鲸剑只有他才能驾驭，就算有剑气又能如何？

“烟烟，你对剑谱了如指掌，那你熟悉长鲸剑吗？”

绫烟烟下意识点头。那几大摞的剑谱她可不是白读的，很小的时候她也吵着要姜别寒教她学剑。他当时是怎么说的？对了，他只是让她紧紧握住长鲸，不需要什么花哨的招式，只需要挥剑就可以了。

“那么烟烟，现在就拜托你了。”

“欸？”

“除了姜剑主，现在只有你，只有你才能驾驭长鲸剑了。”白梨目光熠熠地看着她，“姜别寒他一定教过你吧！你能想起来吗？”

久远的记忆闯入脑海，夕阳下的剑修少年站在少女身后，托着她的双臂。而她的双手紧紧握着长剑，他们的影子在地上密不可分地融合在一起。

“这把剑现在会听我的话了，所以它也会听你的话，你看，只需要像这样挥剑就可以了。心里如果有信念的话，它就会自己斩断目标。”

“可它看上去很凶……如果有一天师兄你不在，它是不是就不会听我的话了？”

“怎么会呢，我会一直陪着你的。”

年少的记忆再次从时光的长河中苏醒，绫烟烟握起了剑光，阅览过的所有剑谱典籍上的文字在脑海中分解重构。剑光缓缓抬起的轨迹与夕阳下少男少女的身影重合，她越过时光的洪流，仿佛看到少年时期的姜别寒在朝自己点头。

原来如此，原来这些枯燥的文字并非一无用处，一直躲在庇护之下的女孩终有一日也会握剑站在战线的最前沿。

“最后一道剑光是你的意志吧，师兄。你说过的，它会自己斩断目标。”少女朝着镕金般的夕阳挥剑。

一道金色长虹劈开天幕，仿佛鸿蒙之初开天辟地的一斩。远处剑冢内失缰野马般横冲直撞的磅礴剑气仿佛找到了能令它们俯首帖耳的将领，犹如一道道雪光四溅的流星拔地而起，万剑归宗。

无数黑烟从大地的裂缝中涌出，地面正在塌陷。天穹中央的旋涡停止了翻涌，金色的阳光犹如天神的宝剑，带着不容抵抗的威严降临人间。世界的尽头传来无声的咆哮，巨鲸的骨架在汪洋般的光芒中灰飞烟灭。

无数人影朝着阳光蜂拥而去，仿佛寻求救赎的地狱囚徒。

“真是……分裂的场景啊。”不知谁感叹了一句。

金色的剑光照亮整片天穹，那样辉煌而夺目，人间却还在下着污浊的暴雨，地平线的尽头翻起了黑色的海啸，那是崩溃的墨云在朝着大地倒灌。

薛琼楼逆着人流走在雨中，手心攥紧了黑子。它还完整地存在着，没有任何意外发生。

由于事先做好了万全的准备，长鲸剑并不能置他于死地，现在的体力足够支撑他走到那个地方。他也没有打开禁制，而是任由雨水冲刷着身上的血迹，这样或许就不会惹来怀疑。

天际传来壮阔的悲音，万千道耀目的剑光中，只有一条淡青色的流星划破苍茫的黑暗，消失了。

薛琼楼望着那个方向，伫立着，像洪水中一块亘古沉默的礁石。

那个男人说过，有朝一日他会身死道消，但扶乱琴的使命不会终结。可是现在已经结束了，是他亲手做出了终结的选择。

有些事情等他长大后才能应对。如今他羽翼已丰，这就是他选择的道路，这就是他交出的答案。

如果男人还在的话，一定会对他更加失望。

但这没什么好后悔的，因为根本不存在什么并肩而战，他们之间只有背道而驰。

“你连阿梨都骗，你对她……到底是不是真心的？！”

现在他满脑子竟然只有这句质问，更荒唐的是，他当时不由自主地——想落荒而逃。

雨下得越来越大，手心的黑色琉璃子在此时突然崩碎，薛琼楼瞳孔骤缩。

没有人能够破坏他的禁制，只有一种可能，她自己离开了。他太了解她了，她这时候离开，一定是去找姜别寒了。

不能让她看到姜别寒现在的样子，这样的话他所做的一切都会暴露！

暴雨横扫了荒原，少年的身影像雪亮的闪电穿透漫天阴云，朝着天空中的裂缝逼近。他眼底布满阴郁与肃杀，哪怕体力已经透支，他也要追上……

毫无征兆地，他的肩膀突然被贯穿，溅涌的鲜血划出圆满的弧度。剑光漫天一闪，犹如天国的神祇手握宝剑刺穿侵犯王座的孽徒，米粒般渺小的白色身影在明与暗的分界处坠落。

剑气残留的威力撕扯着他坠回雨幕，被他亲手摧毁的长鲸剑又回来了……像很久以前贯穿他整条手臂那样，将他钉了在险峻的山崖上。

姜别寒已经无法执剑，那么现在执剑的又是谁？

这个时候，她也在旁边看着吗……

少年苍白的面容一片空洞与迷茫，暴雨犹如漫天的刀子，每一滴落在身上都是彻骨的凌迟。

既然如此……

他的眼神慢慢变了，像冷火中淬炼出的名刀。他缓缓拔出肩头的剑光，肩膀被贯穿的刹那，骨骼也几乎粉碎。

他像一只蜷缩在船帆下避风雨的断翅雪燕，短暂停歇片刻后，箭一般穿过漫天乌云。

既然如此，那他一个人走下去，不需要任何人陪伴。

白梨庆幸自己在进入秘境的前一晚带足了装备，姜别寒伤势得到了及时的治疗，而且看样子他的金丹还在，不然如此大量地出血，他早就没命了。

他比原著的情况要乐观，哪怕让结局偏离一点点也是成功，白梨开始仔细考虑下一步该做什么。

由于提前翻看了大结局的内容，她得以大致了解这段剧情的细节——绫烟烟和夏轩被困在蒹葭渡无法联系师门，为了替姜别寒疗伤受尽非难，还差点在这里丧命。姜别寒醒来后得知他们的遭遇，发誓定要替他们报仇，所以才有了大结局他带领剑宗弟子杀进东域，将一路受到的欺骗和苦痛百倍偿还的情节。

现在的蒹葭渡太危险了。从秘境中逃出来的幸存者有极大一部分杀人成性，他们继续待在这里不是长远之计。所以当务之急是要找一个足够安全的地方，让姜别寒安心疗伤，绫烟烟和夏轩也不用担心遭到偷袭。

白梨目光扫了一圈，决定去找鹿门书院的弟子寻求帮助。

李成言抱着弟弟僵硬的尸体蜷缩在角落里，梦呓般喃喃自语，所有人都不敢靠近他。白梨远远站着，几番犹豫还是决定别再刺激他了。

“用这个。”他回光返照一般，突然捡回了神志，从袖中摸出一卷宣纸扔了过来。

“给、给我的？”白梨小心翼翼地捡起。宣纸打开后，能看到纸面有一点墨迹。墨迹像水中的小蝌蚪，漫无目的地游来游去。

“这叫一寸笺，可以媲美一条轻型飞舟，蒹葭渡以内的地方，半日之内必能抵达。”李成言低声说，“这原本是我弟弟的东西。”

白梨捧着宣纸，不知道该说什么。

“你们……如果找到那个人……”他眼神猛地斜过来，“一定要杀了他！”

白梨被他的目光吓了一跳，那种仇恨的眼神，恨不得要将那人千刀万剐。她无法答应也无法否决，只好朝着李成言深深作了一揖，逃也似的离开。

回到休整的地方，她才将宣纸完全打开。游走的墨迹逐渐描摹出整座蒹葭渡的轮廓，东南方向墨迹加深，又浓又粗的一道，横斜着天堑似的漆黑山脉，是众人来蒹葭渡之前经过的崔嵬山。再往南是一片蔚蓝的濯浪海，海中小岛似盘心银螺，这显然就是白鹭洲。

濯浪海一望无际，众人一开始北上的时候，飞舟在这片海域飞行时间最久，南方虽然仙宗如云，想抵达恐怕也得耗费些许时日。姜别寒身负重伤，由不得他们浪费太长时间。

所以他们要找一个最近的、最安全的地方，而且这个地方的主人得愿意收留他们，如果能搭上关系就更好了。

可他们这些初出茅庐的少年人哪来那么多关系户啊，就算有几个江湖好友，看姜别寒现在这样子，他们不乘人之危就已经很讲义气了。白梨抓乱了头发，完全没有一点头绪。

“我们不如去白鹭洲吧，白鹭洲的鹤烟福地。”绫烟烟说，“守护福地的玉灵从不过问世间事，而且那个地方离这里不远，驿馆也很多，我们很容易就能联系到师门。”

“可是那个玉灵脾气很怪，它会接纳我们吗？”夏轩弱弱地提醒，“我们上回差点毁了它的家。”

“没关系，我有它的信物。”被他这么一说，白梨也想起来了，她摸出玉灵送给自己的珠子，“这是当时玉灵送给我的东西，我们拿着这个过去，它一定会答应的。”

“你怎么知道得这么清楚？”夏轩满腹狐疑。

“试试就知道了。”

而且凭你们几个的主角光环，痛苦只是短暂的，剧情会给你们一路开绿灯的。白梨默默在心里说。

主角光环？那……他呢？

心脏像被重重敲了一下，她鬼使神差地回首。天空中的裂隙像狰狞的疤痕，幽幽地注视着她。

薛琼楼站在洞口，他最终还是来到了这里。

这座洞府已经塌陷得不成样子，角落里整整齐齐地堆叠着衣物，衣服上放置着一枚玉牌，都是他的东西，现在物归原主。

他将衣物和玉牌驭进手中，哐当一声有东西掉在地上，斜支着一角打转，反射出雪亮夺目的光。

少年的目光微微一闪，发现这是她从不离身的梨花华胜。他将那枚小小的头饰拿起来，华胜轻得像羽毛，躺在掌心却有万钧之重。

被暴雨雷鸣声掩盖的鲸歌骤然间响彻天地，他头疼欲裂。他身上有她给的符箓，可那归根到底是外人的东西，他只是将华胜攥紧，把尖角刺进手心，用锐利的疼痛维持神志的清醒。

这个时候已经没人替他捂住耳朵了，煎熬变得无比漫长。

五指深深嵌进地面，地上有凹凸不平的触感。薛琼楼低下眼，发现那是几道凌乱的划痕，像是有人在上面写了字，又被污泥冲刷掉了。他把手悬停在划痕上，微光一闪，露出了污泥下的字迹。

那上面写着——等我等我等我。

密密麻麻重复着的，全是一个个交叠的、歪歪扭扭的“等我”。

他靠在墙上轻轻阖上眼。想要的东西已经拿到手，曲终人散后的戏场只留下他一个人，他想暂且休息一会儿，也不会有人打扰他了。

“你的目的已经达成了，现在一定很得意吧。”

他睁开眼睛，少女模糊的身影出现在视线里，她抱着腿和他并肩而坐。秘境正在崩溃，不断坠落的光点像流星划破漆黑的苍穹，他们此刻像坐在茫茫无际的荒原上对着流星雨许愿。

“我是胜者，有什么理由不得意？”

“现在就说自己赢了，是不是太早了？”她转过脸来，瞳孔中盛放着妖冶的花，“薛琼楼，看看这样狼狈的你。你以为自己打败了姜别寒，可他还是用长鲸剑重伤了你；你以为他们会死在秘境里，可他们现在已经被安全救出去了。救他们的人是谁，你应该心知肚明吧？你失去的东西，好像比赢到的更多呢。”

“闭嘴。”他像一张单薄又惨白的纸，冷冷地说，“你不是她。”

这是鲸歌织造出来的幻境，将他潜意识里的她扭曲了人格又实体化了。

胸口传来锥心的痛，有什么东西在血液里躁动。他盯着少女眼底旋转着绽放的花，那幻变的色彩仿佛能催眠人的神志。

这是浮屠花，难道……蛊虫的毒素还残留在体内？

“我当然不是她啊，我是你接下来要面对的她。”她冰凉的手擦拭着他脸上的血迹，“不过你也不用太自责，她早就看透你啦，看透你满口谎言，立下誓言的时候有多真情实意，背弃誓言的时候就有多么斩钉截铁。所以她才会不告而别，弃你而去。”

他紧紧捂住胸口，千万把刀子在那里搅动，全身的神经都疼痛起来，比上一回的疼痛剧烈千万倍。

浇灌浮屠花的是七情六欲，孕育出的眉斧蛊惩戒他的薄情寡义，让他求而不得，爱而生恨，尝尽世间一切恶果和世间一切痛苦。

“为什么……偏偏是你？”

“为什么偏偏是她，让你这样无可奈何？”少女捧起他的脸，她瑰红色的眼里倒映出他苍白的脸色，她语气里充满怜悯，“你的伤好严重啊，可是没有人替你包扎伤口了。”

这不是她，她不会用这样的语气和自己说话。薛琼楼捏住她的手腕让她远离自己，可那双眼睛像罂粟一样拥有致命的吸引力，轻易摧毁别人的理智。

鬼使神差地，他握住她的手，柔软的手心令人眷恋。

“你会原谅我吗？”

“会啊。”她毫不犹豫地点头，笑起来时眼里有光，“可是叫我再相信你，这就很难了哦。”

“是吗？”少年扯了扯嘴角，眼里微弱的光熄灭了。这是他活该，他就是那个不断说谎的放羊的孩子，终于有一回他想用自己的方式保护村民，可是谁都不信他了，他们的信任早在一次又一次的欺骗与背叛中消磨殆尽。

少女久久看着他，叹了一口气，凑过来轻轻抱住他，他的手也无比自然地搂住她的腰，这样相互依偎的拥抱仿佛在梦中预演了无数遍。

“阿梨……”他突然不说话了，鲜血从嘴角淌了出来。

时间仿佛在这一刻静止，过了片刻他才低下头。雪亮的刀刃深深扎进心脏，握着它的手腕正在缓缓抽回，白皙而纤细。

“骗子。”

心脏被刺痛，痛彻心扉。薛琼楼眼里一点烈光跳动了一下，他扣住了少女的手腕，强逆着她的力道将刀刃扎向更深处，几乎穿透整个胸膛。

她吃了一惊：“你在干什么？”

“这样才能杀死我，替他们报仇……你刺得太浅了。”他气若游丝地笑了。

少年苍白的脸像破碎的白瓷，他跪在地上，俯身抱着怀里的少女，刀尖从背后穿透而出，他看上去像被树枝贯穿了胸膛的白鸽。

如果这一刻能够永恒，死亡也是他的救赎。

“你能不能……忘掉这一切？”

“不行。”少女纤长浓密的眼睫蹭到他脸上，轻轻的两个字，像在温柔地给他宣判死刑。

怀里一空，冰冷的风灌了进来，幻象消失了，胸口的刀也消失了，取而代之的是撕裂的剑伤，剧烈的疼痛阴差阳错地唤回了他的神志。

这当胸的一刀刺得他死气沉沉的心又活了过来，很好。

少年微微仰起头，用袖子遮住表情。雨水沿着碎发流淌，他像在暴雨中睡着了。过了很久，他才移开手，眼里冻结着冷色的光。

水中月不可掬捧，却能让它落进杯中。让它照亮这片方寸之地，就已经足够了。

白鹭洲，鹤烟福地。

大黑蛇将尾巴缠在树上，懒洋洋地晒着太阳，全无先前凶神恶煞的模样。洞府前飘出一团浓郁的绿雾，缓缓凝聚成细腰长腿的人形，长发如海藻在风中飘舞。

“怎么又是你们？”玉灵抱着手不耐烦地问。

“我们只是从蒹葭渡回来，顺便来看看前辈，前辈难道不想念我们吗？”白梨讪讪一笑，纠结着如何才能将求助的话说出口。

“顺路来看我，就是带着一个重度伤残、两个轻度伤残，还有一个大脑伤残的人来给我添麻烦吗？”

“大脑伤残？是说我吗？”白梨难以置信地指着自己。

“除了你谁能提出这种奇怪的请求？”玉灵更加不耐烦，“这里不欢迎你们！忘了上回谁把这里夷为了平地？你知道我花了多大功夫才把这些花花草草复原吗？我的小黑都瘦了一圈。你们居然还敢回来？！”说罢它心疼地摸了摸大黑蛇。

原来玉灵还兼职园丁的吗？白梨愣愣地说：“那我能拿黑珠和前辈交换吗？”

“什么黑珠？”

“就是上回前辈给我的黑色的小珠子，前辈说里面藏了星空，只不过星星都坠落了。”白梨将这枚关键信物拿出来，“现在我还给前辈，前辈能收留我们吗？”

“你还带着这个东西。”坐在空气中的玉灵跷起腿，轻声说。

“贴身带着，不敢弄丢。”白梨双手合十，要多真诚就有多真诚，“所以前辈答应了吗？我们不会麻烦您很久的，等巨阙剑宗的剑修们来了我们就走，前辈你知道剑修们能日行千里，速度都很快的。”

那团浓雾剧烈翻滚着，玉灵没说话，但白梨能感觉到它沉重的目光落在自己身上，或者说，是那粒珠子上。

“今日的恩情，我们一定不会忘记。”绫烟烟忐忑不安地上前求情，“我会上报师门，派弟子保护鹤烟福地，从今往后不会有任何为非作歹之徒闯入福地，这样前辈就……”

“算啦，真拿你们没办法。”玉灵掏了掏耳朵，“我还不至于跟几个小孩子计较。至于你说的什么派人保护福地，我就更不需要了，我自己都无法守护好鹤烟福地，怎么放心把它交到别人手里。”

绫烟烟眼睛都亮了起来，道：“多谢前辈。”

看上去脾气怪异，却意外的好说话呢，难道这个玉灵前辈是个傲娇吗？

白梨暗暗吐槽。

“小姑娘，你跟我来一下。”还没吐槽完，一只纤细的手便从背后伸过来拍了拍她的肩膀。

白梨吓了一跳，立刻昂首挺胸地转过身准备接受盘问：“什、什、什、么事前辈？”

“之前那个白衣服的小子，他这回没跟你们一起吗？”

不要哪壶不开提哪壶啊！你既然看清了他的本质，难道还不知道他没跟我们在一起的原因吗？！

白梨心虚地说：“我们走散了。”

“哼！”玉灵重重地从鼻子里发出一声不屑的冷笑。

白梨：就算想表达否定，也不用表达得这么嚣张吧。

“不逗你了，你们发生了什么，我基本上能够猜出来，毕竟这一天迟早会到来。”玉灵朝她伸出手，“但是我给你的黑珠里好像多了点东西，我要看一看。”

白梨乖乖将黑珠递给它。

玉灵将黑珠对着太阳端详许久，沉声说：“这点光，是从哪儿来的？”

“是扶乩琴的琴光。扶乩琴您知道吗？就是……”

“我知道，扶乩琴的琴声可以镇魂。”玉灵打断她的话，“说重点。”

“重点就是，在扶乩琴断裂的前一刻，我把它最后一缕琴光藏了起来，然后它自己就飘进黑珠里了。”

“为什么要藏琴光？”玉灵转过脸。它其实没有脸，但分明摆出了认真倾听的姿态。

白梨一愣，态度也认真起来：“因为我觉得它承受了太多。主人死后，它就落到了仇人手里，每日都要面对它最不喜欢的钩心斗角，它恐怕早就被消磨了锐气和斗志。最后的最后，还要为了阴谋牺牲，它早就伤痕累累了吧。最后的琴光是新的希望，我不想让这最后的希望也做出无谓的牺牲。”

玉灵静了很久，居然笑了起来：“这样吗？我知道它为什么会选你了。你说得对，它是最后的希望，既然你选择了它，它也选择了你，那你们到最后也不能轻易放弃彼此，不然的话后果会很严重，比如说……”它竖起一根手指抵在唇前，“世界毁灭。”

能不能说点正常的话？！白梨扶了扶额，还是决定配合它："我知道了，为了拯救世界，我不会放弃它的。"

她移开额前的手，发现玉灵不知何时已经消失了。大佬们都喜欢神出鬼没。

由于金丹还完整地存在，伤口也已经止住血了，姜别寒看出去恢复了些生气。

夏轩自告奋勇地去林间采草药——鹤烟福地里多的是灵丹妙药。

白梨回到洞府的时候，绫烟烟拿出了自己的符箓，说："这些都给你。"

"你还是留给自己吧。"白梨推辞。她接下来得好好想个借口回到鹿门书院，但愿这趟来回花费的时间不会太长。

绫烟烟看她半晌，走过来将符箓都塞进她怀里，然后拉着她坐下。

"怎么了？"

"阿梨，我想问你，你还会回去找薛琼楼吗？"

白梨趔趄了一下，忙扶住墙。今天都是怎么回事，一个个的都哪壶不开提哪壶！

"对不起，是我唐突了！"绫烟烟连忙摆手，"我其实只是想问你是否真的了解薛公子。"

白梨心说，我看清他真面目的时候你们还被蒙在鼓里。但追根究底这都是系统的锅，要是她能堂堂正正地说出来，哪会发生这么多的事情！在掩月坊的时候他们就可以圆满大结局了！

如果她可以说出来的话……想到这里，白梨怔了一下。同一个选择放在她眼前，她现在却有些动摇。

"我……不是很了解。"

"不了解，你就喜欢他而且还告白吗？这样很危险的！"绫烟烟比她还着急。

白梨：你怎么知道我曾经为了活命告过白？身为正义的伙伴，你们连这种八卦都偷听的吗？！

"你非要答案的话，可能这就叫……一见钟情？"白梨打了个哈哈。

"不存在什么一见钟情。"绫烟烟摇头，"喜欢建立在互相了解和互相信任之上，互相喜欢的两个人，哪怕是相互背对着，也能猜到彼此的内心。如果失去了了解和信任的基础，这样的喜欢是轻率的、没有结果的，就像飞蛾把烛火当作唯一的光明，却不知那光明会焚烧它的生命。接受彼此的一切，包括最隐秘的一面，不论它光明还是黑暗，不论它美好还是丑陋，那才是真正的喜欢。”

洞府内很安静，只有绫烟烟的声音在回响。白梨抱着腿和她并肩而坐，安安静静地听着。

“如果我这样说，你还是可以接受的话，作为你的朋友，我不会阻止你。人心会分善恶，世事会分对错。但是‘爱’这种情感啊，是不分善恶和对错的。”绫烟烟转过脸深深地注视着她，“但是付出最多的那个人，也将承受最多的痛苦。阿梨，情深不寿，慧极必伤，你要好自为之。”

白梨低着头没有回答。

情深不寿，慧极必伤……

但那个人，不是她啊。

她无意识地摩挲着那粒黑珠，余光里忽地闪过一道光。

里面有东西？

她举起黑珠放在眼前，视野内铺开一片迢迢银汉，间或有流星划过，每一颗流星都承载着一段记忆。

那里原本只是一片失去了星光的永夜，而现在，这片无边暗幕中，又多出一名白衣少年。他肩披落寞，定定地看着一个方向。

他的眼睫轻轻一眨，黑夜中便滴落一串晶莹的水光。

孤零零的影子走上飞舟，长长的衣摆扫过落叶。

四季如春的蒹葭渡依旧风光秀致，络绎不绝的外乡修士尚未得知远在百里之外的浩劫。这会儿的渡口还没什么人，只停着几艘飞舟，飞鸟从桅杆上振翅飞起。

飞舟上只剩下一名管事卖力地干活，他正试图将栏杆擦得锃亮，尽管这会儿还没什么外乡游客。

“方才有人搭乘过这里的飞舟吗？”身后有人问。

管事转过头，见木阶上站着一名白衣少年。他的衣袍纤尘不染，可整个人身上却带着浓烈的血腥气，像一把刚刚饮饱鲜血的刀。

是被人追杀还是追杀别人？管事没敢在这个问题上深究，他甚至不敢直视对方的眼睛，支支吾吾道：“有、有的，是南下的飞舟……”

“追上他们。”他声音里带着孤注一掷的偏执，眼底一片肃杀，“现在。”

“可、可是我们……”他们当然不可能为了一个人出动整艘飞舟，可拒绝的话还没出口，喉咙就被捏住。

薛琼楼明白，甚至不需要自己用力，面前这个可怜人就会被捏断喉咙而死。他已经很久没有动手杀人了，现在就算他随心所欲地屠戮，也没人会阻止他。扶乩琴已经从世上消失了，能够阻止他的人一个个都离他而去，他这把腥血斑斑的刀终于从刀鞘中挣脱了出来。

“一把刀只有在出鞘的时候才最锋利，刀鞘对它来讲是多余的束缚，可没有了刀鞘，它会卷刃、会生锈、会在无休止的杀戮中失去自我，最终在风霜侵残中化作尘沙。敌人的血给不了它新生，只有刀鞘才是它的庇护之地。”

这些话像沙砾钻进他柔软的心里，磨出鲜血，他松开了手。

侥幸捡回一命的管事不明白这个上一刻还杀气腾腾的少年为何忽地变得茫然无措。少年失神地后退，再后退，直至后背撞上栏杆。

然后他猝不及防往后仰倒，直接从半空坠了下去，似乎想用这种方式了结一切。

管事吓得面无人色，趴在栏杆上往下看，只看见那点雪白坠进茫茫云海，已经不见了。过了好久，他才声线发抖地自言自语：“自、自杀了？”

少年翻飞的白衣犹如折翅白鹤，他从重重云层中下坠，下方是一片白雾茫茫的广袤海域。他堪堪在离海面一尺处仰面停住，肆意铺展的白衣如同一团白云，停歇在微波荡漾的海面。

眼前划过一道流星，这是……最后的琴光？

涣散的目光重新凝聚，他微微勾起嘴角。

——知道在哪儿了。

疾风在草地上翻起怒浪，正将尾巴挂在树上晒太阳的大黑蛇猛地将身体蜷缩起来，脖颈上的蛇鳞片片偾张。

福地入口处的石碑在无声的风浪中四分五裂，地平线尽头，金红色的光弧漫天一闪，漫山遍野的花田被绞成碎片。这回的闯入者根本没有打算打一声招呼，就这样以迅雷不及掩耳之势杀了过来。

“哪个混账又毁了我的花草！”玉灵勃然大怒。

回应它的只有地面轰然的震颤。金红色的棋阵雪崩一般横扫过来，玉灵的怨怒还没发泄完毕，它绿雾聚成的身体便被暴雨般的棋子击穿粉碎。

“所以我说了……”玉灵残缺不堪的身体冒着烟，停留在半空，“无论何时我都不会喜欢你这没礼貌的小鬼。”

玉灵就在薛琼楼正前方，他根本没有停下谈判的意思，带着势不可当的锋芒长驱直入。

在靠近玉灵的前一刻，偾张着蛇鳞的黑蛇咬住了他的衣摆。他转过脸，瞳孔变得像猫眼一样细，赤金色一闪而逝，黑蛇的鳞片顿时萎了下去。

“等一等！”玉灵举起了双手，“你答应不再继续破坏下去，我就把他们的藏身之处告诉你。”

“你出卖她。”薛琼楼垂下手臂。

“神灵不受世间规则的束缚，我高兴了就做出承诺，我不高兴它就是废纸。我还以为在这方面我们俩是同道中人呢。”玉灵说，“而且你看上去不仅不生气，反而有点期待呢，怎么，你那么想见她？哪怕让我出卖她的藏身之处？”

薛琼楼眸光闪了闪，过了很久才说：“是。”

“白姐姐？”身后传来夏轩的声音，“你怎么在这里？”

“出来散、散步。”白梨把一寸笺藏起来。

“今天已经很累了，白姐姐早点回去休息吧，剩下的事我来做就好。”

“我不累，你应该回去照看你师姐。”白梨拍拍他的肩膀。

“就是师姐让我来找你的啊。你出来逛逛的时间太长了，我们都很担心你。”也许是今天的波折让他成长了不少，夏轩说话的声音沉沉的，“如果你不介意的话，可以和我们一起回去，独自上路太危险了。”

“好啊。”背后仿佛有人在凝视着自己，白梨转过身，只看到一片茂密的树林。

“怎么了？”

是错觉吗？刚刚那里好像站着人。

“没什么，我看错了。”她满腹狐疑地收回目光。

傻子，你没看错。少年静静站在不远处，身上落满斑驳的树影，他沉默得像道孤独的影子。

我就在这里，哪怕你回头看我一眼，就一眼也好……

“虽然师姐和你说了这么多，可你其实还是想回去的吧。”夏轩一眼瞧出她的不对劲，“你要是不想回去，为什么刚刚偷偷把一寸笺拿了出来呢？”

你们这些正义的主角都是显微镜成精吗？！白梨无声地腹诽。但她只能装作浑不在意道：“哪有……我只是在想接下来该去哪里更安全。”

“白姐姐，你不要回去，千万不要回去！”夏轩情绪激动，“我不像师姐那样能说会道，也不像姜师兄那样武力高强，但我和他们一样不希望你去涉险！那个浑蛋从头到尾都在骗我们，也在骗你，你现在回去就是自投罗网，还会死的！”

“欸……等一等，也没有这么严重……”白梨摆着手，“你的思维是不是太发散了？”

“我认真的！没开玩笑！正邪不两立！”

薛琼楼遥遥望着，明明和她只有咫尺之距，却仿佛有千里之隔。他目光渐渐深沉，指尖凝聚着杀意的寒光在闪烁。

正邪不两立是吗？那他索性在这里大开杀戒，反正他已经……没有退路了。

“这个道理我当然懂，你简直像我老妈一样。”白梨举起手，“我发誓真的只是到这里散心，一定、一定不会乱跑，不然就罚我喝水也发胖。”

夏轩的肩膀垮了下来，他说：“我怎么觉得这个誓言一点也没有说服力……”

“那是因为你不了解女孩子。”白梨按着他的肩膀将他转了个身，“快回去陪你师姐吧，‘夏妈妈’，再见。”

“谁是夏妈妈！”好心被当成驴肝肺的夏轩气得脑袋冒烟地走了。

薛琼楼垂下手臂，右手上缠着的白纱因千里奔波已经有些松落。他攥紧手心拉住纱带一扯，掌心已经开始愈合的伤口重新崩裂，而后他转身进了洞府，草丛里留下一路蜿蜒的血迹。

白梨走到洞府前，血迹冷不防刺进余光。

奇怪，这里有人？

她循着血迹走进洞府，日光被黑暗吞没，钟乳石投射出的光斑仿佛无数幽黄的铜镜。

“阿梨。”

白梨脊背一僵，慢慢转过身。

角落里的白衣少年像一个被遗弃的雪人，右手和胸口处的伤口鲜血淋漓。他半跪在地，掀起眼帘，漆黑的眼底晃着两弯明亮的光。

“你终于来了。”

他怎么会出现在这里？而且他看上去受了很重的伤，还没有好好处理！白梨翻遍浑身上下，才记起来纱布已经被用光了，她急忙去扯裙子。

“没用的……不用给我治伤。”声音也变得破碎，看来这一路让他元气大伤。

“你这样大失血会撑不住的！”白梨用力扯着裙角。虽然不知道他是怎么找到这里的，但他现在看上去比白纸还薄，仿佛一碰就碎。

“你有看到我给你留下的消息吗？我本打算去找你的……”

他像是再也支撑不住，身体靠过来，白梨被他压在墙上，说了一半的话戛然而止。

“我很累，让我靠一会儿。”他在她耳边低声说。

“哦……”白梨的身体僵直得像木头。

与其说他是靠在她肩上，不如说是紧紧地将她抱住了。

他把姜别寒伤成了那个样子，还拿到了溯世绘卷，如今不应该意气风发地回东域继续他的谋划吗？可看他现在这个失魂落魄的样子，怎么感觉是他失败了，而且还是惨败。

“你……”白梨斟酌着言辞，“你是怎么受的伤？”

“你说呢，阿梨？”他的声音含笑，掩在阴影中的眸子却含着冷光，“我没有听你的话，我杀了姜别寒。”

白梨心说，这也在我意料之中，如果他因为一个人、一句话就放弃了所有的谋算，那他就不是薛琼楼了。

突然间感觉到有只手探到了腰间，她的脸立刻烫了起来。

“喂！”

这家伙到底怎么回事！以前再怎么坏也不会耍流氓啊！白梨想挣脱，可是整个人被禁锢在他怀里，动都动不了。

腰间有块地方空了，白梨眼瞳骤缩，那是她系着芥子袋的地方！芥子袋里装着绫烟烟给她的符篆！

这个时候薛琼楼放开了她，轰的一声，掌心冒出一股火，烧光了所有符篆。

什么？！

白梨的心都在滴血。那可是绫烟烟留给她的最后的符篆，绫烟烟都没给自己留下，全都给她了，现在却全都化为乌有。

什么累了想靠一会儿，都是借口！把她抱在怀里，他就可以更容易地拿走符篆了！他又在欺骗无知少女！白梨气得要冒烟：“你又骗我！”

“白姐姐，你在哪儿？天要黑了哦，再不回来你就要迷路了。”

好巧不巧，外面传来夏轩的呼唤，他又回来找她了！

白梨刚想开口，阴影就从头顶笼罩下来，他眼里像含着两枚冷冷的钩月，威胁道：“如果你想喊救命，我现在就杀了他。”

“卑鄙。”

薛琼楼嘲弄地笑了，她是第一天认识自己吗？他就是这样卑鄙无耻的人，谁都不能夺走他的东西。否则，无论用何种手段，哪怕让她一辈子记恨于心，他也要一件一件地抢回来。

白梨扭过脸，却又被掐住了下巴，对上他深不见底的眼。

“你选择留下，还是……和我回去？”

我还不如选择在这里孝敬玉灵前辈！白梨咬着嘴唇，开口：“我哪儿都不……”

忽然间一阵天旋地转，漫天黑暗将她吞没。

少年最后的声音轻轻落下：“你根本没有选择。”

五颜六色的光在眼皮上跳动，白梨睁开眼，头顶是一片湛湛长空，而她正仰面躺在草丛中。哗哗江水流经耳畔，水中映着万家灯火，流光溢彩，细看才发现，那不是灯火，而是顺流而下的花灯。

花灯？她将手臂抬起，举到眼前，见手里捧着一只花灯，转头发现脑袋旁也有一个未做完的花灯，身旁是花灯的海洋。

“阿梨，你醒了？”绫烟烟弯腰看着她。

夏轩站在一旁，耳朵上夹着细毫，正在摆弄一个惨不忍睹的花灯，时不时苦恼地嘀咕几声。

花灯、月夜、尺素江……这是在鹿门书院，她又回来了？

白梨仿佛被抽干力气，问：“我……我怎么睡着了？”

“你昨天没休息好啊。”绫烟烟笑眯眯地说。

“昨天？”

昨天……她依稀记得是他们来到蒹葭渡的第一天。当时街上出现了死人，因为误会，他们还跟鹿门书院的弟子纠缠了好久。晚上在客栈里她又遇见了可疑人，被禁足一整晚，第二天又见到了很多人，发生了很多事……接下来记忆便有些模糊。

“是啊，昨天出了大事。”绫烟烟的声音忽远忽近，这会儿变得如在耳畔低语，“溯世绘卷被人毁了。”

白梨的视线僵在半空，毁了？这和原著的剧情不一样！还有，他们现在……在干什么？

“姜师兄！”绫烟烟朝不远处挥着手。

白梨跟着望过去，她看到了姜别寒，现下他正生龙活虎地举着酒杯和身旁人谈笑风生。

而他身旁……白梨缓缓站起身，目光穿过重重人海，拨开浮光花影，看到熟悉的白衣少年朝她轻轻笑了。

# 第 8 章
## 朝暮洞天（一）

“后天就要离开？！”

“抱歉哪阿梨，我们也是刚刚才收到师门的信件，师父让我们后天就回去。溯世绘卷既然已经被毁了，蒹葭渡也就没有再待下去的必要了。”绫烟烟摆弄着花灯，愧疚地朝她笑笑，“刚来没几天就要走，确实有些匆忙。不过你放心，接下来我们还是顺路的。”

现在的剧情里，李成蹊成了罪魁祸首。他直接当着书院弟子的面毁掉了扶乩琴，说出他自以为的真相，最后被他兄长亲自拆穿，他恼羞成怒之下又摧毁了秘境的入口。

也就是说，根本没有人进入琅环秘境。

白梨人傻了。这……这已经不算偏离原著剧情的程度了，这分明是换了剧本。

她尝试把系统召唤出来质问，但系统日常罢工，根本指望不上。

绫烟烟高高兴兴地将自己做完的花灯放进水里，回头招呼：“阿梨，快来和我一起放花灯！”

“我也来我也来！”夏轩抱着花灯冲进河里，水花四溅。

白梨狠狠掐了自己一把，很疼，她不是在做梦。

流光溢彩的尺素江、挤在水面打旋儿的花灯、来来往往的人影，无一不是真实的。

难道她之前才是在做梦？

“阿梨，快把花灯放了吧，”绫烟烟催促的声音远远传来，“太晚了，我们该回客栈休息了。”

白梨回过神，将花灯松了个角，看到那张五人画像夹在里面，她又摸了摸头发，梨花华胜也在，身上该少的东西一个都没少。

她草草放了花灯，远远望向身后。

姜别寒和薛琼楼正对坐着饮酒，这两人看上去正惺惺相惜着呢，她要是现在上去跟姜别寒说你会被你旁边那人捅一刀，姜别寒估计会以为她有病。

到底是怎么回事？！她就睡了一觉，外面怎么就发生了翻天覆地的变化？

不对，她还不知道自己什么时候睡着的！

“这次我押这个人赢，他一定会赢！”连输几十杯酒后，姜别寒终于下定决心不按套路走，他要把所有赌注押在那个看起来必输的人身上，“看着吧，这次我的眼光肯定不会出错！”

“姜别寒！”

姜别寒一惊，他放下高举的酒杯转过头，看见白梨满脸严肃地站在身旁。

错觉吗？她的眼神竟像在缅怀死者……

他愣愣地问：“怎么了阿梨？”

白梨一时不知道该说什么好，索性在两人中间坐下，开始给自己斟酒。

薛琼楼不动声色地瞥了她一眼。

“我来喝口水。”她满上一杯酒，仰头灌下。

“阿梨，你什么时候把酒当水喝了？”姜别寒惊呆了。

刚喝了一口，白梨就剧烈咳嗽起来，从喉咙到胃仿佛都燃起了一把火，她果然还是不会喝酒。

但是这一次，会有人将她的酒杯夺走吗？

正这样想着，手腕便被稳稳地扣住。

像那次一样，薛琼楼轻巧地从她手中抽走酒杯，倒掉残余的酒液，而后一言不发地将空酒杯倒扣在案面。

他的目光黑沉沉的，仿佛蕴含千言万语。

一瞬间的四目相对后，他轻轻一眨眼，唇边染上些许笑意，道：“白姑娘不会喝，还是别喝了，早些回去休息吧。”

“我还能喝的……”

话没说完，白梨便轻轻倒抽一口冷气。她的脉门又被控住了！

这到底怎么回事？

她之前所经历的那一切难道全是幻觉？还是一场预知的噩梦？

身体在夜风中不易察觉地抖着，白梨低下头，脑中一团乱麻。

“她是不是不舒服？”姜别寒看出了不对劲。

“可能着凉了。”

薛琼楼捏着她的手腕轻轻一拉，道：“我送你回去，好吗？”

她好像没有拒绝的资格。白梨苦笑一下：“那就麻烦你了。”

就像那晚被控制着拉进他房间一样，这一次她又被控制着踏上了回客栈的路。

人流明明十分拥堵，但他所经之处自动分开一条道路，仿佛这里的一切都由他来掌控。

“薛琼楼，我不会跑的。”她试探地转了转手腕，“你可以放开我了。”

“我说不呢？”他侧过脸，轻飘飘扔下一句话。

白梨：“……”

也许察觉到她走得艰难，薛琼楼放缓了脚步。

这个时候行人已经很少了，整条小巷一片流银般的光辉，那是头顶悬着的一轮明月散发的光辉，它与他身后的这枚小月亮交相辉映。

身后突然传来一声惊呼，薛琼楼立刻停下脚步，问：“怎么了？”

“脚崴了。”白梨半蹲在地上，揉着脚踝，“你看，我不能走路了，怎么办？”

他径直走上前，钩住她的双腿将她横抱起来，如此驾轻就熟，仿佛这样的举动已经重复过无数遍。

白梨完全没有任何准备，惊慌地抱住他，道：“等、等、等一下，你怎么知道我要说什么？”

她确实想再试探一下，但没想到他会这样突然。

她自然而然地环住他的肩膀，用力抱紧，他的脸色却瞬间白了，是严重失血后的那种惨白。

“我……我碰到你的伤口了吗？”白梨连忙缩回手，“你要不还是放我下来吧。”

“我没受伤。”他抱得更紧，好像这是最后一次抱她，“他们都要回去了，你呢？你选择去哪里？”

白梨心说：问得好，我也不知道呢！缺心眼的系统改剧情不跟我说一声！难道不阻止反派背刺主角，剧情就会扭转吗？她明明没有接收到“拯救主角”的指令啊！

好吧，她只能理解成系统帮她存档了，而且还给她换了个简单模式。姜别寒不去参加符令之争就不用进琅环秘境，不进琅环秘境就不用被捅，太棒了！反派不搞事，她就能专心致志攻略反派了！

“那当然是——”白梨以拳击掌，“各回各家，各找各妈。”

“你要回去？”沉默了一下，薛琼楼低低地问。

“离开这么久，他们会牵挂我的。”

最主要的是，白梨来到这个世界后还没有熟悉自己的师门，就像你穿到异世界还没跟爸妈打声招呼就去打怪了。现在剧情线变了，没有怪物可打了，你肯定要回家。

“不过我回去之后还是会来找你的，你放心吧。”

“找我？”薛琼楼眼底的月光荡漾了一下，“为什么是我？”

“因为烟烟那边有夏轩一个电灯泡就够了，我才不要去贡献光与热呢，所以我想来找你。你不会把我拒之门外吧，薛少主？”

白梨把脸贴在他胸口，清晰地听到他的心跳快了两拍，她一愣，以为是自己听错了。

“如果我让你现在就跟我回去呢？”

奇怪的感觉又回来了——那种时间与空间都被扭曲的奇怪感觉。

白梨沉默片刻，抬头朝他笑了笑：“可是我总得回去孝敬爹娘吧，要不你跟我回去？”

“恐怕他们不会喜欢我。”薛琼楼轻笑着，眼底却阴霾密布。

“我发现你越来越有自知之明了。”白梨小声说，“你还是自负一点比较正常。”

仿佛只有几步路的距离，不知不觉间两人就到了客栈。照明的灯笼被夜风吹灭，白梨依稀记得之前回来时还有打杂的伙计就着黄豆大小的灯光在柜台上打瞌睡，但现在这里漆黑一片。

“这里怎么不点灯……”

她话还没问完，幽幽的烛火飘了过来，映亮了一张满是褶皱的脸。

“你们回来了？”

白梨闪电般埋进了薛琼楼怀里。这老爷爷怎么神出鬼没的，吓死人了！

“你反应这么大干什么，别吓着老人家。”薛琼楼拍了拍她。

到底谁吓谁啊……白梨颤巍巍抬起眼。那个老人端着油灯去擦桌子了，他脊背弯成了虾米，苍老得仿佛身上都结满蛛网。

“他是这座客栈里的人吗？”白梨突然想起自己好像从来没有见过他。

“怎么了？”薛琼楼低下头。

“没、没什么，是我记错了。”

不对的，她没有记错，这个人绝对不是这里的人，这里……一定有什么不对劲。

她看向薛琼楼，飘忽不定的烛光在他眉宇间落下深深浅浅的阴影，他的眸子比平时更深了。

吱呀一声尖响，房门被撞开，案上的烛火自行亮了起来。房间里仿佛灌满冰冷的夜色，白梨被冻得打了个寒噤，说：“那个，我可以自己走……”

薛琼楼倾身一松手，她整个人便跌进柔软的被褥里。真奇怪，房间里这么冷，被褥却像吸饱了阳光，又暖又干燥。

“谢谢你送我回来。”白梨把大半张脸都埋进被子，她要一个人仔细回顾一下今晚发生的一切，于是委婉地下逐客令，“我现在可以睡觉了吗？”

薛琼楼撩起衣摆在她床边坐下，置若罔闻。

“我要睡觉了，你怎么还坐在这里？”

“你还没回答我的问题。”烛光打在他的侧影上，他就像一具雕塑。

“什么问题？”

“你……”薛琼楼闭了闭眼，屈起指节抵住嘴唇，目光也有些飘忽，似乎难以启齿，“之前问过你，能不能现在就跟我……回去。”

到后面他的声音已经细若蚊蚋，白梨感到十分新奇。他这回说话怎么突然变得低声下气起来？他不应该用一副施以恩惠的傲慢语气说话吗？

“你为什么要回去？”白梨紧紧盯着他的眼睛，好像要看破他的伪装，“你和姜别寒……还有恩怨没了结吧？”

“我和他之间没有任何恩怨，我把他看作最好的朋友。”薛琼楼撒谎不眨眼。

我信你个鬼。

“真的？”白梨满腹狐疑，他怎么突然间就洗心革面了？那他所有的谋划不都作废了吗？他奔忙了这么久就为了现在这样不痛不痒的结局吗？他一点都不觉得不甘心吗？

“那是以前，”薛琼楼缓缓地说，“至于现在，我可以发誓，不会再打他们的主意。”

又是发誓？他立下那么多誓言，能实现的又有多少？

“喂，薛琼楼。”

他抬起眼，烛光在眼底剧烈跳动着。

“你不是一直在打他的主意吗？为什么无缘无故就放弃了？”白梨问，“你不是那种善罢甘休的人，你怎么可能会放弃这一路的谋划？不再打他们的主意？这句话听起来比太阳是从西天升起的还要荒唐！如此轻易地拿起一件事又如此轻易地放下，这不是我认识的你。所以，我——不——相——信。”

最后一句犹如一道惊雷落在耳畔，薛琼楼面无波澜，瞳孔却微微一颤。

“我没有骗你。”他冷静地说，“是你一直误会我了。”

白梨“哈”的一声笑了。

“笑什么？”

不知是不是错觉，薛琼楼的目光竟躲闪了一下，他竟然也有弱势的一天！

“我笑你把我当傻子。”白梨高高抬起下巴，乘胜追击，“可我不仅不是傻子，我还对你了如指掌！”

置于案上的手缓缓地紧握成拳，他的声音里有一丝不易察觉的颤抖：“别说了。”

“我要说的。”白梨眼睛一眨不眨地盯着他。

明明还是一副纤尘不染、高洁空灵的模样，白梨却莫名觉得，眼前熟悉的少年被他始料未及的一种情绪击败了，他甚至时不时流露出一种不曾出现也不应该出现的迷茫与彷徨。

“我要先说我的理由。我做了一个梦，”白梨继续说了下去，“梦里龙纹符令被你毁了，溯世绘卷的入口完全打开，把所有人都吞了进去，而这上千人中只有三十人能出去。天劫时不时冒出来清一下人数，再加上大家为了争夺名额互相残杀，死掉的人少说也有一半。”

薛琼楼垂下眼睫静静听着，眼里黑得透不进一丝光。

“然后，姜别寒为了救剩下的人，用长鲸剑毁掉了溯世绘卷的封印。他是和你一起进去的，他很相信你的话，但是他没有想到，他拿到绘卷的那一刻……”白梨的目光直视着他，“你就从背后杀了他。”

“够了。”薛琼楼闭上眼睛，“那只是一个梦而已，你现在看到的一切才是真实的。”

白梨义正词严：“不要偷换概念，我在问你为什么突然改变主意。”

“就像你踩死一只蝼蚁，”薛琼楼站起身，一股压迫感迎面逼来，“这对它来讲是一场灭顶之灾，但对你来讲……你甚至都感觉不到什么。它之所以会死，不是因为和你有仇，也不是因为挡了你的路，只是因为它站错了地方。”

白梨怔住。她第一次这样哑口无言，不是因为无话可说，而是因为跟一个三观完全相反的人讲道理毫无用处。

所有的人都可以被利用，所有的情感都可以被践踏，那么这些人，跟蝼蚁没什么区别。这就是他一直以来践行的理念吗？第一次听到他亲口承认，白梨缓缓地打了个寒战。

“睡吧。”薛琼楼放缓了语气，烛光又柔和起来，“忘了我刚刚说的话。”

白梨解着自己的衣带，低着头不去看他，下逐客令：“你走。”

“为什么让我走？”

“因为我要睡觉了。难道要我当着你的面脱衣服吗？”

她已经褪下外衣，服帖的里衣勾勒出肩膀圆润的轮廓。薛琼楼吃了一惊，立刻转身背对着她。

“你说得没错，我该睡觉了。”白梨迅速盖好被子，只露出一个脑袋，“如果这是梦，那我睡一觉就能醒来。”

睡一觉就能醒来？错了，这世上有一种梦，会让人永远沉湎其中。你想看到什么，梦境呈现的就是什么。

薛琼楼眼底的黑色几乎淹没了映入眼中的烛光。

“那你好好休息吧。”

蜡烛已经燃烧到了根部，流淌的烛油仿佛滂沱的血泪。过了很久，身后传来她的声音：“这里才是现实吗？”

“这里就是现实。”薛琼楼面不改色。

在这里他没有背弃自己的誓言，也没有杀死姜别寒，这是她最愿意见到的局面。

“那真是太好了。”她静静地合上眼。两人背对着对方，谁都没有回头。

薛琼楼坐了许久，直到身后传来有规律的、清浅的呼吸。

少女侧身而躺，肩膀微微缩起，两手交叠着放在脸侧，被褥下面耸起一个双腿弯曲的轮廓来。

这是一个自我保护的姿态，也许……她这个时候无比地迷惘，无比地不安吧。

薛琼楼就这样一动不动地凝视了她许久，终于，他仿佛下定决心一般，伸手替她拉了一下被角。

就在这个时候她翻了个身，露出被子的手顺势扯住他的衣摆，仿佛梦中无意识的举动。

“我可以相信你吗？”

少年深邃的眼底仿佛藏着一片镜花水月，让人心甘情愿地沉沦在里面。

他没有回答，微微俯身想撩起她耳畔的碎发，可她往被子里缩了缩，避开了他的手心。

这一刻，他的整条手臂都僵住了。

他保持着伸手的动作，在黑暗中一动不动地站了好一会儿，才一寸寸地收回手来。他慢慢地退后几步，直至退进潮水般的黑暗中。

房门轻轻关上，他贴着门慢慢坐在地上。胸口和肩膀的伤又撕裂了，血汩汩地淌出来，他静坐在黑暗里，眸光流转着，沉默无言。

“还有什么事？”

黑暗里浮现老人佝偻的身影，他伏在地上，哭声沙哑：“少主，您终于回来了……”

“哭什么，我又没死。”薛琼楼给自己的伤口换着纱布，他所在的那一块地板已经被染红，“另外，你别再出现了，她会怀疑的。”

“少主很久以前发过重誓，不会再开启这里的法阵，但是现在……”

薛琼楼动作停住。

黑黢黢的长廊中飘来几缕幽蓝色的水丝，散发着甜腻的兰麝香。他没有动作，但是周身的场景慢慢变了。粗糙的木板地面化作光可鉴人的白玉砖，客栈的楼梯在他身后烟消云散，简陋的木门变作镶金嵌玉、悬珠编贝的宫阙，透明的绡纱仿佛弥天大雾。身旁有蜉蝣发出微末光亮，这种朝生暮死的生物连光芒都如此微弱。

仿佛有一把巨斧劈开夜色，黑色潮水向两侧涌去，海水发出轰隆隆的巨大声响，露出一座绚丽辉煌的贝阙珠宫。

这里的水流逝得很慢，正如这里的时间永远停滞在某一日。日晷长久地卡在某一格，走动一圈需要数十载的光阴，天地间一片亘古幽暗。

这座贝阙珠宫是一个被时光遗忘的空间，属于孤独和永恒，那面枯黄的铜镜曾经囚禁着一个女人凋零的灵魂。可是时光流转，命运轮回，如今囚笼里又换了人，而这次手执枷锁的人成了他。

可他还能怎么办？

原谅一个人很容易，再次信任一个人却很难，既然信任已经无法奢求，那他就继续撒谎。一个谎言不够，那他就再用一个谎言弥补，一个再一个……终有一日她会将所有的记忆遗忘，只记得他用谎言筑造的梦境，而这个梦永远也不会醒来。

“没什么大不了的，我又食言了。”少年蜷缩着坐在地上，捂住脸惨然地笑了，仿佛多年前的孩子终于用双手捧出了水中破碎的月亮，即便那已经被血染红。

溯世绘卷围绕着少年自行展开，每铺开一寸，绘卷中便隐隐传出龙吟鲸歌，犹如两军对垒，腥风血雨迎面而来，海水荡漾起阵阵波涛。

有侠客仗剑于山野大泽，一剑劈山斩海，天地初分；羽衣黄冠仙风道骨，鹤唳九天；青衫儒士独坐于云巅幽篁，沉吟捻须，推敲文字。

绘卷中封印着一个小世界，小世界里米粒大小的人都活了过来。

无数蜷缩着幼龙的明珠缓缓飘起，结璘灯的光芒太微弱了，它们就像暮夏的萤火虫，正在耗尽最后一点光。

站在光芒中间的少年像山野中披着蝉衣的神祇，衣服的边缘被染上一层淡淡的金色，他眼里也倒映着镕金般的落日。

薛琼楼伸手想触碰画卷，画卷中那头巨鲸的骨骸却发生了僵硬的扭动，黑洞洞的窟窿眼盯着他，无声地咆哮着，像忠诚的剑士一样捍卫主人的领地。

腥血几乎同时涌上喉间，他用左手握住右手的手腕，强行抑制住自己退缩的本能。

就差最后一步了，他不甘心就这样前功尽弃。世上再无能置他于死地的长鲸剑，区区死灵的歌声而已……

“这样就不难受了哦。”

有人从背后捂住他的耳朵，柔软温暖的手轻轻贴着他的脸颊，她踮起脚，将下巴垫在他肩头。

“阿梨……”

“放弃吧。”她在他耳畔低语，“放弃你接下来要做的一切，我就会原谅你，原谅你杀了姜别寒、毁了他的长鲸剑、让蒹葭渡血流千里……原谅你所有的罪。”

少年静静站着，身上有一种令人不忍打破的平静，他犹豫了一下，也只有一瞬间而已，然后双手轻轻一合。

巨鲸的骨骸刹那间四分五裂，濒死前爆出的歌声凄厉得让他吐出一口血。随着溯世绘卷最后一层封印被彻底打开，背后的少女轻轻叹息了一声，似乎对他极尽失望。

他跌坐在地上，强行摧毁巨鲸骨骸所遭受的反噬让他心痛如刀绞。

他明白身后已经没人了。

这是一条孤独的修罗道，他注定得不到任何人的陪伴。

今日的天空和往常不一样，傍晚的夕阳红得像要滴血，汪洋般的火烧云将天地染得一片血光。

虽然觉得这里的一切都有点不对劲，但昨晚白梨还是睡了个好觉。

“是要下暴雨的天气吗？”她站在窗前喃喃自语。

不仅仅是天空的异常，她还嗅到了大海腥咸的气息，看到幽蓝色的水纹在空中一闪而逝。有时候她觉得这是错觉，有时候她又觉得自己真的置身梦幻般的海底。

房门突然被推开，薛琼楼扶着门框，脚步有些趔趄。

“你们都出去。”

除了白梨，绫烟烟等三人都很自然地接受了他这发号施令般的态度，赶紧站了起来。

白梨吃了一惊，可没等她挽留，三个人已经消失在门外了。

于是她只好看向唯一站在屋内的薛琼楼，试探着问：“你……有话要说？”

他不知道又去干什么了，脸上一点血色都没有。他肤色本就白皙，现在白得连脖子上青色的血管都显露出来了。

“阿梨……”他失魂落魄地走过来。

“你又去做什么了？今天一天都没看到你，绫烟烟他们明天就要走了，我还想好好道别……”

薛琼楼径直走上前抱住了她。

“喂喂喂——”白梨步步后退，想推开他，可是双手都被禁锢住。

这场景十分眼熟，她记得上一次被抱住的时候他趁机搜走了她的符箓，这一回他还想拿走什么东西？白梨怒了，她虽然博爱之心泛滥，但也不能忍受这样三番四次被戏弄啊！

“你快放手，我要呼吸——”

“别推开我。”他像深海中的溺亡者抱紧浮木一样抱紧她，虚弱得身体都在轻轻战栗。

他的状态明显不对，白梨没有再试图推开他。就在这愣神的片刻，她被推到了床上，少年埋首在她的颈间，不动了。

他身上冷如寒冰，睁大眼睛目光定定，冷淡的眉眼间仿佛结了层寒霜。他玉白的手指蜷缩起来，抓紧了白梨的衣衫，指节泛出青白。

这个状态……

白梨忽然有些明白了：“你是不是因为鲸歌才又变成这样？可是……

这里不是琅环秘境啊。”

薛琼楼没有力气回答了。头疼到了极限，像有无数把尖刀在那里搅动，这就是他强行破除封印激怒巨鲸魂灵的后果。他眼珠黑黑的，瞳孔放大，隐忍到了极点却不回答。他也没有弄疼白梨，只是抓紧她的衣服，好像抓住了唯一的救命稻草。

白梨抬起手环住他的背，少年柔软的头发像水一样，她像是拥着一个破碎的瓷人。

“到底发生了什么，不可以告诉我吗？”

不可以。

一定不可以，否则她会比想象中的更加讨厌他……她就像现在这样，什么都不知道，才能牢牢被他掌控。

“为什么不用绫烟烟的符箓呢？”

又是他们。

他的眼神阴暗下来。

她总是提他们……那些人迟早有一天会被他赶尽杀绝！

“你要是受不了，可以咬我的袖子。”她把手伸过来。

嘴唇被咬得血迹斑驳，他只是紧紧抓着她的手，和她五指相扣。漫长而冰冷的噩梦中，他终于找到了解药。

痛苦吞噬了所有知觉，他很长时间没有再说话，屋内静得落针可闻。夕阳的光影偏斜了，天地暗了下来，这段时间异常漫长且难熬。他接下来表现得很平静，好像只是拥着她睡着了一样。

等到了晚上他才睁开湿润的眼睛，单手撑起身体。

白梨依旧很清醒，看到他如闪烁星星般的眼睛、衣襟中露出晶莹的肌肤，问：“不疼了吗？”

“不疼了。”

他笑了笑，脑海中闪过一个偏激的念头。

他不仅要抹除她过去的记忆，还要抹除她生命里所有其他人。

这样就没人来妨碍他们了。

“都怪我，我要是不急着先走，一定能陪着白姐姐一起回来……”夏轩面色灰败，不断自责。

他和绫烟烟几乎找遍整片福地，也没发现少女的身影，她突然间的失踪让两人心神大乱。

福地与秘境相比不过是方寸之地，而且放眼整座鹤烟福地，称得上凶险的只有玉灵的那条大黑蛇。

现在黑蛇只会晒太阳，根本不会伤人分毫，她就算迷了路，应当也不会遇到凶险。

可为什么人无缘无故地失踪了？绫烟烟面色也不好看，问：“阿轩，我让你给阿梨的符箓，你给她了吗？”

“给了。”夏轩连连点头，“采完药之后，我就给了白姐姐，一张都没少。”

绫烟烟拿出一张符箓，蓝色的水波纹亮了亮，她微微松一口气。每一张符箓上都有她做好的标记，只要水波纹还能亮起，就说明符箓还没被毁坏，她可以循着这个找到阿梨。

水波纹闪烁不停，在一座洞府处绽放出刺眼的光，草丛中有踩踏的痕迹。

“这地方我来找过，但我什么都没找到。”夏轩奇怪地打量着草丛，这里面自然也有他留下的脚印。

“再进去找。”

洞府内充斥着晃眼的琥珀色光晕，没由来的一阵风将地上一只死蝴蝶吹得翻了个面，绫烟烟停住脚步，发现那不是蝴蝶而是符纸。

一只手从黑暗里伸出来，将符纸小心捡起，用掌心压平。绫烟烟背后蹿起一股冷意，放在腰间的手悄然抽出一张符箓。

那道身影直起腰来，洞穴深处阴暗的光线如一层黑纱从她身上揭过去，露出少女熟悉的脸庞。

她将符纸收进芥子袋，歪头看着两人：“你们怎么来了？”

夏轩有些僵硬：“白、白姐姐，你好久没回来，我们还怕你出了事。”

“洞府内有月萝藤，我想采了给姜别寒疗伤，一不小心就走远了些。”她晃了晃芥子袋，手里还抱着一摞花草，看着像是满载而归。

绫烟烟的手从腰间放下去，七上八下的心终于落了地。

“没事就好，我们该回去了。”

“好。”

少女安安静静地跟在后面，总是黑亮有神的眼里此刻黯淡无光。

趁两人不注意，她突然从怀里捏出一朵挂着露水的花，吃得津津有味。

鹤烟福地又多了不速之客，都是匆匆忙忙从剑宗千里御剑而来。听闻姜别寒受了重伤，弟子们气得纷纷想找那人决一死战。

“他们看上去还不知情，根本不知道是谁差点杀了他们尊敬的师兄，怎么，你没有把真相说出来吗？”玉灵坐在树上遥遥望着。

“现在说出来只会自乱阵脚，当务之急是先让师兄得到及时救治。”绫烟烟弯腰长揖，“还得多谢前辈收留。”

“谢我做什么？要谢得谢你的好朋友。”

少女站在不远处发呆，她仰头望天，眸中倒映着瑰红色的霞光，绚丽而灿烂。

绫烟烟发现，白梨一夜之间好像变得沉默寡言起来，以前的她可不像现在这样死气沉沉，哪怕是在绝境之中，她也能想方设法让大家笑出声，可现在她仿佛换了人格。

“倘若经历了大灾变，人肯定会性格大变。”玉灵两手一摊，“虽然我也喜欢小姑娘以前活蹦乱跳的样子。”

绫烟烟失落地说：“我想我应该知道阿梨为什么会变成现在这样。”

“还能有什么理由，失恋了呗。少女情怀的破碎，就像落花腐烂一样，堕落又美丽。”玉灵喟叹着。

“总有一天我会和师兄一起，把那个人绳之以法。”绫烟烟转身离去。

“真是感天动地的友谊，可是这回她应该不会同意你们这样做。”玉灵掩口打了个哈欠。

恰好这时少女转过头，两人对上目光，玉灵朝她招手：“小姑娘你过来一下。”

“前辈有何指教？”少女双手局促地放在身前，五指绞在一起，看上去手足无措。

“在我面前就别装什么未经世事的小姑娘了，隔了这么远，我都能闻到你身上死亡的腐烂味，你看你手上都爬了蚂蚁。”玉灵掩嘴轻笑。

少女面色微微一变，抬起手，白腻如羊脂的手腕上真的有只蚂蚁。

玉灵声音陡然一冷："丑话说前头，你胆敢有不轨之心，就算离我千里之外，我也能让你魂飞魄散，到时你连这张仅剩的皮囊都没有！"

"在前辈面前，我怎么敢公然背叛。"少女楚楚可怜地抱起双臂，"我现在就是无根之萍，这具身体支撑不了多久，能活着已经是万幸了。"

玉灵看她半晌，和颜悦色地挥手，道："态度还不错，你可以走了。"

少女很有礼貌地向她行了一礼。

"少女情怀吗？"玉灵纤细的手指点着自己不存在的嘴角，"可是少女已经腐烂了。"

从她义无反顾地奔向少年的那一刻，她就已经逃不脱禁锢的枷锁了。

玉灵抱着双腿蜷缩在树上，端详着手中一枚银白色的鳞片。鳞片的中心跳跃着淡金色的光芒，微弱但绚烂，仿佛夕阳坠入海底时迸发的最后一缕熊熊燃烧的余晖。

"拿着。"不久之前那个少年就站在这个位置，冷冷地对它命令，"这件事，你从头到尾都不准插手。"

"你这傲慢的小鬼，这是求人的态度吗？"玉灵很不满，但他给出的条件又不得不让它妥协。这大概是世上最后的龙鳞和最后的结璘灯了，有收藏癖的玉灵实在无法拒绝这样的诱惑。

"好吧，看在你交换的条件如此贵重的分上，我就勉为其难地答应你。不过，你要带她去哪儿？你能带她去哪儿？"

少年孤零零地站在树下，明明他什么都得到了，却又好像失去了一切。

"那座海底的坟墓吗？"玉灵对他的抉择产生了浓厚的兴趣，"你已经死在那里了，她跟着你回去，就是给你陪葬。"

他低垂的眼帘盖住了眼里翻涌的黑色，连灵魂都在挣扎。

"你没了这东西，就永远也回不了家了哟，你难道要被困在这里一辈子吗？"玉灵最后问道。

话音方落，少年突然抬起头来，玉灵惊讶地发现，他眼底的冷意竟完全融化了，取而代之的是一片亮闪闪的光。

"不。"

斑驳日影落在少年苍白的面容上，万里晴空在他眼底成了一片星汉灿烂的仲夏夜。他仰起脸轻笑起来，竟有了那么几分蓬勃的朝气，手握清风明月，肩挑草长莺飞。

他微微笑着：“人间很好，有她在。”

## 第 9 章
## 朝暮洞天（二）

黑暗犹如潮水从四面八方涌来，她像深海中的溺水者，拼命想抓住穿透海水的那一缕阳光，但那只是徒劳。

她想呼救，喉咙里却灌进更多的水；想挣扎，身体却被拽向更深处。

白梨觉得自己快要溺死了，死之前她看到了自己人生的走马灯，从牙牙学语到挑灯夜读，她挂着两个黑眼圈在高高叠起辅导书的课桌上奋笔疾书，她拖着疲惫的身躯走在深夜的路灯下，耳机里播放着高考英语词汇，回到家里来不及洗漱，摆着作业和热牛奶的书桌便在等着她……学习真痛苦啊，痛苦又枯燥，但现在她从未如此强烈地渴望着学习，从未如此强烈地热爱着《五年高考，三年模拟》，如果再给她一次机会，她一定把学校当成自己的家！

一只冰冷的手把她从水里拉了出来，幽蓝色的海水散开了，少年黑亮的眼珠像布满星辰的夜空。

心底仿佛有什么东西被唤醒，属于异世界的、光怪陆离的记忆像海啸淹没了她。她记起来了，眼前这个人，让她忌惮着又信赖着。

“你怎么现在才来……我刚刚、我刚刚要淹死了！”她咳出几口腥咸的水，扑进少年怀里。

“去处理了一些事情。”他帮她擦着眼泪，“有我在，你不用害怕。”

平静的语气里酝酿着无声的危机，白梨忽然警觉：“处理……什么事情？”

他没有回答，眼瞳里却燃起了金橙色的光，铺天盖地的火海席卷了夜色与荒原。

热浪扑在脸侧，白梨转过头，血泊随着火势的蔓延变得越来越大。倒在血泊里的剑修被刀刃贯穿身体，从不离身的剑断成两截，反射着凄冷的寒光，仿佛在诉说着英雄陌路的悲凉。

这个人……是姜别寒。

她慢慢地打了个寒噤。

“他已经死了。”少年捏住她的下巴，眼瞳纤细如针，像诡秘而危险的猫瞳，“我杀的。”

哗啦一声，冰冷的锁链缠上她的手臂和腰肢，而他只是带着微微的笑意旁观，好像在欣赏某种小动物可怜而无用地挣扎。等它挣扎得筋疲力尽之后，他才会将它抱进怀里细致地安抚。

冷汗顺着后背流下，湿透了衣衫。她突然明白了，自己被救出了深海，但即将溺死在他这片更危险的海域。

他的笑渐渐消退，嘴角流下一线血红。他踉踉跄跄地跪在她身前，将她抱进怀里，阴狠的嗓音里带着满腔的痴恋：“你敢逃走，我就让他们都……去死。”

锁链越来越紧，越来越重，沉甸甸地压在身上，炙热的火光烘烤着她，又热又闷，她快喘不过气了：“松……开……”

“别说梦话了，你被子盖这么紧，当然会觉得闷啊，阿梨。”

白梨猛地睁开眼，视野内是一张无限放大的脸——绫烟烟正撑着脸颊朝她眨着眼笑。

见天已经亮了，满头大汗的白梨长出一口气。

到底是哪个浑蛋把她裹成了一只粽子？！原来她在梦里感到又闷又热是因为被子裹太紧了。

“烟烟，你怎么会在这里？”

“我是来和你道别的。”绫烟烟抱了抱她，在她耳边轻声说，“我们要走了呀。”

走了？白梨恍惚了一瞬，问：“你们要去哪儿？”

“前晚跟你说了啊，我们要回去了。不过你别伤心，我们还会再见面的。”绫烟烟笑着说。

脑袋有点疼，白梨扶住额头。是了，她想起来了，这件事她们前天在尺素江边讨论过，她们这回是真的要分道扬镳了。

但她当时好像还觉得哪里不对劲，到底是哪里不对劲……

白梨努力回忆着，记忆的碎片在脑海中闪回，却始终拼凑不出完整的画面。

“你们能不能……等一等再走？”她捂紧了脑袋，“我、我觉得还有事情没有完成，而且是很重要的事情。”

“是什么事情啊？”绫烟烟疑惑地问。

“我记不起来了。”那种被压在海底的窒息感又回来了，只要一想起那些画面，脑海便仿佛被其他的东西占领了一般。

“那就不要去想了，不是还有我们在吗？”绫烟烟微笑着握住她的手，“阿梨，你最近好像总是想太多，根本没有放下的时候，但是现在你不用紧张了，我们大家都很好。”

手心的温暖是真实的，眼前的人也是真实的，难道剧情真的变了？白梨困惑地想。

“你们没事就好。”她犹豫了一下，也握紧绫烟烟的手，“哪怕分开了，我也……不会忘记你们的。”

“今天怎么了？为什么说这些话？”绫烟烟关切地问。

白梨用力摇头：“没什么。我去渡口送你们吧。”

两人走下楼梯。木阶像漫无止境的螺旋，通往望不见底的深渊。那片黑暗里却有袅袅茶雾和谈笑声，像一条被时光遗忘的老胡同里突然传来热腾腾的人气。

跑堂小伙伏在柜台上打瞌睡，客人就着酒水高谈阔论。有个人掀开门帘，不知为何，他整个人像电影画面卡顿一般，来来回回重复了两遍动作，才若无其事地走进来，周围人却视若无睹，各自专注着手头的事情。

“师姐、白姐姐，我们该出发了！”

夏轩朝她们挥舞着双手，姜别寒和薛琼楼站在不远处，大概又在交流什么心得，一派挑不出任何毛病且无比日常的相处景象。

大概是太过激动，夏轩不小心打碎了一只茶壶，手指被碎片割出了血，伤口周围泛出米粒大小的泡泡。

“好疼好疼！”他甩着手嚷嚷。

白梨摸了摸腰间，惊讶地发现她没带止血的纱布。

记忆的碎片又开始在脑海里闪回。似乎有人受了很重的伤，血流成河，白色的纱布被染得通红……记忆戛然而止，她敲了敲脑袋，从怀里抽出手帕，道：“用这个吧。”

薛琼楼的视线落在她的手上，漆黑的眼瞳里有寒光一闪而过。在这一瞬间，世界似乎静止了，夏轩的身影像卡壳的电视画面那样不停地虚晃着。

他慢慢垂下脑袋，细碎如米粒的泡沫从他手指尖飞出来，消散在空气中，紧接着是他的衣袍和头发。他整个人在逐渐淡化。

无数细碎的泡沫飞散在空气中，幽蓝色的波纹里倒映着大海的影子，之前站在这里的人已经不见了。

“阿梨，你把手帕拿出来干什么？”

少女的身体从凝滞的状态中恢复，她低头看了看，神色茫然地说道：“奇怪，我拿手帕干什么？”

她刚刚好像是要给谁包扎来着……给谁？想不起来了……

“飞舟快要启程了，别耽误时间了。”姜别寒站在门口招呼。

“难道我睡糊涂了吗？好奇怪啊。”离开的时候白梨还在喃喃自语。

客栈里依旧人来人往，但在四个人踏出客栈的一刹那，客栈里的所有人都仿佛被按了暂停键，停止了手中的动作。

薛琼楼在门口停住脚步，侧身扫了一眼，整座客栈里的人砰然碎裂，化作飞溅的泡沫与水花。

他负手离去，脚下庞大的棋阵一闪而逝。他这回是真真正正地把所有人当作棋子，只不过是没有生命的棋子。

大街上都是人，五官模糊、行动僵硬的人。每个人的身上都泛着一层梦境般的光，他们像游魂一样迎面而来。白梨紧紧拉住绫烟烟的手，即便有人带路她还是被挤得东倒西歪。

肩膀被行人撞了一下，两人牵住的手被撞开了，白梨停在原地，看着自己空空如也的手掌。她的手似乎曾牵着一个人，但那个人现在不见了。

错觉吗？

“姜别寒……”人群流动的速度加快，千万张面孔交织在一起，从她身旁闪了过去，像海浪冲掉了沙滩上的脚印，她脑海里也有什么东西被冲溃了，她愣愣地说下去，“是谁？”

姜别寒……是谁？

她像河流中的一块礁石，河流是黑白的，只有这块礁石拥有色彩，所以显得如此格格不入。

“姜别寒他们已经走远了。”身后有人说。他黑色的眸子像扼杀了所有星光的夜空，白衣好似阳光下滚烫的雪，原来最简单的黑白二色也可以这样浓烈。

“姜别寒……”她目光涣散了一瞬，“是谁？”

“你忘了吗？那绫烟烟呢，你早上还拉着她的手舍不得她走。”

“绫……”她纤长的眉皱起来，向他抱怨，“你不要总拿一些奇奇怪怪的名字试探我，我才不认识他们。”

“你不认识他们。”薛琼楼缓缓说，“那这一路陪在你身边的人又是谁？”

“是……”记忆像被搅乱的海水，混乱地晃动着。白梨的脑海里只有一个模糊的人影，是曾在她溺水时将她救起，却再度将她拖入深渊的人。

“是你……”窒息的感觉再度袭来，少女仿佛被抽干力气，精疲力竭地倒进他怀里，气若游丝地喘息着，“我好像……忘了什么……”

“不是你忘记了，是他们从来没存在过。”他的指尖从她柔软的长发中滑下去。

她无法做出的选择他来做，她无法割舍的回忆他来抹除，一切和她有密切关系的人将一个个地从她生命里消失，直到她的世界成为一片空白。最后留下来的将只有他，他会成为她生命里的唯一。

温软的猎物被叼进巢穴，他想让她心甘情愿地留下来，只有断掉她所有的退路。

“那你还记得我吗？”他捏住她的下巴，让她直视着自己。

她眼神涣散，张了张嘴像要否认，可是那样的目光过于炽烈，容不得她逃避，过了半晌她才艰难地挤出字眼：“记……得。”

少年笑了笑，轻柔地将她的碎发拢起来，这回她没有躲开。

白梨突然用尽力气抱紧他，喃喃道：“薛琼楼……”

“怎么了？”

“再这样下去……”她眼里的光战栗着，“再这样下去，我会……把你也忘了的。”

回来的时候天已经黑了，白梨沐浴完毕，跪坐在地上解着自己的发带，瀑布般的乌发垂落到腰际。她安静得反常，甚至有点慵懒。

薛琼楼坐在一旁，静静地看着少女。她晕倒在他怀里，再醒来便是这个样子了，像失去了光彩的人偶。

手里的茶盏几乎被捏碎，他要的是活生生的她，叽叽喳喳又吵又闹的她，而不是现在这个死气沉沉的少女。

“阿梨。”他沉沉地开口。

她充耳不闻，耐心地拆解着打成死结的发带，乌发间的耳垂像被暴雨打进黑泥中的栀子花，纯洁又腐烂。

薛琼楼从背后搂住她的腰肢，把她往怀里一带。她软绵绵地后仰，并没有拒绝他，准确地说，是根本没有一点反应，好像只是被什么东西钩了一下。

他扯下她的发带，绸缎般的长发彻底散开，她手里机械性的动作终于停了下来。

“你是在生我的气吗？”

她乌黑的眼珠转动着，看向铜镜里抱住她的少年，平淡得没有一丝反应，就像一粒石头投进湖面，没有泛起涟漪就沉没了。

因为这不是湖，而是死潭。

是他这回做得太过分了吗？薛琼楼终于意识到不对劲，抬起她的下巴让她直视镜中的自己，问：“还记得我吗？”

她木木地眨着眼睛，瞥了他一眼，像在看素不相识的陌生人。

薛琼楼的血液一点一点地凉了，莫非她忘记了所有人，甚至也包括他……这不是他想要的结果，他不可能在这种事情上出现差错。

她突然“噗”地笑起来，眼角眉梢都是恶作剧之后的幸灾乐祸。薛琼楼依旧白着脸，但他感觉自己冰凉的血液逐渐回温了。

“你吓唬我。”

“我刚刚想起三件事，很重要的事。”她转过身，两手放在膝盖上，一副正襟危坐的姿态，“第一件事和一个叫做马孔多的小镇有关，那里的村民都得了一种病，他们会渐渐忘记自己熟悉的世界。最后他们想了一个很笨也很有效果的办法，给每件东西都标注名称——门、墙、床、桌子、椅子……可过不了多久，他们发现这个办法还是不行，因为他们连自己的文字也忘了。这种病叫作失忆症。”

即便习惯了她跳跃的逻辑，但她的话仍叫薛琼楼微微一惊。

“第二件事是无限循环之梦。年轻的母亲在灾祸中失去了女儿，她便一次又一次地重复着灾祸发生前的经历，试图改变女儿的结局。”她缓缓地说，“但她最后看到的，只是在一次又一次的循环中死去的……女儿的尸体，像山一样。”

她腰间有什么东西微微一闪，薛琼楼并未留意，他波澜不惊地问：“第三件事呢？”

“愚者永远无法抵达的理想乡，在很久以前的异域，它被称作阿瓦隆。”她忽地靠近他耳畔，像在分享自己的秘密，“如果所有人都得了失忆症，再陷入无限循环之梦，那他们就能抵达理想乡。”

难道她……发现了什么？薛琼楼不动声色道：“别想这些奇奇怪怪的东西了，歇息吧。”

讲的故事不被人理解，她看上去好像有些不愉快，抱着柔软的枕头仰面躺着，浓密的乌发在身下散开。她目光定定的，语调平平：“我睡不着……今天下午我好像和谁离别了，但是我记不起来。”

“你记错了，和你在一起的人只有我。”明亮的烛光掩盖了薛琼楼眼底的阴晦，他伸手撩开她耳际的碎发，她却主动把脸放到他手心轻蹭，“带我出去玩吧。”

薛琼楼感觉到掌心的暖意，看了她很久，轻轻一笑：“好。”

终于……抓住了。

黑黑的眼珠从兔子面具的两个孔中露出来，灵动地转了转。面具上缀着亮闪闪的金片和流苏，璀璨又华丽。

“这个也好好看。”白梨目光闪闪地摘下面具。

“确实好看，但我已经拿不下了。”薛琼楼怀里抱着几乎与他等高的礼盒，礼盒用华贵的丝绸包裹着并系了蝴蝶结，难为他还能如此平稳地一路走来，因而他也受到许多路人的注目礼。

“但它就是很好看。”白梨又强调了一遍，“我要买它！”

“那就……买吧。”

“理解万岁！”少女心满意足地抱紧面具，踮起脚转了一圈，旋开的裙面像肆意盛放的重瓣木槿。

即便是深夜，蒹葭渡依旧灯火通明，虚幻的灯光如流光溢彩的长河漂浮在整座城市上空，逼退了漫天星斗的辉彩。长街两侧有一些散修在摆摊，金色的莲灯在夜色下有些蜡黄，映得摊主面容森森如鬼魅，迎面而来的行人举手投足间也有不自然的僵硬。

她已经完全沉溺在这个世界里了，失去了所有的记忆，忘记了生养自己的父母，忘记了生死与共的同伴，甚至忘记了她自己，她的世界成了一片空白。

薛琼楼眸色变得极深。他费尽心机，才终于把那些人从她生命里全部赶走，他就是这么不择手段又无可救药。该是他的，他就要一寸寸地，全都夺回来。

“你在想什么？”突然间一只面具扣了上来，她扑到他面前，和他四目相对，两人近得只有毫厘之距，她密密的眼睫仿佛两把黑色的羽扇，“看，我给你挑了情侣款狐狸面具！”

所谓情侣款，就是两只面具的眼尾一左一右各有一抹迤逦的红痕。狐狸本就是奸猾与狡诈的象征，可是代表无邪的兔子眼尾多了这抹红痕，原本单纯的美也带了一丝神秘的妩媚。

她踮起脚，用两个人才能听到的音量在他耳边说：“大灰狼永远也吃不到羊，但是小灰灰会和羊成为好朋友。”

薛琼楼微微一惊，她居然还记得这么久远的事情。

她说完这句，背着手后退两步，歪着头朝他笑，像刚完成一个恶作剧。

尺素江里不知何时多了几条画舫，画舫推开布满整片江面的花灯，顺流悠悠飘来。栏杆旁人头攒动，有人低头看水面，水上团团锦簇的花灯好似漫山遍野的织金玫瑰；也有人抬头望天，今夜无月，繁星密斗犹如一场莹莹大雪。

“我想去船上看看。”她兴奋地拉起他的手。

“走慢点，小心摔跤。”薛琼楼一挥袖子，拥挤的人群自动向两侧分开，她看上去更高兴了，拉着他小跑起来。

砰！

人群突然躁动起来。自那深黛色的屋檐廊宇后炸开一朵璀璨烟花，几乎占据整片天穹，天地一瞬亮如白昼。它在空中停留了三个弹指的时间，才如天女散花一般，纷纷簌簌地凋谢。

“是烟花！有人在放烟花！”

又是几声烟花升空的尖啸，然后烟花接二连三地在空中盛开。路人驻足仰望，他们的脸被映得五光十色，手中绚烂的花灯、脸上争奇斗艳的面具、头顶清辉流转的星河都失去光彩。

河中飘来几条画舫，船家十分贴心地放下长桥，供游人上船观赏。其实真正能上得了船的只有白梨一个，与她擦肩而过的人都有一张模糊不清的脸，甚至扭曲变形。但她毫无所觉，仰头看着将整片天空都点燃的烟花，眼底映满灼灼流光。

“真好看哪，但我总觉得，身旁好像少了很多人。”她声音低低的，“这里原本应该还有人……”

薛琼楼不动声色地看向远处。那里恰好有三人经过，他们的面貌慢慢发生了改变，男人身量拔高，背后多出剑匣，他身旁的少女穿着亮眼的黄裙，年纪最小的少年猴子似的在街上窜来窜去。

“你不觉得他们三个很眼熟吗？”

“不认识。”她否认的时候连眼睛都没眨一下，“你和他们认识吗？”

“陌生人而已。”

没有了这份同生共死的羁绊，日后这三人死在他手下，她便不会感到任何愧疚，顶多只是同情罢了。薛琼楼有些阴暗地想着。不对，连同情都不会有，接下来所有的事情，她都不会知道，她唯一清楚的就是，她可以满怀信赖地将自己交付给他。

白梨眼里倒映着烟火，满是惊喜。她下午回去后饱饱地睡了一觉，现在表现得很精神，脸上泛着健康的红润。她黑发顺直如瀑布，完全散开后能垂落到腰际，像月下披着透明蝉衣的妖精，清澈又古艳，恬静又端庄。

这个年纪的女孩看到这样盛大的烟火晚会应当都会很高兴吧，看来这回……他做对了。

喉间突然涌起强烈的腥甜，薛琼楼赶紧抵住唇。维持这样一个庞大的梦境需要耗费极大的法力，撕裂的旧伤和连日来的不眠不休让他到了极限。

“你怎么了？”

“没什么。”薛琼楼不动声色地擦去嘴角的血迹，沙哑地说，“阿梨，过了今晚，你就和我回家。”

“欸？那么快？你不是还要去鹿门书院吗？”她有些慌张地向他询问。这个世界上，她唯一能信赖的人只有他了。

“那些事情不重要。”他波澜不惊地说，“这里很危险，和我回家才是最安全的。”

“你突然这么说……我完全没有心理准备欸。”她脸红地碎碎念，“不知道伯父伯母会不会喜欢我，你家里其他人会接受我这个不速之客吗？听说东域很遥远，都是海，我会不会水土不服啊？能不能给我一点考虑时间？”

这段时间她其实都在这里，只是作为梦中人毫无感觉而已，而现在他没办法苦等下去，所以只能用这样的手段，逼着她做出唯一的选择。

薛琼楼试探着去拉她的手，他没有被拒绝，反而被她反握住手，她手心的温度降到了冰点。

“你不愿意和我回家吗？”

她还有选择的余地吗？没有了。所有可信赖的人都从她的世界里一一消失，所有的真相都被一一扭曲，除了相信他的话，她已经别无选择。

“和你……回家？”她失神地重复着，眼里光芒涣散。

说愿意，不要再犹豫了，只要她说出这两个字，哪怕今后要耗尽全部修为和寿命维持这座海底的梦境，哪怕失去最重要的东西，永远埋葬在海底的坟墓无法脱身……他也无怨无悔。

薛琼楼低下头，鸦羽般的眼睫在瓷白的脸上投下一弧弯弯的影子，他蛊惑似的低声说：“阿梨，跟我回家吧。”

她眼睫眨了眨，目光越过他的肩膀，看着夜空中的烟火。烟花在她眼底缓缓凋谢，堕入黑暗，像在奔赴一场壮丽的死亡。

“烟花真好看，可终将会凋零。”她轻叹着说。

薛琼楼从她的话中听出了些许苍凉，他整颗心慢慢跌到冰凉的谷底，魂魄都麻木了。

白梨突然上前抱住了他。

这是愿意接受的意思吗？薛琼楼身体僵住，小心翼翼地揣测着，仿佛自己才是被梦境迷惑的那个。

她把他抱得更紧，侧脸贴在他胸前，毛茸茸的发顶蹭着他的下颌。她的右手放在他胸口，像在感受他的心跳。

“薛琼楼，谢谢你给我看的烟花。”她郑重得像在许下一生一世的诺言，“我最喜欢你了，我答应和你回家。”

他终于得到了心心念念的回答……仿佛汹涌的潮水冲溃了他所有的提防，一直以来都引以为傲的理智溃不成军，现在他多少可以理解那些为爱轻生的傻瓜了。如果她现在让自己去死，他也不会有任何犹豫。

烟花不断在天际飞升、绽放，闹哄哄的声音中，突兀地传来一声“哐当”，有什么东西砸到地上。

犹如惊雷在耳畔炸响，一贯处变不惊的少年怔立当场，面色褪得煞白。

地上躺着一枚梨花华胜，反射出的雪光刺痛了他的眼睛。

他的视线僵硬地下移，看到她贴在他左胸的手从他衣襟内缓缓抽出一张画像。上面五个人亲密地挨在一起，脸上洋溢着灿烂的笑，鲜活而真实。

而她置于心口处的手，如同一把猝然刺进来的刀，扎得他的心脏鲜血淋漓。

天际那朵盛开到极致的烟花化作一场金色的星雨，在半空中枯萎，天穹重归黑暗。

铺满花灯的河流枯竭干涸，雕梁画栋的舫舟卡在皲裂的河床中，花灯犹如一只只垂死的萤虫，幽黄的光是尸骸最后迸出的火烬。潮水般拥挤在一起的人群中，不断有灰白色泡沫旋起，在浑浊的夜色中翻滚碎裂。

这个梦中世界正在崩溃，取而代之的是开始泛出红光的夜空。落日的余晖将海面染成了苍红色，海鸟徜徉而过留下风一般的余音。

这里仿佛溯世绘卷上那幅来自洪荒时代的画一样，带着神座一般的浩瀚森严，又带着坟墓一般的荒芜苍凉，只有这一抹斜阳余晖让这片海域显得古老又浪漫。

这是一座海底的宫殿，也是一座金装玉裹的牢笼。

“这里就是白浪海吧。”白梨仰头看着他，“我早就和你回家了。”

从天堂抵达地狱需要多久？现在他知道答案了——只需要短短一句话，一瞬间。

他眼中一片绝望的漆黑。

“你怎么知道……”

“我把华胜和画像都留给了你，所有我身上不可能有第二份。”白梨说，“一开始在尺素江边放花灯的时候，我就发现了。”

不可能。

不可能的，他从来不会失手。都这样了，就差这最后一步了，为什么还会被她发现？！

梦境的崩溃和浮屠花残留的诅咒让他吐出一大口血，所有的心机、所有的尊严、所有的幻想都灰飞烟灭，他又变成了那个失去整个世界的孩子。

一切的谎言都会破碎，正如一切的梦终会醒来。

他自始至终都在饮鸩止渴，陷入谎言无法自拔的人是他自己才对。

他后退了几步，像是无法接受这样的失败和失态，转身逃进黑暗。

薛琼楼大概是这辈子唯一一次且最后一次在别人面前展露出这一面，在他费尽心机、用尽手段仍然得到失败的结局后，他选择了逃避。

白梨根本来不及追上去，他已经不见了。

“喂……”她无奈地说，“我的话还没讲完呢，怎么就走了。”

衣角被扯了扯，白梨回过头，居然看到了久违的白鱼。它的主人理智崩溃之后，随之而来的是心理防线的崩溃，连自己的宠物挣脱了封印都没察觉。

“你能带我去找他？”白梨捧起白鱼。

白鱼重重点了点脑袋，摇头摆尾地在前面带路，白梨紧随而上。两侧婀娜的人鱼灯幽幽地亮了起来，像一排暗红色的珠子，滂沱的烛泪凝固在人鱼们曼妙的长发和长尾上，无端显出几分凄美。

白鱼停了下来，尾巴一甩转向右方，黑色的眼珠定定地不动了。白梨也停下脚步，她觉得自己见鬼了，居然从一条鱼的眼里看到了悲伤的泪珠，它好像在缅怀着什么。但想想也没什么不对劲，这是条灵鱼，具有人类的神志，也像人一样会睹物伤怀。

白梨打量着四周，绡纱织成的帷幔、帷幔下缀满的珠贝以及悬挂在象牙床四角的夜明珠无一不在提醒着，她应该是不小心闯入谁的闺房了，而且房间的主人还是一位身娇体贵的贵妇。

“他真的会在这种地方吗？你是不是带错路了呀小白鱼？”

白鱼不理会她，只是对着一个方向怔怔地凝望，鱼目中溢出的泪水滚到地上，成了珍珠。

白梨吃了一惊，薛家的鱼还能对月流珠的吗？可这会儿也没有月亮啊。

人鱼灯照亮了那处，那里只有个普普通通的梳妆台而已。梳妆台上，贝壳里的胭脂用了一半，牙梳上卷着一缕银白的长发，翡翠的耳坠犹如翠绿的水滴，一只已经碎了，彩绳编制的流苏还有一半没有完成……一切的一切都还完美地保留原样，仿佛这里的主人只是暂时出去了一会儿，很快就会回来，然后坐下来继续梳妆。

女为悦己者容，或许她接下来要见自己的情郎。

梳妆台最中央摆着一面铜镜，因为长时间的擦拭，镜面被磨得糊了一块。白梨有种错觉，镜子里仿佛囚着一个人的灵魂，那模糊不平的镜面就是她的灵魂在挣扎。

仿佛受到冥冥中的召唤，她无意识地走上前。枯黄色的镜面漾开一圈涟漪，闪现女人对镜梳妆的身影。她的面庞剔透如琉璃，像被封印在冰雪之下，她的长发乌黑，肌肤如雪，额前缀着银白色的水滴，眉宇间透出不近人情的冷漠与酷寒，仿佛广寒宫中的玉娥。

一瞬间之后，铜镜还是那面铜镜，普普通通，映出白梨模糊的脸。

可她没办法忘记方才看到的景象，视觉冲击力太强了。这难道是妖镜吗？说女人是妖，她却拥有神圣不容侵犯的冰雪容颜；说她是神，但万人之上的神灵怎么会被囚禁在黑暗的牢笼中？

而且白梨总觉得这张脸很熟悉，好像在哪儿见过。

腰间的芥子袋发出一阵淡青色的光，白梨从里面拿出那枚黑珠，一个念头一闪而过。

她想起来了，这是那个她曾经在黑珠中看到过的风华绝代的女人。她赶紧将黑珠高高举起，就着黯淡的烛光看清了黑珠中女人的脸。

与方才所见的不同，她在羞涩又小心地微笑。她笑起来的时候冲淡了眼角眉梢那股不近人情的冷漠，像是春天樱花上的残雪。

那么这个男人呢？他自始至终都背对着她，白梨很想知道这个男人长什么样。

“姑娘，劳烦让一让。”就在她要看清男人的脸时，苍老粗哑的声音猝不及防从身后响起，白梨吓得连忙把珠子藏起来。

“铜镜不擦又该积灰了，少主这次回来，还没顾得上来这里看一眼呢。”驼背老人自言自语地从她眼前经过。

这、这是传说中的看门大爷吗？白梨认出他就是之前出现在“客栈”里的老人，小心翼翼地询问：“这位……大爷，请问这里是什么地方？”

“姑娘是要找谁？”

“找、找你家少主。”白梨心虚地说，“我和他有话要说。”

老人摇头：“我也不知道。”

身为仆人不应该跟紧你家主人吗？！不过按照薛琼楼那种性格，恐怕他宁愿自己独行，也不愿有人陪着。白梨泄气地说：“好吧。初来乍到，我对这里还不是很熟，迷路误闯，还请见谅。”

老人擦拭珍宝一样擦拭着铜镜。

“其实还有一件事。我刚刚在镜子里看到一个女人，她就是这里的夫人吧，她真漂亮。”

老人幽幽朝她看了眼，白梨真想把自己的嘴巴堵住，她少说一点就不可以吗？非得惹得人家怀疑自己！

“已经很久没有人问过她的事情了，而且，她不是这里的夫人。”

白梨心说，不是夫人难道还是主人？但她听到的薛氏家族史里，根本没有女性的家主。

手里的珠子闪烁着光芒，白梨又举起来看了一眼。里面的男人不知何时侧过身体，他修长的手指挑动着纤细的丝弦，琴声犹如一线来自九天的冰泉，纯冽而清澈。

琴声，他在弹琴？而且这把琴……

白梨瞳孔骤缩。

“她不是夫人，她顶多算个……被囚禁在这里，还以为自己已经和夫君团圆了的可怜女人。”

原来这里不是她的家，也不是他的家。白梨觉得没有比这更荒唐的事情了。

“这个地方叫作朝暮洞天。命如朝露，朝生暮死。任何被囚禁在此处的人，都会陷入千年的梦境之中，永远也不会醒来。”

老人在地上坐下，曾经见证过这个家族兴亡的人已经像秋叶一般凋零得所剩无几，而他苟活至今，现已半身入土，长久以来唯一期盼的就是能找个合适的人倾吐当年的真相。

“那个女人是超越了神灵一般的存在，只要她愿意，她能主宰整片海域，淹没人间。对付这样一个怪物，只能用这种方法让她心甘情愿地走进囚笼。”

“怪物？”白梨皱眉，“为什么这样说？”

“这不是我杜撰出来的名词，当时的‘三家’就是这么称呼她的。”

白梨曾听李成蹊介绍过“三家”，指的是玉浮宫、巨阙剑宗和鹿门书院这三家。而薛氏与执掌审判大权的鹿门书院同属儒门，恐怕两者间有着千丝万缕的关系。

当时李成蹊还言简意赅地讲述了为何薛氏家主会将家族迁至荒凉的东域，以及薛氏短短数年之内恐怖的崛起速度。

他当时评价说“如有神助”，这个“神”……

白梨心里一沉，道：“难道……”

“你想得没错，她对家主唯一的价值，就是她身上这股取之不尽、用之不竭的灵力。”老人说，“身为天地孕育而生的神灵，它们的灵力是人修的千倍、万倍，这就是薛氏短短数年内问鼎东域的原因。朝暮洞天是家主亲手凝练而出的三千小世界，这里的时间流逝得极慢。所以对家主来说，原本拥有无限寿命的她变得和普通人一样，终究会有修为枯竭、寿命耗尽的那一天，到那个时候，她也就没有用了。”

白梨缓缓地打了个寒战。

“但她什么都不知道。可笑吗？她只要动一动手指就能把这座朝暮洞天掀翻，甚至把整个东域都毁灭，但她没这么做，因为她以为自己和夫君团圆了，她觉得这里就是她的家。

“家主从来不闻不问，他眼里只有她的修为和寿命，根本没有把她当成一个人来看待。这么多年一直是我照顾着她，她曾经跟我说，她觉得夫君变得有些不一样，时而温柔似水，时而对她不理不睬，有时候她还能感觉到这个男人对她并非真心。但这又与她的记忆大相径庭，所以她一直欺骗自己，觉得这是她自己产生了幻觉，她应该相信自己所见到的‘真实’世界。

“她是在临死前才恢复理智的。”

这真是一段令人不忍回想的记忆。

也许是觉得这么多年来她的付出理应得到回报，又或许是觉得接下来要发生的事对一个女人来说太过残忍，家主第一次以对待人类的方式将她抱进怀里，轻轻掐住她的脖子。

事实上不用他亲自动手，她也快要死了。

她的乌发褪作雪白，身为神灵的体质却让她容颜不老，所以她看上去还是如此年轻，像不谙世事的少女。

“夫君？”她的眼瞳一片黑暗，声音却如天泉般清澈，现在这一线清泉濒临干涸，“为……什么？”

“看清楚，我不是你夫君。”家主俯下身，像在观察一只不断挣扎的小猫，“你已经没用了，没用的人就该去死。”

女人的面色一片雪白，她在这一刻恢复了理智。抱着幻梦死去也未尝不是一种解脱，可偏偏她是在死前的最后一刻恢复了理智。

“你不是他！”身体早已枯竭，她的眼中只能淌出血泪，“你不是他！他在哪儿？他在哪儿？”

“如果我知道他在哪儿，也就不用耗费心思让你们的孩子去杀他了。”家主淡淡地说，“他很聪明，也知道孝顺娘亲，所以只对你一个人好，这一点和他生父真像。只可惜你每次都不理解他的苦心，他离开的时候可是被你伤透了心。不过你且放心，他已经是个能独当一面的男人了，他知道何时该割舍感情，何时该拿起刀剑。”

这些话语像刀子一样，她痛苦地蜷缩起来，仿佛有只手将她的灵魂撕裂了。她的身体渐渐变淡，无数泡沫从她身上升腾而起，金色的阳光像天神的利剑刺进海底，刺穿了她的躯体。在第一缕阳光升上海平面时，她也再无存在的痕迹。

“原来这种生物死的时候，会化作深海海底的泡沫。”家主看着自己的手，讥讽地笑了笑，“神灵又怎样？还不是被我玩弄于股掌之中。”

他忽地抿紧唇，缓缓地半跪在地，明明身上没有任何伤口，嘴角却流下鲜红的一线。

那个时候老人站在一旁目睹了整件事情的经过，直到很久以后他才反应过来家主为何突然会受伤。

他算无遗策，为了达到目的，他可以利用任何人。如此年轻就成为一家之主，而且还是以私生子的身份，这样的成就足以令人刮目相看。但他也有致命的缺点——傲慢。

因为傲慢，他根本没有发现这些年来女人偶尔会恢复神志。

他遭受了反噬。

“真可惜，我还想着要整个天下在我面前俯首称臣。”他看着自己渗血的手掌轻声说。

“不过，做东域之主已经够了。”他拿手帕擦拭鲜血，随口吩咐，“三十天之内，他若不能回来，直接杀了吧。”

三十天是他生命最后的期限，他死之前还要把最后一件事了结，若三十天之内少年还没回来，那少年也就没有回来的必要了。

反正天上地下都没有少年的容身之处，无论他在何处身亡，都是客死异乡。

少年踩着最后一天的尾巴回到了东域，他脸色苍白得像纸，明明已经撑到了极限，却依旧马不停蹄地奔赴海底。但他看到的不是日思夜想的母亲，而是坐在书案后面容苍白的男人。

“为什么是你？”他警惕地问，“阿娘呢？”

老人细致地发现，他举手投足间和离开前有了些许不同，好像一块冰有了温度，那是家主身上从不曾有过的温度。

家主坐在书案后，没看那金丹一眼，只是微笑着问：“你看着他死的？”

少年扭过头没有回答。

家主笑着打开折扇，那上面的梅花红得妖艳。

“你笑什么？”

“我在笑父子离心，相残相杀。”

“什么？”

“我想着，若是他杀了你，我就派人告诉他‘你杀了自己寻觅多年的儿子’，如果你杀了他呢，就像现在这样，我告诉你，你杀了自己的父亲。”

少年的瞳孔战栗着，难以置信道：“你说……什么？”

“你不用这么伤心，你该感到庆幸才对。”家主自顾自地说，“那个男人自视甚高，如果他知道自己的骨血是这样一个无可救药的败类，他会羞愧难当到根本不想让你认祖归宗。”

少年的眼瞳被一片森然的黑暗覆盖，他跪在地上，面容隐藏在阴影中，看不清表情，只见到他五指深深抓进地面。

他终于知道男人在漫天血光中回头、眼上白纱飘散在风中的那一刻，那双眼睛为什么会让他感到如此熟悉，熟悉得几乎淡去所有记忆的刻痕。

因为他也有那样一双眼睛。

他想起某一天晚上和男人并肩坐在河边时，两人都在冥思着自己的事情，树叶缓缓飘落，明月在江中奔流，就在某一刻，有什么东西隔着千里刺痛了他的心脏，他睁开眼，发现男人同样面露不安。

“想到什么事情了？”

“没什么。”他静静地补充一句，“只是……想到一个女人。”

“嗯，我也是。”

他们再没有交谈更多，因而也不知道对方心里到底牵挂着谁，正如他们不知道，千里之外的海中，有一堆晶莹的泡沫在灿烂的日光中消散。

黑暗中划出一道血色的虹，笔墨、书案、圈椅在一瞬间飘浮在空中，甚至连屏风这样的巨物也飘了起来。一个弹指的时间过后，这些东西全部四分五裂，宛如泼洒的墨水。纷飞的碎纸中，男人挡在身前的折扇出现一个血洞，他雪白的长衣渐渐被血染红。

“不管我有没有说出真相，你今天都是奔着杀我来的吧。”家主这时候居然还有心思谈笑，“进步了，居然可以靠近我三步之内，也是那个人教你的吗？”

“他……从不教我杀人。”少年站在他身前，眼睛红得像要滴血，那样痛彻心扉，“是你教我怎么握刀的。”

“手握刀剑的人，也要做好被刀剑贯穿的准备。”家主振袖，折扇上的血在地上喷溅出血弧，“不过你还是太幼稚了，你在这里杀了我，明日薛氏所有的旁系都会知道这个消息，你这个私生子的养子，做好应对他们叛变的准备了吗？”

他居然冷静到想用自己的死再度掀起萧墙之乱，这也是他预判好的吗？

“薛氏因我而兴，也将因我而败，我死之后，这个家族要给我陪葬。”家主按住少年的肩，“从今往后将只有你一人背负罪孽，没有人陪伴你，也没有人会理解你，你会……生不如死。”

从今往后，人间将是他的地狱。

烛光不知何时熄灭了，黑暗中绽放着重重血花。老人沿着血迹一路往前，看到了少年伶仃的身影，浓烈的血衬得白衣如雪。或许是因为这一切都结束了，他平静得反常。

侥幸捡了一条命的老人点亮烛火走上前，烛光照亮少年的面容，他吃了一惊。

少年在黑暗里坐得笔直，眼底含着刺骨的冷意，嘴角却微微翘起，他望着铜镜的方向泪流满面，三种截然不同的神情杂糅在他小小的脸上。

老人害怕得想下跪求饶。

“连你都死了，谁来陪我呢？”少年转动漆黑的眼珠，朝他笑了，和男人的微笑一模一样。

他眼底有什么东西正在死去。或许他早就死了，死在那天的暴雨夜，死在那条被血染红的溪流中，死在海面上还未飘散的泡影里。

从今往后万万年，不会再有人能够唤醒他的灵魂。

## 第 10 章
## 朝暮洞天（三）

透过唯一的窗户，白梨能看到日轮是如何触碰到海平面，将烈火般的余晖铺散在天际的。照进海底的日光其实是冰蓝色的，冷冷的没有温度，冷风在光影照不到的角落里扫荡。

这里简直像个黑色的牢笼。

“之后少主将自己关在这里，不曾迈出过一步。”老仆人擦着光可鉴人的书桌，“过了很多年，他才决定离开东域前往中域中洲。”

“然后就遇上了我们吗？”白梨想起很久之前自己问过他有没有朋友，他回答说此前遇到的都是萍水之交，全都忘了。这个人还真是无时无刻不在说谎，他其实连一个能说话的人都没有。

她沿着墙壁慢慢走，四面墙壁其实都是书架，被打扫得一尘不染。卷轴整齐地堆放在一起，很多已经泛了黄、卷了角，想来他不只是把自己关起来避世不出，这么多年来他一直在研究着各大世家宗门的历史，所以每回都能如此精准地找到他们的弱点与命脉。

书案上摆着一盘残局，黯淡的阳光穿梭在黑白二色的棋子之间，两粒白子摆放在棋盘的右下角。见多了他和姜别寒对弈的白梨知道，在围棋中这是表明认输的意思，也就意味着永恒的结束。他早就做好了赴死的觉悟。

天上地下，没有他的容身之处，那么这里既是牢笼也是他的家。

离家出走的少年对着空荡荡的家道别，对着还未下完的残局起誓，宁愿惨烈地死，也不要孤独地活。

这场注定孤身赴死的战争，原来在这个时候就已初露端倪。

他不是不愿给自己留退路，而是早已无路可退。

恍惚间，她仿佛看到有个白色的身影躺在满地凌乱的书籍中，冰蓝色的夕阳将他的影子拉长，他抱着书睡着了。

白梨眨了眨眼，这个人影又消失了。

“为什么这里一个人都没有？”她问老人。

薛氏这样如日中天的家族，在东域占地为王的存在，怎么会在一夕之间仿佛人间蒸发了一样？难道真的只是因为薛暮桥一句话，整个家族就给他陪葬了？

老人幽幽地盯着她：“你觉得，这世上谁会待见一个私生子的孩子？尤其是当家主去世以后。”

支持他的只想将他当作傀儡，反对他的索性想将他赶出东域。

“所以……”

“所以，如果你走出这片海域，你会看到地面是赤红色的，那都是血。这就是薛氏这些年来避世不出的真相。”老人擦拭着墨台，波澜不惊地陈述着。

因为东域已经成了一座坟墓。

“我要写信。”白梨突然说。

老人终于停下手中的活儿。

“我有三个朋友，他们迟早会找到我。”她说，“在那之前，我有些话要和他们说。”

“那是你很重要的人吗？”

白梨没有回答，很长时间后她才轻声说：“是为了很重要的人。”

偌大的宫殿没有点灯，白玉砖上覆了一层霜，冒着丝丝的寒气，少年静静地坐在冰天雪地里，被血迹弄脏的外袍扔在一边。

他衣襟半开，露出胸膛上完全盛开的浮屠花。妖娆的花枝爬满整片胸口，爬上他的锁骨，甚至蔓延到脖子上。

象征着堕落与腐烂的妖花，那些爱而不得的罪人会在它的诅咒下备受煎熬，却又在地狱里心甘情愿地沉沦，它是腐朽的黑泥中开出的恶欲之花……这就是他的恶欲吗？他看着自己的手掌。

眉斧蛊……原来当日因一个小小的疏忽埋下的种子，现在已经如此根深蒂固，深深地扎进他的血肉里，再也无法分离了。

白梨找到他的时候，他就这么坐在黑暗里，像一具雕塑。

“你没事吧？”白梨在他身旁跪坐下来，以这句废话作为开场白。

他果然没搭腔，只是靠着墙面，轻轻闭上眼。

四周安静到尴尬，白梨僵硬地坐在他身旁，感觉自己也变成了一块正在进行有氧呼吸的石头。来之前她还被看门大爷友好地鼓励了，大爷拍拍她的肩膀，意味深长地说：“少主已经好几天不眠不休了，你至少得劝他睡一觉。”

她当时到底为什么可以这么自信地答应下来？！他现在根本把她当空气。而且他看上去一蹶不振，看来这次滑铁卢让他深受打击。

“你不要那么看重输赢，那个……而且其实我作弊了。”白梨打量着他的神色，“是先生的琴光啊，它能够保护一切，也保护了我，所以我没受到幻境的影响。”

薛琼楼的目光隐没在黑暗里，没有任何反应，如果他胸口不是在小幅度起伏的话，白梨几乎以为他只是一具冰雕。

她试探着伸出手放在他肩膀上，隔着薄薄的衣料她也能感受到他身上滚烫的温度。白梨立刻反应过来，他只穿着一件里衣，在这冰天雪地里坐了这么久，一定是发烧了啊！

“你先把衣服穿好，别着凉了啊。”她一把抓起身旁的外袍，却突然顿住了，因为外衣上大片大片都是血。

她差点忘了，他在秘境内被刺中过一剑，伤口到如今也没有好好处理。白梨赶紧翻找着身上的药物，道：“你、你、你先别动！我找东西给你处理伤口！”

“没用的。”他终于哑声开口。

白梨心想，你就这样放弃治疗，难道是想失血等死吗？！她以前惨遭连败的时候也没像这样绝望得好像世界毁灭了一样。

“你振作一点！想想看，你至少拿到了溯世绘卷！离你的计划又近了一步，这不值得开心吗？”白梨一边说一边唾弃自己，她什么时候开始替反派着想了？这就是近墨者黑吗？

“这对我没用。”

“什么？”难不成拿到溯世绘卷还不能令他得意吗？

白梨还没反应过来，他忽地欺身逼近，以一种不容抵抗的力道，将她压在地上。白梨措手不及，吓得一哆嗦，问：“你、你干吗？”

刚刚她说错话了吗？这家伙不会想灭口吧！

“阿梨……”他一只手按住她不让她挣扎，另一只手轻轻碰上她的脸。他闭上眼睛，又睁开，眼里晃动着冷月般的光，有什么东西在里面挣扎。

“我一直在骗你，从头到尾都在骗你，但我对你是真的……真的……”他连说了两遍“真的”，都没能继续说下去。他像条被抛弃的小狗，高傲又卑微，强硬又怯懦，冷静又偏激……仿佛一切扭曲的矛盾都杂糅在他的人格内。

他的唇压下来，带着冰冷的寒气，白梨下意识想扭头，但或许是身下的地面太过冰冷，又或许是扫荡在宫殿内的风声太过空洞，她的身体就这样僵住了。少年柔软的黑发落在她脖子上，她没有躲闪也没有闭眼，只是痛惜地看着他。

他在离她毫厘之际骤停，从她的腰间缓缓抽出折叠得很整齐的信件。

什么？

这意想不到的反转让白梨差点从地上弹起来。

这是她还没送出去的信件！他为什么每次都能这么精准地找到她身上藏的东西？！

薛琼楼潦草地扫了一眼——是给那些人传递消息的信件。

她就这么想逃走吗？

他的眼里一下子失了神采，如果说方才他的脸色只是白，那么现在他的脸色甚至透出了绝望的死灰色。

他将信纸揉皱了，缓缓松开她的双手，翻身坐起。因为自小受到最严苛的教导，无论何时，他的脊背都挺得笔直，但现在他低垂着脑袋，耷拉下来的乌发遮住了眉眼，侧脸像失去光彩的玉。

“还不走吗？”

“走？”

“如果所有事情重来一遍，你还是会选择去救他们，对吗？”

他双眼无神，这封信把他仅剩的幻想都撕碎了，他很清楚这样问无疑是在自取其辱。

白梨看着他，目光渐渐地认真起来。

“没错，如果重来一遍，我还是会选择先去救他们。”她毫不犹豫地肯定了。

他绝望地闭上眼……不要再说了，再输下去他会一无所有。

“但我会和你一起死。”她的声音忽然轻柔下来。

一起……死？

“绫烟烟、姜别寒、夏轩，他们救过我很多次，也帮过我很多次，是我在这个世界上的好朋友。如果他们遇到危险，我会第一时间去救他们。如果我放着他们的死活不管，我和那些恩将仇报的小人有什么区别？但是——”她每个字都咬得很清晰，生怕他听不清楚，“但是有人和我说过，人心分善恶，世事分对错，但爱这种东西，是不分对错和善恶的。”

少年黑沉沉的眼瞳被一寸寸点亮了。

“所以你还不明白吗？”他的脸被捧起，视线对上少女近在咫尺的黑眸，“我不会走的！等所有人都安全了，我还是会回来陪你的！如果前面是地狱，那我们就一起下地狱！”

眼睛微微睁大，过了很久很久，他才用沙哑的声音问出来：“那这封信……”

“这封信上根本没有我的署名，他们不知道这是我写的。至于现在陪伴他们的是谁，你做事这么滴水不漏，应当早就安排好了所有事情，根本不用我操心了。”白梨说，“这样一来，我就能好好陪着你了啊。”

地面的风传到幽深的海底，化作海螺里的天籁。他怔怔地听着，眼底晃动着两枚小月牙。

“所以我那天在烟花下说的话都是真的。”她靠过来，像在和他分享自己的秘密，一字一顿，“我最喜欢你了啊。”

心底有什么东西在慢慢膨胀，他的手指轻轻抚上她的脸颊，像触摸水里的月亮，带着一丝试探的惶恐。无数次的尝试后，他终于完完整整地将它捧在手心，怕它被风吹散，又小心翼翼地护在怀里，那样虔诚而珍重。

她不恨自己，不仅不恨，甚至还……喜欢。

“阿梨……”

他的手指滑过她的脸颊，轻轻托起她的下巴。白梨被捏着下颌向他靠近，少年柔软得像棉花糖一样的唇瓣吻在她的嘴角。

只是蜻蜓点水的一下，像轻柔的羽飘落到湖面，却有一股战栗顺着脊背蹿上来，过电似的传遍四肢百骸。白梨蒙了。

他伸出手指，虔诚而仔细地描摹着少女的唇。原来这两瓣殷红，尝上去是这样甜蜜的滋味。

“你能再说一遍吗？”他目光流连着，眼珠黑黑的，像初次与人亲近的小狗，有点可怜，带点乞求。只要她表现出抗拒的意思，他就会像上次那样落荒而逃。

她刚刚讲了很多话，这是要她讲哪句？白梨的反应已经跟不上了，她断断续续地说：“信、信上没我的署名……”

“不是这句。”

白梨眼睫颤抖着，思维模糊起来，说：“我、我从不骗人……”

“不是这句。”

白梨闭上眼心一横，大声说：“我最喜欢你了！”

可她一开口，薛琼楼便吻上了她的唇。

温温软软地相抵，细细慢慢地碾磨，带着一点尝试性的青涩。他又不敢弄伤她，所以只好小心翼翼地、一点一点地吻着。他就这样引导着她，让她沉溺在自己的旋涡里。

她贴紧墙壁，慢慢抓紧他的袍袖，腰肢揽在他手里，像逃不出笼的雀鸟。他揉捏着她后颈的手移到她的发丝里，亲吻间扯散她的头发。

这样还不够……他手指蹭开她脸颊上的乱发，绵密的吻落在她洁白的耳垂和天鹅般柔软的颈项上。

吻过的地方都泛起奇异的战栗，她的手指都在轻轻地颤抖。

薛琼楼把她按在怀里亲吻，他尝到了一点甜，就想贪婪地霸占整片花田。

他清风朗月的表象下藏着虚伪卑劣，再往下挖掘，却还是一片温柔与克制，那是仅剩的细雨柔风的温存。

真甜哪……

这句话好似在心头闪烁一下，又好似被轻叹出声。他将仅剩的、破碎的温柔拢起来，揉碎成唇齿间那一点荡漾的甜。

南下之路，风平浪静。

南方诸州的仙家宗门坐落在一条绵延万里的灵脉上，直入云霄的孤峰宛若一柄斩金截玉的利剑，茫茫云雾便是若有似无的剑鞘。一条由云海凝聚而成的云径悬在半空，仙鹤青鸟在云海中翩然穿梭。

这座孤峰隶属巨阙剑宗，看着有种高处不胜寒的感觉，云径两侧却坐落着亭台楼阁、斋堂酒家供来往散修歇脚，一片烟火人间的繁华气象。

飞舟降停在云径前，四人从飞舟上走下。

姜别寒的伤势已经愈合了八九成，他一个人默默走在最前面。也许是少了威风凛凛的长鲸剑陪衬，他本就高瘦的背影显得有些落拓，像用发条控制的人偶，歪歪扭扭地走着。之前也有师弟提议把自己的飞剑借给他，但被他拒绝了。

师父说过，终有一日他会成为剑宗独当一面的领袖，他会救下很多人，成为很多人的英雄。儿时的愿望如此简单，可现实又如此残忍。那么多人死在自己面前，或是因为自相残杀，或是因为天谴降临，连扶乩琴都被迫自断，他却无能为力。他不仅没有拿到溯世绘卷，还毁掉了自小陪伴着自己的剑。

没了剑，他还怎么能被称作剑修呢？

真是太失败了。

“你就准备这么走上前吗？”绫烟烟看了眼淹没在云海中的剑峰，以往姜别寒都是御剑飞上去的。

“我不知道怎么向师父解释。”他一步步慢慢走着，“师父说过的，人在剑在。现在剑已经毁了，我的意义在哪里？”

“或许我根本不配握剑吧。”他停下脚步，“剑修的本命剑都是他们自己历经百般劫难从剑冢中取得，我的长鲸剑却是由师父继承给我的，师父给我铺好了路。我根本不知道长鲸剑出世的那一刻是何等奇景，所以它一开始千方百计地拒绝我，我好不容易把它制服了，却没有保护好它，或许它连自己真正的威力都没爆发出来，就毁在我手里了。”

“师兄……”

“我开玩笑的。”姜别寒扭头笑了，拍了拍行囊中的碎片，“或许这世上存在手艺高超的打铁匠，能把这把剑补全。”

他笑着从衣襟内摸出一张画纸。因为长时间放在贴近胸口的地方，纸张边角有些卷翘，但纸上的色彩依旧明艳。

假的，都是假的。

笑意渐渐收起来，他想把画纸撕掉，又有些舍不得地摸了摸，最终选择只把那片空空如也般的雪白折了进去，如此就当没有此人存在。

“又见面了啊。”醉醺醺的声音遥遥传来。

姜别寒循声望去，看到一个胡子邋遢的男人。他衣襟半敞，抱着酒壶坐在地上，这放浪不羁的外表十分眼熟。

“前辈？”真是想到什么就来什么，这人正是在白鹭洲给他们作过画的画铺摊主。经历这么多的风浪，再见故人已是恍如隔世。

男人喝了一口酒，举了举酒杯。其实他并不介意两人是否相识，这世上多的是倾盖如故的萍水之交。他捏着酒壶的手有冻伤的痕迹，从不离身的画架也不知其踪，他落拓地坐在这里，独自饮酒。

“你们五个……”他眼珠一转，低叹说，“怎么成四个了？”

不提还好，一提姜别寒又气得胸闷：“我和他不是同道中人，下次再见就要拔剑相向！”

画铺摊主喝着酒呵呵笑：“我早就提醒过你们了，他眼里有着和你们每个人都不一样的东西。”

“杀机吗？”

“不，是比杀机还凶险的东西。”

姜别寒静默了半晌，回头看了一眼。白梨一面张望着一面走过来，陌生的环境好似让她感到很新奇。

她没有表现出悲伤，但其实心里一定比他们还难过。姜别寒不想被她听到这个话题，索性话锋一转：“前辈怎么会出现在这里？”

“我和你们一样，刚从蒹葭渡回来。”画铺摊主指指脖子上一道疤痕，“被亡命之徒们砍伤的，紧赶慢赶地赶上了最后一趟飞舟逃回来了。我这把老骨头下次还是别参与这种群体活动了，有生命危险啊。”

“前辈也去了蒹葭渡？”姜别寒在他身前半蹲下来，他有预感，这是一番促膝长谈。

“我一辈子的愿望就是想去那边看一看。这是先生曾经读书的地方，我想知道他后来到底为何会变成那样。”画铺摊主又喝了口酒，“现在我知道了，一直以来是我们误会了。”

“你知道什么了？”酒坛里没酒了，姜别寒将自己的酒囊拿出来递给他。

“一个女人。”他突然压低声音，神秘兮兮地凑过来说，“这一切皆因一个女人而起。”

再这么说下去就是“红颜祸水论”了，可先生看上去并不是那种会被美色冲昏头脑的人。姜别寒“哦”了一声，用的是疑惑的语气。

“或者，准确地说，那是一只海妖。”画铺摊主说，“你知道白浪海吗？”

东域白浪海，金鳞古城，薛氏玉龙台，一切罪孽的起源之地，他怎么不清楚！姜别寒咬了咬牙关，点头。

“最初的时候，那片海没有名字。那里矗立着很多礁石，每至月圆之夜，就会有海妖从礁石后现身，用美妙的歌声迷惑过路的船只，然后用尖利的爪牙撕碎船上的渔民。她出没的地方会留下晶莹的贝珠。”画铺摊主说，“她抓走了很多孩子，当作自己过冬的食物。当地人实在没有办法，便求鹿门书院出手制服这只妖物。彼时的先生虽初出茅庐，入世经验不足，但老山主已经有意让他继承自己的位置，于是派他带人执行这个任务。那只海妖的歌声太具有魅惑性了，甚至摧毁了鹿门书院的独门法阵，连先生也被她抓走。”

“抓走？”姜别寒眉头一动。连先生也无法应对的海妖，到底得有多厉害？

“对，谁都不知道那段时间他们发生了什么。”他缓缓说，“但先生还是救出了那些孩子，并制服了那只海妖。”

“还没完，对吗？”

“没错！这只是开始！”画铺摊主猛然坐直身体，压抑着怒气，“先生被那只海妖迷惑了！他坚决反对斩杀她！甚至不惜为此违逆自己的老师，放弃山主之位！他还带着她出逃，完全忘了自己曾经的理想！”

姜别寒只是静静听着，没有插话。

“再之后，先生遭人陷害，那个女人……居然消失了，连踪影都没有，仿佛人间蒸发了一样。”他说，“什么说法都有。有人说，先生遇难后双目受伤，女人用自己的性命替他换来了玉璧石；也有人说，女人薄情寡义，先生从天之骄子跌入尘泥，她便离先生而去，另寻良缘，是红颜祸水；还有人说啊……”

他像是想到什么，捂着脸笑起来。

“还有人说什么？”姜别寒问。

“她是海里的泡沫。”仿佛听到世界上最好笑又最悲伤的笑话，他捂着脸，似笑非笑，似哭非哭，“先生走了之后，她也消失了……化作泡沫消失了。”

“那前辈相信哪一种？”

“哪种都不相信！”他将酒杯摔碎在地，“先生怎么会为了一个女人放弃鹿门书院，放弃他一直以来坚守的东西！他只是被迷惑了而已！如果不是为了那个女人，他不会在最意气风发的时候选择逃避！不会在鹿门书院最需要他的时候选择放弃！更不会在自己遭受陷害的时候选择妥协！那样软弱、不负责任的人，根本不是他！”

“软弱、不负责任，那只是你所认为的他而已。你只是从一个极端走向另一个极端而已。”谈话已经没有必要继续了，姜别寒站起身向他道别，“后会有期。”

草叶上覆着寒霜，长长的衣摆扫过去，露珠簌簌往下掉。

“你觉得那些传闻可信吗？”绫烟烟走在他身边。

姜别寒摇头又点头。

“其实刚刚那个人说的不完全错误，先生对鹿门书院的态度，前后好像发生了很大的变化。”绫烟烟说，“你也听出来了吧？无论是遇上李家兄弟，还是被陷害，都是在他隐居期间。但是他为什么非要在继任山主之后隐居呢？既然已经继任山主之位，那说明他将掌管整座鹿门书院，随随便便地卸任是对他老师的背叛，也是对书院的不负责。若他一开始便没有继位的意愿，那他更不应该这样反复无常了。”

“是为了那个女人吗？”

“不。”绫烟烟坚定地摇头，“先生也曾年少过，他可能会冲动地喜欢上一个人，但一定不会因为那个人背弃自己的信义。”

“是因为有人排挤？”

“那就更不可能了。”绫烟烟说，“先生风节山高水长，当时的书院弟子都对他心悦诚服，就算有人暗放冷箭，以他的胸怀，他肯定不会就这么躲起来。”

“所以？”

“所以，我觉得这其中一定发生了什么事，那件事令先生无比失望、心如死灰，所以他放弃了自己曾经坚守的一切，选择了逃避。”绫烟烟说到这里一顿，她想起曾经的陆机好像也是这样，突然间对整个天下死心了。

两人都沉默下来。过了半晌姜别寒笑了笑，率先出声：“快要到剑峰峰顶了，不知道师父的腿伤如何了。”

“有了那个餮金鼎，断岳师叔的腿伤会愈合得更快吧。”绫烟烟轻轻吐出一口气，山间的雾气微凉，吸入肺腑时一阵神清气爽，“还得多谢樊清和。”

姜别寒眼皮抽动了一下，不祥的预感笼罩了他。

“怎么了？”

“是我想多了吧。”他嘲弄地笑了笑。他真是太草木皆兵了，被一个人骗了一次，就怀疑其他人也是同伙，这不是他一贯以来的磊落风格。

“师兄，你来得正好，有人找你。”有个弟子踩着飞剑停在半空，高声喊，“他就在观剑亭，已经等你很久了。”

“这个时候谁会来找我？”

两人面面相觑。

姜别寒轻车熟路地找到观剑亭，见那地方果然多了道身影，暗红色的衣服十分惹眼。

“陆空前辈？”他吃了一惊，有些惊喜。在人生最低谷的时期，故人得以重逢，看到彼此都安然无恙，这让他心里多出些希望的曙光。

“姜剑主、绫姑娘，别来无恙。”披着暗红色长袍的背影转过身，果真是张熟悉而亲切的脸，他开门见山地切入正题，“这次来找你们，是因为我在整理师兄遗物的时候，发现了一卷手札。他生前好像一直与人有书信往来。”

他在姜别寒的目光中点了点头："没错，那个人正是鹿门书院的前任山主。"

陆空将手札放在石桌上，平整的信纸上刻着莲花样的漆印，一层涟漪在纸上浮动，空白的纸面这才浮现密密麻麻的字迹。

"师兄遇难之前，曾与先生有过书信往来。看信上的内容，似乎是师兄有什么东西要给先生看。"他说，"当时师兄逃出风陵园不久，和樊妙仪隐姓埋名逃亡在外，这封信便是他当时急急忙忙写给先生的。"

绫烟烟心中满是疑惑："这么多年过去，前辈还能找到这封信？"

"我也觉得奇怪。"陆空神色肃然，"因为这封信是我从一个被流放到极北之地的闻氏子弟手中得到的，他看上去并不知情，估计是从家族长辈手中偶然得到这封信的。他对我说，他自己无法回到中域中洲了，希望我能根据这个线索查明真相，不论这个真相对他们家族来说是不是罪孽，他都能接受。"

"闻氏？"绫烟烟一惊，"他们怎么也会被牵扯进来？"

"还记得掩月坊师祖堂的那具无头尸体吗？那的确就是师兄的尸体。"他神色哀伤，"尸体上仍残存着大量的灵力，闻氏用秘法修炼，还耗费千金建造了一座白玉楼，但还未炼成便被发现了。现在闻氏族人死的死，流放的被流放，当初知晓真相的人恐怕已经不在人世了。但我知道，师兄的死与他们脱不了干系。或许这封信还未交给先生，师兄便在他们手里遇难了。"

"信上说他找到了一件……奇怪的古物，想让先生帮忙辨明真假？"绫烟烟一目十行地浏览着，"古物？是什么古物让他不惜千里迢迢地约远在蒹葭渡的先生见面，却不上报自己的师门？"

"这件事，当时我们谁都不知道，甚至我能找到这封信也只是阴差阳错而已，若我没有碰上那个闻氏子弟，恐怕我到现在还被蒙在鼓里。"陆空说，"但是我这些年四处奔波搜集线索，多少也有一些模糊的猜测。"

"前辈能不能告诉我们？"绫烟烟正襟危坐。

陆空犹豫很久，才终于下定决心道："师兄被派去西域并非只为深造修行，那只是一个幌子而已，他真正的目的是替师门寻找丢失的圣物。"

"圣物？"

“它同浮屠花一起并列为鄙宗圣物，却不慎被贼子盗走，至今不知所终。鄙宗碍于颜面没有放出风声，只是派得力弟子在中域中洲寻找。中洲找不到，便去西域、东域、极北……哪怕掘地三尺也要找出来。所以师兄当时答应留在风陵园，便是发现了那东西的踪迹，他要从樊肆口中套出线索。”

“它的来历恐怕古籍上出现过很多次了。”陆空说，“兰膏停室，日安不至，龙衔烛而照之……”

“结璘灯！”绫烟烟不待他说完便激动地拍案而起。

四双眼睛不约而同看向她，她这才惊觉自己太激动了，摆着手解释：“没想到结璘灯的传闻是真的，而且还是贵宗的圣物。”

“确实，几乎没有人知道，可能鄙宗是怕它过于显赫的名气会引来心怀不轨的贼子吧。”陆空似是自嘲地笑了笑，“蛟龙衔月而生，结璘灯生于逆鳞之下，如皓月当空——传闻是这样说的。但传闻始终只是传闻而已，我们谁都没有亲眼见过，而且那些蛟龙也早在斩龙一役中被犁庭扫穴，驱逐殆尽。”

“但它们有上千年的寿命，即便身殒神灭，结璘灯也能燃烧千年不灭。”绫烟烟说到这里，想起之前在琅环秘境的地下宫殿看到的那些小明珠，明珠里的幼龙体内也亮着微弱的灯。

“不对，它们……没有被驱逐殆尽……”姜别寒深深埋着头，他两只手都攥紧了，攥得手背上的青筋全部突显，“我曾经……见过。”

绫烟烟一愣，她是第一次听师兄提起这种事情，他一向对稗闻野史不感兴趣。

“那是我刚驯服长鲸剑的时候，师父带我去往东域，途经崔嵬山。”

“崔嵬山？”绫烟烟也不自觉轻轻握拳，“如果我没记错的话，崔嵬山是东域与中域的分界线，一整条山脉都是由巨龙骸骨堆集而成。准确地说，那里是一片尸山血海。因而崔嵬山山势多变而凶悍，古往今来没有人敢翻越，死在山中的无辜者更是不计其数。”

姜别寒缓缓点头：“所以我在那里，遇到了两条小龙。”

绫烟烟以为自己听错了，好久才发出一个单音节：“欸？”

龙这种生物，很早之前不就已经灭绝了吗？

可他看上去不像在开玩笑，神色中似乎还带着无尽的悔恨与迷茫。他嘶哑地说：“这是长鲸剑第一次开锋。”

掩藏在最深处的记忆重新被挖掘出来，像水中锈迹斑斑的铁丝网，锐利的断口处涂满了昔日的血污。

他很清晰地记得从山体深处发出的咆哮，犹如万马奔腾。那两条幼龙连龙角都没长全，却向他亮出尖利的獠牙，凶恶的本性赫然暴露，金属般的叫声嘶哑而尖利。

这种生物应当早灭绝了，但凡事都有例外。它们拥有成千上万年的寿命，相应的，它们的诞生过程也十分漫长，或许几百年前的战场上遗落了几枚龙蛋，阴差阳错地被埋藏在崔嵬山下，经过时光洪流的洗礼，它们在这个坟场般的角落里悄然降世。

世上最后的遗族，它们的诞生只是为了奔赴死亡。

“我真的……要杀掉它们吗？”

“剑修的剑应当斩断一切杂念。寒儿，你的剑可以斩断一切。”

剑光出鞘，纵横万里，漫天鹅毛般的大雪被撕裂了。

多年以后，当姜别寒再度想起这初露锋芒的一剑时，他眼前浮现的竟是同少年下棋的场景。

两人落子如飞，步步紧逼的棋势中，对方漫不经心地问：“姜剑主，你的剑可以斩断一切吗？”

白梨将所有治伤的东西摆放齐全，然后深吸一口气，说：“好了，脱吧。”

“我自己已经处理好了。”薛琼楼衣冠整齐，纤尘不染，看不出一点受伤的痕迹。

白梨静静看他半晌，伸出手在他胸口不轻不重地按了一下，他脸色立刻白了，看上去甚至又要吐血，吓得她立刻缩回手。

“你根本没怎么处理伤口，而且刚刚又开裂了。别嘴硬了，赶紧给我看看。”

在秘境的时候他就被长鲸剑气当胸贯穿，亏他还能千里迢迢追到鹤烟福地。就算是感觉不到疼痛和疲惫的机器人，经过这番折腾也该生锈了。

他大概找不到理由掩饰，褪下了外袍，腰带坠地时，玉牌发出“当”

的一声清响。伤势在胸口处，他只是解开了里衣。

白梨不自然地移开视线，仔细回想他从来没有在外人面前展露过伤口。

“你在看哪里，不是说要给我治伤吗？”

“知道知道。你刚刚还想隐瞒伤势呢。”

白梨转过目光，映入眼帘的景象却叫她狠狠揪心了一下。她想到了镜中那个仿佛被冰雪掩盖的女人，也是像这般冰肌玉骨，唯一不同的是，他胸前布满深深浅浅的伤痕，甚至这也只是冰山一角而已。

她不自觉伸出手，轻轻触摸着这些伤口，手下有细微的嶙峋感。几道疤痕淹没在半遮半掩的衣襟内，左侧的血洞是剑伤所在，剑气灼伤了皮肉，所以伤口到现在还没愈合。

“还疼吗？”白梨抚摸着他胸前的疤痕，再想往下触碰的时候被他一把握住手腕。

他安静地跪坐着，低头看着她，眼瞳像水中的黑曜石。

“你吻我一下我就不疼了。”

白梨无奈地叹口气：“用药效果更好。”

“阿梨……”他的眼神软了下来。

白梨感觉这块冰被焐热了，在自己怀里化成了水，让人不忍心拒绝。她轻轻叹一口气，隔着衣襟在他胸口吻了一下。

那一下弥补了一声心跳，像黑暗中起电的火花。

她抬起头，问：“这样可以吗？”

他像截木头一样坐着，耳尖通红，没有任何反应。

“那我给你上药了。”白梨拍拍他放在膝盖上的手。

他仿佛丢了魂魄一样，不只是耳尖，连脖子也红了。

绡纱帐中光线昏暗，她半跪着，抬臂时腰间罗衣收束，纤细的腰线盈盈不堪一握。

青涩的少女像枝头的禁果，欲念像一条蛇引诱他将其采下。

少年眨了眨眼睛，僵硬地扭过了头。然而胸口被吻过的地方仿佛有一丛烈火在细细绵绵地舔舐，滚烫的气流炙烤着他的理智。他的目光不由自主地转回去，看见少女微微垂首，像月光下纯洁的麋鹿在猎人的陷阱中低头饮水，细白的后颈有一抹残红。

理智的天平骤然崩塌，未来得及深思熟虑，身体已经代他做出了回应。他搂住她的腰，俯身吻了吻她松软的头发。

白梨手里的药洒了一地，两只手也被禁锢在身前，还不知道发生了什么，制止道："你、你先别乱动……"

他不听，又来亲吻她的脖子和肩膀。他情难自禁地按住她的腰，掌心的温度渗透了薄薄的衣料，灼烫得仿佛要把她烤化了。

"先治伤，不然又会撕裂的……"她声音细弱蚊蚋，像在安抚着他。

"阿梨，我……"他觉得自己不能再待下去了，他掀开帷帐扭头跑出去，几乎是落荒而逃。

# 第 11 章
## 朝暮洞天（四）

书房内光线昏暗，原本堆叠得整整齐齐的书卷散落一地，几乎没有落脚之处。

薛琼楼半合着眼躺在满地书卷之间，雾蒙蒙的眼中一点光泽流转，眉睫上残存着几滴晶莹的水珠。

身旁有衣料摩擦的声音，他掀起眼帘。看到来人，目光仿佛被烫到一般收回去，他问："你怎么又来了？"

"我还想问你，你怎么突然走了。"白梨抱着膝盖在他身旁坐下。

薛琼楼静了很久，然后撑起身坐起来。他右手虚虚笼成拳，递到白梨面前。

白梨不解："做什么？"

他笑了笑，打开手掌，一簇金红色的火苗跳了出来，仿佛裁下的一截最亮眼的烛光。

"这是……给我的？"白梨有些新奇，捧在手心里打量看，很快又有了新发现，"这不是我们在风陵园秘殿里见过的那盏灯吗？"

别告诉她，他兜兜转转策划了这么多，好不容易拿到了想要的东西，转眼就不当回事地送出去了。那得多随便啊！

"当然不一样，这是……"他顿了顿，声音低下去，"这是我的。"

他的……什么？

后面的几个字白梨没听清，只是发现他目光飘飘忽忽的，一和她对上视线便率先移开了。

“虽然不知道这东西有什么用，但是很漂亮，我会好好保管的。”白梨郑重其事地收了起来。

他托着脸，装作若无其事地看向旁边，眼底却浮现几丝隐秘的雀跃。

这里实在太乱了，白梨怀疑他刚刚是在这儿翻箱倒柜。不仅地上都是书，连书架都空了一半。她站起来踢了踢地上的杂物，问：“为什么这里会这么乱？……欸，这是什么书？我可以看看吗？”

她像是发现了什么新事物。没等说完，她被重新拉着坐回去。明明只是一弹指的距离，她却仿佛从万丈高空坠下，巨大的失重感让她心跳都漏了一拍。她坠入的却是一片芬芳的花海，失重感变作烂漫的眩晕感。

少年从背后搂着她，头埋进她温暖的颈窝，喃喃道：“阿梨……”

书房内静若空谷，连呼吸都泯没在黑暗里。海底起了一阵沛然的风，入窗而过，散落一地的书被吹开好几页，纸页发出清脆的翻折声。

白梨僵硬得像石头一样，她能感觉到他放置在腰间的手正慢慢地解开她的腰带，他每次都只拉开一点点，声音窸窸窣窣的。

“阿梨……”他轻轻吻着她的脖子，又喊了一声，声音模模糊糊的，让人想到被关在门外呜呜咽咽的小狗。

白梨头晕目眩地摸索到自己的腰带，她给了自己两三秒的冷静时间，而后把腰间的芥子袋解了下来。

这仿佛是一个开门的信号，他的手心都绷紧了。

摆在书案正中的棋盘忽然被扫落在地，玉润剔透的棋子跳珠般四下乱弹，跳进少女荷叶般铺展的裙摆中。

她被抱上了书案。少年半跪在她身前，吻一下她的唇，然后沿着下颌往下，停在系着蝴蝶结的衣襟前，隔着轻薄的罗衣又吻一下。

心口处的那一点好似沉睡已久的死地，刹那间苏醒，遍身都是战栗的电流。他轻轻咬起蝴蝶结的一条系带，黑润的眼盯着满脸通红的少女，目光明澈而清醒，像在征求她的首肯。

白梨闭着眼，作为回应，在他的唇上碰了一碰。他眸里的水光一转，目光倏地一亮。

他倾身上前，衔着系带吻她，一触即分，而后横抱起他。

月光被两道人影晃动一下，月影斜过一个角度，书房内便没人了。

熟悉的帐顶映入眼帘，整个人陷进柔软的被褥，白梨用冰凉的帷帐捂住燥热的脸颊，贝珠相撞的声音在夜色中响起。

衣襟在轻浅的啄吻下松散开来，浓郁的夜色衬着羊羔般的洁白。

白梨抓皱了他肩膀处的衣料，雪丝衣料又凉又滑，细腻地贴紧肌肤，让人泛起一阵奇异的战栗。她在这时却不合时宜地想到他后背从不示人的伤痕。

老人说那里本有着鳞，虽然鳞早已被强行剜除，但那里仍是外人不可触碰的秘密，逆鳞触之即死。

“我可以看看吗？”白梨在一片杂乱的思绪中摸到他腰带上冰凉的机栝，却怎么也解不开，还把自己的手指卡在了里面。

她又羞又恼，额上急出了微微湿汗，忽地听见几声轻笑。

少年从她颈间抬头，一手绕后，将她的手指钩出来，又引导着她的手，摸索到扣得严实紧密的机栝，而后传来“啪”的一声清响。

“这样解才对。”

白梨终于用手指触上那片疤痕，描摹它的轮廓。她问：“疼吗？”

少年的眼瞳像被月光洗过的墨玉。

“已经不疼了。”他轻轻吻着她柔软的鬓发，带着一丝安抚。

他早就没了最开始的拘谨，而是带着一点前所未有的新奇与悸动。他很轻很细地吻着，少女像是在药罐中泡透了，每一寸都沁出异香。他有些意乱情迷，五指一点一点嵌入少女的指缝中，将她紧紧地压住。

月光漏进了帷帐，像水中透明的飘带，随着帷幔的晃动曼妙地摇曳着，那半掩的缝隙中闪动着令人目眩神迷的莹白。

她透过不断晃动的光影看到了少年含着水的眸子，他的眼角竟然泛起了情动的潮红。

不论心机如何深沉，他此刻也不过是个情窦初开的少年。

她不由自主地摸了摸他的眼角，他得到回应，古井般的眼底晃出了清光，他握住她的手，细细吻着手指。

她像一团无处不软的云，无孔不入地渗透他。

帷幔被他打落了，帐内漆黑，他眼底却映着他一个人的月光。

月光晦暗，连绵万里的山脉像一片坟茔，犬牙交错的山峰便是凶兽嶙峋的背脊。

崔嵬山是回到东域的必经之路。

少年离乡似乎已经许久，东域进入了凛冬季节，远处的天和海都仿佛被冻住了。

他回来了，得到了他想要的，也失去了他所拥有的。

“好久没看到人类了啊。”伴随着疾厉的寒风，一道声音阴阴地回荡在天地间。

少年停下脚步举目四顾，天地一片苍莽的白，他无法判断那声音来自何处。

山体传来隆隆巨响，脚下的雪地忽地塌陷了，原来他一直踩在悬崖边。

千钧一发之际，他手指抓进了雪地，身体像一片蓬草挂在悬崖上。

他脸上什么表情也没有，好似已经习惯了这样九死一生的险境，他手臂慢慢发力，将自己提上去。

风雪中蹿出两条黑影，因为高速移动，身体产生模糊的重影，但依稀能辨认出其非人的体型。它们尖利的爪牙在空中划过寒厉的冷弧，粗哑的叫声让人想起坟头啄食腐肉的寒鸦。

“就是他吗？好小呀，塞牙缝都不够。”

这两道黑影居然是两条小龙，小龙一青一黑，鳞甲泛着坚硬的冷光。

黑色的那条朝他凶狠地龇出獠牙：“不准再往前了，这里是我们的地盘！”

他并不理睬，只是费力地将自己的身体提上去。下了雪的地面太滑了，人根本找不到借力点，稍不注意就会坠下悬崖。

“你无视我们！”

两条小龙气急败坏地冲上去，还没靠近少年便被拽着尾巴甩出去，不远处的石头砰然碎裂。他不知何时已经攀上悬崖，眼神冰冷地转着手腕。

“好、好疼……”小龙们蜷缩起来，剧痛让它们变回了原本的声音，竟是三四岁小孩子那样的奶音。

它们舔舐着被抓疼的尾巴，无意间舔到一点新鲜的血，那是少年被尖石划破的掌心流出的血。

“你不是人修？”小黑龙闻了闻爪子上的血，好似有了惊喜的发现，

“还和我们是同类！”

少年戒备森严地看着它们。

“我们给你带路，好不好？”前一刻看着还凶暴残忍的小龙从碎石里翻了个身坐起来，尾巴乖巧地在背后摇来摇去，像两只正在邀宠的小狗。

少年眼底残留着戾气，手心隐隐有杀气弥漫的金光闪烁。他不管这两条小龙到底要不要杀他，也不管它们是同类还是异类，只要挡他的路，那就……

“崔嵬山太危险了，山下面压着的是成山的尸骨，几乎没有人能活着走出去。”小青龙小心翼翼地飞到他面前，“赶紧回头吧，前面可是地狱！”

“我早就见过地狱了。”他淡淡地说。

“你一定要走崔嵬山那也可以，我们可是在这里生存了上百年，我们来给你带路吧！”小龙们绕着他飞来飞去。

眼神有片刻的动摇，他问：“为什么帮我？”

“我们守着这条山脉太久太久了，人类看到我们都被吓得落荒而逃，只有你不是。”小龙们一扭一扭地拱过来，蹭着少年干净的衣角，“好不容易碰上朋友，我们当然很开心啊！”

朋友吗……于是往后的路途，他身边多了两条会飞的身影。

“野果。”小龙兜着红果子飞到他面前。

“不用。”从出生起，他便只是餐风饮霞而已。

“尝尝嘛。”

他犹豫片刻，拿起一个果子在衣襟上擦干净。果子初咬下去是酸涩的味道，入口才有点甜。

“甘泉。”小龙捧着巴掌大的草叶飞过来，叶片里兜着清冽的泉水。

“谢谢。”

一旬之后，少年还没走出崔嵬山。山脉没有尽头，万丈高崖也好似一个无底洞。目之所及皆是一片漆黑坚硬的土壤岩石，偶尔有赤红的新壤翻出来，这便说明此处应当死过人。

每至朗朗晴天，崔嵬山好似一头懒洋洋晒着太阳的睡狮，对身上经过的蝼蚁视而不见；若遇雷鸣暴雨，崔嵬山就像一头在黑暗中虎视眈眈的猛兽，等着无知无畏的旅人走入它长满獠牙的巨口。

东域的雪越来越大，崔嵬山碎裂成无数黑白小块。茫茫天地间，他像一抹小白点踽踽独行，在黑块中出现，又在白块中消失。

少年眉睫上沾满晶莹的冰霜，脸蛋被冻得粉白，开口便呼出雾茫茫的白气。

下雪后海面会结冰，海底的朝暮洞天会暂时被封存起来，除了老管家，应该没人会去看她了吧。不过没关系的，他很快就回去了，他拿到了那个人的金丹，这一切很快……就能结束了。

他停下脚步，将手放在心口处，那里面有那个男人最后留下的金丹，它滚烫得像要把他的心脏灼出一个洞来。每每思及至此，都叫他痛彻心扉。

“怎么了，你心痛啊？”小龙们不解风情地问。

寒风将他的衣摆扯得猎猎如刀，他在雪地里站了很久，很久之后他才“嗯”一声：“很痛。”

头顶的云海忽然间四分五裂，余波以那飓风眼为中心，在天地间层层翻涌，像一开一合的鱼鳞。

他抬头望去，磅礴的剑气像龙卷风搅碎云海，破空而至。

崔嵬山被打搅了酣眠，爆发出凶悍的戾气，沉睡了千百年的古蛟遗骸也好似有了抬头之势。

“来者不善。”小龙们警觉地望着半空，“你快躲起来。”

“你们呢？”

“我们去把那人赶走啊。”小龙们轻车熟路地飞到半空。

少年站在皑皑白雪中，视线被厚重云层遮蔽，只看到高远的云海之上有一道剑光横停。那道剑光那般灼眼，好似他与生俱来的宿敌，让他觉得如置刀山火海。

“这几十年来，经过崔嵬山的修士几乎都葬身于此，”一道雄浑的声音从云海上传来，“原来是你们两头余孽在捣鬼。”

瘦小的少年站在地面仰望，一缕缕灼烫的剑气狠狠浇灌在他眼里，他睁着眼睛没有避开。

嘶哑的龙鸣声在风雪中被扯碎，男人又说：“寒儿，你过来。”

“师、师父，”回答的是道稚嫩的声音，“它们好像只是在吓唬我们，没有恶意。”

“我问你，它们是什么？”

少年的声音毫不犹豫：“龙。”

“千百年前，它们兴风作浪，为祸四方。北方诸多学宫，现在只剩下鹿门书院独自支撑，东域成了荒蛮死地，其他小宗门一蹶不振，龟缩在南方只求自保。千百年之后，还有遗族余孽在这里肆意虐杀。”男人厉声道，“你好好想想，它们是真的没有恶意，抑或只是忌惮你手里的剑，为求自保而已？”

少年的声音没有再响起。

“你的剑还没开锋。”男人又叹一声，“你看好。”

一道长虹划破天穹，漫天飞雪被剑光劈出一个巨口。血滴淅沥沥的像春雨，从半空落在少年身上。

云海也被一斩为二，他看到那上面站着一个穿短打的男人，两腿一高一低，男人身旁是个玄衣少年，身后背着剑匣。剑匣和少年等高，让他看起来像个穿大人衣服的小孩。

“看清楚了吗？”男人把剑递过去。

“看、看清楚了。”

两条幼龙在劈天斩地的剑光面前如此幼弱，甚至不知该如何反击。它们用小小的爪子抱着脑袋，像两个准备接受挨打的孩子。剑光当然不会打它们，只会杀它们。

少年被震下山崖，从白雪和污泥中抬起头。半空中的剑光早就消失无影，小龙支离破碎的尸体从半空坠落，坠在他眼前。

那样汹涌的剑意、那样近的距离，它们根本来不及躲开，甚至也无法保留全尸。

这就是蛟龙遗族的宿命，它们的诞生只是为了奔赴死亡。

少年久久地盯着它们，过了很长时间才抬起头望天，亿万枚雪花从那里降落。

“它们应该死在了崔嵬山上，我没有下去找。”姜别寒的瞳孔变成了死灰色。

他在御剑离开前回头望了一眼，看见那两条小龙的尸体软绵绵地坠下去。它们在死之前发出的声音，像无助孩童发出的声音。

它们消失在茫茫风雪中，姜别寒久久地回望着，然后他突然看到下方好似还站着人，那人冷冷的视线仿佛穿透云层。

这个时候出现在崔嵬山上的，到底是谁？他挥剑拂开厚重的云雾，下方却只是一片浩瀚的山脉，根本没有人。

“师父十分痛恨蛟龙，他立志要斩尽一切蛟龙。”姜别寒摇摇头，从回忆中走出来。

“是因为断岳师叔的腿被咬伤，致使他无法握剑吗？”

“不，其实师父最初……甚至还救过一条小龙。”姜别寒说，“还记得那条作恶多端的黑蛟吗？它甩动长尾，能让整座高山崩塌；全力吞吐，会让整条江流决堤。人间被它摧毁得满目疮痍。它甚至还会吃同类，以此提升自己的修为。师父在一次围剿中救下了一条重伤的小玉龙，按照蛟龙族的年龄算，那条小龙也就像两三岁的人类孩子。玉龙是唯一能化形为人的一类，而且它们脾性十分温顺。当时师娘正在孕中，便收养了小龙，等它的伤势痊愈便将它放生。”

“然后呢？”

姜别寒握紧了双拳，仿佛每说一句话都叫他痛彻心扉：“然后某一天，师父回来时发现，师娘躺在血泊中，她的肚子被尖利的东西生生咬开了，里面已经成形的胎儿被拖了出来，啃噬得血肉模糊，那片血泊里……趴着……一条小龙。他不知何时化形成了小孩子的模样，怀里抱着已经僵硬的婴儿，学着人类的模样哄着婴儿……

“不仅如此，那条小龙的龙啸还引来了其他同类，师娘所在的村庄被屠戮殆尽……师父赶到的时候，他所看到的只有一片残肢断臂和熊熊烈火的海洋……

“从那时起师父便很清楚，蛟龙这种生物是天地孕育的神灵，只有神性——或者说是兽性，根本没有人性。它们没有感情，无法被感动，也无法理解人的行为。它们高兴了，便给你们施以光明；它们若生气，便降下灾祸。想要阻止灾祸蔓延，只有把它们……全部杀光！”

亭中所有人都缓缓地打了个冷战，绫烟烟更是觉得不寒而栗。她从没有听师兄提起过这种事情，只知道断岳师叔在斩龙一役中立下大功。

他像杀疯了一样，人们盛赞他英勇之余，也曾指责过他屠戮蛟龙一族的行为太过暴力。原来……背后竟发生过这种事吗？

姜别寒说完，沉默了很久。

“怎么了？”

“那时我是第一次见到蛟龙，与师父所说不同，我总觉得……”姜别寒咬了咬牙，“我总觉得它们并非不通人性。”

那穿透了厚重云层的视线，极度冰冷，又充斥着极度的悲伤，让人不忍回头细看。

那两条小龙，是在保护着他吧？否则单凭他一人，该如何在崔嵬山上活下来？

一声鹤唳穿透云霄，打断了他的思绪。

骑着白鹤的玉浮宫弟子在云层间一闪而过，姜别寒知道这意味着来了客人。而且来的是身份十分贵重的客人，玉浮宫才会派出仙鹤迎接。

“我们也该继续上山了。”他说。

断岳真人闭关的洞府很是普通，只是剑崖后的一座小山峰。丝丝缕缕的剑气和山水灵气缠绕四周，犹如碧湖中被风吹起的细皴。

以往姜别寒离这座小山峰还有几里远就能遥遥感觉到灼眼的剑气，现在这些剑气都变得无比虚弱，护山剑阵形同虚设。

“这里的剑气是怎么回事？”他随手拉了个小师弟询问。

“师、师兄回来了啊，是要找师父吗？”那师弟支支吾吾地说，“师父暂时不见人，师兄先回去吧。”

“不可能！之前师父写给我的信里还说过，我回去之后第一件事就是去找他，不准耽搁！他怎么可能会不愿见我？！”姜别寒拽紧那人的衣领，“到底发生了什么？！你是不是在隐瞒实情？”

他一面说着，一面就想要硬闯。姜别寒很了解师父他老人家，师父他从不会闭关，因为那样反而会使他腿伤加重；他也不会拒绝见客，更不会拒绝见自己视若亲子的徒弟。

“真的不要进去了！师兄！”那弟子拦不住他，只能告知实情，“是师父的腿伤加重了！他的两条腿现在已经……废了。”

姜别寒愣了愣，脸色变了：“什么时候？”

“是很久以前的事了。”小弟子闭紧眼，豁出去般和盘托出，“师父用了那个饕金鼎炼丹，他的下半身现在已经全部瘫痪了！他已经连剑都拿不起来了！就在师兄你把那个饕金鼎带回来的第二日！”

姜别寒脑中仿佛劈下一条闪电。

洞府中挂着“哗哗”的水帘，水纹在洞壁上晃动着，几丝疏淡的阳光漏进来，地上游弋的光斑好似水中的游鱼。

“好久不见，你的棋术又精进不少，看来这些年你一边治腿一边去钻研棋术了啊。现在你是彻底残废了，我是不是可以期待一下你从剑道顶峰退位之后又爬上棋道顶峰？”

“棋道峰首不敢当，臭棋篓子罢了，就我这几手棋艺，只能说是聊以解闷而已。”

“你说自己是臭棋篓子，那我不是连臭棋篓子都不如吗？”

“也可以这么说吧。”

“这么多年不见，断岳你能不能有点礼貌？！不过话说回来，你教出的徒弟倒很听话——他站在那儿一动不动好久了吧。”

姜别寒呆立在原地，觉得自己浑身上下都僵硬成了一块木头。正前方两鬓斑白的中年人和须发如雪的老人正在对坐下棋，两人东一搭西一搭地掰扯着，好似只是老友间的闲谈。

“寒儿，怎么只呆站着？”断岳真人转过脸，他盘坐着，长长的衣襟遮住了两条腿。

“师父，你的腿……”姜别寒头重脚轻地走上前，跪在他面前，头颅深深地埋在胸前，“那个饕金鼎……是我带回来的，我害了你。”

“不管有没有那东西，我的腿迟早会废掉的，这是早晚的问题，现在只不过是提前了。”断岳真人过了很久才说，“这一路很辛苦吧，你回来就好。”

姜别寒低着头，头沉重得让他抬不起来。

他没有背剑，同为剑修的师父一定察觉到了，但师父什么也没说。

在出发之前他设想过很多种师徒间重逢的场景，或许他赢得了符令之争，意气风发地回到剑宗；又或许他功败垂成，抱憾而归，但这次磨炼能让他褪去雏鹰的外壳，变得能真正独当一面。

然而两种情况都不是，他不仅一败涂地，还失去了剑。他什么也没得到，遭受这些打击之后回到师门，他看到的是被自己亲手害残的师父。

“没了剑你什么都不是。”少年当日的嘲弄犹在耳畔。虽然他卑鄙可恨，但姜别寒不得不承认，他说得没错。失去了剑的剑修就像战场上失去武器的士族，毫无抵抗之力，只能在敌人的长刀前引颈就戮。

“不过呢，这也怪不得你。”一旁须发如雪的老人揣着手说，“大名鼎鼎的餮金鼎确实是炼丹的万金之物，甚至可以比肩能治世间万疾的玉璧石。只不过这两者还有个更相似的地方，那就是它们都有阴阳二面，既能起死人肉白骨，也能让人命丧黄泉。”

姜别寒抬头看着这个陌生的老人。他不知道师父何时有了这个老朋友，但想起之前山间闪过的白鹤，想来这个老人是个身份极高的贵客。

“这个鼎是谁给你的？”

事到如今一味地悔恨已经没用了，姜别寒努力理清着自己的思绪，回答：“是风陵园樊家的樊清和给我的。”

“樊清和？”老人花白的眉毛动了动，看样子对这个名字闻所未闻。

姜别寒便换了种说法：“他的父亲叫樊肆。”

“那个老家伙啊。”老人摸着下巴，“难怪了，听闻这几年他一直在研究什么邪术，和我一样闭关好久了。不过很奇怪，他和你有仇吗？或者图你什么呢？为何要把餮金鼎送给你？你要知道这东西千金难求。”

当日把餮金鼎给他们的是樊清和，可他有什么理由害自己？

一只温暖的手摸了摸他的头。

“好了好了，不要想这些阴谋诡计了，你能毫发无损地回来，师父我很高兴。你身后站着的几个，是你新交的朋友吗？”

姜别寒脸色苍白道：“是……朋友。”

“陆空这孩子我认识，你师父经常来这里。”断岳把视线转向躲在几人身后的少女，“这位是……”

“师叔，你见过阿梨的呀，她是丹鼎门重阳真君的徒弟。”绫烟烟把少女拉到自己身边。

仿佛有一股寒流卷过，洞府内突然安静下来。

绫烟烟察觉到少女的身体在发抖，她抱紧了自己的胳膊，脸色变得青白交加，像有什么未知的恐惧在朝她靠近。

“重阳真君的徒弟，是吗？”盘着腿坐在棋桌旁的老人揣着手走上前，苍老但仍矍铄的眼中有利光闪过，连脸上的皱纹都变得深刻起来，他现在看上去就像那些将要对不听话的子孙施加惩罚的家族长老。

姜别寒下意识想挡在白梨身前，断岳真人却突然抬起手掌，示意他不要乱动，脸上和蔼的笑意也荡然无存。

“你师父叫重阳真君？”老人又问了一遍。

少女的五指深深抓进绫烟烟的胳膊肉里，她几乎已是面如死灰，那是极度绝望的面色，连呼吸都成了奢望。

“阿梨，这位前辈在问你话呢。”绫烟烟推了推她。

她的瞳孔都变成了灰色，僵硬地点点头：“是、是的。”

“真是奇了怪了，”老人却仿佛听到天大的笑话，哭笑不得地挠挠白头发，朝身后的断岳真人摊开双手，“我怎么不记得自己收了个这样的小徒弟。”

“不要！”

鲜红的流萤从少女眉间飘了出来，所有人都没有回过神，她已经仓皇地捂住脸。玉质莹莹的皮肤迅速干枯朽败，她瘫坐在地上，灰败的身体像裁剪粗糙的剪纸。

“阿梨？！”绫烟烟大吃一惊。

“求你了……不要……让我多活一会儿，我自己离开……”少女像被放掉气的气球，“我只是想……多活一会儿……”

“假的，傻孩子们，你们被骗了。”老人手里捏着一只不断尖叫着的蛊虫，那扭曲刺耳的声音犹如盛夏嘶鸣的蝉声，“这就是她的本体吗？虽然不知道这虫子是什么鬼东西，但看上去也有人一样的思考能力。”

所有人都被这变故惊呆了。

一直陪伴在他们身边的同伴是傀儡，这到底是什么时候的事情？真正的阿梨在哪儿？绫烟烟头疼欲裂，问：“前辈刚刚说阿梨是您的徒弟，那您是……”

“这不是显而易见了吗？要不然我也不会被请来给断岳治腿——虽然

他的腿确实已经没救了！”老人揣着手在台阶上坐下来，“你们该早点请我来的，非要自己找什么灵丹妙药，结果还被坑了。”

“你之前一直在闭关，拒不见客，我们怎么请得动你？”断岳淡淡地说。

老人哼一声，不说话了。

绫烟烟现在已经无暇去思考重阳真君为何会在这里，也无暇思考为什么本该被消灭殆尽的眉斧蛊又重现天日，她现在只想知道阿梨到底去哪儿了！她们离开白鹭洲之后便没有分开片刻，那么她只有可能是在白鹭洲失踪的。如果这是真的，那她现在……恐怕凶多吉少。

绫烟烟打了个寒战，浑身血液都凉透了。

“我这次出关，其实是来找徒弟的，听说她和你们一起前往蒹葭渡，回来也是和你们一起。”老人的眉头狠狠皱在一起，“结果现在你们身边的只是一个冒牌货，看来你们也不知道她在哪儿，这可真是令人头疼了啊。”

绫烟烟面无血色，又看向姜别寒。他正扶着墙壁，头颅低垂，看不清表情。

纷扰的思绪如一团乱麻涌进脑海，姜别寒此刻反倒无比冷静。他开始回忆一路遇到的自以为是天灾实则是有人暗中作梗的祸事。

白鹭洲海上出现的那条巨鲸，使长鲸剑遭受无法弥补的裂痕。而后是琅环秘境开启前有人盗走符令，致使秘境崩塌，成百上千人成了天劫下待宰的羔羊。为强行撑开秘境的裂隙，长鲸剑的最后一缕剑气和扶乩琴也牺牲了。

但仅仅只是这两件事吗？风陵园请君入瓮，真的只是樊氏父女二人在布局？樊家只有樊清和一个人活了下来，为何偏偏就是他将蹙金鼎交给了自己？再往前，他们在鹤烟福地没有取得玉璧石，反倒是遇上了樊氏姐弟，也恰恰是那会儿，渡口的飞舟莫名其妙被人悉数承揽。

或许可以再往前想一步。掩月坊闻氏贩卖炉鼎，罪大恶极，但闻氏族人罪不至死，最后却被悉数流放。如今的笼州掩月坊赤地千里，夜夜笙歌不停的白玉楼也毁于朝夕。

姜别寒越往下想，越是觉得毛骨悚然。一条草蛇灰线，伏脉千里，始于掩月坊，或许还有更远的源头。

这其中掩藏着他无法想象的阴谋，譬如那具尸首为何无端暴露于众目睽睽之下，押送闻氏姐弟的陈氏弟子为何无端暴毙于半途，樊妙仪临死前没说完的话，结璘灯的下落，遭受欺骗的李氏兄弟，被压死在树下的董其梁，还有溯世绘卷……

姜别寒头疼欲裂，却无端想起在飞舟上与少年和和气气手谈的一局。

他知道自己下棋的水平，慢起来一步三思，急起来便意气用事，与绫烟烟相比也差之甚远。

那次下完棋，两人走在回去的路上，姜别寒问绫烟烟为何中盘认输。绫烟烟皱着眉头说，因为再继续下去，总感觉自己会落入一个个蓄谋已久的陷阱里，尽早认输，就是早一点摆脱这种如置囹圄的受困感。

每一步都是他的布局，他们一路上遇到的所有事件都在他的算计之内。姜别寒有预感，他现在要收网，或许是死一百人的局面，也或许是一千人、一万人。

“阿梨现在一定在东域，被他带走了……”姜别寒瞳孔紧缩。

都已经过了这么久，她还……活着吗？她那么喜欢他，哪怕受了委屈也只是一个人默默忍受，发生这样的事，她一定比他们更难受。

但是姜别寒很清楚，那个随随便便就打杀上千人还没有任何悔过之心的家伙根本不会理解这样的感情！

他为什么不能早一点发现对方的真面目？这样谁都不用死，谁都不会受伤！

“那个浑蛋……”他霍然起身，“我饶不了他！”

“你冷静点！现在过去根本无济于事！我们至少得搞清楚他要干什么！”绫烟烟还算清醒，连忙拉住他。

“师兄师兄！有你的信件！”传信弟子风风火火地闯了进来，看到满屋子面色或肃穆或铁青的人，僵在原地，“师、师兄？”

这个时候还能有谁给他写信？

姜别寒接过信件，刚看一眼，面色就变了。

信上没有署名，也没有任何表明身份的刻印，字迹也写得歪歪斜斜，甚至可能是故意用左手写的，就是避免他认出写信之人的身份。

“这上面写了什么？”见他久久没有反应，绫烟烟终于忍不住问。

姜别寒紧皱眉头，声音中有着一丝难以置信的迟疑：“关于……一个海妖的传闻。”

“海妖？”绫烟烟愣了一下才反应过来，他说的是之前从画铺摊主口中听来的故事里的——那个迷惑先生使其背弃老师和同伴的海妖。

“信上说她是上古蛟龙的遗族，还说希望我们能好好冷静一下。”姜别寒捏紧信纸，疑窦丛生，“这个人特意写信来告诉我们这些，到底有什么目的？”

“信给我看看。”正在闭目养神的重阳真君忽地从他手中抽走信纸，并不拆开来看，而是贴在鼻端使劲嗅了嗅，“有股淡淡的药味。原来如此，小姑娘离家出走这么久，竟把这些陈芝麻烂谷子的事情都翻出来了吗，为师我真是自愧不如啊。”

“为师？前辈的意思是，写这封信的人是……阿梨？”推测出好友还活着，绫烟烟难掩兴奋，“她没有受到伤害对吗！所以她写信给我们，向我们求助！”

“也有可能这封信是她生前写的，她的遗愿是让你们替她查明真相。”重阳真君把信贴在自己胸口默哀，“我可怜的徒弟，还没走出世俗的山林就被野兽吃掉了。”

“前辈你能不能说点好话啊！”绫烟烟忍不住大声说。

“前辈，你刚刚说的那些陈年旧事到底是什么意思？”姜别寒面色肃穆，“信上说的蛟龙遗族到底是不是真的？前辈您是不是知道什么？”

“一口气问这么多，我会被你呛死的，小子。”重阳真君白了他一眼，两根指头搓了搓，“想买卖情报？江湖规矩。”

“江湖规矩？”姜别寒下意识摸了摸自己空空如也的钱袋，“对不起前辈，我没带钱。”

“那再见。”重阳真君挥挥手，化作一道花白的残影冲向洞口。

但断岳真人的动作比他更快，手边剑鞘猛震，狂风平地而起，剑气化作墙壁堵住洞口的出路。重阳真君来不及刹车，猛然撞上剑气高墙，犹如薄薄的煎饼摊在平底锅上。

“断岳！你腿断了怎么还能剑气化墙？！”

“我腿断了，但我人没死。”断岳真人膝上的衣服滑落，两条经脉崩裂的腿显露出来，已经变得萎缩而干瘪。

姜别寒骤然见此，强烈的酸意从眼眶里奔涌出来。

但现在不是悲伤的时候，断岳真人抬起手掌，道：“重阳，回答寒儿的问题，你是不是知道什么？”

“我号称‘杏林圣手’，不是‘江湖百晓生’！我要是知道这么多，何必在山沟沟里挖草药？各大仙宗的绯闻艳史够我一辈子吃穿不愁了！”重阳真君气得跺脚，“快把剑气撤了！否则我跟你没完！”

“别再装糊涂了重阳！”断岳低喝，声如洪钟，“当年斩龙一役之后，你便隐居不出，若不是今日我这个老朋友双腿快要废了，你恐怕还躲在山谷中不问世事。你刚刚反应这么大，寒儿他们查到的事情，你是不是也知道？而且比他们知道得更多？！”

“我不知道，什么都不知道。”老人的声音忽地变得无比沧桑，他仿佛一瞬间苍老了百年，“不要再问了断岳，你不会想知道的，现在这样就已经够了。我们迟早都会死，我默默无闻地死，你作为斩龙的大英雄而死，接受后世子孙的敬仰和膜拜，这样很好，无知的人才是最满足的。”

“可无知迟早会害死他们！他们连自己为何而死都不知道！前辈！”绫烟烟也顾不上长幼尊卑，拦在他面前，“前辈既然已经看到断岳师叔的腿伤，也知道他是被别人蓄意陷害，那前辈一定也能感觉到那个人的目的不仅仅局限于此。琅环秘境被摧毁了，蒹葭渡血流成河，那片血光迟早也会笼罩在中域中洲的上空，到时候我们谁都逃不了！前辈，你可以选择逃避，但在逃避之前，请把知道的所有真相都告诉我们！”

“你们这些孩子怎么一个个都那么不可爱。”重阳真君使劲抓着自己的脑袋，他花白的头发乱成秋风中的蓬草，“小梨子也是，好好的为什么要调查这些事情，她知不知道这样会惹来灾祸的！比血光之灾还要可怕的灾祸！”

到底是什么样的真相比血流千里还要可怕？

绫烟烟不由自主地战栗了一下。

老人收起了嬉皮笑脸的神色，流露出的恐惧那般真实，真实得让她后背的冷汗浸湿了衣服。

“前人栽树后人乘凉。”老人坐在地上说，“有一群人在尸山血海上种下树苗，百年后它长成参天大树，你们这些后代子孙本可以心安理得地享受着树荫，却偏偏要将树木连根拔起，将成千上万的骸骨暴露在光天化日之下，让知道、看见骸骨的人夜不得眠、昼不得安，何必呢？”

绫烟烟又打了个冷战，她有预感接下来的事情会超乎她的认知，但她还是强迫自己直视着老人。

“信上说得没错，那个女人确实是上古蛟龙的遗族。传闻是如何说的呢？说她是海妖还是鲛人？这些都不重要了。那些传闻都是假的，那些渔民怎么会认得蛟龙？”

他忽地望向陆空：“你师兄当年是不是与鹿门书院的温啸仙有书信往来？”

陆空一愣，问：“前辈怎么知道？”

“我怎么知道？”重阳真君怪异地笑了一声，“因为他当年还写了一封信，收信人是我！”

所有人都吃了一惊。

“当然，那封信被我销毁了，我没有赴约。”老人低沉的声音像一段流淌的时光，“那是两个聪明又热血的孩子，他们在阴森的水中打捞着真相，却捞出了见血封喉的刀刃。现在知道真相的只剩下我一个人了，我不敢靠近那片水，所以水里的刀也就伤不了我。”

“所以那天晚上只有前辈你活了下来。”绫烟烟平静地叙述着，“陆机前辈中情蛊，先生被陷害，都发生在同一天的晚上。”

“我老得受不起折腾了，今天就在这里一并了结。”老人闭了闭眼睛，再睁开时，他眼中迸出最后的烈光，像蜡烛熄灭时最后的奋力挣扎。

他望着远处被蒙蒙烟雨笼住的群峰，问：“看到那条山脉了吗？你知道那是什么吗？”

“那是整个中域中洲的灵脉所在。”绫烟烟回答。

所谓灵脉，就好比沙洲中的泉眼。有了泉水，沙洲才能变成绿地，同理，整个中域中洲正是靠着这条灵脉的滋润才得以繁荣兴盛，如旭日般永升不落。

“那你知道崔嵬山吗？”绫烟烟一愣，继而点点头，“崔嵬山镇压着蛟龙遗骸，那是片无法靠近的死亡领域。”

“这两条山脉，是不是很像？”绫烟烟再次怔住，转头望去。云雾中那片层峦叠嶂如青龙卧岗，如果非要扯上关系的话，灵脉确实和崔嵬山的走势有相似之处。

“再往下想一想。”老人开始抽起烟袋，“崔嵬山是上古蛟龙的遗骸，遗骸留下了，经脉血肉却不翼而飞。巧合的是，南方也有条和崔嵬山大同小异的山脉，这难道真的是巧合吗？”

即将触碰到真相，绫烟烟浑身都麻痹了，她不得不顺着这条思路想下去。

这两条相似的山脉横亘一南一北，当然不是巧合，或许是有人……或者是一大群人，将大战后这些蛟龙的断肢残骸埋在南方，天长日久，天地孕育而生的上古神灵血脉不仅未曾枯萎，灵气反而更加蓬勃。它们的肉身融进山脉，血液流入江河，滋养了这里的山山水水，让大战后元气大伤的中域中洲起死回生。

“如果我没记错的话，蛟龙陨灭之后，多了一件圣物。”老人敲了敲烟杆，“陆机那孩子在信里和我说，他觉得那件圣物涂满了罪孽的血，让他在诵读诗书时心神不宁，所以他开始寻找背后的真相。他瞒着所有人，花了很长很长的时间才找到真相。但那个时候他已经对这个世界失望了，他写信告诉我，他宁愿什么都不知道，还问我怎么做才能忘掉这一切。我当然无法回答他。”

“对了，还有符令。”老人说，“你们刚从蒹葭渡回来，应该也知道符令长什么模样。准确地说，它叫龙纹符令，是蛟龙颈下逆鳞，也是琅环秘境开启的钥匙。至于琅环秘境的入口溯世绘卷，它就更有意思了。绘卷里镇压着的都是幼龙的魂灵，而封印绘卷的则是千百年前唯一能与蛟龙抗衡的巨鲸。同为天地孕育的神灵，它们的歌声能令人如痴如醉，但对于蛟龙来说，那样美妙的歌声简直就像一把刮骨刀。它们是天生的宿敌。”

说到这里，老人意味深长地看了姜别寒一眼，继续道：“一剑劈山倒海，一剑天地初分，长鲸剑风采骇世，因为它是被巨鲸吞入腹中的那条黑蛟身上最坚硬的龙骨，它降临世间之时便背负着斩龙的使命，也注定将其斩杀！”

姜别寒悚然。

多少年来他仗剑行道，如今却被告知，这把剑是从遗族身上剥下来的骨血，是掩藏在百年之前的丑恶真相。他谴责别人道貌岸然，自己却也在踩着别人的骨血行侠仗义。

“没了这把剑，你什么都不是。”耳边又浮现那个少年冷冷的声音。

他早就看穿了。

崔嵬山、长鲸剑、结璘灯、龙纹符令、溯世绘卷……一切的一切都是蛟龙遗族的骨骸，它们被这个天下瓜分殆尽、鲸吞蚕食，连闻氏的白玉楼都是它们再也无法回去的家。

“那是它们的报应。”断岳真人始终正襟危坐，不为所动。

他不可能忘记妻子的遭遇。他因为一时心软救下了那条小蛟龙，反而是引蛇入洞，他所珍视的人一夜之间惨死。

“这种生物没有人类的感情，也不会理解人类的感情，对待它们只有两种选择——毁灭它们，或是自取灭亡。”

重阳真君看了他很久，用一种极度同情的眼神看着他，说：“我就知道，你一定会这样说的。那件事无论对当时的你还是现在的你来说，都太残忍了。所以，如果不是你逼着我，我宁愿缄口一辈子，也不想告诉你真相。”

“你到底想说什么？”断岳狠狠皱眉。

“那地方被血洗后我第二天就赶到了，也看到了那条被你斩杀的幼蛟，然后我发现，那里有海水淹没过的痕迹。”

“海水？”

“大海的精灵，蛟龙的宿敌，它们的歌声能使万物迷醉。”老人的声音里显露出肃杀过后的平静，“那是鲸。”

# 第12章
## 白玉京

巨鲸是蛟龙的宿敌，这一开始并没有人知晓，直到战乱中后期才有人意外发现这个秘密。这场战役的获胜，巨鲸功不可没。

断岳真人握紧双拳，两条手臂上都是突起的青筋。

“你一定是弄错了，这个时候巨鲸应该还没有出现。”

“兰膏停室，日安不至，龙衔烛而照之。这句话你应该也很耳熟。玉龙这种天性温顺的生物，即便不通人性、冷若冰霜，也不会做出这样残暴的事情。”重阳真君说，“那就只有一种可能，是谁激起了它血液里的杀性。”

“不可能！”断岳脸色铁青，“这样做有什么意义？他如果和我有仇，尽管冲我来，为什么要这样做？！”

“或许他们不是和你有仇，只是想逼你做出觉悟。”

“觉悟？”

“拔出长鲸剑、斩尽杀绝的觉悟。”老人缓缓说，“没有了家人，你便没有了软肋。而目睹家人被幼蛟残杀，你便没有了仁慈。从身体到内心都如铁一般坚硬的男人，只会像杀神一样沉浸在永无止境的杀戮中，没有什么能阻止他停下来。”

“你做到了啊，断岳，你用自己一条腿的代价换来蛟龙族的灭亡。”重阳真君顿了顿，“他们也达到了自己的目的。”

“不要再说了！”断岳真人脸色铁青。

一直以来他都以为自己做的是正确的事情，复仇成了他活下去的唯一动力，每每想起妻儿死在血泊中的惨状，他便无法原谅那些看似纯真实则凶残的畜生。到了最后他已经杀得麻木了，死在他剑下的龙有些才刚化成人形，三四岁小孩的模样，哭起来和人类的孩子一模一样，但他知道这些都是伪装，一旦心软就是放虎归山，他绝对不可以让那样的惨祸再度发生！他甚至将这样绝对的理念灌输给自己的徒儿，让徒儿用两条幼蛟的血给长鲸剑开锋。

现在他被告知他所坚信的一切都是假的！他曾经为了拯救世人而沾染的鲜血，现在成了他无法洗刷的孽障！他曾经的信念和使命都崩溃了。

“到底是谁做的？”他双手攥出了血，“是谁用这样的手段骗我？！”

“事到如今你还在问这种幼稚的问题。”重阳真君摇摇头，“我已经说得很明白了啊。灵脉、符令、溯世绘卷，谁拥有它们，谁就是当年骗你的人。还记得溯世绘卷上的檄文吗？那上面按了多少手印，其中又有多少仙家宗门，数都数不过来啊。这世上的事，从来都是败者论对错，胜者定是非。”

洞府内一片死寂。

原来是这样吗？那惊天地、泣鬼神的斩龙一役，原来不仅仅是为了拯救天下苍生。先生他……是不是发现了这个秘密，才如此失望，如此心冷，以至于在他最意气风发的时候避世不出，归隐山林？

过了很久，重阳真君才继续：“好了，现在重新说说温啸仙的事情吧。那个迷惑他的女人确实是蛟龙遗族，那种生物寿命长，它们的诞生也十分缓慢，或许是百年之前的战场上遗落了几枚龙蛋，天长日久便孵化出了那个女人。她只敢在月圆之夜的海边出没，当地人都把她当作海妖或是鲛人。她闹得人心惶惶，鹿门书院便让温啸仙带人抓捕这只兴风作浪的海妖。也就是在调查的过程中，他逐渐触摸到了真相，同时也引来了虎视眈眈的豺狼。

“百年前的遗族还活在世上，这无疑是世间最大的宝藏。成百上千道目光都盯紧了龙女，他们把她当作猎物一样争抢，谁得到了她就仿佛得到了整个天下。但是她完全不了解这个世界，不知道那些人为何对她抱有这样强烈的争夺欲，那个时候她唯一能真正信赖的人，只有温啸仙。

“为了一个女人与整个天下为敌，这事听上去太荒唐了，可他就做出了这种荒唐的事情。”

“可是最后，还是失败了吗？”

“现在看上去是的。尤其是当她离开之后，他一个人实在太孤独了。听闻他的眼睛失明之后，龙女曾用自己最珍贵的东西换来了能医治世间万疾的玉璧石，她在寻找玉璧石的途中失踪了。从此以后他四海为家，每至天涯海角都会在海边久久伫立，好似那幽深的海水里有他朝思暮想的人。可那个人已经不会出现在他身边了，有人说她一个人逃走了，有人说她早就被抓住了，还有人两种说法都不能接受，就编了个谎言，让她成为海中一堆晶莹的泡沫消失在世间。”

只有他知道，她终于摆脱了这个对她满怀恶意的世间。

她抱着双腿仰望月亮的时候，其实是在寻找她千百年前的家——月下瑶台，天上白玉京。自诞生之时她便被这个世界抛弃，偌大天下只有她一个伶仃异类，她无家可归，只能蜷缩在这片小小的海域，枕着琴声才能入眠。

扶乩琴能安魂定魄，可世人从来没想过，琴声在安抚哪一个孤独的灵魂。

“快起来快起来！海底下雪了！”有人在黑暗里喊醒了他，还把什么冰凉的东西塞进了他的衣领里。

薛琼楼一睁眼便看见白梨笑吟吟的脸，她手里揉搓着滚圆的雪球，原来刚刚那阵冰凉是雪。

他披衣而起，眼睫上沾着星星点点的雪沫。

“怎么？还没睡醒吗？”白梨抬手在他眼前晃了晃。

细细的一线赤金从他漆黑的眼瞳深处流闪而过，像落日坠入黑色海洋前那最后的光芒，他垂眸时那流金便被浓密的眼睫盖住了。

白梨微微一惊，只觉那一刹那他的眼睛仿佛琥珀般剔透。

龙女被带往东域的时候已经怀孕了，家主曾下令杀掉她腹中的孩子，因为这个孩子对他来讲是个隐患。

她沉沦在梦境中，意识迷乱，却没有忘记作为母亲的本能，只要有人靠近她，她的意识就会清醒，她若真的动怒，甚至会毁掉整个朝暮洞天。

所以家主最后还是容忍了这个孩子。他已经做好了决定，他要让这个孩子成为供他驱策的刀，让龙女成为这个孩子的软肋。当龙女的生命走到尽头，这把刀也就没有存在的必要了。

他刚出生的时候龙角便被拔掉了，尾巴也被切断，但唯独逆鳞拔了又长，长了又拔，背上的伤疤从来没有完全愈合的那天。

他是异类，是羊群中的狼，只不过这头幼狼自出生起便被拔掉了爪牙。

“怎么了？”

“没什么。”白梨摇摇头，举起圆圆的雪球，“你看，我给你做了雪人哦。”

雪球里有什么东西在扭动，紧接着白雪中拱出两瓣晶莹的鱼唇。小白鱼钻进了雪球中，结果不慎被卡在里面，它现在就像背着白色龟壳的乌龟，笨拙地扭动着身体。

她惊奇又好笑，捏着鱼尾巴将小白鱼拎起来，笑道：“这条鱼好呆哦，一点也不像你。”

小白鱼甩了甩尾巴想扑进主人怀里，薛琼楼抬起手，它一头撞上他的掌心，以一个咸鱼翻身的姿势倒竖着飘浮在空气中。

“果然还是很呆啊。”白梨摸着下巴。

白鱼默默流下一滴眼泪，这两个人真的越来越过分了。

雪落时天地静谧无声，白梨裹着雪裘坐在栏杆上，薛琼楼披着外衣站在她身边，眼睫上沾满飞絮般的雪花。

“我们堆雪人吧。”白梨拢起一把雪。海底的雪果然就是不一样，松软得仿佛羽毛。

“堆什么样子的？”

白梨发现他真是太较真了，她拍拍他的肩，说：“做什么事都太较真，会活得很累的。这会儿我们什么都不用想，随便堆成什么样都可以。”

他笑了笑，眼里流转着明净的雪光，然后认认真真地揉出滚圆的雪球。白梨在一旁协助，两人捣鼓了半天，她终于发现，别看他架势摆得这么正经，实操起来左支右绌。最后他堆出一个长着翅膀、拖着鱼尾，还有小爪爪的四不像。

白梨若有所思地问：“这是什么？”

“飞鱼。”

薛琼楼点点“飞鱼”的脑袋，一团小雪球滚了下来。

“头掉了啊！”白梨手忙脚乱地接住雪球，小心翼翼地接上去，“这样就好啦，你不能碰得那么重。”

她的话还没说完，他的手伸过来，轻轻笼住她的手。由细雪堆成的鱼摆动细长的身体，扇动着透明的翅膀，活了过来。它在这片温暖的港湾游弋一圈，向着头顶的海平面飞去。

薛琼楼仰头凝视着，看着飞鱼乘着海风飞走，那一瞬他的灵魂也好似轻盈了起来。

“为什么海底也会下雪？而且一点都不冷。”

白梨撑着栏杆仰头看着遥远的海平面。大雪还在继续，雪落无声，远方一道苍蓝，一道银灰，天穹与海平面的界限有些模糊。

“我先前给你的东西，你还带着吗？”

是那枚永远也不会熄灭的光吗？白梨点点头，说：“带着呢。”

金橙色的光跳进她的掌心，雪花飘落，在光晕处无声融化了。薛琼楼从袖中拿出绘卷，随手展开，无数淡黄色的光团从画卷中缓缓飘起。每一团光晕中都蜷缩着莹白的幼龙，成千上万的光点仿佛漫山遍野的萤火虫，汇聚成金色的旋涡，从海底升起。它们与飞雪相撞，雪花融化成亿万点雨滴逆行而上。

白梨慢慢睁大眼睛。四周一下子变暗了，只剩下银河般浩瀚的结璘灯，仿佛极深的黑暗中孕育出的极烈的光。

“这些都是魂灵，所以光芒还很弱。”薛琼楼说，“等回家之后，它们都能活过来了。”

回家？

还没等白梨问出来，她突然看到无数幽蓝色的光带从海面延伸下来，像女神款款摆动的裙袂。不远处闪耀着一大片玉白色的楼宇，片片飞檐连绵不绝，仿佛海市蜃楼。

“有没有觉得很眼熟？”

“这是……白玉楼？”刚来就被卖到这里，白梨怎么可能会忘。但是他在海底藏这么多亭台楼阁干什么？这里根本没什么人住进去。

薛琼楼眼底映着极烈的光，他说：“是闻氏族人给我建造的十二座白玉楼。”

“闻氏？”白梨对这两个倒霉蛋印象深刻，毕竟那是他亲手救下的姐弟，他们果然被关在这里了，“我怎么没看到他们？”

“我放他们走了。”

“真的吗？”

“既然没用了，我当然放他们走了。”

他说谎了，那两人早就死了。

朝暮洞天的时间流逝速度与现实世界的不同，现实世界中的时间虽只走了短短一旬，但对那对姐弟来说大概已经过了上百年。

恐怕在耗尽生命的最后一刻，他们还在等着少年兑现当初的诺言。但是不会有人来放他们出去，他们只能守着亲手筑造出的十二座白玉楼，在这座海底坟墓慢慢老死。

让人乖乖听话根本不需要威逼利诱，只需要给他们虚无的希望。

白梨神色凝重地看着这片金色的旋涡，它漂亮得像通往高天的银河，让她想起了溯世绘卷中的那幅画——耀眼的金光犹如天神的宝剑从天穹刺向人间，在那样宏瀚的光芒中，所有人都是不值得一提的蝼蚁。

这就是他拼上性命也要去做的事情吗？白梨打量着他。他斜倚着栏杆，光晕一明一暗，照亮他乌黑的眼，他眼底冷如冰霜。

“会像秘境里那样吗？”

薛琼楼微微侧脸，问：“什么？”

“我是说，会像琅环秘境那样死很多人吗？”白梨说，“因为你之前和我说过，蝼蚁之所以会死，只是因为它站错了地方。”

薛琼楼合上绘卷，由无数结璘灯和幼龙魂灵汇聚成的旋涡消失了，不远处的光带也消失了。四周一片昏暗，只有雪地反射着莹莹白光。

“不会的。”过了片刻他才回答，“现在已经结束了。”

是的，会死很多人，比琅环秘境死的人还要多更多，这条回家的路将会由无数尸骨和血肉铺就。

一切的罪与罚由他一个人来承受，而她不需要知道这一切。

“我们该回去了。”白梨被寒风吹得打了个喷嚏，她从栏杆上跳下来，一脚踩进厚厚的雪层，冰凉的雪全部灌进她的鞋子，冷得她打了个哆嗦，

“好冷！”

她想抬起脚，这下更好了，鞋子直接被雪“咬住”，她以一个金鸡独立的姿势停顿在半空。

“薛、薛、薛、薛琼楼，我要站不稳了！！快来拉我一把！！”

即便满手鲜血，即便手握刀剑，他也要抱紧她，他就是这样贪得无厌的人。

“笨蛋，你直接跳下来，鞋子当然会陷进雪地里。”

“我从小到大就没见过这么大的雪啊，而且海底为什么还会下雪？它不会融化吗？”她蹦珠似的问出一串问题后终于问到重点，“你有带鞋子吗？”

“我怎么会带那种东西。”

“完蛋了，那我怎么回去？单脚跳着回去吗？”

她这样笑起来很好看，他一定要守住这样的笑容。

“那你就这样回去吧，我先走了。”

白梨以为他在开玩笑，可是一眨眼的工夫少年便突然消失在茫茫大雪中。白皑皑的雪将他一袭白衣掩藏，让人分不清是雪还是他远去的背影。

白梨孤零零坐在栏杆上东张西望，天地间好似只剩下她一个人。她小声地喊了一句：“薛琼楼，你还在吗？”

没人回答。

她拖长语调：“喂——你别扔下我一个人啊——”

肩膀被拍了一下，他神出鬼没地出现在身后，吓得白梨差点往后栽倒，她仓皇间滚进他怀里。

靴底踩在雪地里，发出咯吱咯吱的轻响，白梨依偎在他背上，一只手里提着自己湿透的鞋——对的，她最后还是被背回去了。白梨下巴搁在他肩膀上，少年的眼睫上有雪融化后的水珠，她伸手替他轻轻擦去，他细细茸茸的眼睫碰上她的指腹。

走了很久，白梨才发现两边的景色变得不对劲，凭空冒出来的枯树上停着寒鸦，西风萧条。

这不是回去的路。

两人身后那一串歪歪扭扭的脚印融化了，枯枝抽出又尖又嫩的绿意，寒鸦扭头梳理羽毛，黑亮的鸦羽变作亮丽的鹅黄。那竟是一只黄鹂鸟，它细嫩的叫声唤醒了春天。

翠树洒落浓荫，夏蝉不知疲倦地鸣叫着，枝叶间又多了一抹亮丽的鹅黄，两抹鹅黄成双成对。

绿荫下穿过两道人影，少年的脊背还有些单薄，背起一个人却刚刚好。白梨感觉他步伐变得沉重，她抱紧了他。

幻境在不断发生变化。

老梧桐的秋叶泛黄、打卷，黄鹂鸟用枯枝做了个窝，黑乎乎的一团置于树梢，像一片低垂的云。

他脸色苍白地停下脚步，空出一只手，手背抵住唇，停顿片刻，他又背着白梨继续走下去。

枯叶飘零，大雪满枝，两人先前留下的脚印在雪中重新显露出来，长长的一串，弯弯曲曲。

这样就算走过四季、走过一辈子了吗？

“真好看哪，”白梨把脸贴在他背上，“但是这样太费法力了，你赶紧收起来吧。”

“这是我给你的小世界，”他眼睫轻颤，“阿梨，你来自哪个世界？”

白梨一怔：“你怎么知道……”

“你之前被困在幻境里的时候，我就已经知道了。”他说，“我搜寻过你的记忆，与你接触最密切的人里，我找不到任何有关你师门的人。”

她入梦而来，对师门的印象只存在原主的脑海中，无比单薄，他当然挖掘不到这方面的记忆。

“还有之前在马车里的时候。”他嗓音有些晦涩，“你醒来之后，和之前差别太大了。”

他心思如此机敏，怎么可能会被她瞒住。

他走得极慢，背上的人也沉默下来。她好似睡着了，又好似那里本就没有人，她只是一场抓不住的梦。

雪地里响着孤独的脚步声，过了很久，少年终于忍不住开口：“阿梨？”

她轻声回他：“我在呢。”

冬去春来，夏盛秋衰。

少年独自走了这么远，在这一刻，仿佛整个世界苏醒过来。

朝暮洞天，可以是命如朝露、朝生暮死，也可以是，朝朝暮暮。

剑峰。

老人的脸被缭绕的烟雾挡住了，洞府内一片死寂，他沉默了很久才开口：“我说完了。”

其他人一个个沉默得像雕像。

“我就说啊，你们不会愿意听到真相的。”他抬头望天，淅淅沥沥的雨冲淡了山间的雾，“我得知这个秘密的时候，也曾迫不及待地想告诉别人。可那样有什么用？一个是未来的书院之主，一个是未来的光明圣子，这两个前途无量的年轻人还不是像流星那样坠落了？我这个人微言轻的老头子又能帮到什么忙？”

“但你今天还是说出来了。”断岳真人说。

“是啊，就好像解脱了一样。”重阳真君捏着手里的信，那上面的字迹被雨滴打湿晕染，“我不想我的徒弟也步他们的后尘，如果说出真相的人要入拔舌之狱，那便拔掉我的舌头吧。”

“前辈……”绫烟烟欲言又止。

“听闻蒹葭渡发生了大事，你们回来是不是因为这个？”重阳真君突然问。

“是的，琅环秘境被强行开启，上千人在天劫中丧生，我必须得找到溯世绘卷。”姜别寒咬牙说，“是薛琼楼夺走了绘卷。”

“那个孩子？”重阳真君一惊，“原来如此，薛暮桥果然不甘心龟缩在东域那方寸之地。”

“前辈这是什么意思？”

“薛氏虽然也在征讨檄文上按下手印，但他们到最后什么也没有得到。因为家主死在了那场战役中，薛氏子弟群龙无首，忙于争抢家主之位，根本没人想到要去防备来自外界的敌视。他们不知道，曾经的盟友已经悄悄转换了阵营，想着该如何毁灭这个根深蒂固却早已腐蠹空洞的百年世家。到最后却是个名不见经传的私生子横空出世，继任家主之位。他以一种认输的姿态，带着族人主动退避到荒无人烟的东域。虽然当时很多人嘲讽他软弱无能，但奇怪的是，薛氏内部却惊人地统一，没有人质疑他的决定。”重阳真君缓缓说，“因为胆敢质疑他的人都已经死了。”

姜别寒背后冷汗密布，这和他自小从别人口中听来的薛伯父的形象大相径庭。或许是已经遭受过更加刻骨的背叛，他这回很轻易便相信了重阳真君的话。

非杀伐果决者，无法使人俯首称臣。

“他的野心绝不仅仅只是一个东域这么简单，他无时无刻不在觊觎着中域中洲，他的野心是做天下之主。”重阳真君说，“若非蒹葭渡发生了那样的事，你们恐怕会以为我在胡说八道。现在看来那个孩子继承了他的野望和手段，你们完全被他骗了！”

“但是薛伯父……已经闭关很久很久了。”

姜别寒想到他们一路相处时的点滴细节，自己似乎从没听薛琼楼提到过他的父亲，这一切都是他一个人的布局。

姜别寒心中忽然有了个惊人的猜想，他迟疑道：“难道他已经……”

“不管怎么说，他拿走溯世绘卷绝对不是想当救世主。”重阳真君的面色越来越难看，“还记得我说过绘卷里封印着什么吗？”

“是蛟龙的魂灵。”

“那么阻挡在中域中洲和东域之间的崔嵬山的山下又有什么？”

“蛟龙的遗骸。”绫烟烟猛地打了个冷战，她好像知道薛琼楼要干什么了。

“如果魂灵和遗骸都被释放出来的话，人间又会变成千百年前的模样，”重阳真君骇然道，“变成废墟和血海！”

低沉雄浑的龙吟从大地深处响起，天地显得异常寥廓。

圆月将水银般的清辉洒向海面，纷纷洒洒的雪沫融化在光芒中，雪白的浮冰漂在海面，崔嵬山成了一条银白的线，蜿蜒着消失在夜色中。

凛冬降临了东域。

但这一次的凛冬和以往都不一样，它提前冰封了万物，仿佛在孵化能够再度创世的神。

白衣的少年在风雪中跋涉，他的身影几度和白雪融为一体，只有在经过黑色的岩石时才会显露出来。

他在最高的悬崖峭壁前停住。高山与大海遥相呼应，巨大的月亮已经沉进了海水中，只留下半轮月弧漂浮在海平面，海水又倒映着半圆，水面上下便拼凑出完美的圆月。

山体开始剧烈震颤，仿佛是压在山下的魂灵在不安地躁动。少年翻转手腕，将绘卷驭进手中。溯世绘卷的两层封印早已分崩离析，拿到这幅神卷便仿佛手握整个天下的命脉，他看也不看，将绘卷扔下山崖。

绘卷在呼啸的雪尘中铺展，仿佛凤凰在烈火中展开双翅，那样的宏伟。

绘卷中纷繁的色彩正在消退，山脉上的积雪也缓缓融化，露出黑铁般坚硬嶙峋的山体。被镇压了上百年的魂灵似乎察觉到将有人解开它们身上的枷锁，山脉的震颤更加剧烈起来，仿佛要挣脱地面的束缚，腾空而起。

震耳欲聋的轰鸣声中，耸峙的群峰一座接着一座塌陷，山石犹如流星坠向四面八方。崔嵬山开始崩溃，或者说，是枷锁正在崩溃。

大地崩裂的刹那，乌云忽然遮蔽了圆月，所有的光芒都归于寂灭。这样的黑暗仿佛光明湮没后的永夜，一切罪恶与暴虐都在这片温床中明目张胆地滋生。

地脉最深处睁开一只硕大的赤金色眼瞳，仿佛盛满黄金水的湖泊，它代替月亮在天穹中映出一片宏瀚的光泽。

它纤细的瞳孔像锋利的剑，笔直地竖立，瞳膜上横亘着一道疤痕，长鲸剑曾经斩瞎了它的眼睛，瞳孔与剑痕便呈现出狰狞的十字形。

它睁开眼睛的时候，十字形的光芒在天地间闪现。

薛琼楼平静地俯视这个差点毁灭人间的怪物，这个被压在崔嵬山下百年之久的罪徒。

咔嚓、咔嚓、咔嚓。

冰层发出一连串断裂的爆响，它眼瞳四周被冻住的地面迅速开裂隆起，那只眼睛彻底暴露出来。瞳孔中倒映着森森的夜和纷飞的雪沫，少年在它面前就像渺小的米粒。

风雪疾厉起来，地动山摇的巨响震得人头皮发麻。四周忽然高高溅起百尺高的雪尘，像一排又一排的海啸，天地被这片狂潮淹没。

沸腾的爆破声中响起了生铁摩擦的尖鸣，像有千军万马高举剑戟向着彼此进攻。

薛琼楼的视线改为仰视。滔天雪尘中亮起两抹金黄，旭日般照彻半边苍穹。

它刚刚震垮了压在自己身上的崔嵬山，滚滚山石从背上倾泻，黑色的龙鳞泛着寒铁的光泽，碰撞在一起会擦出黑色的火星。它俯视着少年。

云层破裂，月影横斜，圆月映出了一大一小两道剪影。

自深渊中苏醒的庞然大物微微弯曲脖颈，靠近悬崖边的少年，像是兽类在进食前习惯性地先嗅一下食物。

古有蛟龙，互食为生，这说的便是杀性最重的黑蛟。百年的时间内它从未进食，眼前这条人形的小龙看上去勉强还能果腹。

硕大的瞳孔朝少年逼近，闪着贪婪的寒芒。

“原来如此，你只有原始的本能吗？”他说着，缓缓攥紧手中的结璘灯。

最致命的弱点被拿捏在对方手中，黑蛟疼得鳞片倒竖。只要他继续用力，这条庞然大物的魂魄就会在世上彻底灰飞烟灭。

它不得不俯首，血统的压制以及对方手中的东西让它不敢再生出任何非分之想。

薛琼楼松开手掌，结璘灯的光芒在掌心跳跃，他沾着雪沫的眉眼在炽烈的光芒中明灭，白衣翩飞如雪。

“从现在开始，人间又是你的玩物了。”他笑了起来，降下杀戮。

被镇压百年的黑蛟腾跃而起，带着仇恨和杀戮重临世间！

中域中洲，剑峰。

所有人都感觉到了地面突如其来的猛烈震颤，听到天际那震耳欲聋的龙鸣。

东边的天空漆黑如夜，厚重的墨云带着狂风暴雨横扫而来，眨眼之间吞没一切光线，逼至剑峰上空。群峰被火焰点燃，无数翩飞的仙鹤与飞鸟化作猩红的灰烬坠落，像一场燃烧的火雨。

“已经开始了吗？”重阳真君抬头仰望，花白的须发在烈风中偾张，肥大的衣袍被风猎猎撕扯，枯瘦的身体像飘摇的竹竿，他望着山下的火海，“这是百年的轮回吗，人间会再度成为废墟，但是现在已经没人能拯救我们了。”

姜别寒劈手夺过小弟子手里的剑，拔腿就走。

“站住！你现在是去送死！”断岳大喝。

“我不出去也是坐以待毙！”洞口处的剑气禁制还未撤走，姜别寒被挡住去路，不得不回头，“师父！”

“如果是之前拥有长鲸剑的你，勉强还能抵挡一阵，但现在的你若出去迎敌，只会被烧成一堆灰烬，甚至连他的面都不会见到。”断岳不为所动，冷酷地说出实情。

“但是……”姜别寒的手紧了紧，“我有些事情一定要当着他的面问清楚！”

“你小子，到现在还以为那个人会和你一样顾念旧情吗？”重阳真君叹息着摇摇头，“太天真了，那种人扼杀了自己的灵魂，不达目的誓不罢休，能够阻止他的只有死亡。”

“死？”姜别寒愣愣地重复了一遍这个字眼。

狂风骤然增强，云海缠绕着电光从天际平推过来，炽白的闪电映亮了黑铁般的鳞甲，庞大的身躯在云海中隐现，带来万钧雷霆和飞沙走石。

苍茫的风雨中划过数道亮眼的剑光，那是几名剑宗弟子发出的。他们负责镇守剑峰，并不知道云层上那庞然大物是什么东西，只知道它凶险异常。

翻涌的黑云中寒光闪灭，仿佛有条巨蟒在上面翻江倒海。那几名剑宗弟子御剑悬停半空，瞭望着上方的状况，以便回去禀报。

“回来！不要靠那么近！”姜别寒大吼，但狂风将他的声音扯碎了。

乌云中十字形的金光一闪，仿佛天神一记猛烈的重锤，凿开了天穹，火花四溅。那片天空塌陷下去，泼墨般的黑云仿佛决堤的江流从九天奔涌而来，汪洋般的金光向人间肆意倾泻。

那几名剑宗弟子沐浴在光芒之中，呆呆地仰着头，似乎看呆了。但乌云后并不是耀眼的太阳，而是一只硕大的金瞳，瞳孔中横亘着狰狞的十字形疤痕。

“快回来！”姜别寒用尽全力大喊。

晚了！黑色巨影裹挟着狂风雷霆闪过云层，金红烈焰从天而降，暴虐而狰狞！空气震出尖利的蜂鸣，那样恐怖的速度根本来不及让人反应，人类的血肉之躯在它面前就像破烂的玩具。那几道小小的剑光像被黑潮淹没的绣花针，转瞬间无影无踪。

寒雨如刀锋割面，所有的声音哽在喉咙中，姜别寒踉跄着半跪在地。就在不久之前，这些师弟还在照顾昏迷中的他，真诚又笨拙地安慰着他……现在什么都没有了，一切都被毁了。

“重阳，我让你带的东西你带来了吗？”断岳真人以剑鞘撑地，缓缓站起身。

“你疯了吗？！我怎么可能真的把那玩意带过来！”重阳真君突然变得异常激动。

“我知道你带来了，几年前我就写信向你求助，你医术如此高超，过了这么久，能治好我腿伤的丹药应该早就炼出来了。”断岳的面庞线条变得冷硬起来，盖在腿上的长袍彻底掉落，露出两条像铁丝一样枯瘦而僵硬的腿。饕金鼎炼出的毒丹使他浑身气息紊乱、经脉断流，若不是有剑鞘撑着，他根本无法正常站立。

“那种药是可以治好你的腿，但它也需要付出代价！”重阳真君怒喝，“看看你现在的模样，你连站起来都要靠着剑鞘支撑，你的剑曾经再锋利，现在也已经生锈了！长鲸剑已经毁了，你是不可能再打败它的！”

“重阳！”断岳同样怒喝，“把药给我！”

没有多余的话，只有一声干净利落的大喝，声若雷霆。

重阳真君愣住了，好半晌才苦笑着扬起袖子，无奈道：“你这倔强的老头子！”

丹药高高抛过来，断岳真人抬臂接住。那是一枚平平无奇的青丸，和最常见的养气丹没什么区别，他仰头将丹药吞了下去。

“整整二十年我都在研究这玩意，你算是赶上热乎的了。”重阳真君的神色又平静下来，他拢起袖子平静地说，“它能让你断裂的经脉重新拼凑完整，也就是说，哪怕你现在全身瘫痪，它也有办法让你回光返照，让你变得比正常人还要矫健，治好你的两条腿更是易如反掌。但是它有着和玉犀石一样巨量的毒性，相当于让你提前烧光了自己的生命。我把知道的都告诉你了。”

“师父你要干什么……”姜别寒脸色惨白地回头，但已经晚了，那枚青丹早已被断岳吞入腹中。

汩汩奔流的血液全部汇向心脏的某一点，扑通、扑通，有力的心跳声响彻洞府，断岳腿部干瘪的肌肉再度隆起，像是一台生锈的机器终于得到机油的润泽，轰隆隆舒展拳脚。他扔掉剑鞘昂然屹立，手中的长剑爆发出炽烈的剑气，像熊熊燃起的白色火焰，缠绕剑锋。

肩头的长袍在狂风中翻飞，他缓缓抬起长剑。剑刃在虚空中划出朦胧的青色光华，仿佛在切割着过去与现在的时光。他仰望着蜿蜒在九天降下惩戒的黑蛟，一如百年前那个家破人亡的落魄剑修仇视着不共戴天的死敌。

“倔老头子。”重阳真君扭过脸。他一直期待着老朋友双腿痊愈的模样，现在愿景实现了，却是以这种他最不愿意见到的方式。

“师父等一等！你还没有长鲸剑……”姜别寒大喊。

“不要再想着长鲸了寒儿！世上任何一把剑都肩负斩杀的使命！”剑气禁制如同镜面四分五裂，断岳在纷飞的碎片中大步冲锋，声若雷霆，“听着！师父教你最后一课！拥有死亡的觉悟，才具备握剑的资格！”

话毕，他虎跃而起，一剑挥出山海！

狂潮般的剑气冲溃了墨云，云海之上，黑蛟的全貌终于暴露在众人面前。那对骇人的金瞳仿佛永燃不灭的炽灯，脊背和尾巴上挂满骸骨，那是一同被镇压在崔嵬山下的蛟龙骸骨。这些体形纤细的玉龙像鲫鱼般吸附在蜿蜒千里的龙骨上，远远望去仿佛灰白色的鳞甲。那蜿蜒千里的身躯犹如起伏的波涛，雄浑的龙吟将四面山壁震得粉碎。它遨游在九天，犹如杀神高踞王座。

断岳踩着断壁高跃而起，踏着龙尾飞奔而上，飞旋的剑光犹如银色的雨燕，搏击惊涛怒浪，他向着那只硕大的金瞳冲锋！

黑蛟的鳞片因愤怒而全部偾张，像刀剑林立，火焰顺着鳞甲朝那不知天高地厚敢向它发起进攻的人影席卷而去，如同地狱深处的红莲业火将苍穹点燃。

那个人却没有停下脚步，他踩着刀山火海飞奔，像一支离弦的利箭。他手中的普通长剑根本承受不住这样暴烈的火焰，剑锋早已熔成猩红的铁汁，他的手里只剩下一截滚烫的剑柄，相当于在赤手空拳地发起进攻。

“师父！”姜别寒在洞口遥遥大喊，手中的剑同时脱鞘。

“站着！你现在上去只会捣乱！”重阳真君狠狠按住他的手臂，“相信他！他是你的师父！”

火焰凝聚成剑刃的形状——准确来说，是剑气化成了剑锋。火刃插进黑蛟的尾部，溅射出赤红的火花，他一面怒吼，一面踏火飞驰，身后脓腥的血液犹如被快艇破开的怒浪。雨滴在火海中蒸发，雨幕化作弥天大雾。

“没有剑锋……的剑。”姜别寒喃喃自语。

“真是疯狂的老头。”重阳真君沉声说，“好好看着吧，百年前那劈天斩地的一剑！”

一道雷霆劈落九霄，山河失色，两道黑影同时撞向对方，万钧剑光与十字形的金光仿佛两道流星撞在一起，山海在炽光中粉碎！

排山倒海的飓风摧毁了一切，姜别寒迎着狂风遥遥望去，黑蛟占据整片天穹的身躯在剑光中化作灰烬，一点一点地消散，那只狰狞的金瞳只剩下十字形的疤痕残留在虚空。断岳拄剑而立，肩头长衣猎猎翻飞，他俨然又回到了属于自己的战神年代。就像百年前那样，他一剑搬山、一剑倒海，巨龙在他剑下碎骨粉尸。

“他做到了！他没有剑也能斩杀黑蛟！”姜别寒心底又燃起了希望。

可是很快他发现了不对劲。

黑蛟的尸骨消失了，攀附在黑蛟尸骨上的灰白色骸骨却升腾而起。它们的体型只有黑蛟的百分之一，甚至可以称之为娇小，像银色的长蛇。它们的颈部亮起淡金色的微光，像大海中会发光的蜉蝣生物摆动着长尾朝着高空游去。这些光芒汇聚成汪洋，成为一条倒挂的银汉通往九霄。乌云消散了，天地大放光明，梦境般使人陶醉。

“衔烛而生……这是玉龙，你师父没有杀掉它们。”重阳真君面色严峻，他动了动嘴唇想说什么，却没有说出口。

断岳被洪流般的光芒吞没了，莹白色的玉龙魂灵温柔地环绕着他，仿佛山间纯洁的精灵为战神奉上赞歌。断岳不动如钟地伫立着，他手中的剑早已被熔为铁水，两条腿被龙鳞割得千疮百孔。

方才与黑蛟一战时的竭力爆发使他提前耗尽了药效，枯瘦如铁丝的双腿支撑不住他全身的重量，他跪在地上。

“师父！快回来！”姜别寒高声大喊，他还抱有一丝希冀。

天地寂然，断岳好像沉醉在这一片创世般的柔光中，飒飒长风抚平他的伤口。他在风中昂首，看到一条熟悉的幼蛟离开龙群，张开小小的爪子朝他拥抱。狰狞的骷髅变作孩童稚嫩的面庞，清澈莹润的目光倒映着高远的苍穹。

它们衔月而生，像初临人世的孩子。

记忆的潮水吞没了视线，一幕幕蒙着血光的画面从眼前闪现——被开膛破肚的妻子难以瞑目地倒在血泊中，第一次化作人形的玉龙手足无措地哄着僵硬的婴儿，他被这鲜血四溅的场景吓呆了，甚至忘了这一切的始作俑者就是自己。年轻的断岳根本听不进任何解释，他在暴怒中挥剑，血液如泼墨飞洒……这一幕幕飞闪过去，最后都荡漾在那一双澄澈的眼瞳中。断岳张开双手，隔着百年的光阴抱住了这个孩子。

“师父……”姜别寒无力地跪倒在地，他现在知道师父为什么不回来了。

利爪穿透了断岳真人的胸腹，尖锐的獠牙咬破他的喉管，他在喷溅的血液中安详地闭上眼睛。

拥有死亡的觉悟，才具备握剑的资格。英雄理应顶天立地，但如今他的剑道已守住，跪着赴死有何不可？

“师父，你走了我该怎么做！”姜别寒嘶声大喊。

已经没有人回答他了，那跪着的人逐渐化作古铜色的骨骸，在沧桑的暮年书写最后的神话。

不知为何，姜别寒想起很多年前的一幕。那时师徒二人站在飞舟的栏杆旁，俯视着风起云涌的崔嵬山，师父拍着他的肩膀将一手创下的剑宗托付给他，迎着高风放声大笑。

“师父怎么出剑你就怎么出剑，师父说什么你就听什么，可哪一天师父不在你身边，所有事情都需要你自己做决断，你又该怎么选择？”

“傻小子，徒弟总是要超越师父的啊！”

故人飘零如风中落叶，他闭上眼，盖住泪光。

这一日终究还是来了。

海浪拍打着峭壁，雪沫飞溅。少年临风站在悬崖上，雪白的长衣漫卷如云。一条幼蛟的魂灵无声地蜿蜒而来，小小的爪子上沾满鲜血。它伸出舌尖舔了舔，轻轻蹭着少年的衣摆。

“那种人果然会做出这样的选择。”少年伸手，轻轻按在幼蛟毛茸茸的头顶上，幽幽的光芒照亮他的眉眼，黝黑的眼底如覆霜雪，“真是无聊的选择。”

黑蛟的魂灵已经彻底从世上消失了，最有威胁性的对手也从世上消失了，但这仅仅只是开始。

夜色中微光一闪，溯世绘卷居然屹立在他身后。绘卷上的图案一寸寸褪色，意味着人间的山水将一寸寸溃灭。

千里之外的中域传来轰然巨响，震波将白浪海惊起层巅巨浪，那是伏延千里的灵脉在发生波动。灵脉与崔嵬山一南一北，一条是骨骸，一条是血肉，如今崔嵬山已然崩溃，灵脉也逃不了毁灭的命运。

巨阙剑宗的剑峰是灵脉的峰首，这座十万八千丈的高山在漫天烟尘中拔地而起，身后连绵的群峰也拔地而起，电光飞闪。

那蜿蜒千里的山脉化作龙类坚硬的骨骼，血红的土地是它千疮百孔的血肉，雷霆与火焰是它的千军万马。它是孤独的神祇，从长眠中苏醒，它抖落匍匐在背的卑微蝼蚁，高踞御座，它将山河踏碎，将天地倾覆，它以诛戮祭奠亡灵，以废墟孕育新生，这个世界它来毁灭、它来创造！

少年翻飞的白衣犹如雪光凛冽的长刀，他握住手心便是握住天下，他俯瞰天地、执掌生死。他对着虚空挥袖，长夜粉碎，天崩地裂。

地面猛烈摇晃起来，如果站在高空往下俯瞰，可以看到整条灵脉腾空而起。灵脉是中域中洲的心脏，大大小小的仙宗都在四周设下禁制，根本无人可以撼动，但现在它仿佛从沉睡中苏醒，大有昂首之势。

断岳真人原先打坐的蒲团后插着无数把铁剑，他在治疗腿伤的同时也一直在打磨剑术。现在姜别寒没有时间沉浸在悲伤中，他随手御出一把长剑，带着其余三人冲出洞府。

天地间只剩下狂风怒浪。无数道剑光划破猎猎风沙，那是剑宗弟子御剑追了上来，断岳真人战死之后他们只能追随姜别寒了。

这些人都还没有搞清楚状况，扯开喉咙高声大喊：“师兄！现在是怎么回事！我们该怎么做？！”

姜别寒木立在原地，该怎么做……他也不知道。

“这里要被摧毁了。”重阳真君语气严峻，“崔嵬山下压着蛟龙骸骨，而中域中洲的灵脉是它们的血肉。他接下来要摧毁的是灵脉！中域会变成下一个蒹葭渡！”

“不……可能比蒹葭渡还要可怕。”绫烟烟面无人色地望着天空。

墨云形成巨大的旋涡，那上面仿佛压着重达千钧的异物，黑色的云海渐渐被染成红到发紫的颜色。一声轰然巨响，云层中闪现枝状闪电，整片天空裂开了，猩红的火焰犹如滚烫的岩浆向人间浇灌。那些无法御剑的人转眼间被滔天业火吞灭，无数人形在挣扎，像地狱里那些饱受火刑之苦的罪徒，扭曲而狰狞，天地间弥漫着刺鼻的硝烟。

这是神明的愤怒，怒则伏尸百万，血流千里！

“我们得把溯世绘卷毁了！”重阳真君大声说，“否则这里会变成地狱！”

“但是溯世绘卷里镇压着那么多的魂灵，师父如果还活着，他会愿意看到我这样做吗？”姜别寒猛地回首，眼中迸发出炽烈的光，“前辈，有没有一种方法，即便不摧毁绘卷也能阻止灵脉崩塌？！”

“恐怕没有。”重阳紧紧地盯着他。

一瞬间姜别寒眼里的光晃动着弱了下去。

“不管怎么说，我们现在得去东域。”绫烟烟将自己的桃木剑召唤出来，靠这个她还能勉强御剑飞行，“师兄，我带着阿轩和你分头行动！”

“你不能去！”姜别寒紧紧攥住她的手腕，“不行，你不能去！”

“师兄？”他空洞的眼让绫烟烟察觉到不对劲，他现在看上去无比胆怯，仿佛在害怕什么。

“我已经失去师父了，我不能再失去你！你在这里等着，我给你设禁制，这样什么都伤害不了你了……”

“你在说什么，师兄？你在担心我会拖累你吗？”

“不是，我……我也不知道我在担心什么。”他担心最喜欢的人也会离开他，他还担心失去长鲸后再也无法像师父那样挥剑，他更担心带着大家去东域就是让他们白白送死……所有事情乱成一团，让他头疼欲裂，他忍无可忍地捂住额头，“谁能打醒我！”

绫烟烟面无表情地一拳砸过去，脚下长剑猛震，姜别寒接连后退好几步，差点摔下长剑。他捂住嘴，指缝在流血。

“我去，师姐你真打啊！这个时候不该给个拥抱安慰师兄吗？！”夏轩目瞪口呆，他从没想过在姜别寒面前温柔可亲的师姐会突然展现暴力的一面。

“来不及腻腻歪歪了，拳头才能打醒人。”绫烟烟揉着手腕，她这个时候完全释放了自己的巨力，狠狠拍在姜别寒的肩膀上，“听着师兄，如果你是害怕失去我所以才如此犹豫不决，那我告诉你，这世上有许多值得我们去玩命的事情，儿女情长是其中最微不足道的一件！如果你是害怕无法执剑，那是因为你还没有做好觉悟！”

姜别寒愣愣地捂着脸，失魂落魄地环顾四周。被火焰包裹着的人影扭曲挣扎着，大雨浇在他们身上，冒起滚滚白烟。狂风撕扯着草木，露出被汩汩鲜血染红的地脉。天际血光暴涨，纷飞的火星仿佛熔金的大雨。

绝望与杀戮再度降临人世，中域再度沐浴在地狱的业火之中，死神摧枯拉朽，奏响毁灭的盛章。

他身后的地面缓缓隆起，灵脉以蛟龙的姿态从地狱中醒来，两根峥嵘的龙角仿佛刺穿大地的长剑，泥沙如水流从骨缝中倾泻。它的形态与黑蛟截然不同，它只是一具由石头塑成的骨骸，眼部像两个万丈黑洞，那里面却隐隐有金光明灭，仿佛压抑在地脉深处只等喷薄而出的岩浆。

它甩动长尾，万里山河尽决堤，在它眼里，四下奔逃的人影只是被水冲溃的蝼蚁。蝼蚁之所以会死，只是因为它们太渺小了。

一截沾满血污的手躺在残砖断瓦之中，肤色惨白，仿佛脱水的死肉。熊熊烈火将大地烘烤得皲裂泛红，那截断臂也被点燃。

“那下面好像有人！”夏轩惊呼。

微弱的哭声穿透风雨，滔天火焰中竟有人存活了下来。那是个幼小的男孩，他正奋力拉扯着那截手臂，好像要把手臂的主人从残砖断瓦下拉出来，脸上的伤口鲜血淋漓。

蛟龙庞大的身躯大半淹没在地底，它缓缓抬起头颅，巨石轰隆隆从身上抖落，它又抬起矫健的前肢，铺天盖地的阴影压下。那个孩子却丝毫不知自己即将被压成血泥，一次又一次地跌倒又站起。

千钧一发之际，一道剑光飞驰而来，挡住那嶙峋的爪牙。剑刃由最普通的生铁打造，根本承受不住这样可怖的力量，它弯出惊心动魄的弧度，寸寸皲裂。

“快离开……这里。”姜别寒纯粹是在以身体硬生生扛住千钧之力，两条手臂宛如中毒般青筋凸起。

“师兄，你这样支撑不住的！”绫烟烟和夏轩冒着暴雨般的碎石赶来。

“把这个孩子……带出去，我自己能想办法站起来。”他的身体被往下压了一寸，冷汗沿着里衣流淌，一滴滴打落在地，“然后……我会去东域，找那个人算账！”

“可是……”

“别可是了！快去！”

绫烟烟最后看了他一眼，没有半句废话，抱起男孩，拉过夏轩，冲出了火雨。

男孩跌跌撞撞地跑着，小脸被冻成一片灰败，眼瞳中早已没了光。他保持着僵硬的扭头姿势，呆呆地望着姜别寒所在的废墟，嘴唇开合：“阿娘……”

他黯淡的眼瞳里漫出充满仇恨的黑色，青紫的嘴唇嚅动着。

阿娘……那下面压着的，原来是他娘亲吗？他们死别的时候，也来不及煽情作别吧，甚至连拥抱都做不到。

“师父……”姜别寒喃喃自语。

没有道别，也没有挽留，那个男人在赴死前的最后一刻只给自己留下两句话。

“不要再想着长鲸了寒儿！世上任何一把剑都肩负斩杀的使命！”

“拥有死亡的觉悟，才具备握剑的资格！”

那条迟钝的蛟龙终于感受到掌心所受的抗拒力量，好胜的天性让它继续碾压着这只不知天高地厚的蝼蚁。姜别寒眼中血红，仿佛厚重的苍穹压在背上，浑身骨骼噼里啪啦响过一遍。

“觉悟？我只要像这样挥剑斩开就可以了吗？”年幼的姜别寒将手里的木剑劈得呼呼带风。

“是的，剑修的剑应当斩断一切取舍之间的杂念。”断岳真人拄剑立在树下，“闭上眼睛感受吧，能选择斩杀的不是剑，而是你自己！”

寒光一闪，一片翠绿的树叶隔着师徒的目光被静静切为两半，长风飒飒，天地寂然。

能选择斩杀的不是剑，而是你自己。

长鲸剑分崩离析的破碎银光中，那个少年居高临下地嘲讽："没了这把剑，你什么都不是。"

不是的，不是的，没了这把剑，他才是他自己。

火焰舔上姜别寒的衣角，他在地崩山摧中合上眼。剑锋无声粉碎，他失去了最后的武器。而蛟龙也终于失去玩游戏的耐心，爪子狠狠踩进地面，连带着那只小小的蝼蚁也被碾成一摊狰狞的血肉。

在如此悬殊的差距下，他连尸骨也不会留下。

滔天火焰忽地卷作疾厉的涡流，草木如波浪般起伏，树叶卷曲着在风中燃烧，像无数引火自焚的飞蛾。它们漫卷着飞向高远的苍穹，半空中无数交错的剑光一闪而灭。

天地寂灭，似乎有人在平稳地呼吸。漫天枯叶无声粉碎，纷纷扬扬的火星中，一道银色的虹照亮了黑暗，空气荡出无形的震波，犹如世界诞生之初大地巨人劈天的一斩，分裂天地也劈开混沌。

千里之外的白浪海激起惊涛怒浪，薛琼楼在排山倒海的轰鸣中回首，那无比熟悉的、所向披靡的剑气横扫而来，带着漫天飞沙走石朝他逼近，突破世间万物的速度使空气产生震耳欲聋的共鸣。

他已经察觉到了危险，但根本来不及反应。剑气犹如出膛的炮弹将他撞向海面，金光漫天一闪，巨大的棋盘在海上绽放，海水激起十万八千丈的高浪。

硝烟缓缓散去，薛琼楼攥紧手心，将手置于胸前，海水打湿他长长的衣摆。他手里明明什么都没有握住，却有鲜血泉涌般染红袍袖。

震荡的海面重归平静，隔着缥缈的水雾，他看到了离他不过一尺之距的姜别寒。姜别寒被蛟龙踩在脚底却毫发无损，震波般的剑气就是他反转杀局的证明。

他手里……没有剑，什么都没有！但手心的剧痛感是真实的，水泉般的鲜血也是真实的，迎面逼来的剑势威压也是真实的。如果不是他方才在千钧一发之际以棋盘抵挡，现在被贯穿的不是他的手掌，而是他的心脏。

无论此前如何冷静，薛琼楼此刻也感到无比匪夷所思。他踩着水后退，血滴在海水中荡漾开，又消失无踪。

他在秘境里毁了长鲸剑，也利用黑蛟的魂灵杀了断岳，这个时候的姜别寒，无论是身体还是意志都被摧毁得支离破碎，为什么……这人还能这样负隅顽抗？

“就没有其他选择吗？”

在一记极强极快的爆发之后，姜别寒却没有选择继续进攻，只是将无形剑刃逼近对方心脏，好让他无暇去盘算阴险的招数，而是专注于两人之间的谈判。

薛琼楼也没有动作，静静地等着他说下去。

“在秘境里的时候，我问过你为什么要这样做，你那个时候给出的回答根本只是在敷衍吧。”姜别寒盯着他的眼睛，缓缓说，“就没有其他的选择了吗？没有合作的可能吗？”

“合作？当然可以。”薛琼楼笑了，颈项和脸侧被喷溅上的血花显出异常的邪气，“那就是你们乖乖匍匐在地上，等死就行了。”

“你疯了吗？”即便已经十分克制，但血液里的愤怒还是被点燃，姜别寒将剑刃往前送了一寸，“你这样做与屠戮有什么不一样？！”

“你踩死蝼蚁的时候，会在意它们的感受吗？”薛琼楼看着接天的火海，瓦蓝的天被烧成烙铁般的红，土壤被焚为焦土，扭曲的人形仿佛地狱深处挣扎的鬼魂，“姜别寒，你和你师父不过是两只大一点的蝼蚁，没有资格让我仇恨一辈子。谁能驾驭长鲸剑我就杀谁，谁能给我造成威胁我就除掉谁，换作任何人都是如此。”

他说的每一个字，姜别寒都无法理解，果然跟这种人讲情义、讲道理只是白费功夫。

姜别寒空出的那只手捂住额头，愤怒到极点他反而想笑出声，甚至怀疑是不是自己的耳朵出了问题。

在此之前他一直天真地以为，面对再怎么冷血的人，只要他真诚相待，总能化解对方的防备。但他从一开始就想错了，这个人接近他，从头到尾只是为了摧毁长鲸剑，好扫清前路一切障碍。跟长鲸剑比起来，他的价值比蝼蚁还低微，简直低到了尘埃里。

跟着几粒灰尘一路同行，真是难为他了。

“你这么能算计，可你现在连我的剑在哪儿都算不出来！”姜别寒骤然发力，无形的剑光带出滔天巨浪。

这把仿佛由空气凝成的剑在诗意地切割着虚空，切开薄如蝉翼的树叶，切出少女眉弯的弧度。它没有长鲸剑那样磅礴的气势，却拥有任何剑都无法匹敌的锋利与诡秘。

由觉悟和心气凝成的无锋之剑，剑锋所指便是他意志所在，这才是真正的“无剑”的境界。它挥出的弧光宛若断岳真人临死前最后的一斩，一剑劈出山海。

无法看到剑的实形，就无法预判剑锋的轨迹，薛琼楼被压制着后退，脸上和衣服上凭空多出无数血口。锋利的气流擦着皮肤而过，像有无数剑锋飞旋着组成密不透风的牢笼，凌厉的剑势斩断了他一切反击的可能，包括防御的可能。

剑光裹挟着令人窒息的攻伐之气，无数次万死一生的经历让他能对潜伏在暗处的危机产生极为精准的预判，他在身侧虚虚一握，手掌顷刻间被刺出一个血洞，血色的虹光一闪而逝。

他或许喜欢看着别人在死神的镰刀下作着困兽之斗却始终不给其一个痛快，但姜别寒绝对不是这样的人，他只会手起剑落结束别人漫长的痛苦。

像现在这样想用剑气将自己困住，他到底有什么打算？难道……

脑中念头一闪，少年森然地笑了：“原来如此！姜别寒，你根本没有下定杀心！”

所以这些剑光只是为了困住他而不是为了杀死他！姜别寒在找他的破绽，然后逼他交出溯世绘卷。

事到如今，这个愚蠢的理想主义者竟还抱有这种“谁都不用死”的想法，以为毁掉溯世绘卷就可以结束一切了。太天真了，刽子手没了杀戮的屠刀，还有尖利的爪牙，他要做到的事，连死亡都不能阻挡！

薛琼楼并没有拔出自己鲜血淋漓的手掌，而是从下而上猝然撩起，血液完美地勾勒出剑锋的实形。

他居然用自己的血逼得这把无形之剑不得不原形毕现！

他浑身上下散发着狰狞的杀气，果决、阴森而又狠毒。

他才不是什么先礼后兵之人，在他面前，犹豫就是找死！

局势逆转了，被找到破绽的人成了姜别寒。

剑锋落空，视野发生颠转，他被狠狠甩向山崖，浑身的骨骼都要被碾碎了。

姜别寒勉强睁开双眼，看到浑身浴血的少年从容地立在白浪之上，长衣漫卷如云，身后一排又一排的海浪犹如千军万马冲锋陷阵，充满了令人战栗的压迫感。

姜别寒这才后知后觉地发现，自己早就踏进了对方布下的陷阱。滔天怒浪中埋伏着复仇的亡魂，而少年的眼中是死神般的平静。

已经……要结束了吗？

在最后一刻，他想起的竟然是五人一起北上蒹葭渡的场景，他曾经以为那里是他们征程的起点，现在才知道那早已通往命运的归途。

他有些心酸，放弃了抵抗，只是闭上眼仔细聆听着萧萧簌簌的风声。

屠刀迟迟没有落下，风声却突然变得疾厉起来，周围的气场发生了变化。

他睁开眼扭头看向海面，见少年那模糊的身影僵住了，握紧溯世绘卷的那只手的手臂上缠绕着游蛇般的电光。

电光闪灭，少年吐出一口血，警惕地望向姜别寒身后。

他身后有什么？

还没等姜别寒回头去看，一只手按住他的肩膀，沧桑而稳重的声音自背后响起：“我来晚了，断岳走时……是何模样？”

来人是绫烟烟的师父，断岳真人的挚友玉逍子。

姜别寒低声说：“他应该……了却了所有恩怨吧。”

“那就好。”老人青色鹤氅在风中振开，雪白的须发和拂尘被吹得凌乱，“你做得很好，接下来就交给我们。”

两人的身后，猎猎翻飞的羽衣鹤氅组成了青色的海洋，半空中横陈着星辰大海般的剑光，玉浮宫和巨阙剑宗的所有弟子都在这里了。

“等一等师叔，这不是人多就能取胜的……”

“你没注意到吗？他已经开始遭受反噬了。”玉逍子抬起手制止他的话，“强行释放绘卷中的魂灵是逆天之举，他将遭受天劫。”

一道雪亮的电光带着凶戾的杀伐之气从天而降，天地间充斥着世界毁灭般的轰鸣声。

这一次的天劫是琅环秘境中的百倍千倍，所有人的心底升起不寒而栗的惊颤，哪怕知道天劫不会伤到自己，他们仍是胆战心惊地退后。

姜别寒也不由自主地站起身。

在这样的雷霆震怒面前，颠倒乾坤的少年同样渺小得如同一粒白点，铺天盖地的白光在海面爆裂，将他吞没。

“他果然无法躲开天劫。”玉逍子说，“他最虚弱的时候，就是我们杀过去的关键时机！”

姜别寒瞳孔颤抖着。不对，不是他无法躲开天劫，而是他硬生生地扛下了这毁天灭地的一击。

如果放任天劫落入海面，整个海底洞天都会被摧毁。

阿梨就在那里啊……

只要宫殿完好无损，她就不会知道这里发生的一切。

这样，结束之后，他就能永远陪伴她，不会再有任何外人的侵扰了……

少年狼狈地坠落下去，摔出一朵水花，他的魂魄都仿佛被撕裂了，身上的血流进水里，荡开丝丝缕缕的血雾。

只差一点。

只差一点，就再也没有人能阻挡他了。可是他刚刚接下这一记重锤般的天劫，现在满身修为所剩无几，再经不起任何风浪的试探了。

不知该说这是人算不如天算，还是上天对姜别寒特殊的眷顾，这个天之骄子每回都能在最关键的时刻力挽狂澜，让他功败垂成。

哪怕对自己的布局再怎么有自信，心高气傲的少年此刻也生出一股巨大的落差感。

遮天蔽日的剑光仿佛万道流星坠落在海面，响起连环的爆破声。以他所在的海域为圆心，一缕缕剑气、一道道剑光依次排开。这是巨阙剑宗的独门剑阵，任何人被困在里面都只有死路一条。天地间充斥着剑气霸道的寒意。

剑阵的外圈闪着电光，玉浮宫的明黄色符箓在狂风中猎猎飘荡，他一旦逾越这座雷池，便会粉身碎骨。

眨眼间他便被包围了，攻守之势全然逆转。

“先是被姜师兄剑气刺中，又被天劫打成重伤，他现在已经是强弩之末了。”为首的剑宗弟子用长剑指着他，“更别提现在还有我们两家的法阵。看他还能拿什么和我们对抗！”

少年失神地躺在水中，脸上漫出死水般的平静，仿佛灵魂从那苍白的身躯内抽走了。

成千上万道的剑光全都对准了他，只等一声令下便会穿透他的身体。海风穿透山崖的缝隙，发出悠远的悲歌，所有正在轰鸣的声音、所有正在崩溃的事物全都停滞。他撑起自己的身体缓缓站了起来，仿佛飞鸟用翅尖亲吻水面，清澈的海面因这轻微的动作荡开阵阵涟漪。

“他朝这边走过来了？”剑宗弟子吃了一惊，赶紧摆出迎敌的姿势。

湿漉漉的长衣拖过水面，他迈出第一步时还有些趔趄，第二步才站稳身形。他迎着剑锋走过来，如过无人之境，仿佛四周的杀阵弹指即灭。

剑宗弟子只觉有一堵万丈高墙横扫而来，将剑阵往后逼退，他难以置信道：“怎么可能？这样都对他没用吗？”

“反正我们有那么多人，直接杀过去不就行了吗？！”

“慢着！你这样是去送死！”剑宗弟子赶紧拦住他，“他是不是……埋伏了什么陷阱？”

真的不怪他们神经兮兮、草木皆兵，实在是面前这个人太危险，哪怕将他杀了也要让他尸首异处，确保他再无负隅顽抗之力才敢罢休。

海风停息下来，乌云也停止翻涌。杀机在沉默中暗涌，谁轻举妄动谁就将逾越生与死的界限。

白浪海紧邻玉龙台，玉龙台两侧屹立着巍峨的华表，垂脊上有脊兽依次排开，为首是腾云驾雾的游龙，而后依次是凤、狮子、天马、海马、狎鱼、狻猊、獬豸、斗牛、行什。

这些不可亵渎的上古神物如今只能屈居东域，却掩不住与生俱来的威严。而这座富丽堂皇的高台，既是东域唯一残留人间的遗物，也象征着金鳞薛氏曾经的勃勃野心。

少年从林立的刀剑中穿过，犹如人间的君王在巡视自己的仪仗。

“你们来杀我，最好现在就动手，晚了——”他冷冷地笑了，“换我杀你们。”

“简直欺人太甚！”有人已经忍不了了，提剑就想杀上去。

“不要轻举妄动！”为首的那名剑宗弟子紧紧按住他，“一定有阴谋！你若先出手就是正中他下怀！”

谁都不相信他们能如此轻易地把他杀死。这难道不是他故意示弱、欲擒故纵？所有人都这样猜测、这样怀疑。

肺腑剧痛，全身的骨骼都仿佛被敲碎了，他每走一步都像踩在刀锋上。

十步、九步、八步……还有八步，薛琼楼眼前阵阵模糊，剑的寒和水的冷让他觉得无比虚弱。剩下的体力已经不多了，他像一张拉到极致的弓，此刻哪怕是有一根稻草飘上来，也能让他瞬间折断。

他现在要做的是拖延时间，只要溯世绘卷还在他手里，只要他走出这个法阵，就再也没有人能奈何得了他。

他将手伸进衣襟，周围所有人如临大敌般退后一步，他连眼风都没有斜一下。

天地寂灭，只有少年一路走过时海面漾开的巨大涟漪，一圈又一圈，仿佛时间的沙漏在倒数拔刀的时机，生死只在瞬息之间。

一声轻微的蜂鸣刺破极尽的死寂，半山腰处火花四溅，自那里射来一道微弱的剑光，犹如神剑残存的意志从天而降，瞬间打破了生死平衡！

“浑蛋！谁出剑了！”剑宗弟子崩溃大喊。

在所有人回过神之前，剑光已然破空而至，犹如水的波光在斩切空山落樱、孤谷皓月，随后一缕纤细的血泉如水墨在空中飞洒。

世界仿佛静止了，所有人都瞠目结舌。他们都看见这道绣花针般的剑光穿透了少年的后背，又穿透他置于衣襟处的手，那蜿蜒的血弧犹如银针上飘逸的细线。

他趺趺撞撞地往后退了一步，大片的血蔓延开来。

山崖后露出一抹小小的身影，出剑的居然只是个小孩。他手里残破不堪的剑估计也是捡来的，所以剑光才如此微弱，根本不足以致命。

“你不要命了！跑来这里干什么？！”剑宗弟子飞奔过去将他拎出来。

他气得差点当场晕过去，他已经有些草木皆兵，甚至开始怀疑这冲动的一剑会不会触动法阵的机关，让他们所有人都阵亡在这里。那将是无比绝望的局面，如果所有的精锐都死在东域，那么谁来阻止这场浩劫？！

“我是来报仇的！”孩子满脸血泪，拼命挣扎，“我爹娘为了救我被压在山下！我是来替他们报仇的！”

剑宗弟子终于认出这是姜别寒先前救下的孩子，他有些指责不下去，拎着孩子将他扔在石头后面：“躲好了！别乱跑！”

也许觉得恐吓力度不够，他扬手一指，道：“再乱跑就把你交给你的仇人！”

他心里不免失望，如果方才这道剑光再强势一些便好了。那一剑根本不痛不痒，对薛琼楼造不成任何威胁，如果剑光再强势一些，说不定就能扭转局势……

他转过头，目光忽地凝滞住了。

隔着数步之远，他能很清晰地感觉到少年身上紊乱的气机。他像一尊脆弱的水晶，表面看着光洁平整，内里密密麻麻皆是裂痕，手指轻轻一碰就能让它碎为齑粉。

恰是这不痛不痒的一剑，让他连站立都十分困难。

剑宗弟子在电光石火间反应过来。

他们上当了。什么陷阱，什么法阵，这里根本什么都没有！他的的确确是处于孤立无援的境地！他装得这么从容不迫，其实早已连路都走不稳了！他根本走不出包围圈，任人刀俎的人是他才对！他不过是在虚张声势，他在装，而且装了这么久！

“他根本没有还手之力！”剑宗弟子当机立断，“杀下去！”

“等一等！住手！”远处山崖上的姜别寒遥遥看到了局势的变化，想要阻止，但已经来不及了。

剑阵与符阵一同升腾至半空，仿佛漫天正在燃烧的猩红流星。空气被灼烧得热浪滚滚，海面平静得仿佛坟墓。

只差一步，一步……他居然被一个无名小卒暗算……

薛琼楼想回头看一眼那人的样貌，但千万道呼啸的剑光穿透他的身躯。那些剑光像一场辉煌的火雨，那闪逝的余烬是野望破碎的声音。

大梦……将寐。

天上白玉京，十二楼五城。

他没有出生在白玉京，也没有见过白玉京那让人可望而不可即的出尘风采，所以他的归宿只能是深埋在大海深处的朝暮洞天。

但已经没有人能回去了。

长剑俯冲时发出蜂鸣般尖锐刺耳的声音，流星雨般的剑光笼罩在头顶，裹挟着烙铁般通红的符文，贯穿他的身体，破膛而出的剑端淌下猩红的血水。

他来不及抵抗，成千上万道剑光接踵而至，血液如泼墨。

血珠依附在残留的轻盈雾气上，于是众人周身都弥漫着一片血雾，仿佛无数精灵在飞舞。栏杆上依次排开的上古神兽都被喷溅到血迹，腾云驾雾的玉龙染得血红。它们在这里矗立了上百年，眼珠被风霜侵蚀得黯淡无神，直勾勾地望着森然的海平线，好似在冷淡地旁观一个家族的兴亡。

猩红的流星雨不绝如缕，带着长久压抑的愤怒与仇怨，有些贯穿他的躯体，有些只钉在他身侧，玉龙台的白玉地砖上很快漫开一片汪洋般的血迹。

结束了吗？

“没有，他还没死透！”

贯穿地面与血肉的长剑又被拔起，带得少年千疮百孔的身躯微微动了一下，像小动物濒死前微微的抽搐，鲜血染红了他惨白的唇。

在第二波剑雨降临之前，一道剑光疾驰而至。

“剑修难道是从背后杀人的吗？！”姜别寒怒斥。

敌人背后的伤痕是剑修的耻辱，乘人之危、痛下杀手，这在平常是为他们唾弃的卑鄙之举。

“可是现在顾不得那么多了！师兄，对付卑鄙小人就该不择手段！”

“是啊，师兄你忘了之前是怎么受伤的吗？！你刚刚对他手下留情，他却想趁机杀你！他根本不领你的情！我们现在就该以其人之道还治其人之身！”

“我们可以不要颜面，但是一旦被他逃脱，崔嵬山下的遗民、灵脉上的仙宗，这些无辜之人该怎么办？”

一只苍老的手按住姜别寒的肩膀，他转过头：“掌门师叔？”

“你忘了断岳是怎么死的吗？”玉逍子严肃地质问。

姜别寒一愣，继而坚定地摇头，道："不是的，师父赴死前已经斩断了一切，我……"

"他的意志将由你继承，寒儿，你该继承他的使命。"

"师叔是让我杀了他吗？"姜别寒瞳孔紧缩。

他忽然想起来，玉逍子知道擅自释放溯世绘卷里的蛟龙魂灵会招致天劫，但他为什么会如此清楚？

"掌门师叔，你……是不是也和当年的事有关？"

"木已成舟，寒儿，我们都已经没有退路了。"这个比断岳真人还要苍老的老人紧紧按住姜别寒的肩膀，"你可以在这里杀了我，但你必须为了拯救更多像你师妹那样的人，杀了他！从罪孽中孕育出的新生，他们的存在不该被抹除！只有死亡才能结束杀戮，而地狱会救赎我们这些罪人。"

姜别寒被这些话说得愣住，他僵硬地转过脖子看向下方。无数把长剑贯穿少年的身躯，他像被一束荆棘刺透的白鸟。海风吹拂，他宽大的长袍轻轻飘起，如同折断翅膀的鸟儿，挣扎着扑腾起来，又颓然垂落。

"你说错了，师叔，杀人解决不了任何事情，不过是在欺骗你们自己而已。"姜别寒轻声说，但没有任何人听到。

"等一等，他手里拿着什么？"人群突然骚动起来，纷纷御剑落地。

薛琼楼已经快要死了，他将这些人视作蝼蚁，可他现在连捏死蝼蚁的力气都没有了，剑宗弟子们终于放心大胆地靠近他。

因为大量的失血，少年的皮肤透出凝固般的白，淡淡的青筋都暴露出来，他的手死死攥紧，已经僵硬了。有人想起来他先前想从衣襟里拿出什么东西，是那不由分说的一剑将他打断了。

"是溯世绘卷吗？"

"绘卷已经被我们毁了，他说不定还有其他花招，不要掉以轻心，上前看看。"

有人小心翼翼地靠近，想去掰开他的手，可他已经归于黑暗的眼里忽又飘起了一点光。那人吓了一跳，但很快发现他只是将手攥得更紧了而已。

到底是什么东西，让他哪怕鲜血流干也要紧紧握住？

那人用力掰开他的手指，哐当一声，有什么东西滚到了地上，反射出凄清的光。

“这是……女孩子的东西？”

姜别寒只觉一道雷霆劈开脑海，让他一直麻痹到脚底。他用尽浑身力气才低下头，看到那枚在血泊中白得刺眼的小小的华胜。

同样浸在血液中的还有一张泛黄的画纸，画纸的背景是暖黄色，因为那是一个艳阳天。画上五个人亲密地挨在一块儿，那块白色的身影白得空空如也，但有人用一颗爱心将他和身旁的女孩圈了起来。

姜别寒的目光被刺得生疼，过去的影像从他不愿面对的角落里苏醒，仿佛汹涌的海潮席卷了记忆的荒原。

他想起那个日光融融的艳阳天，白鹭洲的小渡口繁华热闹，空气中有腥咸的海水味道，偶尔还能听到海鸟翱翔时发出的高亢鸣叫。他们身前的花楼翻滚着鲜艳的红浪，身后的店铺飘来馥郁的脂粉香。

那是一段让人想永远沉湎其中的时光，让人忍不住祈祷它能长一些、再长一些，永远不要结束。那时的少年们有志同道合的知己好友，有誓死不二的信念，有鲜衣怒马的意气，有明媚蓬勃的幻想，有清风明月，有草长莺飞。

他应该和少年说了很多。他想起来了，他站在一个过来人的立场上，喋喋不休地告诫对方，该怎么温柔体贴地对待一个喜欢自己的女孩。

原来这个问题早已有了答案。

爱这个字眼最是缥缈、最是无理。人心分善恶，世事分对错，但爱这种东西不分对错和善恶，从来都是如此。

那些模糊的记忆一幕幕重叠起来，最终又被一片血色渲染，形成一片旋涡，旋涡里只有少年一个人。

散落在周身的符纸还在燃烧，滚沸的火星犹如夏夜的萤虫。他仿佛躺在一片赤红的岩浆上，鲜血浸染着雪白的衣袍，两种截然不同的颜色冲突在一起。

“阿梨……”他眼里最后的一点光不甘心熄灭，因为他要用最后的目光等待一个人的到来。

“阿梨……”他微弱的声音在风里破碎了。

白梨从梦中惊醒，四下寂静，蜡烛已经燃尽了，滂沱的烛泪堆叠得像人鱼的裙摆。床头摆着一只透明的小雪球，里面是两人曾经走过的四季缩影。现在它定格在漫长又凄寒的凛冬，鹅毛大雪淹没了歪歪扭扭的脚印。

这是送给她的吗？

白梨走下床榻，冰蓝色的光线透过窗户，投下剑的影子、水的波纹。

她发现那条总是活蹦乱跳的白鱼卡在窗缝里，干涸的鱼唇一张一闭，乌黑的眼珠蒙上了一层灰色的阴影。它看上去快要渴死了。

白梨试图打开门，但她很快发现这里的一切都设了禁制，她又被困住了。

“薛琼楼，你又在搞什么？”她用力拽门，可还是无济于事。

“阿梨！你在这里吗？！”门突然被拍响，这是绫烟烟的声音。继而响起冰层破碎的声音，禁制居然被轻易解除了。

“阿梨！”绫烟烟眼睛一亮，“太好了！你没事！”

可是这种禁制除了他没人能动得了，白梨心里突然有不祥的预感，问：“你们是怎么找到我的？”

绫烟烟焦急地拉过她的手，说：“我们趁他受天劫的时候偷偷溜进来的，打开禁制的钥匙是问玉灵前辈讨要到的玉鳞。姜师兄已经带着剑宗弟子来了，我们赶紧出去！”

“玉鳞？”白梨站在原地不动了，失神地说，“他为什么会把这个东西给玉灵前辈？”

“玉灵前辈说这是他们之间的交易，现在它想让我帮忙将玉鳞物归原主，这样它就不用遵守当日的诺言，所以我才能到这个地方来。”

白梨抬起头，视线穿过透明的海水，看到火与血的硝烟在天穹中滚滚翻涌。她什么都没有感觉到，无论外面有多少腥风血雨，这里始终都不会被伤害到。

“人找到了吗？太好了！”

负责护送绫烟烟和夏轩的两个剑宗弟子走过来，见白梨神情都凝滞了，还以为她被吓呆了，同情地替她声讨：“你就是丹鼎门的弟子？你师父重阳真君到我们剑峰来寻你了，师姐为了找你还特意去了鹤烟福地。”

两人见她还是没反应，更加义愤填膺：“他竟然用禁制把你关在这里，简直禽兽不如！你别怕，现在已经没事了！外面都是我们的人！”

原来如此。

这些禁制既是将她保护在安稳的小世界里，同时也是告诉别人，她是受害者，她与这些事没有半点关系，要责难、要寻仇、要杀要剐都冲他这个始作俑者来。

他的眼里容不下天地生灵，内心仅有的柔软只给自己最珍视的人。他的笑是虚伪的谎言、藏锋的刀，因为人所有的真情表露也都只给最在乎的人。他的世界那样狭小、那样荒蛮，可只要有嫩绿的出现，他会牺牲一切相护。

“你放心，姜师兄已经赶来东域了，薛琼楼孤身一人根本无法与我们抗衡，我们会替你好好教训他的！”

两人还在替她声讨，绫烟烟突然伸手让他们住嘴，问：“阿梨？”

“是我……想跟他在一起。”

绫烟烟神色复杂，夏轩迷茫而震惊，两个剑宗弟子张大嘴愣在当场。因为这个女孩不知为何泪流满面，好像有一层外壳在刹那间碎了。

她一字一句说得缓慢而用力，在澄清也在宣告：“是我想跟他在一起，我不想让他一个人，我喜欢他！”

淡青色的琴光笼罩了整片天地，天地寂然，唯余琴声悠悠，像每一个月圆夜时海妖孤独的吟唱。

亿万点碎光从天而降，落在少年湿漉漉的鬓发和眼睫上，也落进他空洞的眼瞳深处。

有人在喊他的名字，这也是梦吗？还是流离幻影？

“如果所有事情重来一遍，你还是会选择去救他们，对吗？”

不算遥远的记忆从脑海深处浮现上来，那时的他坐在冰天雪地中，寒冷渗进了骨髓。

“是的，如果重来一遍，我还是会选择先去救他们。”这是她的原则。

“但我会和你一起死。”这是她的私心。

那一刻，所有孤独和寒冷都化作扑面而来的月光。

这样就已经够了。

你的生命里迟早会出现一个人，她会接受你的恶，会宽恕你的罪，会毫无保留地喜欢你，无论你正与邪。

“危险阿梨！不要再往前了！”

“快回来！他已经没救了！”

她穿过万千的敌人来到你身边，生同偕行，死共长眠。

他身边的棋子洒了一地，像火海里的星辰。有人踏着海潮声而来，声音颤抖着想唤醒他：“薛琼楼？”

在她的手触上他脸庞的前一刻，四散的棋子都悄无声息地崩碎，只留下轻轻一声：“我在。”

彩云为盘，琉璃为子，可惜彩云易散，琉璃易碎。

中域中洲满目疮痍，整整三日未见阳光，熊熊烈火还未熄灭，大地布满猩红的薪炭，天地仿佛煎熬着血泪的熔炉。

侥幸存活下来的人寥寥无几，大家围坐在一起，血迹斑斑的脸上都残留着余惊与恐惧。

“薛氏上下皆是欺世盗名之辈，将我们耍得团团转，我们到现在才看清他们的真面目！”有个缺了条腿的老学究愤愤道，“装得一身浩然正气，却都是一群道貌岸然的伪君子。听闻薛氏家主早在好几年前便死于非命，什么闭关破境，都是蒙骗世人的谎言！父子相残，同室操戈，果真是一报还一报！他们罪有应得！”

“能逼着巨阙剑宗和玉浮宫出手，除了讨伐掩月坊，也就只这一回了。就算那人有通天的本事，也绝无可能从这两个法阵中全身而退！”

有人苦中作乐地打趣：“两宗精锐倾巢而出，推平一座废城，想输都难啊！”

还有个刚从蒹葭渡回来的年轻修士搭腔：“要我说，就这么简简单单地死太便宜他，且不谈这回的天劫，单是琅环秘境便死了不少人。把这罪魁祸首千刀万剐也不为过！”

“可是他真的死了吗？”又有人问。

忽然间一阵沉默，谁都答不上来。他们这些侥幸存活下来的人只看到漫天的剑光与火雨将那个少年吞没，东域薛氏引以为傲的玉龙台都被溅射的血染红。

“万箭穿心，肯定死了。”老学究信誓旦旦。

“真的是这样吗？”

“是真的。”沉稳的嗓音从背后传来，不知何时有个佩剑的人站在他们身后。

佩剑，又没受什么重伤，这一定是巨阙剑宗的弟子了。

“好好歇息，不要讨论这些了。”剑宗弟子说，“你们只要相信，巨阙剑宗会护你们周全，不会让那人得逞……”

“可是我听说，你们的大师兄、未来的掌门人，跟着那个杀千刀的浑蛋走了！”

剑宗弟子面色瞬变，但很快又恢复如常：“没有这样的事。”

“真的吗？”质疑声如潮。

“别问了，是真的。”他再也待不下去，转身快步离开。

“师兄，这边已经没有了。”和他一起负责搜救的同伴快步跑过来，面色凝重。

“一个活着的人都没有了？”

“要么被烧死，要么被压死，就算能活下来也是残缺不全，还不如一死来得痛快。”同伴仰头望着被火映得猩红的天，“如果天上真的有神，它会凝视我们这些蝼蚁吗？”

“神降下杀戮的时候，不会凝视蝼蚁，他们这么渺小。”另一名佩剑的剑宗弟子叹口气，“走吧，去下一个地方搜救，能救多少是多少。”

他的同伴却久久站着不动。

“怎么了？”

“他真的死了吗？”同伴说，“那天你也看到了吧？那片不正常的琴光，是扶乩琴的琴光吗？可我听说扶乩琴在秘境中已经毁灭了。”

“谁知道呢？流了那么多的血，他不死也得少半条性命。”剑宗弟子说，“这么简简单单地死不是太便宜他了吗？他喜欢看别人落魄的模样，那么何不让他修为尽失地苟活于世间？像这样心高气傲的人，哪怕从云端跌落一寸，都会要他的命吧。”

“可我听说这里面有隐情……”

“天大的隐情也和我们没有关系。”

走着走着，他在海滩看到一具尸体，应该是被海水冲上来的。细看才发现那是一名抱着婴儿的母亲，婴儿发黑的脸像一口黑井。他俯身，手在这具血肉模糊的尸体面上拂过，把她的眼睛盖上，他才站起来说：“我们没有做错任何事情，不需要我们牺牲，也不需要我们赎罪，所以他本该由我们来斩杀。”

他的同伴默立了很久之后才问：“听说姜师兄……和他们一起走了，有人说他背叛了我们。”

“真是荒唐啊……”

姜别寒在树下站了不知有几个时辰，沉默得像一具雕塑，简直要和树长在了一起。

“再这样站下去，你师叔就该发现我们躲在哪儿了！”一记拐杖敲在他膝盖上。

姜别寒倒吸一口凉气：“前辈……”

“回去吧。”重阳真君拄着拐杖，瞪着两眼，胡须气得一上一下地抖动，“你们胆子也是够大的，居然把那个人藏起来了，你们知不知道这是在与天下为敌！你以后回去该怎么面对你的师兄弟们？别忘了，断岳他一直想将剑宗托付给你。”

“我一直没有忘记师父的遗愿，所以我才做出这样的选择。”姜别寒老老实实地跟在他后面。

重阳真君回头看他半晌，敲着拐杖继续往前走，道：“你们师徒俩的性子真是一脉相承，认定一件事就绝不回头。”

“阿梨怎么样了？”姜别寒话锋一转。

重阳真君忽然停下脚步，姜别寒抬头望去。

少女一个人站在外面，面前是幽深的洞府。这里是药宗的地盘，据说住在洞府可以集天地之精华。她应该在这里站了许久，却迟迟没有进去，仿佛在踌躇什么。

“放心进去吧，没死成呢。”重阳真君说，“多亏了扶乩琴最后的琴光，否则那孩子魂魄都碎了，还谈什么苟延残喘。”

“谢谢师父。”白梨乖顺地道谢。

“手腕伸出来。”

她一愣，还是乖乖地把手伸了出去。袖口落下，那上面布着几道深深浅浅的口子，已经结痂了。

“那抹琴光本该在扶乩琴断裂时便消亡于世，哪怕阴差阳错残留下来，也活不了多久，所以你是用自己的血浇灌它的吗？”重阳真君用拐杖指指她的手腕，“我从没告诉过你这些，是谁提点你的？”

“鹤烟福地的玉灵前辈。”白梨回答，“那颗黑珠也是它给我的。”

“那个男不男女不女的鬼东西，少管闲事会死吗！”重阳真君拉下脸骂了句。

“多亏了玉灵前辈的提点。”白梨觉得自己还是很结实的，抽血的时候也能面不改色、目不斜视，胳膊上多一条口子又算得了什么。

琴光与扶乩琴相依相存，扶乩琴断裂后，琴光也微弱得奄奄一息，可不知是巧合还是注定，白梨特殊的体质延长了它残存于世的寿命。

以前她一直觉得自己就是灾难电影中那些全程给英雄主角充当背景板的龙套，现在才发现原来她也有“金手指”，虽然这根“金手指”到最后一刻才发挥作用。

扶乩琴的使命是守护，它救下了李成言这个老实得有些懦弱的弟子，同样也没忘记还有一个令他无比头疼的总是违逆他意志且死不悔改的孩子。

这就是……命运吗？兜兜转转，命运却阴差阳错握进她的手心。

“傻站着干什么？不进去吗？”重阳真君催促。

白梨回过神，问：“姜大哥，你呢？”

“我不进去了。”姜别寒低声说。

白梨一个人走进洞府。这里有些阴暗，清风与草木的喧闹都被隔绝在外，一丝光线从墙面粗糙的缝隙中漏出。她把雪球放在光线中，莹莹雪光照亮整座洞府，也照亮少年的眉眼。

他身体里的血都快流干了，魂魄轻得仿佛烟雾，随时随地都能被风吹散。

人鱼灯盏上跳动着结璘灯的光，它微弱得只剩下豆子大小，稍有风吹过，它就会化作黑暗中的一缕青烟。

“只要结璘灯不灭，他还算勉强有救。”重阳真君不知何时也站在她身后，喟叹一声，“如果灭了，那就真的魂飞魄散了。”

光芒忽然晃了一下，白梨连忙用双手护住灯光。

微小的沙砾拂过地面，不知从何处起了一阵风，草地泛起涟漪，半空流云翻涌不止，被撕扯成棉絮一样的碎片。远天传来轰隆隆的巨响，犹如千军万马在厮杀。

怎么回事？原著里这个时候一切都结束了，恶人被打败，主角取得了胜利，一切都尘埃落定，世界依旧是那个世界，不知道秘密的人无忧无虑地生老病死，知道秘密的人缄口不言，提心吊胆地将它带进自己的坟墓。百年以后，或许还会有人记得这一场浩劫，不过到那时，它应当只是大部分人茶余饭后的谈资，带着好奇与调侃，而并非恐惧与悲恸。

但现在又是怎么回事？这场浩劫看上去还没有结束。

从洞府间穿过的风犹如夜枭尖利嘶哑的呼号，红色的薪炭再次燃烧，铅色的云层翻涌着平推而来，仿佛有个伤痕累累的巨人从沉睡中苏醒，带着卷刃的刀锋和未尽的遗愿将要再次踏平人间。

“又发生了什么？”重阳真君急匆匆走到洞口，看着一道接着一道的虹光从千里之外的海面冲天而起，天地间荡开浩瀚光晕。

这些光芒伴随着龙的清啸，难道是……

重阳真君面色极度灰败，猛地回头，用拐杖遥遥指着昏迷不醒的少年。

“薛琼楼……”老人难以置信，“都到这个地步了，你居然……还不死心？！”

这个人非得把事情做到极致，不死不休！

风太大，结璘灯的光要熄灭了，白梨索性将它护在怀里。少年依旧在沉睡，轻烟般的魂魄被风吹得紊乱，他就像一抔快要融化的白雪。白梨紧紧抱住单薄的少年，好似这样做能让他在沉睡中也少一些痛苦。

“阿梨，离开他！”重阳真君遥遥大喝，“还没有结束！他还没死心！”

怀里的身体冷得像冰，如果她因为畏惧严寒而松手，那他好不容易被焐热的心也会再次被冰封。白梨的衣发在风中凌乱，她充耳不闻，只是紧紧抱住他，他浓密的眼睫轻轻颤抖着。

地面漫起黑红的血，两人像湍流中两块亘古不移的礁石。

“你看什么啊？”不算久远的记忆再次从角落中苏醒，那时两人走在月影横斜的街道上，两侧是鹿门书院的青瓦白墙。

“在看那个散修，”他回头望着空荡荡的黑夜，“孤身一人，无亲无故，死在这里谁会发现？”

“可是有人替他收尸，替他立衣冠冢。”她踮起脚拍拍他的肩膀，“好晦气啊，帮你拍掉。”

少年看着她，轻轻笑了，天下月色都在他眼中。

白梨的手被握住了，她从少年胸前抬头，对上一双黑亮的眼，那漆黑如墨的眼瞳深处划过一线绚丽的流金，穿越千年的血脉从那里苏醒。

“如果你不能接受我做的一切，那就把结璘灯吹灭。”他苍白的脸像一堆融化的雪，“阿梨，只有你可以决定我的生死。”

与天下为敌又怎样？不得好死又怎样？只要有人愿意替他收尸，死亡也是救赎。

天际浅灰色的云海又变了，从底部开始染上一层浓郁的血色，像熊熊燃烧的火，绵延千里不绝。云海连着海平面，于是整片海也燃烧起来，漫天红光犹如地底滚沸的岩浆。云海的顶部却仍是暗沉的铅灰色，犹如铁汁浇灌着这团气焰嚣张的火。

海面激起千层巨浪，自那中间忽然隆起万丈之高的黑影。那居然是一座巍峨的殿宇——准确地说，是由十二座危楼阙宇勾连而成的殿堂。它以白玉为墙，琉璃为瓦，烈火倒映在宫殿上，仿佛整片殿宇都在燃烧。

天上白玉京，十二楼五城。

“白玉京，是白玉京……”重阳真君的苍苍白发在风中飞舞，他的声音颤抖如风中枯叶，“月下瑶台，天上白玉京。”

“这又是怎么回事？”剑宗弟子们的衣袍在风中猎猎翻飞。真是奇怪，这一次的异变竟没有伴随着毁灭般的雷霆与火焰，这些光柱像天赐的冠冕。

“怎么回事？溯世绘卷不是已经被毁了吗？”

“谁又在作乱？！”

“和绘卷无关。”玉浮宫掌门瞪大了浑浊的眼，“绘卷只是解开崔嵬山禁制的钥匙，但你们别忘了，世间还剩下一个仅存的血脉，那也是钥匙……”

他不会放弃，哪怕为此赴死。

成千上万道虹光从海面冲天而起，像亿万道倒掠的流星起于万州大地，垂直刺穿低垂的云层，化作蜿蜒的极光横亘天地。

被镇压了千年的龙吟声在山底震颤，森白的骸骨从山上轰鸣着滚落下来，犹如战场上的残骸沐浴在亘古的月光中。

兰膏停室，日安不至，龙衔烛而照之。

那是上古蛟龙的魂灵，它终于从这上千年的禁锢中被释放出来，凝固在亿万年的传说之中。

拂尘摔落在地，玉浮宫掌门闭上眼睛，万念俱灰，喟然长叹："终于……结束了啊。"

白鹭洲，风陵园。

樊清和吃力地抱着经书来到姐姐的墓碑前焚烧，火烬犹如暗红色的星辰在黑色的旋风中飞舞。他在姐姐的遗物中找到已经开始腐烂的头骨，于是将它埋在她的墓碑前。墓地很快长出漫野的绿草，狂风吹过，露出叶底素色的繁花。

一页经书被卷向半空，他蹦跳着去抓，一眼望见天穹中幻梦般瑰丽的殿宇，白玉墙、琉璃瓦倒映着天地的影子。

他怔怔地仰头站在原地，喃喃道："原来如此，毁灭一个世界……再创造一个世界吗？"

蒹葭渡，鹿门书院。

"李师兄的遗物都在这里了，你好自为之吧。"书院弟子扔下这句话，叹着气离开。

李成言将包袱打结，最后回头望了一眼小屋，檐下满目的风铃和千纸鹤在风中奏响，如同暮色下的笙箫。

孤儿们在不远处探头探脑，那个总是十分机灵的男孩子鼓足勇气上前问："成蹊哥哥……怎么不见了呀？"

李成言笑了笑，将行李背在背后，抬起头往向东域的方向，那片白昼般的天宛若那日血光漫野的秘境。他嘴唇动了动："先生啊……"

白鹭洲，鹤烟福地。

黑蛇盘踞在最高处安睡，玉灵站在一旁摸着它滑溜溜的蛇鳞，眺望着远天那亿万道流星。

"真好啊，能够回家了。"它有些羡慕，又有些如释重负，"幸好那天我的小黑没喝你的血，做一条胸无大志的蛇也挺好的，你说是不是？"

黑蛇以为它在问自己，在梦中竖起尾巴，像小狗一样乖巧地摇了摇。

东域，崔嵬山。

大海在月光下闪着亿万点银光，姜别寒立在风中，蛟龙的吟啸就在头顶。

他看到海底的世界在下雪，海上的殿宇也在下雪，大雪纷纷扬扬洒向人间，在火海中融化，仿佛漫天扑火的飞蛾。

人间废墟灰烬，天上流云苍龙，巨云熊熊燃烧，仿佛一幅巨大瑰丽的画。

“师兄，这里太危险了！”绫烟烟气喘吁吁地爬上来，长发在风中凌乱，“你在看什么？”

姜别寒抬起头望向苍穹，亿万点雪花从那里而降。

“又下雪了。”

海风发出空洞的回音，天地间忽然一片漆黑，月亮被大海缓缓吞没，独独剩下天上那座由琉璃与白玉筑就的殿宇，漫天星辰向着天的尽头汇聚。

他终于……

即便努力伸出手也触摸不到星辰，所有魂灵飞向白玉京，只有他在坠向人间。

他终于做到了。

执掌世间生死，释放族人魂灵。那两个男人孜孜不倦追求一生的东西，阴差阳错都在他手里实现。

所谓使命，就是踩着敌人和同伴的尸骸，赌上自己的一切往上攀爬。

世界静止了，时光也停歇。天覆地载，百代枯荣。

天地间只有一片羽毛飘落海面，如雪的长衣宛如轻烟在水中升腾而起，少年的眉眼慢慢被冻上一层寒霜。星辰正在坠落，他向着破碎的天穹伸手，想要竭力握紧。

“阿梨……你能不能……等我……”

海的尽头升起第一缕阳光，浮冰碎雪开始融化，晶莹剔透的泡泡从海面漂浮而起，消散在空中。

“阿梨……”他握住的却只是虚无的泡影，他漆黑的眼瞳也结上寒冰。

魂灵回到了千年前的故乡，只有他和月亮一起，永远埋葬在海底。

万古长夜将明，流离之人归乡，风雪吹满头，是人间白首，销骨成霜。

“任务结束，宿主，你可以回家了。”

结璘灯熄灭了，一扇门从黑暗中打开，来自异时代的光吞没了少女的身影。

## 番外一
## 白璧微瑕（上）

人间少了两条山脉，还是那个人间。

不过对于名门弟子来说，终究还是发生了翻天覆地的变化。丹鼎门的弟子对此深有感触，若是在以前，他们随便一低头就能采到一株价值不菲的灵药，现在瞪大了眼睛也无从寻觅。

药宗弟子觉得甚是委屈，他们从古至今都是老实巴交的药农，采摘草药也是为了救死扶伤，现在倒好，走哪儿哪儿都是不毛之地，仿佛回到了开天辟地的远古时期。

小药徒背着轻若鸿毛的药篓，垂头丧气地走在落满夕阳光辉的古道上。他是新入门的弟子，看上去才十三四岁，只能干干跑腿打杂的活儿。师兄们委派给他采草药的任务，他又一次搞砸了，他唉声叹气，回家时连双腿都仿佛灌满了沉重的铅。

丹鼎门的入口是一棵枯树，过了这棵枯树，就是芳草萋萋的药谷。鸟鸣声、水流声、清风徐徐声、师兄师姐们的捣药声在药谷中回响，这里就像一片掩藏在柳暗花明处的桃源乡。

小药徒放下药篓。他没有采到有价值的药，却发现了几株漂亮的花，可以用来安身静心。他把花束捧在手里，挨个敲开了师兄师姐们的洞府。

洞府前都设有禁制，就像半掩的房门，只有最后一座洞府外面什么都没有。那座洞口外长满不知名的野花野草，洞壁上爬满毛茸茸的绿藤。

“有人吗？”小药徒试探的喊声没得到任何回应，他便抱着花束挪动脚步，“那我进来了啊。”

自然没人阻拦他。他走进去才发现，洞府里面要干净许多，至少像个人住的地方，但角落里落满灰尘、爬满蛛网，昭示着这里的主人已经很久没回来过，这座洞府已经被遗忘了。

他又惊又奇，很想知道住在这里的人会是谁。

“你怎么进去了？”抱着药罐子经过的师兄在洞府外朝他喊，“快出来，被师父看到，你就要挨骂了！”

小药徒入门不到一年，做什么事都战战兢兢，不敢在这里久留，匆匆忙忙地把花束放在石桌上，心中对洞府的主人默念好几句“对不起请见谅”，才转头跑了出去。

他喘着粗气：“这是谁的洞府？怎么好像已经很久没住过人了？”

“你该叫她师姐。”那弟子说，“不过她很久没回来了，你或许没什么机会见到她。”

“很久没回来了？”小药徒奔跑着跟上他的步伐，“那位师姐去哪儿了？”

“白浪海知道吗？”

小药徒愣了一下，继而重重点头：“当然知道！”

他听过太多遍了，这一段并不算遥远的过往几乎成了家族长辈们的老生常谈。东域成了一片寸草不生的荒地，白浪海则成了一片毫无波澜的死海，二者代替曾经的崔嵬山，成为被遗忘在角落里的神秘又危险的禁地。

不过无缘无故的，提起白浪海做什么？难道那位师姐……不会吧……小药徒脸上露出难以置信的神情。

“你没有猜错。”那弟子一手抱药罐，一手遥遥一指，“她就在那里，几乎就没有回来过。说起来真是奇怪，她自打从蒹葭渡回来，就好像和以前有什么不同了，我们这些做师兄的都差点不认识她了。”

“那位师姐以前是怎么样的？”

“话很少，很沉默，就像墙角的小草，很容易就被我们忽略了。”那弟子说着，又想到那日她把一个陌生少年带回来的场景。

当时两人身上都是血，像穿了鲜艳的朱衣。丹鼎门的大师兄脾气温和，可看清少年的脸，当场就想举起扫帚将他扫地出门。她不哭闹、不哀求，也没有回自己的洞府，大概是觉得不能连累他们，于是去了药谷。药谷是一片无主之地，多的是藏人的地方，她约莫想找一处安全的、僻静的地方，等少年苏醒。

现在她确实找到了。

小药徒百思不得其解："可是……不是说，白浪海不能住人吗？"

"傻瓜！那只是危言耸听……不过那地方常年冰天雪地，荒无人烟，谁都不想去吧。"

重阳真君依旧在自己的洞府内修炼，大门不出二门不迈，不过和以前比起来，他愿意见客了。反倒是玉浮宫的掌门闭关不出，谢绝所有远亲近友的登门拜访。

"你去一趟东域，看看她怎么样了。"

自家师父下达这个命令时，小药徒差点以为自己听错了，呆头呆脑地问："东域不是禁地吗？"

"傻瓜！那只是危言耸听……令人充满恐惧的地方才叫禁地，我们又不惧怕它，怎么不能去了？！"老人坦荡荡地说。

"那穷山恶水的地方换谁都待不了片刻，真不知道她是怎么坚持下去的……多带点东西去，看看她有没有瘦了。别说是我给的，就说你这个新入门的小师弟想拜见一下师姐。你这么千里迢迢地过去，她总不能把你拒之门外吧？"

老人上一刻还豪气干云，下一刻又絮絮叨叨得像送女儿出嫁的老父亲。

小药徒没法子，只好背上集结了整个丹鼎门师兄师姐从五湖四海带来的特产和老人家所谓的"一丁点"心意，上了去往东域的飞舟。

出发的时候，南方正值温暖的春天，然而一进入东域的地界，就有刺骨的冰雪扑面而来。目之所及都是一片茫茫白色，整片海域都结了冰，像雪地里一块湛蓝色的猫眼石，灰暗的天穹成了它深色的瞳孔。

地面上矗立着几座宫殿，飞檐斗拱被苍茫的飞雪挡住了，像隔着一块灰蒙蒙的布看到的虚影。

小药徒在海岸边兜兜转转，突然想起一件至关重要的事。

糟糕！临行前忘记问白浪海的入口在哪儿了！他总不能徒手把这层坚冰敲碎吧？

"师兄，你偷偷来这里几次了？想去就去吧，我们和你一起。"

风雪中站着三个人。穿玄色劲装的年轻男子蹲坐在岸边，虽然是蹲着，但很轻易便能看出他利落修长的身形。

真是奇怪，他身上明明一样和剑搭边的东西都没有，可莫名让人觉得他本人就好似一柄剑，锋芒逼人。

站在他身边的是一道亮丽的鹅黄——也就是刚刚开口说话的少女，旁边还有个年纪和小药徒差不多的少年。

“师兄，这冰厚得像石头，你光是这样蹲着，也看不到下面是什么样子，要不我帮你把白姐姐喊出来？”

少年说着便撸起袖子，双手笼在脸颊两侧，猛吸一口气：“白——”

才开口说了一个字，他就被捂着嘴放倒在地。年轻男人绷着一张脸收回手，继续蹲在岸边。

“没天理啊！”少年抱怨，“好心当成驴肝肺！”

“我不下去。”年轻男人心虚地避开目光，揉着双手，“我当然很想念阿梨，如果她来找我们，我很开心，但我……暂时不能下去。”

看样子这三人来过这里好几次了，他们还认识师姐，那他们一定知道白浪海的入口了？

小药徒上前说明自己的来意，企图从这三人口中知道进入白浪海的方法。

“你是药宗弟子？”身着鹅黄色罗裙的少女问，又看了眼他腰间鼓鼓囊囊的芥子袋，看上去相信了。

她随手一指：“直接走进去就可以了，不过海底有点奇怪，那里的时间是静止的。”

“静止的时间？”

“你留多久都可以，不过记得要回来。”

第一次出门就遇上好人了。小药徒懵懵懂懂地点点头，纵身跳入冰层。

这里也是一片冰天雪地，屋檐下垂着冰凌，水泊也结了冰，像一面镜子，安静得让人察觉不到时间的流逝。

或许这里的时间真的是静止的。

他漫无目的地在雪地里走着，腰突然被戳了一记，像捣蛋鬼的恶作剧，腰眼处霎时变得无比酸麻。

他捂着腰回过头，身后一个人影也没有。他怀疑这或许是错觉，便继续往前走，这回却是头顶被拍了一下，他捂住脑袋抬起头，正要拿出护身法器，却正好对上一双圆溜溜的眼。

它的眼珠又黑又润，中间有一圈淡淡的金黄色，瞳孔又是暗黄色的。这家伙浑身上下只有这一处地方是黑的，其余皆是雪白一片，像用一块剔透无瑕的玉石雕刻而成。

它张大嘴，打哈欠一般，露出满口雪亮的獠牙，像要把人一口吞入腹中。

小药徒吓坏了，这地方怎么还有食人鱼？！

“小胖鱼，你又乱拿东西！”远远传来一个女孩子的声音，随即一道白色虚影飞过来，啪的一声正中这条凶神恶煞的“食人鱼”，“罚你今晚在外面守夜！不许回屋！”

白影掉在地上，滴溜溜转了好几圈才平躺下来。小药徒揉揉眼睛，发现这是一块普普通通的玉牌，而方才被误认为食人鱼的东西不过是一条通体雪白的鱼。它现在已经被封在玉牌里，只有鱼眼睛委委屈屈地转溜。

它嘴里叼着的东西掉在地上，原来是四个人的画像，画像上的三个人他方才见过，而那个陌生的少女应当就是他从未谋面的师姐。

他忽然注意到，少女的身边还有一块空白。

她衣服的边缘被挡住了一部分，四个人的站位也略偏左，看样子那块空白里原本应该是有人的，只是就像用久了的铜器抛光得发亮，磨掉了上面原有的纹路，那个人影消失了。

据说人一生会有三次死亡，第一次是心脏停止跳动的一刹那，第二次是尸骨被大地埋葬时，第三次是所有的记忆被最重视的人渐渐遗忘时。

这个消失的人影属于哪一种死亡？

小药徒没有见过这个人，只是间或从家族长辈的口中听到一个陌生的名字，或是偶尔出门采药，看到原本矗立着山脉的地方变作贫瘠的荒地，赤红的土壤里残留着硝烟，又或者抬头望天，看到悠悠飘过的流云上好似有殿宇的虚影，有时只一晃而过，像海市蜃楼，有时能看得一清二楚，光彩夺目。这种时候他联想到这个陌生的名字，于是陌生渐渐变成了熟悉。

而现在他是离这个名字最近的一次。

他闻到一缕油墨香，面前多出了一间书房。那个空白的人影，或许就是书房的主人。

半掩的窗牖里透进几缕寒光，像陪伴凡间学子苦读十年的寒窗。书案上整整齐齐地摆着笔墨纸砚，弥漫着一股淡淡的松墨香，典雅古朴，和他以前看到过的鹿门书院的摆设没什么不同。唯一不同的是，书页泛了黄，而且那扉页上写着……《三刻拍案奇谈》，这不是他最喜欢看的凡间话本吗？书桌右上角还有个晶莹剔透的小圆球，里面也在下雪，树木白了头，简直就是海底世界的一个小小缩影。这个小圆球与小时候长辈们为了逗他开心做出来的充满童趣的小玩意有异曲同工之妙。

于是这间书房的主人，变成了一个闲暇时会看凡间话本打发时间，兴起时还会用有趣的小玩意逗人开心的普通少年。少年作为一个人类，甚至与他还有很多相似的地方，可是少年作为一个蛟龙遗族，又仿佛背负着许多他永远也无法理解的东西。

其实仔细看，还是有很多不同。

日光照不到海底，所以透进窗户里的光永远是寒冷的冰蓝色，光线抵达不了的角落只剩下浓重的阴影，整个书房成了巨大的牢笼。书案上除了笔墨纸砚，还摆着一副没有下完的棋局。棋罐的盖子倾侧在一旁，棋子光洁如初，好似在等人解开死局。

很难想象有人会独自在这里待上数年之久。他会不会一面沿着这座牢笼的墙壁漫步，一面谋划着他的布局，走进死胡同的时候，便坐回书案前与自己对弈？

夕阳的光影被海水过滤了，从身上缓缓移过，也没有任何温度。角落里的灯树淌满烛泪，白银灯盏上残留着淡红色的蜡痕。到了深夜的时候，这里应该会点灯，这样的人应该会很在意深夜吧，否则这盏灯树怎么会满身疮痍、满脸泪水。深夜代表着死亡，死亡是一场长眠，只有害怕黑暗的人才会在自己睡觉的时候点灯。

野望与往事无法带进坟墓，若一辈子隐瞒身世，对他而言无疑是苟延残喘，这样割舍一切又断绝退路的人，自踏上这条不归途起，便已经有了觉悟——宁愿惨烈地死，也不要孤独地活。

“你是……”面前不知何时多出一个女孩，拿着玉牌歪头看向他。

“师、师姐，我是今年刚入门的弟子！”小药徒骤然回过神，像被检阅的新兵挺直脊梁，“你应该没见过我，不过你放心，我带来了师父和师兄师姐们的心意！”

他语无伦次地大声说着，少女却突然朝他比了个噤声的手势，示意他压低声音。

难道这里还有人？

耳畔叮的一声，而后颈后一凉，他抬起头，看到檐下冰锥的尖端的一滴水珠凝聚，将要落到他的衣领里。坚冰看上去像在融化。

小药徒突然觉得自己不能再继续待下去，虽然这地方银装素裹，很好看，但总有阴冷的寒风在各个角落里游荡，他不属于这里，所以也不能带来驱散阴寒的阳光。

“那师姐，我走了。”他走几步又回头，指指那块封印了白鱼的玉牌，“它其实没有伤我的意思……”

“开个玩笑而已，你不会真以为我会把它关在雪地里一整晚吧？”

小药徒不好意思地挠挠头，这回他真的走了。他走出很远才觉得后悔：应该趁机问问师姐，这里的主人现在在哪里。

书房的屏风后有一扇暗门，里面冰冻三尺。鞋子踩上去，便立马结了一层薄薄的冰，鞋底跟地面黏在一起。

白梨不知是第几次走进来了，室内空荡荡的，没什么摆设，只有一把椅子。少年垂首坐在椅子里，身上盖了层薄薄的霜，连眼睫上也挂着冰雾，他犹如一尊剔透的冰雕，若不是眉睫和长发漆黑，他几乎就要和茫茫白雪融为一体了。

琴光正在修补魂魄，他身上的剑伤早已痊愈，而他前额乌黑的发丝里不知何时冒出了两根“小荷尖尖角”。角的顶端像麋鹿角那般裂出两根分叉，只有拇指那么长，像藏在草丛中结着晨霜的春笋，幼嫩而青涩，让人不自觉地害怕会不会不小心掐断它。

这应该是刚长出来的龙角，白梨伸手轻轻碰了碰，出乎意料的是，它居然和棉花糖一样软。冽冽雪光流淌在少年身上，干净、剔透，仿佛雪为肌，冰为骨，檀烟为魂魄。

“再不醒的话，东域的雪永远都不会化了。”她跪坐下来，低声说。

他依旧没有反应，结璘灯的一缕灯光在幽幽亮着，这是那日她竭尽全力护下来的。

他把自己的命都交付给她，因为她才是最后的退路吗？

“你到底什么时候醒呢？我一个人也很无聊的啊。”白梨撑着脸看着他。这样的场景下，他有点像水晶棺椁里的白雪公主，或是蔷薇城堡中的睡美人。

她捧起少年的脸。少年像冰雪堆砌而成的假人，脆弱得仿佛一捏即碎，又精致得让人叹为观止。

鬼使神差地，她在他前额幼嫩的龙角上蜻蜓点水地轻轻吻了一下，结璘灯在这一刹那跳跃出了耀眼的光芒。

少年依旧合着眼，但眼睫上的冰霜化了，像黑天鹅颈下挂着水珠的毛茸茸的羽毛，冰雕玉砌般雪白的脸颊沁出一片浅红。

厚厚的冰层开始融化，甚至能听到汩汩水流声，那是徘徊在海底不愿离去的光阴长河重新开始流动的声音。

少女青涩生疏的吻像一颗芬芳的禁果，引诱着陷入长眠的雪人，雪人因而被染上色彩——黑墨渲染的发、点漆般的眼珠，还有两枚淡青的角。

最后被唤醒的是长眠已久的灵魂。

冰凉的手指抚上白梨的脸，她心里也仿佛被冰刺激了一下。她愣愣地低下头，见少年正微微仰首看着她。

他不知何时睁开了眼睛，眼中黯淡无光。他像被抽走灵魂的精雕玉琢的躯壳，但他的的确确已经醒来。

白梨呆呆地看着他，他的目光像枯井一样无波，眼睛却像夜空一样黑。他按着少女的腰让她坐进自己怀里，用手指描摹着她柔软的唇。

“薛……”

白梨启唇的刹那，他仰头吻了过来，抚着她的耳垂和脸颊。他身上那么寒冷，好像要紧紧抱住她以汲取温暖，又好像要将毕生的温柔都投入这一吻。

大雪消融，倦鸟归巢。

沉睡的少年，终于等来了他的女孩。

“任务结束，宿主，你可以回家了。”门里光芒闪烁，像黑暗中一只跳动的眼睛。

“还有其他选择吗？”

“难道宿主还想留下来吗？”系统冰冷的电子音说，“如果你真的想留下来，那你就要做好苦等上百年、上千年的准备。”

“我不想等。像这种漫无边际、毫无盼头的等待，就是在浪费生命。不知道你要等的那个人什么时候会来，他可能把你彻底忘了，或者他已经不在这个世上，他有极大的概率会爽约，而你还在用自己有限的生命等他。你死的那天，你还在心心念念着他什么时候会回来。我耐性不怎么好，更重要的是，我怕自己会遭受背叛。”

“所以说了这么多，你还是想回家？”系统仿佛洞悉一切。

“如果他醒来后发现他要等的人不在了，哪里都找不到了，那他一定比我想象的还要伤心，还要痛苦。”她说，“所以，这回换我破例。”

冰层发出细微的裂响，海面开始融化，温柔的风驱散了凛冬的严寒，忽而春至。

海岸边，没有剑的剑修突然站起身。他的手还是习惯性地放在腰侧，仿佛那里曾有陪伴半生的老友。

光阴流转，草木枯荣。那开始无法改变，结局业已注定，他一无所有，却又拥有一切。

“怎么走了？不是说好一起下去吗？”

“没有必要了。”他转身背对着大海，像诀别挚友一般往后挥挥手，“以后，有的是机会。”

## 番外二
## 白璧微瑕（下）

冰层融化了，总有小孩偷偷摸摸跑来海岸边嬉戏，这让白梨觉得这片死地有了几分生气。

小孩们用沙土在地上堆出两条一黑一白的“脊”，又从角落里拎出一个瘦瘦小小的孩子，给他裹上一件纯黑色的披风。

“你来当恶龙。”另一个人高马大的孩子举起一把木剑，挡在其余人身前，他看上去是这个小团体的领头羊，而现在又担当着保护同伴的重责，“我就是屠龙的剑士！”

屠龙？剑士？现在的小孩不流行过家家，开始流行“天降大任、拯救世界”的游戏了吗？

白梨觉得今天出来是个错误的选择，但她身边的少年没有任何反应，眼珠依旧是没有半点光的纯黑色。他像白瓷做的假人，精致但毫无生气。现在如果有人提着刀当面来砍他，他都不会躲开一下。

不远处的游戏还在继续。

裹着黑色披风的孩子不知所措地站在原地，像一根在太阳底下晒蔫的苦瓜。两厢一对比，他看上去好像更可怜无助一些。

“笨蛋！别愣着！你现在应该跳起来追我们！”举木剑的孩子用鞋尖在地上划出一条痕迹，“我喊一二三，你要越过这条线跳向我们，一、二……”

待“三”字铿锵有力地落下，裹黑披风的孩子也纵身一跃——准确地说，是软绵绵地跳了起来。他像鬼故事里那些两脚并在一起蹦蹦跳跳的走尸，没有凶悍，只有傻气。

但是他正好踩扁了那条黑色的“脊”，这时小伙伴们也十分配合地一哄而散，好似他真的是令人闻风丧胆的恶龙。握剑的孩子没有退步，而是像个悲壮迎敌的勇士一样，高高举起手臂，一剑抽在他的右肩。

他在地上摔了个狗啃泥，将黑色的沙土冲溃了，像一条卡在淤泥里的泥鳅。

“恶龙被打倒了！”握剑的孩子振臂高呼，假装逃走的小伙伴们一拥而上，石头雨噼里啪啦闷头砸在扮演恶龙的孩子身上。

不善言辞的、被排斥在小团体外的孩子，在每回的游戏中，都只能扮演被群起而攻之的恶人。

白梨看向身旁脸色苍白的少年，他长长的眼睫动了一下，像发条许久没有上油的木偶，又不动了。

他苏醒后，重阳真君曾经来探望过一次。重阳真君说扶乩琴虽然能安魂定魄，但他现在的魂魄不仅缺斤短两，还像初春的冰面一样一触即碎，他会变得无比敏感，所有死在他面前的人，以及他亲手送进地狱的人，都会像亡魂一样纠缠不休，或许经过上百年，他都无法摆脱。

“把他赶出去！”

“不准他踏入我们领地一步！”

石头砸了过来，跳动着滚到白梨脚下。她还没来得及捡起石头，身旁的少年突然站了起来，眼中一点火光噼啪爆裂，身侧乳白色的海雾浓稠起来，像雾气聚成雨滴一样，凝聚成一粒粒光滑的琉璃子。

白梨冷汗直流，这些好看的玩意杀伤力有多强，她可是再清楚不过！她握住少年青筋突起的手，道：“你坐下！”

空气中暴雨欲来的沉闷感稍稍减弱了，他漆黑无光的眼盯着白梨，像一头凶戾的幼兽，还未亮出獠牙就被扯着绳索来了个悬崖勒马。

“忘了我之前说了什么？”白梨义正词严，“不管遇到谁，不准滥杀。”

他收敛气势，掩下眼睫。

远处哄闹声还在继续，但形势已经出现反转。那个被堵在人群中间围攻的孩子不知哪儿来的力气，一把握住木剑，狠狠一扯，将“英勇的剑士”扯得和他一样在地上摔了个狗啃泥。

“我要回去了。”

扮演剑士的小孩脸上一片滑稽的泥印，张大嘴看着他，说："游戏没结束，你还不能走……"

"谁说我要回家？"他指着天上，眼里带着一点疯狂，"我要回的家是白玉京，而你们只能仰望我。"

小伙伴们看他像在看一个疯子。

"嘿，游戏到此为止，你们确实该回家了！"白梨板着脸把这些熊孩子赶得远远的。

屠龙的游戏就此结束，她却找不到薛琼楼了。

屋里很昏暗，银烛发出苍白的光，阴影便显得更加庞大而浓重。白梨在书案下找到了他，少年新雪般干净的衣服在黑暗里白得很是柔软，似乎能涤尽光束里的尘埃。

他一个人躲在阴影里，前额又露出那两根莹白的龙角，障目术通常维持不了多久。他仓皇地看了白梨一眼，好似自己的秘密被暴露在光下，他闪电般用袖子遮住了前额。

"是我，你不用躲我。"白梨弯下腰轻声说。

少年把袖子往下挪了一点，露出没有焦距的黑眸。他的手臂居然有些颤抖，是在畏怯吗？连死都不惧的人，还能畏怯什么？

无畏的人才最胆小。

他像一只极度敏感的蜗牛，稍遇风吹草动，便缩起两只触角躲回壳里。海底便是他的壳，他一辈子都只能龟缩在壳里。

"那些人被我赶走了，我们这几天都不出去了。"白梨伸出一根手指，在他眼前晃了晃，"这是几？"

他乌黑的眼珠跟着一动，说："一。"

白梨伸出两根手指："这个呢？"

"二。"

白梨钻到书案底下，狭小的空间多了一个人，更加拥挤，她指指自己："那这个呢？"

他没有立刻回答，黑不见底的眼里却像方才那样有一点火光爆裂，如同灼烫而炽热的岩浆。

"阿梨……"

白梨感觉自己像在端着一盆鱼子酱，将躲在角落里的猫连哄带骗拐出来。他慢慢放下袖子，眸光灿如星火。

“你还记得我是不是？那就和我出来吧，总不能一直躲在桌底。”白梨试图把他劝出去。

他躲开了她的视线，像块长满青苔的石头，一动不动。白梨没办法，又往里挤了一点。这让她想起躲在桌底和别人分享秘密的场景，隐秘的角落里隐藏着一个在沉默中爆发的小宇宙。

她在心底叹了口气，慢慢伸手，从他柔软的发丝摸到两根莹润幼嫩的角。她不轻不重地捏了一下，两根角像两枚软绵绵的棉花糖。

“你在介意这个吗？没什么好介意的啊，别人没有，因为它们是独一无二的。”

他的脖子开始泛红，热气逐渐升腾到玉白的耳郭，像有人往里面丢了火种。

“阿梨……”他湿润纤长的眼睫像一团雾，“不要……再捏了……”

这两个小东西难道还是什么特殊的机关？可神话故事的龙个个威风凛凛，捏一下龙角不应该电闪雷鸣吗？怎么好像戳了他的死穴一样？

“我……”他闭上眼睛，连眼睫都在颤抖，眼角晕出了红潮。

“你不舒服吗？”

他这个样子看上去像是发烧了，白梨伸手想摸他的额头，他却突然倾身压过来。

陡然间一阵天旋地转，冰凉的白玉砖贴上了脊背，少年黑润的眸子近在咫尺。她惊得微微睁大眼，还没开口说话就被他捂住嘴。

他的唇缓缓压下来，却是在自己的手背上印了一个吻，然后便不动了。他长长的眼睫眨了眨，像在小心地观察着她的反应。

“阿梨……”

原来他是想吻她却不敢，所以只能用这样的方式试探。白梨在心里叹了口气，将他的手拿开，捧住他的脸，在他的额角吻了一下，说：“这样才是亲吻。”

所有滚烫的血流都往那里奔涌，这是她第一次主动……少年仿佛受到鼓舞，眼底光泽流转，他低下头亲吻她的发丝和耳垂，那绵绵的吻仿佛厚重云层里坠下来的雨。

他们像在狭窄的桌底偷偷胡闹的小孩，玩够了才终于钻出来。少年将她抱上书案，钩起她系在胸前的蝴蝶结，继续征求着她的同意："可以吗？"

"可、可以。"白梨双手撑住书案，脸颊无比燥热，温度慢慢升高，仿佛有滚烫的火炉在烘烤着她。

蝴蝶结被抽掉了，外衫也被褪下，露出圆润的肩膀和清晰的锁骨。他低头解着她的腰带，那是个死结，他皱着眉头仿佛在苦恼着该如何解开它。

暴露在空气中的皮肤被激起一阵细小的鸡皮疙瘩，白梨打了个冷战，按住他的手，支支吾吾道："我、我来。"

刺啦一声，他居然将裙子撕开了。

"对不起。"他仿佛意识到自己做错了事，眼神无辜，好似受惊的麋鹿。

这回轮到白梨不知道该说什么了。

静了很久，布料被细细撕开的声音又响了起来。

"喂，薛、薛琼楼……"她羞愤地小声喊，可是连话都说不完整，少年在这个时候吻住她柔软的唇瓣。

"我……可以吗？"他用黑黑的、湿漉漉的眸子看着她，询问道。

看到他额前泛红的龙角，白梨感觉心底有个地方软软地塌陷下去，她轻轻地"嗯"了一声。

月光下的少女如一条纤细而洁白的鱼，笼着一层水蒙蒙的光。

薛琼楼目光定定，眼睛睁大了些许，那里面也起了一层朦胧柔软的水雾。

"阿梨……"他低下头，吻她白嫩的侧颈，眼底聚拢起比夜色浓郁的深黑，还有扭曲的旋涡，好像在引诱着谁一同堕落。

"他现在就是缺了个心眼的状态。"重阳真君总结道。

他说这话的时候，少年乖巧地站在白梨身旁，手脚放得规规矩矩。

重阳真君从头到脚打量着他，试图从他身上找出一丁点藏头掖尾的坏心眼，结果自然是无功而返。从前那个心机深沉的少年不见了，现在在他面前的是张单纯无邪的白纸。

"这很好！常言道祸害遗千年，他现在少了最坏的那一魂一魄，就不会出去为祸世间了。”重阳真君摆摆手，“就这样吧，别治了。”

“不行啊师父！你看他——”白梨在他面前挥挥手掌，他眼睫半点不动，像凝固的黑晶艺术品，“他现在哪里像个正常人？！”

“只有这样他才会有点反应。”白梨捏捏龙角，少年像被踩到尾巴的猫，身体绷得笔直，白皙的脸上浮现两片红云。

“这样不好吗？至少他现在会听你的话，没有任何危害性，普通人见了他不会退避三尺，侠士们见了他不会叫嚣着要干一架，就算有人要砍他一刀，他也不会躲开，更不可能还手。他本来就该偿命，却还全须全尾地活着，现在这副任人摆布的状态才是最令人放心的状态。”跟着重阳真君一起来到东域的药宗弟子大声说。

少年低着头安安静静地站着，对这番冷漠无情的话毫无反应，好像到时候“被砍一刀也不会还手”的人不是自己。

这难道就是反派命中注定的下场？死的时候是不得好死，活着的时候是生不如死。白梨毫不怀疑，他只要一出现在中域中洲，出现在大家的视线里，明枪暗箭便会接踵而至。而他对这些不仅一无所觉，甚至不知道如何自保，到时候有仇的没仇的，谁都可以在他身上踩几脚泄愤。

“本来就该这样。”药宗弟子捣着药抱怨，“反正他现在醒过来了，死不了了……”

一片金丝鳞纹衣摆悄无声息地停在药宗弟子面前，少年蹲下来，纯黑无光的眼珠盯着他手里的药罐，问：“这是什么？”

药宗弟子呼吸都停滞了，仿佛一把吹毛断发的刀贴着脸砍在身旁，然而他很快意识到，这把刀已经没有任何杀伤力了。

世间最可惜的事，无非将军迟暮、美人白头，看着这样一把金装玉裹、见血封喉的刀变得锈迹斑驳，不能杀人，连玩赏都不够格……仔细想想他还觉得有点可怜，但也仅止于此了。

“就是帮你修补魂魄的药，”药宗弟子有些不耐烦，护着身前的瓶瓶罐罐，“你小心些，把这些东西踢翻了，就没人救你了。”

少年乖乖往后退了一步，把一只细颈长瓶扶了起来。

周围的空间发生了扭曲，捣药声忽然间有了回音。

药宗弟子抬头一看，发现他不知何时身处茫茫空谷中，辨不清方向，找不到出路，四周只剩下令人晕厥的土绿色。他上一刻还和同门在一起，下一刻就变成他一个人独自面对幽静的空谷。

他开始往前奔跑，然而前路只有一片单调的绿色。他连自己跑了多久都感觉不到，空谷中甚至没有春夏秋冬和雷电雨雪的交替。

跑着跑着他发现，他的手背开始变得皱巴巴的，双腿变得老迈而沉重，脊背佝偻地隆起来，耳朵也辨不清风声的方向。时间在无知无觉地流逝，而他自己在无知无觉地变老。

巨大的孤独无助感和对未知环境的恐惧如海潮席卷而来。

——他或许一辈子都找不到出路，甚至会老死在这鬼地方！

这个想法能瞬间摧垮一个人。

“师兄，师兄？你捣药怎么还发呆？”

他猛然回过神，面前还是一地花花绿绿的瓶瓶罐罐，药捣了一半，绿色的汁水喷溅到手上。他身旁的白衣少年正将一只细颈长瓶扶起来，乖顺又听话，一切却仿佛隔了大半辈子。

刚刚是幻觉？他突然想起，自己现在所处的地方，叫作朝暮洞天，以制造梦境闻名……

“师兄，你捣个药怎么满头大汗……”白梨不知怎么描述这位兄弟的状态，“你是不是遇见鬼了呀？”

见鬼？他确实见鬼了！

药宗弟子惊恐万分地指着少年：“是他……”是他不由分说把自己扯进了幻境，是他让自己在山谷里孤独终老！这种痛苦的回忆他简直不想再回味第二遍，以至于从幻境中出来时他仿佛再世为人。

“我？”少年指着自己的鼻尖，歪了歪头，“我怎么了？”

这险恶的家伙是不是从刚刚开始就一直在装？骗过师父、骗过他们还骗过了一无所知的师妹，甚至想再骗过天下人？！他骗他们，让他们对外面说，那个把世间搞得一团糟的薛琼楼现在是个真正的手无缚鸡之力的孱弱少年，想来算账的尽管来，他绝对骂不还口、打不还手，然后这些觉得自己捡了大便宜的人会莫名其妙命丧异乡！

药宗弟子一阵恶寒。

“你、你不对劲！你这个恶人！师妹你别被他骗了！我要去告诉师父！”

仿佛被踩到敏感的神经，少年痛苦地抱住脑袋蹲下来，猫儿一样纤瘦的脊背弯曲成一道脆弱的弧线。

“阿梨，我没有……你信我吗？”他看向白梨，眼里的清光惊慌地闪烁着。这双黑润的眸子实在太干净了，让人觉得一丁点的怀疑都是对他的亵渎。

白梨一时间没有反应过来，看着他没有说话。只是普普通通的、短暂的沉默，就让他的眼神忽然乱了一下，他像在用尽最后的努力挽留一般，甚至带上哀求的语气：“我只剩你一个人了。”

一个春雪般纯净的少年在放下他高傲的尊严挽留你，不顾一切求你相信他。

因为他确确实实，只剩下一个人了。

如果拒绝他的话，会真正毁掉他的吧？白梨心里一抽，情不自禁地这样想。

“我相信你。”她蹲下来抱住他。

“喂……”那名药宗弟子还想说什么，忽然看见少年冷冷地抬起眼。

少年眼里带着一点恶意和得意，抱紧了怀里的少女，好像在炫耀。

她还是我的。碍眼的人，还是尽早消失。

药宗弟子剧烈地咳嗽起来，咳得弯下腰。

“师兄你怎么了，你没事吧？”

“我——咯咯咯！”

“真是的，你是不是水土不服出现幻觉了？”

白梨将这位咳嗽得说不出话的师兄送去歇息，等她出来时，差点左脚绊右脚。

上一刻还坚定地表示要和恶势力不共戴天的师兄师姐们，正和恶势力相处得其乐融融，重阳真君捧着一方砚台，脸笑成了一朵菊花。

“这到底怎么回事？”眼前的一切让白梨感到不大真实。

“他送给师父一方砚台，师父就很开心。”

“被送砚台有这么值得开心？”

“这你就不懂了。这方砚台虽然看着只有巴掌大，却能容纳一座山的东西。师父打算游历各洲，正愁没地方装他闭关的洞府，现在可算解了燃眉之急。”

“你是说……把一座那么大的洞府，装进一方那么小的砚台里？”白梨满脸黑线。

“千真万确！这种东西真的存在！”回答的人万分激动，“东域真是一块当之无愧的宝地。从前没人有那个胆子翻越崔嵬山，也没人有毅力渡过白浪海，只能望洋兴叹、望山仰止，现在不一样，我们随时都可以造访，是吧？”

他充满期待地笑了，像发现了一块新大陆。

接近一朵带刺的毒玫瑰很危险，可当玫瑰把刺都拔掉的时候，人们又会对它无法抗拒的美趋之若鹜。

围在人群中间的少年得意地翘起嘴角，眼瞳光泽润亮，像弃置已久的老屋终于拉亮一盏灯。

“是啊。”白梨仿佛看到嗜血的刀尖悄悄从精致的刀鞘中探了出来，“现在已经……没有任何危险了。”

不知从何时起，一句流言甚嚣尘上，小至街坊茶肆，大至仙宗豪阀，无不耳闻。

——被埋葬在海底的人醒了，但据说琴声并未能完全修补他支离破碎的魂魄，反而让他变得和从前判若两人。

——简而言之，就是傻了。

——真是可怜哪，想当初他以一己之力与天下对抗，现在变成这人不人鬼不鬼的样子。如果我是他，早就自裁了，这样活着还有什么尊严？

——此言差矣，如此正好。他不是心比天高吗？那不如把他的尊严踩在脚下试试！

初闻此言大快人心，可仔细想想又觉得漏洞百出。和从前判若两人——他从前就有两副面孔，那么他该和哪副面孔判若两人？

这声质疑很快被揭过，天下又恢复了太平，平平安安就已经足够了。

唯有一回烟花夜，有人在流光溢彩的巷头看到一名白衣少年被一名少女牵着掠过人流，仿佛天上的仙人牵走一朵轻飘飘的白云。

烟花绽放的刹那，少女抬头，雀跃地拍手欢笑，少年却侧脸，认认真真地看着她。

那承载着寒冷与死亡的长夜已然终结，往后的半辈子，他将只为一人而活。

流离之人，天地难容。

但从今往后，她在何处，何处是归途。

## 番外三
## 沧海遗珠

那片海没有名字，海水呈现晴空般的湛蓝色，矗立在水中的礁石像太古时期的石雕。礁石里藏着一只海妖，每至月圆之夜，她便会用美妙的歌声迷惑过路的船只，然后用尖利的爪牙撕碎船上的渔民。也有人说这是鲛人，对月流珠的鲛人，她出没的地方会留下晶莹的贝珠……总之众说纷纭，没有一个确切的说法，甚至都没有人看过她真实的模样。

东域白浪海，深冬，被寒冰冻结的海港。

此地离蒹葭渡三百里，万里冰原白雪皑皑，从高空俯视只能看到一大片冻土带。唯一没有冻结的便只有海面了，它像蔚蓝色的宝石反射着寒冷的日光。

银白色的海岸线旁缀着几点月白色的碎光，鹿门书院这回派来东域执行任务的不是押解流放犯的低阶弟子，而是翘楚中的翘楚。

他们赶来的时机很不凑巧，正值狂风大作，怒浪滔天，乌云像铅灰色的铁块，仿佛要落下黑色的雨。这样风雨晦暝的鬼天气，那只海妖约莫被吓得不敢出来了。

“那些人说过，这只海妖胆子很小，平时在浅水中出没，只要有人靠近，她躲藏起来的速度比闪电还快。但即便是这样胆小如鼠的妖物，还是抓走了十个孩子，可见她极其狡猾，不容小觑。”年轻的董其梁皱着眉头说。

今天这黑云压城的鬼天气让他的心情也糟糕透了。原本他们计划一天之内就将海妖抓起来就地处决，现在看来很困难。

“法阵已经布好了，现在需要一个人作为诱饵把那妖物引出来。”

没有人自告奋勇，董其梁脸色发青，他在人群里扫了几眼，问：“师弟？”

被点到名的人正仰头望天。

“师弟，我们都在等你的指示。”董其梁走上前。

作为书院的大师兄，董其梁却不是这次任务的首领，真正统筹全局的是眼前这个初出茅庐的小师弟，这是他第一次执行任务。

他似乎介于少年与青年之间，白色的发带被雨水打湿，贴在绸缎般的黑发上，衣袂在狂烈的海风中如刀刃翻飞。他背着一把几乎与自己等高的琴，腰间挂着刻有白鹿与青竹的玉牌——先生不在的时候，他便代师掌管书院。

他仰头望天，黑黑的眸中映着铅灰色的旋涡。董其梁一直看不透他，觉得他身上有一种令人无法打破的平静。

“都这个时候了，师弟还在看什么？”

“在看天。”

董其梁嘴角在抽搐，他当然知道对方在看天，他要说的是——在这么紧急的当口，所有人都在等你的命令，你怎么还有心思发呆！

“云层里有什么东西，我们不应该把法阵设在海里。”他眼里映着云层间隐现的电光。

“你的意思是这只海妖会飞，还是说这其实是只海鸟？”董其梁耐心耗尽，“别纠结这个了，当务之急是把那妖物引出来……”

“我去。”温啸仙说。

千金之子坐不垂堂，身为下一任山主的他居然愿意以身犯险，董其梁吃了一惊：“你连法器都没有，你也要去吗？”

他指了指身后的琴囊，微微笑了：“这就是我的法器。”

“你的琴还没有定音，它现在跟普通的木头没什么区别。”

董其梁知道不久之前他才炼出扶乩琴。名剑有开锋一说，那么古琴也有定音的规矩，只有这样它才能具有杀性。

“无妨，现在就是它定音的机会。”

董其梁被噎了一下，好半晌才说：“口气倒挺大的。”

话音刚落，温啸仙已经踏风而起，月白色的发带像两只白色的蝴蝶消失在茫茫烟涛之中。几乎同时，法阵的光芒也亮了起来。整片海域被白茫茫的雾笼罩，雾中藏着捕猎的巨网。

温啸仙将琴囊解开，琴光清澈如水，不输于锋利的剑刃。他按住琴弦，如水的琴声流入咆哮的风声中，引来管弦相撞似的回音，天地间都回响着这诡异又和谐的声音。

纤细如丝的琴弦能让他感知到一切细微的声音，包括蝴蝶振开翅膀的动静。他仰头看着空中那不正常的旋涡，预感到那东西要出来了。

海面激荡起高楼般的波涛，海水像黑色的火焰熊熊燃烧。董其梁站在法阵主位，额上冷汗密布。因为他感觉到，海底好似有什么野兽要被释放出来了，而且光凭他们几个，根本无法对付。

他很想撤退，但是现在撤退就是让诱饵去送死。

丁零——像是铃铛在风中碰撞，又像空谷中的一滴山泉水穿透呼啸的风滴落在干涸的岩石上。如果漫天的黑云是一团乱糟糟的墨，那这个声音就是一缕清水洗去墨迹，狂风与乌云不约而同停止了肆虐。

“哪儿来的声音？”镇守法阵的弟子不安地窃窃私语。

“都别分心！一定是那个海妖要出来了！”董其梁大喊。

——丁零。

声音在逼近，越来越近，它在旷远的天地间回响，宛如天神的灵音。

云层裂开，旋涡中降下透明的光柱。玉兰花一样的裙摆在空中怒放，那无疑是属于女人的裙摆。她乌黑的长发漫卷如云，用白色的发带束成一束垂在腰后，那铃铛一样的声音居然来自发带上的海螺。

即便很多年后，所有人都不会忘记这一幕。她俯视着众人，犹如御座上的神俯瞰众生。

“这就是……海妖？”镇守法阵的弟子们呆呆地望着半空，忘记了眨眼。

“别直视她！小心被蛊惑！”董其梁气得跺脚，他明白法阵在这个少女面前已经失去了威力。

少女拍着手掌，一下又一下，像小女孩就着节拍击掌。墨云塌陷，清寂的月光洒在海面，冰蓝色的涟漪在天地间晃动。鹿门书院引以为傲的法阵雪崩般分崩离析，可她脸上无喜无怒，好似这片平静的海面。

“这……这……这不可能……”董其梁步步后退。说出去脸都要丢尽了，他们这群精锐居然在一个小女孩面前束手无策。

“抓住她！”他怒喝，“无论如何一定要抓住她！”

“住手！”温啸仙收起扶乱，喝止。但已经来不及了，师兄已经被羞怒冲昏了理智。

平静的海面再度翻起怒浪，少女转过头，皱了皱眉头。她伸出手压了压，像在安抚一只暴怒的大猫，在她眼里大海就是她的宠物。但其他人可就受不到这么温柔的对待了，铺天盖地的海啸淹没了他们。

一声琴音乍响，海浪居然静止在半空，仿佛被凝固。少女转过身，歪头看着这个能抵挡自己的男人。

两人相距不过五步，温啸仙清晰地看到从她乌黑的发丝里探出的两根半截拇指长的莹白色的角。

他瞳孔微微一缩。这是……龙角？

这个在上古时期能够呼风唤雨的种族，意味着残暴与杀戮，千百年后世间居然还有遗族的存在，而且是个看上去人畜无害的……少女？

少女也在看着他，看了很久很久，而后脸上忽然飘起两朵红云。像被窥破秘密后恼怒了，她像猫一样扑过来，纤细的胳膊里蕴含着无法想象的巨力，连温啸仙都不是她的对手。他根本来不及反应，就被她扯进海中，月白色的长衣犹如一束烟在海水里升腾而起。

是因为撞破了她的秘密，所以她要淹死自己吗？

巨大的挤压感让视线一片模糊，少女的脸在眼前放大，她浓密的长发如同海藻向上娓娓飘荡，她两手捧住他的脸，用力拉扯。疼痛倒是次要，主要是两人凑得太近了，她脸上纤细的绒毛他都能看得一清二楚。

“姑娘……不合礼法。”温啸仙身体后仰，说话时吐出无数泡泡。

少女眼里冰封一般的冷漠融化了，取而代之的是对新事物的好奇。她打量着面前这个新玩具，伸出爪子在他头上一顿揉搓，把他的头发揉得跟自己一样乱，然后鱼一样扭动身体游到他身后，抱走他的琴。

“这个不行！”

她根本不理睬，抱着琴沉到海底。

“这下棒极了，小师弟被抓走了，我们等着被先生扒皮吧。”

侥幸活下来的众人生无可恋地躺在海滩上。海啸把他们都拍晕了，等他们醒来才发现师弟不见了。

“都怪大师兄，要是早点听师弟的话就好了，当时那个女人还不想攻击我们的。”

“现在说什么都晚了。”董其梁拽下头顶的海草。他心里闪过一个念头，如果这个师弟真的消失了，那山主之位岂不是……他赶紧甩了甩头，不行，如果被先生知道了，自己会被逐出书院的。

“我们现在该怎么办？”

“找个地方商量接下来的对策。”董其梁说，“千里迢迢来到东域，这里连个休整的地方都没有，真是蛮荒之地。”

“不对吧，这里还有薛氏。虽然薛氏没落了，至少也算世家大族。”

“别提薛氏了，他们像丧家之犬那样灰溜溜地躲在这种地方，自顾不暇，还能管得了外界？要不然这回他们也不会绕这么远求助我们鹿门书院了。”

“而且薛氏现任家主是个……私生子。”那人压低声音，“果然这种人就是目光短浅、胆小如鼠之辈，根本不敢与中域中洲抗衡，自己就临阵退缩了，整个薛氏的脸都被他丢尽了。”

“人后不要嚼舌根，先生怎么教我们的？”董其梁整理衣袍站起身，“现在我们在别人的地盘上，要懂宾客之道。”

“哪里，是我当尽地主之谊。”

众人一惊，这才发现身后的高崖上不知何时立着一名年轻男人。此时恰值云破月出，他翩飞的衣角比月色还要皎洁。他彬彬有礼地对着众人作了一揖，道：“如若不嫌弃，请诸位前往鄙府歇息。”

他是什么时候出现的？刚刚的话他听到了吗？会不会是鸿门宴？所有人的背后不约而同地渗出冷汗。

“那就多谢。”只有董其梁面色坦然地走了过去，与男人擦肩而过之时，他的脚步突然停住了。

董其梁低头默默看着定在自己胸前的折扇，再往前走一步，他就会被戳穿胸膛而死。黑暗中闪烁着陌生的杀机，修罗般的气息迎面逼来，这个男人果然不太好对付。他苦笑着举起手，道：“一定要这样吗？薛家主。”

薛暮桥笑了一笑：“在你成为我的同伴之前，这就是我们之间的交谈方式。”

多年以后，面对已经开始崩溃的琅环秘境，面对血流千里的鹿门书院，在最后一口气跑出喉咙之前，董其梁想起的竟是两人第一次达成合作的这一刻。他终于意识到，自己能活着回到鹿门书院，并且安然无恙地活到现在，完全只是因为没有与这个男人为敌。同样也是过了很久他才明白过来，他们这一行人来到东域也全是在此人计划之中。

这既是开始，也是结束，颠覆世界，也改写往昔。

少女的双手交叠在腹部，安安静静地平躺在水中，睁着眼睛睡觉，扶乩琴被她垫在脑袋下当枕头。她的身影飘过来，又飘过去。

温啸仙头疼地扶额。扶乩琴暂且别指望拿回来了，这个姑娘力气大到变态，行事毫无逻辑，他根本不能预判到她下一步的言行举止。

她突然站起身，头顶小白鱼，碎步跑过来。温啸仙警惕地捏起法诀，虽然琴没了，但光靠法术自保也是绰绰有余……少女白嫩的面庞猝不及防凑近，这回他有所准备，翻掌挡在脸前。

“授受不亲……”他一开口嘴里就被塞了东西，刺激的腥味在口中弥漫——是鱼腥草！温啸仙捏着脖子咳嗽，他明白了，现在到饭点了，她觉得自己正在挨饿，那么他一定也在挨饿，所以慷慨地奉献出她珍藏的美食。

她双手撑在地面，瞳孔纤细犹如猫眼，紧张又期待地盯着他的反应。她像是第一次与人亲近的猫，小心翼翼地伸出自己的爪子，只要他表现出一丁点的难受和不满，她就会立刻躲远。

眼前这个不谙世事的龙女即便表现得再天真无邪，她抓走孩童也是事实。温啸仙平静地咽下鱼腥草，眼神慢慢变得冷酷，却朝她友好地笑了笑：“我们，玩捉迷藏吧。”

她的眼瞳像新裁剪的烛火亮了一亮。

“数到一万，你能找到我，我弹曲子给你听。”

在一万数之内他要找到那些被掳走的孩子，就算她抓住他，他也可以趁机夺回扶乩琴，至于她如果要他弹曲子……那就是她自找的了，扶乩琴恰好缺个试音之人。

龙女听话地捂住眼睛。她应该还不会顺畅地说出人类的语言，所以只是在心里默默数数。

温啸仙走了几步又回头，见她还是跪坐在那里，纤细的身体藏在海藻般浓密的长发中，陪伴她的只有影子。

海底漂浮着蜉蝣，腹尾处缀着微光，犹如星辰在天际聚拢又飘散。他穿过这片银河，感知着水中传来的微弱心跳，找到那群被抓走的孩子竟出奇地容易。与想象中的不同，他们不仅不是面黄肌瘦、五花大绑的模样，反而在拿着色彩斑斓的珊瑚树枝打闹，松软的沙土堆成殿宇楼阁的模样，晶莹的珠贝洒了一地。

是在玩游戏吗？温啸仙放轻脚步。

“有人来了。”正在编着贝壳手串的女孩脆生生地招呼伙伴。

正在玩闹的孩子们好奇地望过来，转瞬间他就被这些睁着亮晶晶小眼睛的孩子包围了。他想起村民们描述那海妖如何勾人魂魄又如何凶暴残忍，可他在这些纯真无邪的小脸上找不到任何惊慌的神色，也没有看到任何被虐待的痕迹。

“我是受你们父母之托来接你们回去的。”确认身上已无血迹，温啸仙半跪在孩子们中间，“你们不用害怕。”

“我想在这里多玩几天！告诉阿爹阿娘让他们别担心我！”脸上沾着泥巴的男孩大声说。

多玩几天？玩？温啸仙吃了一惊。

“我也是，我想在这里多捡些贝壳珍珠给姐姐编手链。”那娴静的女孩羞涩地说。

捡贝壳编手链……那些村民可不是这样说的。在他们的描述里，他们的孩子被卷入海浪的时候惊恐无助，现在正在海妖的巢穴受尽折磨，再晚一步，孩子们就要被吃掉了。

温啸仙不动声色地调动法力查探，发现周围没有法阵的痕迹，他们的意识是清醒的，也不存在被幻境所困，所见、所闻、所思、所言皆是梦呓的可能。

“你们……有见过这里的主人吗？”他试探着问。

“是那个长着角的姐姐吗？”男孩翘起小指头在额前比画，“当然有啊，是她救了我们，把我们带到这里，还和我们一起玩。”

“但是刚刚她出去了，现在还没有回来。”女孩皱起眉，担心地说。

“她不会讲话，连地面是什么样子都没有见过，她要是不认路，被坏人骗走了怎么办？”

“唉，她真是令人不放心！”那人小鬼大的男孩重重叹一声，招呼同伴，“我们这就去找她吧！”

孩子们纷纷放下手里的游戏，还真想出去找人。

“慢着，慢着。”温啸仙拦住这群孩子，“你们可知她的身份？”

“鲛人吗？”

“她长着角，是龙吧？”孩子们七嘴八舌地讨论起来。

“是什么都无所谓，总之我们现在要找到她。”

这群孩子只是普通的凡人，不知她的来历，也不知她的过去，所以也不介意她的身份。他们在这里根本没有受到任何伤害。

既然龙女没有伤人的歹念，为何还要将这群孩子困在海底？

他仰起头。日光透过海水照在身上时是冷的，少了这些孩子的笑声，这里……就像一座坟墓。

只是因为……想有人陪伴吗？

成千上万的贝珠忽地叮叮当当响起来，海水泛起鱼鳞般的涟漪，无形的波纹圈圈荡开。那个细心的女孩绷紧小脸：“有人来了。”

是师兄他们来了，倒也正好将这群孩子带出去。

可是伴随着涟漪传来的，还有一道陌生且危险的气息，温啸仙陡然站起身。

如果那就是她的本性，如果她不知人心为何物也不知欺骗为何物，那么她现在……来不及想完，他转身就走。

法阵的微光一闪，荡起无形的波纹。

“想不到这里居然——”董其梁双脚落地时还有些站不稳，他四下环视一周，才慢慢说，“别有洞天。”

“此处原本是一片陆地。据闻百年前斩龙一役中，蛟龙族的遗骸落地为山，便是崔嵬山；它们的血液倾洒为海，便是白浪海；业火烧尽世间万物，所以东域荒无人烟。换言之，这里是斩龙一役的古战场。”

千里血流历经百年已经消散在水中，仅存的杀伐之气也没有了，这里静悄悄的，像埋葬孤魂野骨的摇篮。

“薛公子，你携全族退避东域，原来是想占天时地利。”董其梁斜睨着身旁这个年轻的家主。

折扇掩在他衣襟前摇了摇，他反唇相讥：“如此贫瘠的地方也可称‘地利’吗？”

“我看薛公子你不会一辈子都甘愿屈居于此。”董其梁抬起手示意这里安全，好让后面的师弟们跟上来。

多亏了这位年轻家主相助，他们才得以找到这个地方。但比起能够救出小师弟，董其梁此刻更在意的是这个诡秘莫测的男人。他当然不会听信那些传言，认为这是个唯唯诺诺、目光短浅的私生子，否则这个男人也不会“恰好”出现在这里。这让董其梁有一种自己的行动都被监视的感觉。

“怎么了？”董其梁注意到他的目光在一个方向凝聚，“那里有什么东西？”

薛暮桥一格一格地将折扇合拢，扇骨撞在一起发出玉石般的清响，他不动声色地观察着，没有回答。

一股陌生的气息悄然无声地漫开，却没有半点攻击的意图。幽蓝的光束将一道纤细的人影铺在地面，那浓密的长发如在水中飘舞的海草，人影一动不动的，像一块石头。

他看了半晌，毫无征兆地提起脚步。

“薛公子，你去哪儿？”董其梁吃了一惊。

尽管已经压低了声音，但这充满惊诧的一句还是吓走了一条悠闲游弋的白鱼。那影子也微微动起来，长发好似翻滚的细波。

有人来了。

数到一千出头的时候，龙女终于发觉了。她悄悄移开遮挡眼睛的手指，从指缝中望着外面的场景，想看清楚这回又是谁来陪她了。没等她视线凝聚，一只手拍了拍她的肩膀。

温啸仙竖起一根手指示意她不要出声，她黑黑的眼睛微微瞪大了，像是惊讶又像是喜悦，两只手紧紧抓着他的衣袖。她还不会顺畅地说出人类的语言，却意外地会写字，便用柔软的手指在他手心写：我赢啦。

他留意着外面的动静，只感觉暖暖的触感在手心游走，也不知道她写了什么。他拉着她的手，轻车熟路地躲了起来，在海底短短几个时辰，他就已经摸清了这里的布局。

他竖起手指无声地摇了摇，示意她躲在这里不要出声也不要出来。但显然她没理解，眼珠随着他的手指转了转，又拿那种雾蒙蒙的、茫然的眼神看着他。

“你，”温啸仙扶额，“千万别动。”

刚刚那道人影一闪，又不见了。薛暮桥放轻脚步，长衣卷起细小的涡流，涡流打了个旋儿消散在半空。

不远处传来打闹声，原来是几个孩子推推搡搡地跑了出来。

月圆之夜，海妖对月流珠，她的歌声是温柔的假想乡，引诱着漂泊流离的旅人。

但这些孩子，竟然都毫发无损。

“谁救你们出来的？”他问。

那看上去最机灵的孩子扭过头，他身后的黑暗里传出几声琴弦的铮鸣，萧疏如松风，又清冽如冰泉。

玉石扇骨无声地滑入薛暮桥手心，他拢着一袭浮雪般的长衣默然站立，两个人都在互相试探。

“是这位哥哥救了我们。”孩子打破了僵持的气氛。

光影横斜，薛暮桥终于看清那人。和鹿门书院其他弟子不同的是，他背后居然背着一把长琴。

“师弟，你没事可太好了！”董其梁大步流星上前，“给你引荐一下，这位是薛氏家主。”

绷紧的琴声消失了，折扇也被轻轻抖开，在衣襟前缓缓地摇，两人之间的试探还未交锋便悄然融解。

“那只海妖呢？”董其梁四下张望着。

“没找到她，只找到了这些孩子。趁她发现之前，我们得赶紧走。”

董其梁自然是迫不及待地想离开这是非之地，只有薛暮桥有意无意地落下一步，回头冷冷扫了一眼。

没有别的踪影了，定然是谁将那只怪物藏了起来。

脚步声渐渐地远去了，两只细白的手拨开浓密的水草，露出两颗黑葡萄似的眼珠。两只眼睛一眨不眨的，长久地盯着面前的黑暗。

那个人……她眉头用力皱起来，白嫩的脸也皱起来，好像遭遇了一辈子最大的背叛。

那个人，不仅没给她弹琴，还把她最重要的玩伴带走了。

这个世上还存在着最后一条蛟龙，或许是崔嵬山下埋葬着数不胜数的遗骸，而白浪海是上古战场的缘故，天地灵气将这枚千百年前遗留下来的龙蛋孵化了。

要不要禀报先生？

温啸仙面前书卷大开，案头油灯的灯光已经很微弱了，这两个时辰里他没有看进一个字，甚至坐姿也没有变动分毫。夜读的同学们都走光了，学塾里陪伴着他的只有浩如烟海的书。

他缓缓摇了摇头，理智告诉他必须得这样做，潜意识却在劝他冷静。

“上古纪事”是鹿门书院所有弟子必修的课程，他几乎可以将那一场战役的始终倒背如流，自然也知道蛟龙是何等残暴的存在——空有人相，却无人性，杀戮是它们的本能，毁灭是它们的天性。无论外表有多高洁，无论白玉京的风采令人何等神往，它们始终是来自地狱深处的怪物。

眼前又出现那个少女黑漆漆的眼，那里仿佛有一片森寒的长夜，星辰流转，亘古不变。她仿佛有着千年的寿命，又仿佛初临人世。

她为什么不动那些孩子呢？即便她渴望能驱散孤寒的陪伴，但因为冷漠的本性，她不可能分辨出同伴和食物的区别，那些孩子当有大半难逃一死。但他们毫发无损。

这个疑问始终在心头盘桓着不肯离去，温啸仙突然站起来开始翻箱倒柜。他在翻找那些记录史实的书卷，在他解开这个疑问之前，他决定暂时不把这件事告诉任何人。

一缕长发扫到手背上，正在翻找书卷的手一顿，温啸仙抬起头，看见从高高的横梁上垂下的瀑布般的黑发。这画面如此阴森鬼魅，饶是镇定如他，这会儿背上也起了一阵寒意。

他正要去摸扶乩琴，不知何处而来的两只纤细的手撩开长发，黑而透的眼犹如凛冬的长夜，猝不及防地撞进视线。

“你……”

居然是她！她还倒挂在了横梁上！她到底是怎么混进来的？！

龙女松开钩住横梁的双腿，就在温啸仙以为她要摔下来而下意识去捞她的时候，她身体轻飘飘在空中一躺，像浮鱼一样游过来，朝他腼腆地笑了。

“别告诉我你是自己找到这里来的。”

这种生物五官异常灵敏，多年来的形影相吊让她对陌生的环境格外敏感，但只要她对谁有好感，哪怕相隔天涯海角，她也会不远万里去找到那个人。

“回去，这里不是你可以来的地方。”

她不说话，只是睁着那双剔透纯黑的眼看着他。那里面好像有一片布满星辰的夜空，专注地看向一个人的时候，星辰也为他点亮。

“这么晚了，谁在这里？”巡夜的弟子提着灯笼迎上来。

夜已经很深了，鹿门书院有宵禁的规定，书院里黑沉沉的一片，只有石龛里几点灯飘着微弱的光。

提着灯笼靠近，巡夜弟子终于看清眼前人，他擦了擦眼睛确保自己没有看花眼，问：“是先生又委派了什么任务给你？”

鹿门书院繁文缛节多如牛毛，一百零八条红线几乎每个人都踩过一遍，只有一个人至今维持着零违规的纪录，乃是神一般的存在。所以巡夜弟子在这会儿看见他，宁愿相信他是在为先生办事，也不愿相信他将亲手打破自己的纪录。

“嗯，替先生办事，还请师兄不要声张。”温啸仙保持着冷静的语调。

“我就说你怎么也会踩红线，既然是先生的意思，那这回我就不给你记上了。”巡夜弟子打着马虎眼走远了，他还不能得罪这位先生眼中的好学生，毕竟每次大考前夕大家都等着抄这人的笔记。

温啸仙无奈地叹了口气，等那个人完全走远，才轻轻拨开一旁的树丛，道：“可以出来了。”

顶着树叶的脑袋慢慢钻了出来，乌黑的眼灵动地转了一圈，似乎在窥探四周的情况。过了片刻，她才完完全全从树丛中钻出来。长裙上也沾满了枯叶，她用力甩甩头，像从水中爬出来的小猫甩干毛发上的水滴，碎叶飞溅到了温啸仙身上。

“跟着我走，别乱跑。”他摘掉自己头顶的一片枯叶，感觉更加无奈了。

他不仅得带她逃出书院，还得带她逃出蒹葭渡，而很不巧的是，今晚的蒹葭渡是片不夜天。

尺素江里的花灯将夜空照得亮如白昼，人影交织，车马如流。他找来一件带兜帽的披风给她罩上，遮住了她额前的两根龙角。

她走在路上还不怎么老实，甚至想去顺别人的糖葫芦，温啸仙没办法，只好掏钱把那串糖葫芦买下来。她很高兴，好像得到了全天下最好的东西。

味道，奇怪——她伸出小猫似的舌尖舔了舔，在他手心写了这几个字。

这种生灵的学习能力超乎常人，和人类孩童短短相处几日，她就已经学会了语言文字，奇怪的是，她却不愿意开口说话。

“这是甜味。”他又想起了鱼腥草那令人不堪回味的滋味，心想或许她从没尝过酸甜苦辣。

“甜，是什么？”她继续在他手心写。

“就是——虽然没有值得开心的事情发生，但你依然会觉得很开心。”他解释完毕，已经不知第几次觉得无奈了。

她看上去却更高兴了，珍重地把那串糖葫芦藏进自己的袖子，像只正在屯粮食准备冬眠的仓鼠。温啸仙发现的时候已经来不及了。

等回去看到糖浆化了，她该多难过。他不由自主地想。

风把兜帽吹开了，乌黑的长发跑了出来，他连忙替她把帽子按住，好遮挡额前的两根龙角。这个时候他们恰好经过一个摊子，摊子上摆着琳琅满目的珠钗首饰，都是女孩子喜欢的东西。她停下脚步，眼神直勾勾地盯着一把玉白的牙梳。

“这把梳子正配姑娘漆黑柔顺的长发，公子，买下来吧。”商贩何等精明，那藏在兜帽下如海藻般浓密的长发逃不过他的眼。

温啸仙观察着她的神色。

方才那一路走来，他面上看着轻松，实则背后已经流了一片冷汗，他的手无时无刻不有意识地按住扶乩琴的琴弦，只要身旁有一丝一毫的风吹草动，他会立刻做出行动。

可她什么都没做。好比现在，她真的只是在盯着那把牙梳，从未看那商贩一眼。

书上说的当真全无差错吗？

“青丝与情丝同音，公子，姑娘每日用这把梳子梳发，三千青丝想的都是你啊。”商贩看到少女披了一身披风遮挡容貌，男子又是心不在焉的模样，以为两人是趁夜私奔的苦命鸳鸯，便自以为是地说。

温啸仙只能又掏钱把这把梳子买下来，要不然等天亮他们都无法抵达东域，更何况他还得在天亮之前赶回蒹葭渡。

双手将小小的牙梳笼在手心，她像缩在壳里的蜗牛，经过漫长的干旱，终于得到雨露的滋润，小心翼翼地探出莹润的触角，那样的虔诚珍重。

能露出这样神情的生灵，当真天性凶残嗜杀吗？

很久以后，当他发现足以颠覆整个世界的真相时，他还是会想起今晚她低头的一瞬间。巨鲸是大海的精灵，那么衔月而生的蛟龙便是九天的神灵，它们的一喜一怒牵挂着万物的存亡。她本可以将整个天下握入手心，现在她却将一把小小的梳子当作全世界。

又一阵风吹来，兜帽应声而落，黑亮得如同布满星辰夜空的长发展露无遗。她毫无知觉，用脸颊轻轻碰着牙梳圆润细密的齿子，像小猫用胡须蹭着主人的手心。

商贩张大的嘴甚至可以吞下一只鸡蛋，他惊道：“角……角？”

她眨了眨眼，好像不明白他在说什么。而一刹那间温啸仙已经为她重新戴上兜帽，他冷冷地看着那个商贩，道：“内子有什么问题吗？”

“没、没……”他骤然转变的神情让商贩不敢再细看。

接下来的这一路，她出奇平静，兜帽戴得严严实实。其实她应该很聪明，虽然她不懂人世间的感情，但天地灵物的本能令她天生对周遭的敌意有一股敏锐的感知力。她知道，把兜帽摘下来就会让身边这个人很紧张，还会引起其他人的注意。她知道自己身上有东西和别人不一样，这东西是恐惧的源头。

她慢慢地写下三个字：为什么？

温啸仙不知该怎么回答，便继续沉默。

她以为他没明白自己的意思，急匆匆地解释：那个人讨厌我。

他停下脚步，静静地看着她的眼，像在凝视一片没有尽头的长夜，低声说：“我不讨厌你。”

她眼底的星辰一瞬间点亮了。晚上的蒹葭渡很安静，倒映着夜空的海水呈现幽深的苍蓝色，一直抵达天幕尽头。据闻天下所有的海都是共通的，相隔天涯海角的人会在徘徊的风中感受到彼此的思念。

他觉得自己今晚说的话有点多了，便轻咳一声，说：“你可以回去了。”

他像是在放生一条搁浅的鱼，现在该是她重回大海的时候，那里才是她的归宿。她却呆呆地站着，好像在等待着一个被遗忘的承诺。

她等了很久，却也不生气，眼睛亮晶晶的。她慢吞吞地写下五个字：我抓住你了。

他忽然明白了，原来她翻越千山万水而来，只是为了等待他实现曾经的诺言。

温啸仙取下琴囊，调试着琴弦，忽然想起自己还不知道她喜欢听什么样的曲子。他望着她恬静的眼睛，心想，她喜欢的必然不是铿锵澎湃、充满攻伐之气的曲子，那曲子必须宽广坦荡，能包容众生万物，无言坚守而毕生不渝。

扶乩琴可以定音了。

守护。

从今往后，它的使命就是守护。

他拨出一串音符，天地显得寂然，漫天星辰流转。她慢慢地靠过来，手臂挨到他的衣衫，他沉浸在琴声中没有发觉。她静静地看了一会儿，慢慢地把脸贴上他的肩膀，好像一只终于找到家的小兽。

她开口说出第一句，尽管微若蚊蚋：“喜欢……”

很久以后，又是很久以后。她黑亮的长发都变白了，曾被星光点亮的眼失去了光彩，只有三千情丝未曾衰老。她的一生都葬在孤独的海底，她祈祷匆匆的时光慢一些、再慢一些，她要追上这段被遗忘的记忆，她要光阴在这一刻永恒。

## 番外四
## 金鳞往事

卑贱到尘埃里的人，也可让众生在他脚下俯首称臣。

阳光下的猫儿毛色发亮，有着漂亮的虎斑纹，眼瞳像名贵的琥珀石。

一只白皙的手抚摸着猫儿柔软的背，它蓬松的尾巴在那人的臂弯间甩来甩去。

“别看了，再看我也不会给你摸的。”抱着猫的男孩懒洋洋地说。他裹在一袭雪白的狐裘里，清秀可爱。

他的正对面坐着一名与他年纪相仿的少年，少年正在伏案写字。

案上摆着一只细腻的白瓷瓶，瓷瓶中插着一朵白玫瑰，花瓣已经开始枯萎凋谢了。

少年握笔的手微微蜷曲，他收回视线，继续埋头写字。

抱着猫的男孩从椅子上跳下来，凑过来看他临摹的字帖，啧啧说：“这个字写歪了，这里少了一点，这里多了一横——不对不对，你连握笔的姿势都是错的！你是不是根本没读过书！”

少年下笔的手平稳，仿佛没听懂他说的话。

“少主，别理他了，指导这种粗俗的人根本就是对牛弹琴。”男孩身旁的仆从说。

男孩绕着他转了一圈。

少年很瘦，他自己的衣袍还没定制完毕，现在穿的是男孩几年前穿过的衣服，看上去格外地不合身。但这已经比他刚进家门的时候体面多了，那时候他的衣服灰扑扑的，不知在泥尘里打了多少滚。

“你连字都写不好，还怎么让我叫你一声哥？”抱着猫的男孩不服气地嘟囔，“爹爹也真是的，让我来亲自教你，结果你连笔都不会握！你到底是不是我们堂堂儒风薛氏的弟子？”

少年放下笔，有些手足无措地看着他。

男孩哼了一声，从袖子里摸出一本已经卷角泛黄的卷轴甩在他面前，说：“衣服要穿我的，现在笔记也要用我的。你可要保管好了，这可是我多年的心血，你以后照着这上面慢慢学，我没空教你。”

少年郑重地把卷轴抱进怀里，黑黑的眼珠安静地看着他。

“别拿这种眼神看着我，我不可能教你的！”男孩突然跳脚，“你要还学不会，我就让那些白胡子老头来教你！你写错一个字，他们就打你的手心，你背错一句诗，他们就罚你抄三百遍！我也要你尝尝我所受的痛苦！”

“明舟，怎么跟你哥哥说话的。”

男孩单脚立住，僵硬地扭动脖子，撒娇似的拖长语调：“爹——”

少年也立刻站起来，恭恭敬敬地行了一礼。他嘴唇嗫嚅了一下，喊的却是：“家主。”

字帖被人拿了起来，他微微一惊。幼年流离不定连残羹冷炙都要与人争抢的经历，使他格外看重自己的所有物，他全身都绷紧了，像一只被抢走了猎物的小兽，竟下意识想从男人手里抢回字帖。

“写得不错，有进步。”男人含笑的声音响起，“明舟，你也有功劳。看来我让你们兄弟俩互相督促学习，比请那些老头来得更有用。”

“可是我教他教得很痛苦欸，爹，他什么都不会。”薛明舟鼓着脸抱怨。

男人哭笑不得：“你下去吧，我和你哥哥有几句话说。”

薛明舟高兴得跳起来，抱着他的猫一阵风似的跑远了。男人嘴角的笑意渐渐敛了，他静静地看着自己的另一个儿子，问：“为什么不叫我‘爹’呢？”

薛暮桥仰起头回视着他，黑色的眸子里似乎闪着黑色的寒芒，声音低哑得不似一个少年该有的：“爹。”

麻木的、讷讷的，并非发自内心的语气。

男人苦笑着摇了摇头。自己找到这个孩子的时候，他正紧紧挨着一卷草席，草席里露出一片看不出颜色的裙角。他的母亲已经死了半个月，尸体开始发烂，衣衫褴褛的少年像一只守着腐肉的乌鸦，守在草席旁。他大概已经很久没进食了，脊骨瘦得突起，嘴角的伤口没有愈合，一直在流脓血。

他还记得仆从是如何难以置信地向他描述事情经过的。女人是被勒死的，那醉酒的陌生人闯进她屋里强迫了她，失手将她勒死在床上后，连衣服都来不及穿就想逃跑。在门外碰上恰好回家的孩子，他又拿起石头用力砸下去，一下又一下，每一下都用尽全力，反正两只蚂蚁死了也不会有人关心。

血泊中的孩子奄奄一息，那个人粗心地以为他死了，扔了石头便跑。也不知道他是如何活下来的。

“你母亲救了我，我却一直以为……她死了。”男人沉默了很久，“是我亏待了你们。”

少年低下头，他瘦得骨节突出的手指上留着斑驳的血痕。自小在尘埃中长大，他不会说好听的话，不会讨好别人，只是木讷地拿一双黑眼睛看着别人。他不知道该怎么回答的时候，就垂下眼睫，仿佛是自己做错了事情。

“以后你就是我的儿子，是薛家的后人。”男人摸了摸他的头，“你要和明舟一起，带领这个家族重新走向辉煌。”

少年的眼睫像是凝固住了，过了很久，他才用力点头。

惨绿色的湖面漂浮着虎纹猫那已经肿胀的尸体，柔亮的毛发沾满污秽，几只寒鸦站在浮萍上啄食着那已经开始腐烂的肉。

“昨晚还乖乖地待在笼子里，今天早上不知道为什么就抓破笼子跑出来了，等发现的时候，已经迟了……”

薛明舟大半的身体斜出栏杆，好像要跳到水里去，他失魂落魄地说：“阿娘……那是阿娘留下的猫儿……”

身旁一道纤瘦的影子爬上栏杆，扑通一声掉进了水里。薛明舟吓了一跳，忙道：“喂！你干什么！”

为了不弄脏衣服，少年把外袍脱下了，冰冷的湖水刺得他嘴唇发白。他慢慢地游到湖中央，将猫儿的尸体抱进怀里，又艰难地回到岸边。那些又脏又黏的蓝藻弄脏了他干净的里衣，他浑然不觉。

“你怎么自己跳下去了，脏不脏？”薛明舟脱口而出，“你是在烂泥里长大的吗？”

他在水里抬起头，苍白的脸像污水中的一点白沫，他过了很久才说：“是啊。”

薛明舟似乎没料到他会说出这样的话，愣了好半晌，才抓了抓头发，说：“真是的，你没必要这样。”

夜枭的怪声在空中盘旋，鞋子踩在枯枝上发出脆响，声音在夜色中格外瘆人。枯枝间闪动着乌金的光，像一只只暗中窥伺的眼睛。

“这些都是食腐的夜枭，长时间盯着它们的眼睛，它们就会将你认定为食物。”薛明舟拨开挡路的藤条，艰难地走着，一贯的养尊处优让他没走两步又开始抱怨起来，“我就不该带着你出来执行任务，现在咱俩都迷路了，你什么都不会，还得我来照料你。”

“是我添麻烦了。”背后的黑暗里传来少年低哑的声音。

“你别总是动不动就道歉，好像我怎么了你。”

“对不起……”

“你、你、你、你又来了！”

薛明舟突然停下脚步，仰起头凝视。乌云遮蔽了月亮，所有的光线都不见了，死一般的寂静凝成一线极寒的杀机。

“怎么了……”

话音未落，一阵狂风横扫而过，那仿佛是由千万片刀刃组成的风浪，皮肤瞬间被割出无数细小的伤口。薛明舟纵身将他扑倒了，两人像在蛇群中抱团的小兽。

“把我腰间的扇子拔出来！快！”

少年的手在哆嗦，他摸到了温热的血。这个嘴上一直嫌弃他、奚落他的异母弟弟用自己的身体挡下了伤害，背上都是大大小小的伤口。

“快一点！我们都要死了！”薛明舟的手臂无法动弹，那些东西切断了他的经脉，汩汩的血液染红了地面。

“为什么？”被他压在身下的少年喃喃地说。

“现在是说这个的时候吗？！”薛明舟大声说，“你忘了爹爹是怎么说的吗？他让我们两个好好的，一起撑起这个家族！我以后是薛家的家主，作为家主，我要保护好你的！”

“你叫薛明舟……”他苍白的嘴唇在颤抖，“你是明，我是暮……”

赐他姓名的父亲也将他视作不祥，既然如此，那就让光明的回光明，地狱的，回地狱。

他即地狱。

滚烫的血液洒在手上，薛明舟颤抖了一下，缓缓低头。

扇子破膛而出，扇子另一端握在少年手里。蜿蜒的血迹渗进雪白的绸纱中，仿佛一枝开在地狱中却披着高洁白雪的红梅，多年以后仍不褪色。

“是我把你，骗到这里来的。”薛暮桥在他耳边低声说，带着一丝扭曲的快意，“那只猫也是我溺死的。”

一道闪电划破苍穹，两人纠缠在一起的长衣在夜色中显得无比惨白，暴雨倾盆而下，漫开的血泊犹如狰狞的花。

“哥哥……”男孩眼里的光被雨浇灭了，头慢慢垂下来，最后倒在他怀里。

薛暮桥眼中彻寒如长夜，他将挡在自己身上的人微微扶起一些，那寒刀般的风贯穿男孩的躯体，将折扇留下的伤痕完全遮掩了。他冷静地做完这一切，才将男孩的尸体推下去。男孩在地上滚了两圈，不动了，皎洁如月的长衣裹着他还未长成的身体。

哥哥……薛暮桥的眼底浮起雾般的迷茫，为什么他到最后还要叫自己“哥哥”……

幼子的死让家主提前苍老了，他在大战中留下的旧伤再度复发。幼子的葬礼办完之后，他闭门不出，过了很久，他才将自己的心腹喊到病榻前。

“选……旁支子弟……继任家主……”

心腹不解：“为什么不是大公子？”

“那孩子的眼睛，我从来没有看透过。”家主声音沧桑而沙哑，“一个孩子怎么会拥有那样的眼神……我宁愿将基业交到一个平庸的孩子手里……”

“家主不信任大公子吗？”

“不是不信任……是亏欠太多……”

厚厚的帷幔悄然一动，遮住了暗处一双极黑的眼睛。

薛暮桥低下头。好奇怪啊，明明这样伤人的话出自至亲之口，他心里却没有任何波澜，反倒有一种……如释重负的感觉。

他信手拈过油灯上一簇火苗，看了很久很久，然后松手让它轻轻飘落。

火苗触到地面，变成了接天的火海，救火的人仿佛乱舞的鬼影。他踏着火海走向那张坐北朝南的椅子，每次父亲就是坐在这里发号施令，族中子弟无敢不从。

“娼妓之子！你怎么敢走到那里去！”

“家主在哪里？让我们去见他！”

苍白色的衣袍被爬满火光，像爬满鬼影的尸衣，他慢条斯理地整理衣襟，振开衣袖，正襟危坐。

“回答我们！家主在哪里？”

那如山的人海中有拄着拐杖的威严的白发老人，也有佩带着锋利刀剑的年轻人。他拿绵羊般的温顺眼神扫过去，像无数次被质问那样，怯怯地说：“爹爹被烧死了……”

“什么？”

“爹爹被烧死了，你们听不懂吗？”他笑了起来，那软弱的眼神褪去了，像狼脱去了绵羊的外衣，在寒夜露出了凶戾的本性，他的语调陡然变得阴狠，“你们不服我？！”

“你……”

“刚刚谁说娼妓之子？”他微笑着在人群中扫视一遍，指着一个已经开始发抖的年轻人，轻声说，“杀了。”

那个方位顿时有一柱鲜血喷涌出来。他拍拍手掌，随着清脆的击掌声，又有数道鲜血泉涌般喷溅，人海被潮水般的惨叫声充斥了，放眼望去火光并血液飞腾，像一片屠宰场。

“请君入瓮，好玩吗？”他低低地笑了起来，往后仰去，看着被血与火照亮的夜空。原来区区几百人的性命如此不堪一击，合起手掌就能将他们全部打入地狱。

父亲死到临头还是没看清他，也不知道他的娘亲到底是怎么死的。

那是明媚的春天，十几岁的孩子跌跌撞撞地走在衣香鬓影、车马如流的街头，他的目光在人海中穿梭，怀里揣着一根珠钗。珠钗上的流苏掉得稀稀拉拉，可那是阿娘唯一值钱的东西，是他从未谋面的爹爹赠予她的信物。他把珠钗给那些男人，通常情况下他们就会明白这其中的含义。

已婚的女人出来拉客会被安上不良的罪名，所以她们会请别人代劳，事后再给那些人相应酬金。可是他们身无分文，于是这项任务落到他的肩头。时至今日，他早就忘了最初答应下来的时候自己是怎样的心情。

他只记得一次又一次，踮起脚透过窗缝，看到曾经依偎过的胸膛被人粗暴地蹂躏，那苍白皮肤犹如脱水的死肉。

一次又一次，一次又一次……直到那苍白的身体再也不动了，皮肤透出僵硬的乌青。他意识到女人已经死了，他突然感觉到口中的腥味，原来嘴唇已经被咬出血。

他有时候走在街头，听到说书人在讲那些大英雄的故事，讲他们血溅沙场为信仰而死，那样的死是顶天立地的死；有时候说书人又讲儿女情长的故事，讲他们荡气回肠的旷世绝恋，不为世俗抱香而死……世间有千千万万的死亡，千千万万无畏的英灵，为什么唯独他们……唯独他们的死亡如此卑微，谁都能践踏，谁都能侮辱……为什么？

屋里的男人穿起衣服想逃，他疯了般扑过去，紧紧抱住那个人的腿。那人头也不回地踹出一脚，体格的差距让他无从反抗，他狠狠撞在墙上，肋骨应该断了，额头上有血流下来。他又扑上去，一次又一次，直到已经遍体鳞伤，他才明白蝼蚁的力量如此微小。

他最后一次爬过去，地上拖出长长的血痕，他卑微地抓住那人的衣角，如同每一次他乞求贵人的残羹冷炙。

“钱……你还没给钱……”

“原来是要钱！不早说！”一把银币洒下来，寒芒刺痛了眼睛，冰冷的眼泪打湿了地面，每一滴都是屈辱。

枝头的黄鹂在歌唱，明媚的春光照在女人的尸体上，屋外的桃花飘落在她身上，那上面尽是新旧不一的瘀青……他咬牙切齿，齿缝间都是淋漓的鲜血。

血被点燃了，夜空也被点燃，他捂住眼睛无声地大笑。卑贱到尘埃里的人，也可让众生在他脚下俯首称臣。

儒风世家？君子如玉？他不要做君子，他要做天下的主人，将天下人都踩进尘埃！

很多年以后，他费尽心机得知了白浪海的秘密，大刀阔斧地阖族迁往东域。可是志在必得的猎物被人抢走了，那个人……居然是为了道义？

不可能的，他不过是想用另一种更加虚伪的方式得到自己想要的东西。

那种生物只是用来杀戮的工具，怎么可以把她看作人？

她蜷缩着身体无声地哭泣，眼泪滚落在地便成了莹润的珍珠。他手指轻轻在她脸上一抹，湿润的、温热的——竟然是人的眼泪。她脖子上的伤口裂开，流出的竟也是鲜红的血液。

真的是人吗……

“孩子要留下来吗？”仆从问。

把孩子留下的话，她日后清醒过来，也可让她有所顾忌。薛暮桥淡淡地说：“留下吧。”

她睁着一双无神的眼盯着虚空，眸子仿佛新洗的黑琉璃，那样的澄澈无垢。他忽然俯身在她耳边说：“你可以毁了这个世界的。”

“它那么好，”她袖子里的手攥紧那把带血的牙梳，仿佛在透过他看着另外一个人，“我想让它永远活下去。”

软弱。

软弱的眼神。

本可燃烧世界、带来毁灭的火焰，却非要收敛爪牙做个供人把玩的宠物。

清亮的啼哭划破了寂静，新生的婴儿那么小，一只手掌便可托住。这个孩子几乎保留了蛟龙所有的特征，有着尖尖的角、银白的尾巴、逆鳞和结璘灯……薛暮桥捧着这个孩子，仿佛手捧毁灭的种子。

“他一定和你一样……好。”她不懂得如何描述，只能将千言万语寄托于这个最简单的字眼。

薛暮桥笑了。

你要他光风霁月，那他便恶贯满盈；你要他怀瑾握瑜，那他便虚伪卑劣；你要他向往光明，那他便满身罪恶，生前无人念，死后众生厌。

“你和我……真像啊。”

他伸出手指去触摸孩子小小的手。很久很久以后，这双黑透的眸子，将带来无尽的长夜。

## 番外五
## 一梦经年（上）

白衣胜雪的少年独自端坐在窗台下，专心看着一本书，淡蓝色的水波纹幽光照得他的眉眼明明灭灭。

远远看去，少年端的是一派温文尔雅，但若是走近了细看，就会发现少年手里的书……是反的。

薛琼楼木然地盯着这一片墨字，心神却早已飞到九霄云外。

“这么多天真是麻烦师兄了，不如我送师兄们到渡口吧。”

“喀，师妹看上去脱不开身。”

“没事，我有一寸笺，一日千里，用不了多久就能到渡口了。”

少女清脆的声音从窗外传来。

名为治病、实为试探的丹鼎门弟子在白浪海停留数日但一无所获，终于决定打道回府。

而这几日大获帮助的白梨得知师兄们要离开的消息，主动提出要送他们去渡口，以尽同门之谊。

“鹿门书院的一寸笺？师妹你竟然得到了这种宝物，真是太厉害了……那，就麻烦师妹送我们一程了。”

“没关系的师兄，包在我身上了！”

抓住书页的手指缓缓收紧，薛琼楼低低地哼了一声。

只是送一程吗？未必，他们怕是想趁机拐走她吧。

“喀，喀喀……”

断断续续的咳嗽声传来，正在同师兄说话的白梨一惊，下意识扭头。

只见窗边的少年不知何时放下了书，一只手虚拢成拳，抵在唇边，虚弱地咳嗽着。

他的目光原本定定地盯着乌木桌案，忽地闪了闪，匆匆同她对上一眼，又低了下去，像是心虚，眼里又似乎包含了另一种情绪。

白梨没空去分析这种情绪是什么，因为在方才那一刹那，她好像看见了对方雪白的衣袖上一闪而过的血红。他很快将衣袖藏在了桌底，刚才那匆匆一瞥就是在确认她是否瞧见了衣袖上的血红。

他……咳血了？！

“师妹，那我们就出发吧……师妹？”

没空去听师兄说的话，白梨三步并作两步冲到他面前，在他略显惊诧的目光中将他藏在桌下的手一把拽了出来。

他衣袖上果然一片血红。

“你怎么咳血了？！”

按理说，扶乩琴的琴光应当足以补全他的五脏六腑，怎么还会有内伤残余？

“我没事，阿梨。”少年云淡风轻地抽回自己的袖子，在那片血迹上随意抹了一抹，好像在擦拭某种微不足道的污迹。

他垂了一下眼，再抬起时，眼底一片浅淡的笑意。虽然身体抱恙，他仍不失翩翩风度：“你的师兄们还在等你送他们回去呢，再不走的话，他们该赶不上下一班飞舟了吧。”

对哦，她刚刚还在谈论送别的事呢！

白梨回头看了一眼，见几位师兄抱着手，都是一脸无可奈何的表情——让心地善良的小师妹放下亟待治愈的病人而去处理琐事，身为救死扶伤的药宗弟子，他们真是干不出这种事来啊！

“既然如此，师妹，我们就先走了，你好好替他看看吧。”师兄们挥手告别。

“对不起啊师兄，下次一定找机会好好谢谢你们。”白梨挥着手遥遥喊道。

“你自己小心一些，师兄们就放心了。”

不等师兄们的背影消失，白梨就转过身抓住少年的双手，焦急地打量着他，说："你哪里不舒服？我替你看看。"

薛琼楼却并不回答，流光溢彩的黑眸静静地盯住她。

"你到底……"

还没说完，白梨便感觉自己的手被他轻轻一拉，然后她被拉进一个充盈着清香的怀抱里。

"哪里都疼。"他在耳边呢喃着，"不过这样抱着……就不疼了。"

"啊？"

"可能是因为，你身上有药的香味。"也许意识到上一个理由太单薄，容易惹人起疑，薛琼楼赶紧补充，"我闻到了，就不疼了。"

白梨蓦地一僵。

"如果哪一天闻不到，就会一直疼下去，"他趁机继续说，"可能……会疼死。"

"好了，你别说了。"他总是把"死""杀"这一类的字眼挂在嘴边，听上去太不吉利了。

白梨感觉环在腰间的那只手又紧了紧，不安又不舍的样子，于是乖巧地靠在他怀里，不再乱动。

薛琼楼蹭了蹭少女的头顶，嘴角轻轻一翘。

等一等。

脑海中仿佛有一道光一闪而过，白梨突然就回过神来。

她一下子从少年怀里抬起头，问："你怎么知道……我要为师兄践行？而且还是要去飞舟渡口？"

薛琼楼："……"

"你刚刚是不是听到我们说话了？"

"我没有。"少年一脸委屈。

白梨又突然灵光一闪，道："把你的手给我看看！"

"等……"

白梨把他的手抓住一看，果然，手心一道新鲜的血痕，原来衣袖上的血迹是从这里来的！

"你骗我！"她指着凿凿罪证兴师问罪，"你把手割破了，冒充咳血！"

薛琼楼怏怏地垂头，只听砰的一声轻响，好不容易用障眼法遮住的龙角又从前额冒了出来，而后瞬间蔫了下去。

“我就说，扶乩琴这么靠谱，你怎么还受伤了呢。”白梨一边替他包扎，一边盯着那对软嫩的龙角，没忍住捏了捏，“既然你没事，我得去送送师兄们了，毕竟他们这几日帮忙也很辛苦呢。”

帮忙？那群家伙之所以留在这里，不过是想看看他是不是真的痴傻了。

薛琼楼的掌心正被她仔细地抹着药膏，有点痒痒的，他的手指微微一蜷，正好触摸到她的指尖。

“那你……还会回来吗？”

“我当然会回来啊。”白梨有些不解，“我只是去送一送师兄，用不了多久的。”

“那就好。”薛琼楼一笑，笑得那样单薄，好像这是两人的最后一面，他们以后永远都见不到了。

自从他苏醒之后，白梨总感觉他有些患得患失。

走在热闹的街道上，白梨仍然在回忆分别时少年的那个笑，直到旁边的人戳了戳她：“师妹，你发什么呆呀？”

“啊，没、没有。”白梨回过神来。

阳光下闪亮的绿叶在风中簌簌飘飞，小贩们高昂的吆喝声不绝于耳，人间烟火的气息扑面而来，那样热闹，那样明亮，同清冷的海底完全不一样。

白梨突然想，他是不是也好久没见过这样五彩缤纷的颜色了？

“今天这街上怎么这么挤？”正这么说着，一位师兄便被挤了一下，幸亏白梨眼明手快才免于摔倒。

“今天是元宵节，所以才这么热闹，你看，路边都是灯笼。”

看着师兄们七歪八倒的身姿，落在最后的白梨一头雾水。热闹是挺热闹，不过……很挤吗？

她环顾了一下四周。潮水般的人流同自己擦肩而过，每每快要撞上，就仿佛有其他的力量在旁边一拂，微不可觉地将两者错开了。

奇怪了，她身上是有什么神光笼罩吗？路人都不敢撞上来。

就在白梨转身的刹那，一缕微风从她腰侧吹过，在空中打了个旋儿，飘入一座酒楼中。

朱红的栏杆旁伸出一只修长如玉的手，袖口的金丝在阳光下闪闪发亮。

那缕风便飘入他的手中。

薛琼楼站在二楼，遥遥望着巷陌中的那道人影。尽管街上全是人，但他们在他眼底都如同空气。唯独她像黑白水墨图中的一滴彩墨，在灰蒙蒙的画面中发着浓艳的光。

他已经很久没有像这样踏上喧嚣的街头了。

果然还是放心不下……

薛琼楼挥了挥手，又有数道风飞了出去，轻柔地拂开少女身旁的路人。至于她身边那几个碍眼的师兄……他眼底一暗，哼了一声。

“哎哟！”

白梨赶紧伸出手，问：“师兄你没事吧？”

“今天这人怎么全都往我身上撞？！为什么只有阿梨你没事啊？！”

好问题，她也困惑很久了。

一股奇怪的感觉从心底升起，白梨回头望了一眼，而身后只是一群普普通通的路人。

是她想多了吗？

“一定是师兄太胖，而我太瘦咯！”

“师妹，你越来越会损人了，跟谁学的啊？”

薛琼楼站得高高的，嘴角也高高地翘起，落在酒楼其他客人眼里，好似一名春风得意的少年郎。

忽地，他又微微一怔，因为他远远瞧见这群说说笑笑的人打了个弯，转进了小巷子的角落里，不见了。

“客官，您要的茶……欸？客官？”

店小二捧着一壶上好的茶走上二楼的雅阁，就见原本站在这里远眺的少年消失了，只瞥见一道白得晃眼的影子从二楼翩然落了下去。

茶桌上只剩下一枚金光闪闪的钱币。

“找零也不要了？”小二喃喃自语。

白梨被师兄们拉进小巷角落的时候，还是一头雾水的：“咱们不是要去渡口吗？这是什么地方？”

“师妹，你回来吧。”

“欸？”

“你一直待在白浪海海底，难道不觉得寂寞吗？明明你的师兄师姐，还有师父他老人家一直在等你回家啊！”

白梨一怔，想解释：“可是我……”

“是不是你受到了什么威胁，所以才被迫留在那里？”

“并没有……”

“趁现在出来了，你就赶紧跟我们走吧，以后也不用再回去了。”

白梨终于回过神来：“原来师兄让我送一程，实际上是让我趁机离开东域、回到药谷？”

“是啊，没有比现在更合适的机会了！你难道不想走吗？”

那位师兄说到激动处，想伸出手握住白梨的肩膀，但是突然间，不知何来的一阵风吹断了头顶的木梁，木梁啪嚓一声巨响，正砸在两人中间，那位正想伸手的师兄既惊且惧，往后跳了一大步才堪堪躲开。

“今天可真邪门啊……”那名师兄摸着脑袋，“怎么都冲着我来？”

白梨又回头，可是身后只有一位卖糖炒栗子的老爷爷。

“哎，先别管这个，师妹，你要不……今天就跟我们回去？”

“话说回来，距离上一次见师父，好像已经过了一个月了。”白梨若有所思，“我是得回去看看了……”

不远处，卖栗子的老者一面吆喝着，一面神色复杂地打量着身旁那名白衣少年。

这少年瞧着是彬彬有礼的世族公子，方才却盯着巷子的另一头露出那般阴冷的神色。而后，那阴冷慢慢地变作了颓丧，他扭过身贴着粗糙的墙面，缓缓滑坐下来，屈膝抱住自己。

明亮的阳光被遮住了，晦暗的阴影笼罩了少年的身影，显得分外冷寂。

她果然……要离开了吗？离开那片孤寂、黑暗、寥落的海域，回到本属于她的那个光明温暖的世界去。

那个世界，他曾用秘术在幻境中窥探过，那是他从未见过的天地，陌生但美好。

或许，她本就不该属于这个阴沉沉的地方。

而费尽一切心机、用尽一切手段想要长长久久困住这片光的自己，像一个任性的窃贼，偷来原不属于自己的珍宝，日日夜夜提心吊胆……

薛琼楼怔怔地坐在冰冷的地面，目光盯着地上一块斑驳的青砖，感觉心脏被一只无形的手抓住，被一寸寸地捏紧，鲜血淋漓。

“可我，还是要回白浪海的。”

就在这个时候，少女未说完的下半句随风传了过来。

“师妹？”

“我答应师兄会回药谷看望师父，不过我不能不告而别，我先得和他说一声。然后呢，等师父看我看腻了，我再回白浪海来。当然，有机会的话，我也想带姜大哥、烟烟和阿轩他们三个一起过来。他们总是出门游历，难得有机会回一趟宗门，正好和师兄们认识认识……”

“等一等，师妹。”

自言自语被打断，白梨疑惑地看向师兄们。

他们几个的表情十分严肃，隐约还有一丝不可思议。

“那种地方荒无人烟，像一片死地，我们不过待了短短一旬就撑不住了，你以后怎么坚持下去？”

白梨想了想，在师兄们关切的目光中释然地一笑，一字一句说得清晰：“师兄或许无法理解，但我觉得，和喜欢的人在一起，无论怎样都很开心哪。”

不远处的薛琼楼微微一怔，忍不住探出脸望了过去。

少女说这话的时候正好抬头迎向太阳，白皙的脸仿佛在这一刹那也绽放出光彩。

和喜欢的人……在一起吗？

他愣了很久很久，而后轻轻地笑了笑。

白梨回到海底的时候，夕阳已渐渐沉入海平面，血橙色的光芒被淡蓝的海水过滤了，铺在窗台上，呈现出一种冷暖交加的奇幻色调。

少年便坐在这一片光芒之中。他依旧保持着她离开前的坐姿，书册也依旧停留在那一页，他一只手托着脸，目光定定地瞧着窗外荡漾的微光，脸上带着微微的笑。

不仅如此，看书的时候，他微微笑着；下棋的时候，他微微笑着；吃饭的时候，他微微笑着；睡觉的时候，他也……

他到底怎么回事？白梨匪夷所思地打量着他。

“你怎么一天到晚都在笑啊？”白梨终于忍不住问出声。

“因为……想到了令人高兴的事情。”

“什么事呀？”

少年一眨眼，眼底的水光闪了闪，仿佛仲夏夜伴着蟋蟀声闪烁的满天星。

“没什么。”

白梨抓住他的袖子摇了摇，催促：“你快说。”

不管她怎么问，薛琼楼始终保持沉默，只是嘴角依旧挂着浅浅的笑，眼中光芒闪闪。

“——你真的不说？”

白梨想了想，提起裙角，像一只杏黄的蝴蝶，绕着他转了一圈，然后身体一歪，坐在他腿上，两只手顺势钩住他的脖子。

“做、做什么？”少年瞬间绷直了背。

白梨偷偷一笑，慢慢地把脸贴到他胸前，耍赖道：“你一直不说，那我就一直不起来了哦。”

少年的身体本就冰冷，此刻却有滚烫的热意透过凉丝丝的衣料传递过来。她抬起头，就见他白皙的侧脸滚起了一朵红云。

“阿梨，”他抓住白梨的手，放在自己的手心，捏紧了一些，“你要是想家了，随时都可以回家，我一个人……没关系的。”

“回家？”白梨抬起头，“为什么突然说这个？”

“之前在幻境，我看过你的过去。”薛琼楼垂着眼睫，“那里……应当也有你离不开的人吧。”

白梨睁大了眼睛，瞳孔倒映着少年微红的脸颊。他的眼瞳漆黑，便显得目光深深，仿佛要望到对方的灵魂深处去。

回家……回到那个真正的家……

但是，他呢？

白梨眨了眨眼，回过神来。

算啦，自从那日拒绝系统之后，系统就再也没有出现过。

“那里，或许已经不会再和我有任何联系了……所以回不回去，都无所谓。”

白梨沉浸在惆怅的情绪中碎碎念着，忽地一愣。

不对！这个话题薛琼楼也曾同她提起过一次，她还记得雪地里那“三千小世界”之问。但这是他失忆前发生的，他现在怎么记得？还是说……

“你没失忆？！”白梨一下子从他腿上起身。

薛琼楼看上去也有点猝不及防。

“你如果失忆了，怎么还记得幻境的事情？”白梨举一反三，念头又一闪，白日里发生的种种忽然便有了解释，“怪不得今天师兄总遇到怪事，是你下的手吧？”

薛琼楼面上闪过一瞬的慌乱，下一刹，他又恢复了镇定自若的模样，甚至还无辜地瞪大了眼睛：“你说的……我怎么听不懂？”

“还装！”阿梨夺过他手里的书，“你看，你的书都颠倒了，你还在这里看！而且从早上起你就在看这一页吧！”

“阿梨，我……”

“我早该猜到的，你在装傻。”白梨言之凿凿，重重地哼一声，“你居然还妄想把我也蒙在鼓里，我再也不会理你了！”

说完，她抬脚就走。

她当然只是装装样子，事实上，师兄还没离开的时候，她就察觉到薛琼楼有点不对劲了，只是抓不到把柄。

现在——哼哼！看她不狠狠地反将一军！

她才跨出一步，身后便传来桌案被带倒的巨响，紧接着，一双手从背后伸来抱住了她。

“阿梨，对不起。”少年把脸埋进她温暖的颈窝，传出的声音便闷闷的，“我只是有点害怕……以前那样，会被你讨厌……”

白梨一愣。

他的声音，在发抖，他从未像现在这般。仿佛在冰天雪地的寒夜守着一朵飘摇的烛花，一着不慎，这幽弱的光芒便会再度被黑暗吞噬，所以他才那样患得患失。

“我……”

白梨想说：我不是这个意思啊，我只是想和你开开玩笑，你怎么就认真起来了。

可她才刚说出一个字，少年的下一句便慢吞吞从身后传来。

“阿梨，别生气了……”似乎有些难以启齿，他顿了顿才继续说，“龙角……给你捏。”

龙、龙角？

“别以为这样就能让我原谅你，我是认真的，真的！”

她嘴上这样说着，身体却不由自主转过来。

那两只棉花糖一样软软弹弹的龙角，春笋似的，泛着嫩嫩的青黄。

白梨高高抬起手臂，轻轻一捏，又捏了一下……手感实在太好，她忍不住捏了好几下，以至于没有看到面前少年的脸迅速红了起来，连呼吸也粗重几分。

她忽地“唔”了一声，因为少年毫无征兆地在她脸侧轻轻地吻了一下。

“阿梨，我永远不会忘记你。”他的声音落在耳畔，仿佛黑暗的虚空里飘下的一根羽毛，轻盈而空灵，“永远。”

# 番外六
# 一梦经年（下）

天蓝色的窗帘被风吹得飘起，雪白的墙壁上全是水蓝的光影。

白梨躺在床上，呆呆地望着头顶的天花板。

咖啡色的书桌、翻了一半的教辅书、床头摆放的毛绒玩具以及窗外时不时传来车辆呼啸而过的鸣笛声……这一切的一切都表明：她回来了，回到了原来的世界里。

但是……明明前一天她还在白浪海，她才送了丹鼎门的师兄们回家，甚至，少年端坐在窗畔安安静静与自己对弈的身影依然生动如斯。

为什么……她又回来了？

那——书中世界的那个她，难道也消失了吗？

想到这里，白梨连忙从床上爬起来，拉开书包的拉链——果然，上学期没来得及还回去的那本书就躺在里面。

如果她自始至终没有存在过，那么薛琼楼的结局应当仍然是万箭穿心而死，如果她的存在没有被抹除——

书页飞快地翻动，她的瞳孔中清晰地倒映出一行字，而后，这行字仿佛浓墨滴入清水一般融化，再汇聚，重新组合成新的字眼。

白梨眼睛一眨不眨地盯了很久，终于露出一个如释重负的笑。

太好了，结局被改变了。

但奇怪的是，即便是被蝴蝶效应影响后的情节中，白梨这个角色也依旧只有那短短一句话的戏份。而后便如原书描述的一般，白梨回到她自己的宗门之中，再没有出现过。最后关于龙族真相的情节，她也没有掺和进来，龙族真相是重阳真人鼓起勇气说出来的。

这是怎么回事？

白梨愣愣地扭过头。手边的镜子中映出一张素白的脸，即便已经换回了现代的装束，她依然能辨认出，这张脸与那个和她同名同姓的药宗少女一模一样。

难道……是系统从中做了修改吗？

“阿梨——”房门外传来老妈的声音，“不是说今天跟朋友出去玩的吗？怎么现在还不起床？别迟到让人久等。”

望了一眼墙上的日历，白梨用力敲了敲脑袋。

她从椅子上一蹦而起，打开门对着老妈便是一个熊抱，在后者一头雾水的嘀咕声中飞快洗漱完，然后风风火火地冲出了家门。

站在车水马龙的街头，扑面而来的现代感让白梨有一种不真实的虚幻感。

在那个已经被蝴蝶效应篡改的结局中，他孤零零的一个人，永生永世留在海底，就像当初在海底幻境中死去的龙女母亲一样。

他最后说永远不会忘记她，是在暗示着什么吗？

就在这个时候，远处突然传来一阵喧嚣。

“这是哪个角色的cosplay（角色扮演）？这个龙角太逼真了吧！”

“衣服也好还原，而且是没见过的形制，这是哪家的汉服？”

“是专业演员吗？”

“小哥哥能不能合张影？”

怀着一种不妙的预感，白梨震惊地望了过去。

不断跳闪着画面的公交车站电子广告屏前站着一名挺拔清瘦的白衣少年，雪白的冠带垂在背后，轻纱衣袖仿佛谪仙人袖手笼住的云絮，如梦似幻。

也许是初至异乡，面对过分热情的异乡人，饶是平日里再如何老成稳重，此刻的少年脸上也不免流露出不知所措的神色。

“龙角的话……是敖丙吧！”

“人形的小白龙有角吗？”

叽叽喳喳的讨论声从四面八方涌来，无数的手机摄像头在阳光下泛出刺目的金属光泽，他微微蹙了蹙眉，听到关于龙角的讨论，便有些不自在地垂首，摸了摸额头。

而后，他看了看四周，似乎在找一条能够快速逃走的道路。

将少年这副拘谨的模样尽收眼底，白梨的眼睛瞪得像一对铜铃。

虽然不知道他哪儿来的办法来到这里的，但当务之急是把他从人群中解救出来。

“抱歉抱歉，摄影师到了，麻烦让一让！”

白梨挤开人群，一把抓住少年的手，头也不回地开溜："快！跟我走！"

一直跑到附近的停车场，白梨才气喘吁吁地停下。

“阿梨，你跑得太快了。”一只手伸过来，用柔软的衣袖替她擦了擦汗。

“累死我了……不对，重点不是这个。”白梨抓住他的袖子，迫切地询问，“你怎么会在这里？”

薛琼楼微微垂首，眸中波光粼粼。

“我想来见你，所以……就想了一个办法。”

白梨打量着少年，他眼底仿佛山顶千万年的积雪一般沉寂。明明只一日未见，却仿佛隔了千万年的沧海桑田，像那座海底的朝暮洞天，一瞬永恒。

“什么办法？”白梨用力握紧他的手。他的手也冷如冰雪，毫无一丝温度。

“你如何去往我的世界，我就如何来到你的世界。”

“只是这样？”

虽然他说得云淡风轻，但白梨隐约觉得，这背后的代价是她无法想象的。

只是还未来得及质疑，包里的手机便响了起来。手机刚靠近耳边，便传来同学激动的大嗓门：“阿梨你已经迟到半个小时啦！到底怎么回事？”

糟糕！差点忘记这件事了！

她看着少年黑溜溜的眼珠，感觉一个头两个大。

让他跟着一起去肯定不行！把他一个人放在这儿，肯定也不行！爽约也不大好……她到底怎么办呢？

“阿梨，我可以变小。”薛琼楼仿佛知道她所想，侧了侧脸，“像那样。”

身旁停靠的一辆车里，巴掌大小的人偶躺在后座，默默地沐浴着阳光。

白梨恍然大悟：这好像也是个权宜之计，不过……

“——你在这个世界也可以用法术吗？”

“暂时……可以。”

“那太好了！”

白梨高兴地跳了一下，以至于没有看到少年眼底的波澜。

“感觉好像真人版的拇指姑娘。”片刻后，白梨看着站在自己手掌心的不足十厘米高的少年，发出这样的感叹。

“拇指姑娘是谁？”

“没、没、没什么。”白梨摇了摇头，一个劲地傻笑，玩心顿起，伸出一根手指点点他的脑袋。

结果少年一个不稳，软软地歪倒在手心。

——她发誓她根本没用力！

“我拉你起来吧。”

十厘米玩偶大小的薛琼楼本来已经撑着手心站起来了，被她一戳，又咕咚倒了下去。

“阿梨，别玩了。”他的声音里有浓浓的无奈，“你快迟到半个时辰了。”

“差点忘了！”

白梨赶紧把小小的少年放进书包侧面的口袋，打了一辆出租车，来到和同学约定的地方。

这是白梨上大学后的第一个暑假，好久没和高中的朋友们见面了，有些朋友还要抽出时间打暑假工，好不容易能凑齐人数，白梨很重视这天的约会。

虽然迟到了整整一个小时，但朋友们都只是打趣几句，并无怨言，还贴心地给她带了一杯冰果茶。

“阿梨，这是你买的人偶吗？好逼真啊！”

书包侧面口袋里的小薛琼楼被两根手指拿了出来。

“好可爱哦，软乎乎的。”

他还被捏了两下。薛琼楼的手指动了动，不过很快，他重新放松。

——为了阿梨，他、他可以忍。

“这是哪家新出的手办？做工还挺精致的。”

又有两根手指加入进来，你扯扯衣服，我拉拉头发，玩得不亦乐乎。

薛琼楼目光放空，看上去有些蔫了，脸色也变得像纸一样白。

“别玩了别玩了，小心把他弄脏。”

大家都习惯了好东西一起分享，因此白梨早在一开始就被挤出人群，费了好大劲儿才又挤回去。她小心翼翼地从好朋友手中抢回少年，拂了拂那具小小的身躯，说：“我们不是来逛街的吗？别管这个小东西了。”

“阿梨你都这么大了，还这么喜欢买人偶玩。”朋友开玩笑似的戳了戳她。

“我喜欢嘛。”

白梨笑了笑，又低下头，与小小的少年对上目光。他的眼瞳黑亮，悄悄眨了两下眼，好像在说：没关系，我无碍。

聚会结束，白梨刚想把他重新放进书包，突然想到，待会儿去坐地铁，如果人太挤，会不会伤到他？要不然……换个安全的地方吧。

于是她轻轻捏起少年，把他放进了衬衫左面贴近胸口的口袋里，又轻轻地拍了拍。

这样就没事啦！

她背起书包走向地铁入口，并没有看到，口袋里的少年悄悄地红了脸。

晚上。

白梨扒完碗里最后一口饭，看了眼正在厨房洗碗的老妈，又看了眼沙发上看报纸的老爸，轻轻地放下了筷子，说：“我吃完了。”

“吃完去帮你妈洗碗……”

白梨抹了一把嘴，一溜烟跑到冰箱那边拿出一盘蛋糕，然后跑回了自己的房间。

“我去屋里看书！”

“这孩子……”老爸抬起头，“都玩了一个暑假了，现在看什么书？不会谈恋爱了吧？”

“乱说什么。”厨房里传来老妈的声音，“还不过来洗碗！”

确认爸妈又开始了日常的斗嘴而无心关注自己，白梨才放心地关上房门。

已经变作正常大小的薛琼楼端坐在书桌前，两只手放在膝盖上，坐姿十分乖巧，他正仰头打量着柜子里的书。

不知为何，他的脸还是红扑扑的。

“你今天是不是闷得太难受了？”白梨将蛋糕往桌上一放，撑起脸仔仔细细地打量他，“脸怎么这么红？”

“是有点热。”薛琼楼抬起手扇了扇，目光漫无目的地转了一圈，最后，落在少女白色衬衫的口袋上。

只是盯了一眼，他便像触电似的挪开了目光。

扑通扑通的心跳声犹在耳畔，胸口处传来的热量似乎也仍然炙烤着周身。

突然间，一双凉凉的手捧住了他的脸，少女的脸在视线里无限地放大了。

“快吃我给你买的蛋糕！”说着，她挖了一大勺蛋糕塞进他嘴里。

绵密的奶油在口中化开，轻轻软软的，甜而不腻，是他从未尝过的滋味。薛琼楼慢慢地咽下去，目光一错不错地盯着她瞧。

“我今天好高兴哦，你也跟着一起来了，否则我还担心是不是永远都见不到你了。”

少女双手撑着脸，桌下的双腿一晃一晃的，因为发自内心地感到开心，所以两只眼睛都亮晶晶的。

“对了！”她突然一拍桌面，“今天晚上你睡哪儿？”

薛琼楼好像也被问得愣住了，过了许久才低低地说：“我坐着就可以了。”

“那你多累。”白梨豪气干云地一挥手，“来我床上睡吧！”

“咯咯。”薛琼楼直接呛出了声，抬手掩住微红的脸颊，“阿梨……”

“不如我再偷一件老爸的衬衫给你，然后你明天就从窗户翻出去，再装作若无其事地敲门，这样我爸妈就会觉得你是来找我玩的同学。完美！”白梨自言自语，说到关键之处更激动了。

“阿梨……”

“不过……我同学都不认识你，该怎么说服大家帮我圆谎呢？”很快她又意识到疏漏，苦恼地抱住脑袋。

“阿梨。”

白梨终于被这一声唤回神。面前的少年轻轻拉住她的手，白得发蓝的日光灯下，袖口精细的刺绣闪烁着一条金带般的碎光。

古朴、典雅，他与这实木白漆的现代装潢显得分外格格不入。

“阿梨，我自有办法，你不用替我为难。”

薛琼楼轻浅地一笑，那笑容里淡去了初来乍到时的无措，又找回了昔日翻手为云、覆手为雨的从容。

东域又开始下雪了。

纷纷扬扬的雪絮在风中飘飞，仿佛云层上栖息着一只巨大的神鸟，抖落雪白的羽毛。

朝暮洞天已经变作一片冰天雪地的废墟，到处是晶莹的冰雕，死气沉沉的黑暗笼罩了一切。

少年便坐在那一地冰雪之中，屈膝抱住自己，黑绸般的头发上、流光披泻的袖袍上、纤长的眼睫上，满是白霜。

面前光华一闪，走出一道黑衣的人影，人影挺拔得像一柄开锋的长剑。

“她已经离开好久了。”姜别寒伸出手，一粒雪沫在指尖融化了，“你要一直在这里等下去吗？”

他闭着眼睛，没有说话。

“阿梨不是这个世界的人，这是你告诉我的。”姜别寒看着这个仿佛陷入沉睡的少年，眼底有一种深深的怜悯，“你亲手送走她，你应该也知道，她不会再回来了。”

自从阿梨离开之后，东域好不容易融化的雪又冻结起来了，东域甚至比之前更加寥落，更加死寂。

而他，维持着这样不吃不喝、一动不动的状态，已经超过一个月了，仿佛死了一样。

“你明明知道，三千小世界，每一个都无法彼此交错，你还要等到什么时……”

“等到这个世界开始崩塌的时候。”不待姜别寒问完，少年用不容置疑的坚定语气打断了他，“我要等到那一天。”

那你又是何苦呢？何苦亲手送她离开。

姜别寒暗暗地叹了一口气，默默地转身离开，说：“我下次再来看你吧。”

一月又一月，一载又一载。

不知何时，昔日来往的少年好友已经失去了联系，或许，他们的寿命也走到了尽头。

上古蛟龙，与天同寿，拥有千万载的时光，换言说，无尽的寿命便是对他们逆天改命的惩罚。

雪花一片一片地飘落在海底，飘落在少年渐次被霜雪覆盖的头发上，落在堆满厚厚一层积雪的肩头，渐渐地，少年整个人也被霜雪掩埋，昔日鲜活的容颜一寸寸地被薄冰封印。

又经过不知几载的岁月，沧海变作桑田，冰天雪地也变作绿水青山。

耳畔有翠鸟鸣叫，头顶有阳光倾洒，身旁有孩童玩闹。

少年的意识迷迷糊糊的，似醒非醒，似梦非梦，不经意间听见一句稚嫩的问话：“阿妈，春天到了，这里怎么有一个雪人？”

春天到了吗？姜别寒好久没来海底了，阿梨……是了，阿梨已经离开了。

心脏仿佛被一记重锤猛击，他猝然从漫长的梦境中惊醒。

这世上，终于只剩下他一个人了。

他当初发过誓的，要等到世界尽头，等到这个小世界崩塌的那一天。届时，哪怕只剩下一缕魂魄，他也要去她的世界……

“要和我做一个交易吗？”识海深处忽地传来一道陌生的、毫无感情的声音。

“你是谁？”

“这个世界的意识，或者说，这个世界的准则。”黑暗中有一点红光一闪一灭，“我能把她带到你的世界来，就能把你带到她的世界去。”

“那你……要从我这里得到什么？”他当然知道，想要实现夙愿，必须用最珍贵的东西交换。但没关系，只要能见到她，他所拥有的一切都可以双手奉上。

“把你的神力留下。”那道声音无情地说，“你要去她的世界，就要遵循那个世界的准则。”

"可以。"他回答得毫不犹豫。

那道奇怪的声音"哦"了一声，问："失去神力，你就是一个普通人了，你愿意当一个手无刀剑的普通人吗？"

他似是讥讽地笑了一声，好似在嘲笑对方的无知。

"你笑什么？"那道声音问。

"只要能见她一面，哪怕献上性命……我也无悔。"

关了灯的房间黑漆漆一片。

薛琼楼坐在书桌旁，撕下一张白纸，又从笔筒抽出一支自动铅笔。他歪了歪头，回想了一下这种奇怪的笔的用法，生疏地在纸上写下一行字。

他将纸折起来，压在笔盒下面，而后扭头，望了一眼床上已经睡熟的少女。

"你不会忘记我们的交易，是吗？"

识海中那一闪一闪的红点不再出声。

薛琼楼低下头，看着掌心渐渐熄灭的光，那是快要消失的神光。真奇怪啊，若是在以前，他怎会容忍自己这样手无寸铁。

不过现在，已经没关系了。

白梨一起床，就在桌上看到一张字条。虽然是用自动铅笔写的字，但运笔仍然带了点小楷的笔锋。

"明天见。"

明天见？他人呢？

白梨翻箱倒柜，找遍了房间的每一个角落，也没有找到能够证明他存在的任何一处蛛丝马迹，她终于确认——他的确已经离开了。

若不是还有这张字条为证，她都要觉得，昨天发生的一切都是在做梦。

不过，他到底是怎么办到的呢？明明在她表明自己会留在那个世界后，系统就永远消失了，她为什么又回家了呢？这期间，又发生了什么？

这样想着，她眼前又浮现出昨天在公交车站重遇时，少年眼底那仿佛堆积千年的大雪。

明明只有一夜未见，为何他的神情看上去似乎已经等了上千年？

叮——

手机突然的响起拉回她的神智，她点开屏幕，发现班级群多了一条群通知。

“这学期有个交换生要来我们班学习，大家明天返校上课，要多照顾新同学哦。”

这条通知仿佛是往死水湖里扔了一枚炸弹，顿时水花四溅。同学们像被炸出来的鱼，你一言我一语地讨论着这位交换生的信息。

交换生……莫非是——

白梨刷着满屏的聊天记录，正想从这些杂七杂八的消息中找到一两条关键信息，忽然间全身僵住，而后一个鲤鱼打挺从床上跃起。

糟糕了！光顾着看消息，忘了今天下午两点要赶高铁，行李还没收拾呢！

“怎么了阿梨，昨晚熬夜了吗？一大早就哈欠连天的？”

白梨撑着迷离的双眼瞥了一眼同学。

还不是因为昨天没赶上高铁，不得已改签，她到宿舍的时候差不多都半夜了。

她伸手在书包里摸了摸，本想拿出高数书，却拿出一本连封面都没有的旧书。

《白玉京》？！

心旌一动，白梨忽地察觉，今天的教室似乎太安静、太寻常了，似乎原本应当有一个重大的新闻要降临，如今却无人问津。

对了，是那个交换生！

“大家怎么都那么安静？”她略带期待地问同学，“不是说，今天有交换生要来我们班吗？怎么没有一个人讨论？”

“交换生？什么交换生？”同学一头雾水。

白梨愣住了，而后，她在对方困惑的目光中拿出手机点进班级群，疯了一样向上滑动屏幕——但是，什么记录都没有。

昨天那几百条关于转校生的讨论凭空消失了，仿佛那个人从未存在过。

“我说阿梨，你不会昨晚梦到和异国来的公子哥谈恋爱了吧？”同学捏了一下她的脸，“快点清醒清醒！”

梦？

仿佛有一只手抓住身体，呼啦一下用力一拽，带来强烈的失重感。

头顶惨淡的日光灯、讲台上认真授课的教授、埋头记笔记的学生、雪白的草稿纸、漆黑的头颅、雪屑一样挥洒的粉笔灰……一切的一切，仿佛都成为眼前的虚影，模糊、重叠，又分散、清晰。

是梦吗？

她愣愣地出神，无意间瞥见手机上的日期——今天是……16 号？两个月之后的 16 号？！

手指无意识地松开，那本书便顺着裙摆滑落在地。

白梨被书本砸地的声响一惊，弯腰去捡。

一只白皙修长的手便在这个时候出现在视野中，先一步捡起了那书。

白衬衫的袖口微微向上挽起，袖口一丝不苟地扣紧，漆黑的休闲裤，往下又是一双简简单单的白球鞋。

极简的黑白二色，来人仿佛漫画中走出来的少年。

“给你。”

他有一双目光柔软的眼，专注地盯着一个人的时候，仿佛仲夏夜的星光在闪烁。

“我可以坐在这里吗？”

白梨的目光一寸一寸地移上去。

目光交接的一刹那，时光溯流，犹似当年。

梦里不知身是客，醒来仍是梦中人。

她慢慢地笑了起来，如大梦初寤：“可以。”

她知道的，她的少年，终有一天会回到她的身边。